U0570456

《读书》十年

读书

DUSHU

十 年

（三）

一九九四——一九九六

扬之水 著

中 华 书 局

图书在版编目(CIP)数据

《读书》十年.3,1994~1996/扬之水著.—北京:中华书局,2012.7

ISBN 978-7-101-08701-7

Ⅰ.读… Ⅱ.扬… Ⅲ.①日记-作品集-中国-当代②随笔-作品集-中国-当代 Ⅳ.I267

中国版本图书馆 CIP 数据核字(2012)第 100929 号

书　　名	《读书》十年(三):一九九四——一九九六
著　　者	扬之水
责任编辑	李世文　何　龙
封扉设计	陆智昌
版式设计	刘　丽
出版发行	中华书局
	(北京市丰台区太平桥西里38号　100073)
	http://www.zhbc.com.cn
	E-mail:zhbc@zhbc.com.cn
印　　刷	北京瑞古冠中印刷厂
版　　次	2012年7月北京第1版
	2012年7月北京第1次印刷
规　　格	开本/880×1230毫米　1/32
	印张16¼　字数220千字
印　　数	1-14000册
国际书号	ISBN 978-7-101-08701-7
定　　价	48.00元

目 录

一
九
九
四
年

图一　《读书》中的"柳苏"与贺年片中的"罗孚"

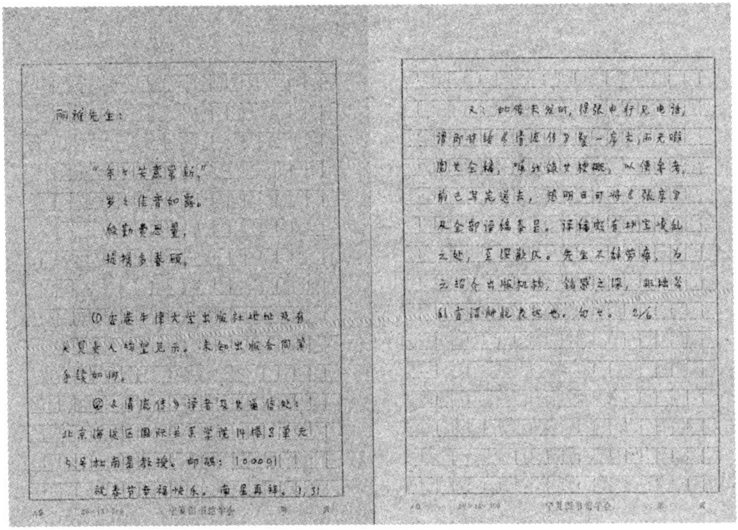

图二　南星先生关于《清流传》译稿的来书

图三　在洱海，穿了艄公的蓑衣，见一九九四年三月六日纪事。

图四　在长江第一湾的石鼓亭,见一九九四年三月七日纪事。

图五　在四方街的"流水人家"，见一九九四年三月八日纪事。

图六　往云杉坪途中,背景是玉龙雪山,见一九九四年三月九日纪事。

图七　在泸沽湖的猪槽船上，见一九九四年三月十一日纪事。

图八　摩梭人家，女主人正在做苞谷饭（董沛奇摄），见一九九四年三月十一日纪事。

图九　与宁蒗的彝族姑娘沙志珍，见一九九四年三月十二日纪事。

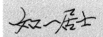

迁　帖

来北京在东城一住四十五年,而今搬到城南,住进高楼,冒充"上层人士"。室高两米五,好在我俩都是小尺码,倒也相称。再也不用烧煤炉换煤气,省心省力。却是在高处看落日,别有一番感受。

北牌坊胡同那个小院,将不复存在,免不了有点依恋,为什么?自己也想不清楚,许是丢不下那两棵爷爷奶奶辈的老槐树,还有住在那一带的几位长者、稔知。

新居地址:丰台区方庄芳古园一区一号楼一单元1003室。电话:7632508。邮政编码:100078。乘车:43路天坛东路南口站、39路东侧路站下车。玉蜓桥左塔楼即是。

范　用　丁仙宝

1994.6

图十　范老板的"迁帖"

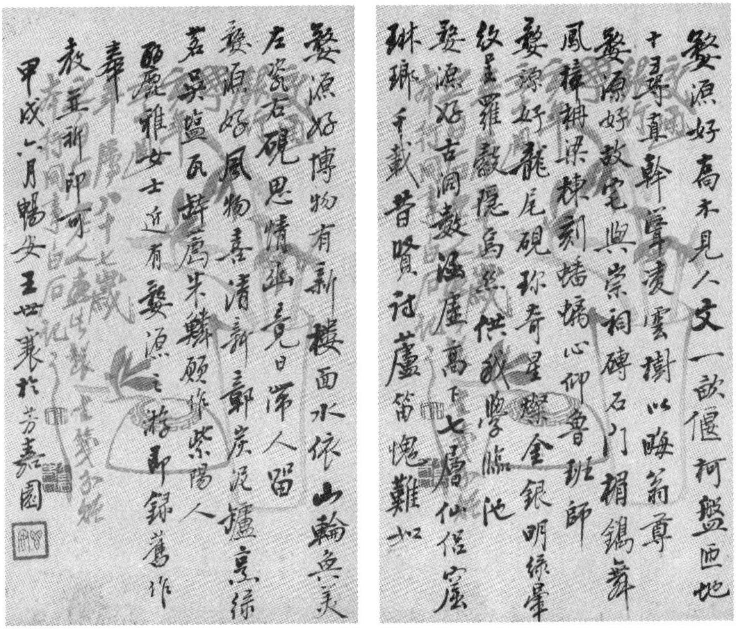

图十一　一九九四年六月婺源归来之后，畅安先生所赠。

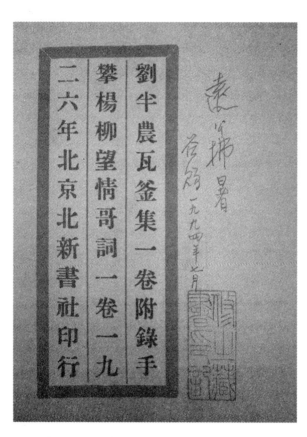

图十二　谷林先生题赠刘半农《瓦釜集》，见一九九四年七月四日纪事。

'94.12.20.

Thinking of you
a Beautiful
X'mas season.

Dear 丽雅：

我似乎注定马德当你们的读者和敬佩者，却不可能拉成你的模特者。却之表示敬意，其实这只能为我表敬意我为实在。

不是不愿意思恋，而是我这个一生在海上、在"途中"的人，总缺少思恋（和遐思）的空间和时间。就这几年表现，出完《诗海》则思自由一下，又给套上了"八五重担

——十卷七百万言的《世界情诗》。（本是郭子羡、王佐良二位的倡议，出版罗都尊到我头上），我五年的自由就全没了。的了全国的稿，的不到的（古拉丁、古挪斯，以及荷兰、挪威等拼缀语种）的间全得亡命亲朴直网。还得四处话罗便的和拥戴……日子不好过，却其更难逃（年底正在结的，明年女见方）。

我年关也过了，（65）正在杭杭大办大寿休。同时我刚退婚受了云大聘书。我今年寒假均迟杭州地区，已把我的工作车间搬来昆明。优质房子还去搬定，不日可归但还。我梦想了40年的小书房（小船舱，小 Space）终于建成有些了。13.9平方米，全人神经。家的很极大，卷室连不成书房。我还是句不时她现回去做服务工作。但终特有一个小小的时间和空间了。人总得有三帝也就新拢手，况吧？诔乎留白。

图十三　贺年片

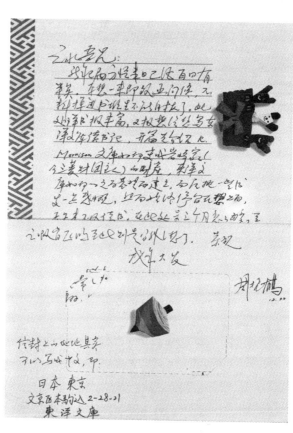

图十四 贺年片

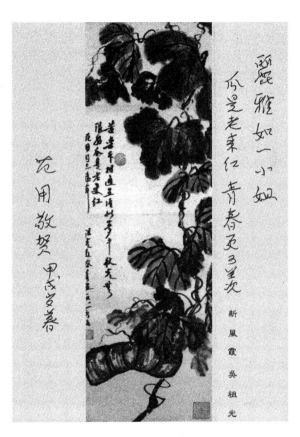

图十五　贺年片

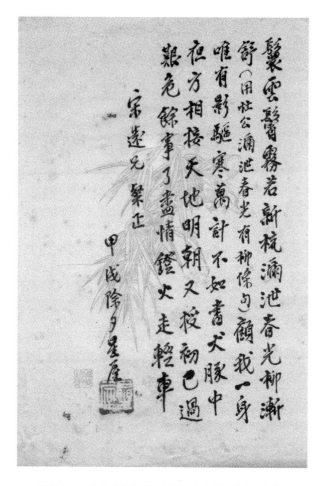

鬓云鬖鬖雾若新梳涌沱春光柳渐舒（用杜公涌沱春光有柳条句）顾我一身唯有影驱寒离计不如畜犬豚中在方相接天地明朝又校雠已过艰危馀事了尽情镫火走轻车

宋远兄粲正

甲戌除夕星屋

    图十六　一九九六年以前，金性尧先生是《读书》的作者，虽然发表的文章并不很多。我离开《读书》之后，与绝大多数的作者都渐渐断了联系，先生则是很少几位始终保持来往的师长之一。有新著问世，总会寄我一册。这是犬豚交替之除夕星屋老人写下的一首诗，末联有走出苦痛经历的超然，也可以说是晚年情境的自况。先生辞世后，我曾以此诗末句为题，记下与先生交往之点滴。

一
九
九
四
年

一月一日（六）

　　小茹一对领了婆婆和舅舅来认亲家，午间合家分两桌吃团圆饭。

　　午后看望外婆。

一月二日（日）

　　读七九年至八〇年《读书》合订本，初选"精华"。十几年前的文章，还带着不少历史的印迹。语言的不同，尤其明显。讨论的问题，现在看起来，很多已嫌幼稚，但仍有不少并没有过时。保留至今的作者，大抵只有王蒙、黄裳、金克木、董乐山、陈原（近两年已不大写了）等几位。金、黄似乎是宝刀不老，王蒙则始终显露一份聪明。

　　仍读张爱玲。

一月三日（一）

　　张爱玲，简直把我的全部喜爱都攫了去，真是叹羡得了不得。如何这样地聪明，这样地有灵气，这样不丝毫费力地就做出如此的美丽？只觉得她是一只鸟，不费劲地长大了，忒楞楞就扑翅射向蓝天。我却是一生变了几变的尺蠖，只能在地上慢慢爬呀爬，爬了一辈子，也还是在地上，更不用说还经历着一根丝吊在树枝上的凄惨。

往编辑部。

午间杨成凯来送稿。

作成《又见〈一个人旅游〉》。

将"楠溪江"又修改一遍，这一篇始终不能令人满意。

一月四日（二）

仍读张爱玲。

午后往中华购书。

往编辑部，补二校所缺两处补白。

读《散文》。郭保林作《抒情的乌梁素海》，颇与亲身所历不同。检出八四年内蒙采风日记，作成《曾经是红柳》。

一月五日（三）

将"红柳"篇抄竟，寄出。

午后往编辑部。

重见五一班日记，当日的我，几乎是另一个我，虽幼稚，却幼稚得并不可爱。

一月六日（四）

人知生而不知死，便总想测知未来，但如果真的确知等在前面的未来正是一个可怕的灾祸，那么，是否还有勇气一步一步迎向这未来？当然灾祸既是命定，就无法避免，所以有时前知倒真不如不知的好。人生是这样短暂，却又要经历各种各样预想不到的苦难，而终究要被淹没在历史的汪洋大海之中，真是有些灰心丧气。

昨日傍晚从编辑部归来，见郑逸文已候在家中。坐在里间聊，从向晚聊到天色黑尽，便任它黑尽，也不点灯，黯沉沉中，窗外的一线柔光托出郑的清秀轮廓，发散着诗的气息。

她说，好想结婚了。

午前端居读书。冬日这暖暖的半天阳光，真教人舍不得离去。

午后往编辑部。

往资料室借书，被拒（说三联的人要有个新规矩了），不怿良久。

一月七日（五）

午前仍守着一片冬阳读书。

构思《阳关月》。

一月八日（六）

往编辑部。

读翦著《秦汉史》、张维华《汉史论集》中的《论汉武帝》。

一月九日（日）

阅三校样。

将《阳关月》草成，却是极不满意。

一月十日（一）

往编辑部。

以做寿的名义，将丁聪夫妇请来（丁聪生日实为一九一六年十二月六日，沈峻为一九二七年八月十二日），在老沈办公室吃火锅，尽欢而散。

散席后，忙做发稿准备。

临时决定，被派往郑州，参加分销店新址开业典礼。

一月十一日（二）

昨晚将《阳关月》改定，今寄王得后。

往编辑部，将发稿的一应事项做好。

早起觉浑身关节酸疼，午后更甚，又发起烧来，躺在床上辗转反侧。

读迈克《采花贼的地图》。

一月十二日（三）

一夜发烧，早上挣扎起来，仍像踩了棉花一般。

七点半赶到朝内，将发稿事交代老沈。

八点钟出发，三十五分钟就到了机场。丁聪夫妇、潘振平，一行四人往郑州。

飞机坐了不到一半的人。一个小时飞到郑州，但因有雾，在机场上空盘旋两圈，方降落。薛正强与王八路已候在门口。

王八路是越秀海鲜酒家洛阳支店的经理，此次为三联书店郑州越秀支店开业小型室内音乐会的组织而专程来帮忙。他是黄河漂流的勇士，同伴多已遇难，从生死之界的一隙穿过，想必他对人生有了一种深刻的领悟，看上去是有几分豪侠气的，——倒不全是因为那一部密丛丛的络腮胡子。

从机场到国际饭店，开车不到十分钟。住在十一层，一个单间，一天六百元。但也只是一般饭店的水平，不知为什么这么敢要价。

休息片刻，十二点钟往对面的越秀酒家午饭。

单间雅座，两壁悬了当代画家的作品，陈列窗则是明清瓷器及汉唐古物，据说是从古物商店调剂来的。

宴席不是丰盛，而是高档。饮料为轩尼诗酒。一盘大闸蟹令人惊呼，崔老板说，是专门派了人守在阳澄湖，等船来了，当场收购，郑州只此一家。可惜我并无此等口福，正好十个人只有八只，于是让给王八路。又有一盘清蒸鳜鱼，则是洞庭湖所产，从岳阳空运来的活鱼。不知这一席要多少钱。此外有棋子瓜焖牛蛙（田鸡）、蘑菇、牛腩煲、柳叶。柳叶是河南菜，我只在房山插队时吃过，当地是捋了柳叶造酸菜，今日吃来，犹能品出当年风味。

饭罢参观画廊和书店，书店进货档次很高，正与酒家的档次相匹配，却不知囊橐充盈的美食家，是否也是高档书的鉴赏家。

依然骨节酸疼，头晕不止，四点钟回到饭店，伏在三床被下，仍觉得冷。

六点半，再往酒家。请了省委干部和新闻界的人士，有三四十人吧。名为"三联书店郑州越秀支店开业小型室内音乐会"，演奏的音乐倒是很高雅的：古诺的《圣母颂》，舒伯特的《小夜曲》，及肖邦、莫扎特、海顿、韦伯的作品，又有江南丝竹中的名曲，只是与席间的喧闹不合拍，有人吃，有人喝，不断有人来回走动，加上镁光灯一闪一闪，实在不是室内乐的气氛。这音乐的确抒情，又有那忧郁的、悲怆的《二泉映月》，是催人下泪的曲子，一片小小的骚动托起这一份忧郁，让人不知该为什么哭。一会儿，又将与会的领导者流请到另一间雅座，讲话、录音、拍照，总算没让不相干的人一起跟着受罪，还是福气。

八点钟音乐会结束，下一个节目是就餐。实在没有胃口了，只想放倒了睡觉，潘振平善解人意，特地去同二楼的值班经理樊桂琴说了，做了一碗青菜汤，在中厅的角落里吃罢，悄悄离去。

一月十三日 (四)

夜来一梦，梦见城市里的海市蜃楼：满天映出方便面、卡通玩具，各种花花绿绿的塑料袋包装，上面又架起一道彩虹。

八点钟往饭店一楼餐厅吃早茶。享受过越秀的服务，就知道国营饭店的服务水平有多差了。四个人，费七十九元，品种不算太多，质量也不是上乘。

饭后，由薛正强陪同，一行人坐了车去逛书店。

郑州三联分销店坐落在文化路最北端，夹在一爿熟食店与一家牛肉面馆中间，是一片肉夹面包的三明治。门面极简陋，里面也未加意装修，因为地处路口，故接纳了各路灰尘。学术著作居多，但品种仍感到少了些。一路扫过去，有百花、蓝色、名著、三毛、华夏、中华、昨日、经济等十多家。通俗读物及畅销书居多，也有一部分外国名著。据潘振平说，和北京地摊的情况差不多。

在省社科院门口又坐上车，往图书城，亦即批发市场。花花绿绿，实在都是些不入流的货色，与北京金台路批发市场近似。倒是薛设在这里的批发点有几本正经书。

归来从市中心穿过，经二七纪念塔、亚细亚商场。商场对面的一家新华书店，是我对昔日郑州唯一的一点印象，可据说已被台商买下地皮，要另行开发了。

十二点回到越秀。一顿午餐吃了三个半钟头，都是精品，却无一合口味，如白灼虾、原汁熊掌、木瓜炒蛇丝、清蒸石斑鱼、炒豌豆苗、柳汁煨鸡汤。灶上的大师傅梁伟坚亲自提了一条水蛇到座间，放血、取胆。血滴在米酒里，胆浸入白酒间，做成蛇血酒和蛇胆酒。真见出灯红酒绿，酒绿灯红。

崔老板是山东人，父亲似乎是老干部，他本人过去一直在国家机关，八六年才开始经商，八八年就创出牌子了。越秀开业五年，算是郑州的一个名牌，——"饮食业一枝独秀，郑州市纳税第一"。

回到饭店已近四点，薛又来坐聊片时。洗过澡，未及喘气，薛又来，聊了几句。

躺下，书未读得几页，八路打电话来，招呼过去吃饭。有省委宣传部部长张文彬来看望丁聪夫妇，又是一通海聊，坐在饭桌上，已是七点半钟。

仍是一桌高档菜：花蛤、鲜贝、清蒸原汁带子、活龙虾。一个五彩巨形拼盘，是为海鲜冷热拼。又有一个用某种食品原料编成的花篮，里面大约是精品杂烩（蛇丝？吃得出来味道的只有青椒丝）。一人一碗黄芪炖甲鱼，一碗皮蛋粥。饮料为人头马。服务周到得令人手足无措：一会儿递手巾，一会儿换盘子，一会儿续饮料，只要有人一摸烟，立刻有火凑上去。

结束已是九点半。今天一天的主要活动就是吃饭，而一日头痛不止。

一月十四日（五）

早起仍头痛，吃下两片去痛片，又天旋地转起来，却酿出《第八件事》的开头，于是一气呵成，一篇草竟。

七点半钟，跟了薛，仍往楼下早餐。今改为自助餐，油条、煎饺、面包、黄油、小米红枣粥、瘦肉皮蛋粥、小菜若干，甚可口，每人十五元标准。

饭后，薛率领丁聪夫妇与潘逛亚细亚，我独自留下，将稿件誊清。

午间再往酒店（由老板结清了房钱，每人三百五十二元）。

老板备下的是涮羊肉，只好告罪，在街上八毛钱买了一块烤白薯（九毛一斤），边吃边往博物馆走，走到门口，才知午间休息。博物馆门口有一个图书市场，里面的书一律九折出售。

两点钟回到酒店，火锅尚未涮完。在书店里闲逛，等到两点半，由薛陪同，乘车往大河村遗址。三点半归来，独自往博物馆，看馆藏文物展：青铜器、三彩、瓷器。

博物馆对面是金水桥，桥上又是一处图书市场，分九折、八折、对折出售，新书多是九折，外国名著精品亦在其内。

五点十分回到酒店，看丁聪签名、作画、写字，欢笑一回。

六点半钟吃饭，面条系列：鸡蛋绿豆面、排骨面、青菜绿豆面。

七点钟握手道别，崔老板以一支派克笔持赠。

往火车站，由薛正强送上车厢。252次直快，软卧，潘一人是硬卧，坐在一起聊到十点半钟。

一月十五日（六）

六点五十分到达北京。回家洗过澡，吃过饭，大体整理就绪，已近九点。

往编辑部。有陆灏寄来《罗马大教堂》、《锦帆集外》、《彩色的花雨》等，诸伟奇寄《施愚山集》、《阮大铖戏曲》四种。有一包下款写王璜生托广东电视台蔡照波寄，原来是饶宗颐著《画颟》，扉页并有作者题赠。寄书的王、蔡二位皆素不相识，与饶先生也并无交往，怎么回事？

将《"倚窗学画伊"》（评《采花贼的地图》）草成。

昨晚与潘振平聊天，他谈到中国统一趋势的动因是北方游牧民族的不断南侵，这是从秦始皇时代就开始了的，又言晚清最大的困扰是财政危机。

一月十六日（日）

读高阳著《胡雪岩》。

一月十七日（一）

七点半钟，往东单银街牌下与陈四益碰面。冬寒凛冽之下，伫候十五分钟，不见人来，只得先往编辑部。八点钟，陈赶到，说是临行忽腹痛，待跑出卫生间，已逾约会时间，特追送了来（丁聪的漫画原稿）。

将《胡雪岩》三册读竟。高阳实在是大手笔，驾驭史料的功夫不用说，细节描写，铺陈之妙，是一绝。能对当日社会生活种种如此熟悉，人情物理如此了解，亦一绝。细思来，经商的道理和为人的道理，竟是一样的。解读了一个"商"字，人生也就没有秘密了。

想起越秀老板崔乃信，他经营上的成功，与其为人上做得漂亮，正是一致的。

一月十八日（二）

读《萧瑟洋场》。

午后谢选骏来。一别几载，似乎一点儿没变。他说小住几日，仍回日本，家眷也还在那里。问他近况如何，多一句不说，也就算了。

往商务门市。

继往编辑部。

一月十九日（三）

往编辑部。

从吴彬处借来《红顶商人》。

读罢余秋雨的《千年庭院》（《收获》一九九三年第五期），有欲哭无泪之恸。昨日得知一默的凤鸣书店被查抄，只好休业，也是差不多的感觉。文化的根扎在地下，固难斩绝，但生于地面的葱绿却是这样脆弱，也还不必暴力，只需人性恶中的一点点：嫉妒、虐待，施放出来，也就够了。一旦为之提供施放的机会，这一片葱绿哪里还有生机呢。自然总会生出新的绿，但面对荒芜的也许就是整整一代人。

晚间看录像：《情人》。把热烈的情爱做成一份深深的忧郁，她明明是爱着他的，却始终对他说：只是为了钱。也许这样才能减轻爱的重负。但她仍然肩负这爱，走过一生。这爱，包括对方，也包括自己，是初始的情欲，是懵懂无知的，是纯洁的，是不可重复的，一生只有一次，如同只有一次的生命。

寄柳苏"洛神赋十三行"。

一月廿日（四）

十点钟往编辑部。

十一点钟小坤来。与老沈同往柳泉居，赴负翁之约。为小坤去岁织了一顶毛线帽，负翁念念于心，一定要见一面，宴请一回不可。小坤一再推托，今日总算了夙愿。另有贾凯林并贾的同事一名。菜有冷拼一款、过油肉、肉片烧豆腐、马蹄虾仁、宫保鸡丁、抓炒鱼片，并酸辣汤一盆，豆沙包二十个，费九十八元。

饭罢往琉璃厂，有"岭南文库"一批面市。

一月廿一日（五）

怀古类，也是定了格的程式。钱锺书《谈艺录》谓：孔子言道亦有"命"，道之"坠地"，人之"弘道"，其昌明湮晦，莫非事与迹也。道之理，百世不易；道之命，与时消长（页二六五）。这便是怀古诗的基调了。又用得着梁漱溟的说法：中国历史自秦汉后，即入于一治一乱的循环，而不见有革命。革命指社会之改造，以一新构造代旧构造，以一新秩序代旧秩序。中国历史所见者，社会构造尽或一时破坏失效，但不久又见规复而显其用。它二千年来只是一断一续，断断续续而已，初无本质之变革（《全集》，页二一九）。

天不变道亦不变，道是永远的，故历史只是由道的昌明湮晦而连续演出的一个一个事件。革命是改变，是建立新的秩序；治乱是复原，是恢复旧的秩序。道是无须改变的，故全然用不着革命。但道之湮晦便成乱，于是要弘道，于是就有了治，拨乱反正，重新回到旧的轨道。今与古不是一条递进的直线，而是一个圆。首尾不相望，圆心却是一个。

其实怀古诗写得最好的是程式之外的陈子昂《登幽州台歌》：前不见古人，后不见来者。念天地之悠悠，独怆然而涕下。——不见古、今之事与迹，惟觉地老天荒，为一片无边无际的悠悠岁月所包裹，这怆然悲怀，是立足于圆心才有的感觉：感到圆的神秘，圆的压迫。

方回在"怀古类"卷首小序中写道："怀古者，见古迹，思古人，其事无他，兴亡贤愚而已。可以为法而不之法，可以为戒而不之戒，则又以悲夫后之人也。"怀古诗中的景语，即状写古人、古迹；情语，则是千篇一律的千古兴亡之慨。悠悠岁月，阻隔着古与今，挽结着古与今，——今非昔，今犹昔，古与今，是一个圆上的两个点。

只有一位伟大的诗人吟诵着"俱往矣，数风流人物，还看今朝"，似乎是要冲出这个圆了，却终于在最激烈的反古的声浪中复古，——仍然没有冲出这个圆。

许浑《登尉佗楼》有"萧鼓尚陈今世庙，旌旗犹镇昔时宫"，方回批道："今世"、"昔时"，犹所谓"耳闻英主提三尺，眼见愚民盗一抔"，"三尺"、"一抔"甚工，"耳闻"、"眼见"即拙矣。"今世"、"昔时"亦然。这是评诗。但今世庙、昔时宫之同义反复，却格外见出一层意思，即古、今之间，除却岁月之隔，原是没有什么大区别的。

午后往编辑部。

一月廿二日（六）

老子曰："多闻数穷，不若守于中。"中，非是前后居中之中，乃圆之中。偏离了圆心，必画不成圆。

老子十四章："迎之不见其首，随之不见其后。执古之道，以御今之有，能知古始，是谓道纪。"

王弼注曰："无形无名者，万物之宗也。虽今古不同，时移俗易，故莫不由乎此以成其治者也。故可执古之道以御今之有。上古虽远，其道存焉，故虽在今可以知古始也。"

十六章："万物并作，吾以观复。"

往最高人民法院出版社为爸爸购司法文件选。

往编辑部。

雷颐来送稿，谈到"文化大革命"，谈到将要被淡忘的"文化大革命"。

不免牵扯起一段遥远的回忆。

真的是遥远的回忆。时间的阻隔，正在把它变得越来越遥远，甚至有些记忆中的事，都怀疑不是真的，而只是很久很久以前的一场噩梦。"文化大革命"差不多已是三十年前事，在这段历史之后，又已经诞生了一代人，它怎么能够不被淡忘呢？

我何尝不想淡忘？这样的记忆，实在是一种重负。今天写下这几行文字，就是为了淡忘，——岂止淡忘，要彻底忘却才好！

"文革"开始的时候，我读小学五年级，班主任是叶老师。叶老师一向很有威严，她专门教高年级。在她教出来的学生中，每一届都有几个能够考上全市数一数二的中学。叶老师为我制定的目标是师大女附中。就我的实力来讲，这并不是可望不可即。但我一个致命的弱点是粗枝大叶，数学成绩便绝少拿满分。为此，没少挨批评，曾多次领教了叶老师的威严。所以，我对她始终是心存敬畏的。

六六年夏，"文革"风暴尚在青萍之末。大约是六月以后的某一天，叶老师把全班带到一个同学家的大院子里，那是一间阴暗的大房子。事后回想起来，我总觉得那应该是一间车库。叶老师泣不成声地向我们讲述了她的身世遭际，她曾经被她的情人所抛弃；又为了抚养她的弟弟而卖身。详细的，都已经记不清了。只记得她悲痛欲绝地哭诉着："我是被人家当花瓶耍啊！"只记得在她的哭诉声中，全班同学哭成一片。清清楚楚记得的，是只有我一个人没有哭。我相信自己一定也是很受感动的，但不知为什么，没有哭。这是有生以来经历的第一个忆苦会。在以后经历的无数次忆苦会上，我都没有哭过。这不是没有阶级感情，更不是没有同情心，大概只是生理的原因。后来的周恩来逝世、毛泽东逝世，我都不掉一滴眼泪，即使在参加总理遗体告别仪式的时候。小航几次以批判的口气质问道："你为什么不哭？你为什么不哭？"我只能老老实实地回答："不知道，我真的不知道。"

早已记不得叶老师究竟是怎样被打倒的。也许事情发生得太快，瞬间的巨变，根本来不及储存记忆，只有一幕可怕的场景，顽强地进入记忆的深处：在一间大教室里，叶老师站在中间，班里一批阶级斗争的尖兵，——在忆苦会上的痛哭流涕者，曾几何时，已站到了批斗老师的第一线，责令过去的班干部，即所谓老师的红人儿，排了队，持着笤帚，每人走过去打她一下。长久折磨着我的一个问题是：我究竟这样做了没有？却是无论如何也想不起来了。我曾经无数次地想象着：我是按照这一残忍的命令去做了。但我却无法想象这细节，——怎么可能会向我一向敬畏又敬重的老师举起笤帚？这怎么可能是我？即使是一瞬间的迷失本性吧，那么应该是一生中最大的耻辱与最深的悔恨，又怎么可能失去记忆呢？但如果我违抗了命令，在一排充满怒火的眼睛下，又怎么能过关？我甚至怀疑是自己果真铸造下大错，事后却有意识地淡忘。然而，淡忘，真的就那么容易淡忘么？

也许，也许这一切都是一个子虚乌有的梦？

东华门小学早已撤消，昔日同窗未经正式毕业而四散。去年秋天，在大洋彼岸做老童生的胡仲直，奇迹般地与我接通联系。二十七年了，叙旧的话题不知有多少，何况又是这样传奇似的意外"相逢"。我迫不及待想摆脱这一缠绕过久的痛苦，于是马上写信问他忆苦会是不是真的。回答是肯定的，并且说："这是我的阶级斗争第一课。"又道："关于忆苦会，我有好多感想，留待见面再谈吧。"还没有来得及继续追问后面的批斗会，这奇迹般接通的联系，又莫名其妙地中断了。不但疑问没解决，且留下新的悬念。

后来我又去过一次叶老师的家，是在交道口附近的一条小巷子里，一个小小的院落，一间小小的房子，家中只有她和她的老母亲。

叶老师一向威严的面孔，平板，呆滞，没有任何表情。她呆呆地坐着，一言不发，这一次我只清楚记得：我也是一言未发。同行的还有几个同学，我不知道我们是去干什么。

很久以后，才听到消息：叶老师疯了。有她曾经教过的学生，从中学杀回母校，对她进行残酷斗争：先打破了头，又向伤口灌石灰、灌尿。

叶老师疯了。在举世皆狂的年代，她的疯是正常的。我猜想，在我最后见她的时候，她的神经就已经崩溃了。

——人和人之间，要有怎样的积怨，才能爆发这样惨无人道的酷虐？而作恶的，竟是她花费心血教出来的学生！即便是中学生吧，也不过是十几岁的少年啊，怎么能够……？

我找出小学五年级时的日记。那时日记是每天的作业之一，必须交给老师看的日记。结束在一九六六年六月八日，是个星期三。六月七日的日记这样写道：

听到党中央决定改组北京市委的消息后，各班同学纷纷写大字报、决心书，是啊，这是毛泽东思想的伟大胜利，这是社会主义文化大革命的伟大胜利！正因为人民用毛泽东思想武装了头脑，才能把一个个披着马列主义外衣的牛鬼蛇神揪了出来。大家都表示：我们热烈拥护党中央的这一英明决定！并下定决心，要在新市委的领导下，时刻以毛泽东思想为武器，把文化大革命进行到底！

叶老师在这一页日记的下面，用红笔打了一个对勾。而以往在我的日记后面，常有"好"或"对"的批注。这一次却只表示阅过。这简单的对勾中，是否已埋藏着深深的忧虑和困惑？很显然的，从六月八号以后就全面停课了。

写下这几行文字的时候，我怎么能够知道，敬爱的叶老师就是这该被揪出来的牛鬼蛇神呢？我又怎么知道，我亲爱的外婆，我的远在南方的妈妈，都是牛鬼蛇神呢？更不能够知道，所谓的阶级斗争，就是人与人之间，不分朋友，不分亲人，一场又一场残酷的恶战！

叶老师终于离开了这个早已抛弃她的世界，她终于得到了完全的解脱。

但我却至今不能解脱，——长久地为那一段失去的记忆所折磨。近三十年了，我已无法找到当年的证人。

我只有乞求忘却。为了这忘却，我写下这几行文字，并向叶老师的灵魂祈祷：如果我真的曾经为恶，那么，我愿以一生的为善来洗刷。

忘却曾经的恶，这世界是不是就会变得善良？

一月廿三日（日）

将"不仅是'律髓'"草成。

读《萧瑟洋场》上部。

一月廿四日（一）

往编辑部。

老沈将"律髓"篇改作"程式化与大一统"。

初校样来。

一月廿五日（二）

往编辑部，准备初校样补白。

午间与老沈在仿膳宴请叶秀山、周国平。叶的一番谈话很有意思。他说，《读书》是"后学术"，能写书，能写论文，能把自己的专业玩熟了，才能给《读书》写稿。

将散席时，叶先生一眼看见刘东在另一角站起，将去，遂将他叫住，又坐在一起聊了一会儿。

一月廿六日（三）

往编辑部，处理初校样。

从负翁处取来王玉书所镌"宋远"小印。为王写了一幅"洛神十三行"。

读《六朝经济史》。

一月廿七日（四）

往编辑部。

为梵澄先生送去《渔洋山人精华录训纂》及《海国四说》。到徐宅已将及九点，不意先生刚刚起床。他说近来是几十年中最忙的一段，为鲁迅先生的藏画目录累得寝食不安。昨晚一直到两点犹不能入睡，于是起来躺到沙发上看《读书》，至凌晨四点，方上床就寝。这几日又在忙《五十奥义书》重印本的校对，十天看了不到一半，而只有八天的时间就要交稿了。先生说，这一次又想到我当年提出的意见，即应将译者以为不雅的部分照译出来，而不必删去。"我重新读了一遍原著，认为还是删得对，实在是太不堪了，没有必要译出来。""这是哲学啊，应该让读者看到它的原貌。""这不是哲学，哲学是高尚的东西，把最低下的与最高尚的攀缘在一起，正是李义山说的'花下晒裈'、'在丈人丈母面前唱艳曲'。""那么密宗呢？""密宗就是这一点不好，利用最野蛮最原始的东西，去讲出一番道理。"

先生说，在这样紧张的时候，却又另有一件烦事。所里的一位七月份要到希腊参加一个国际佛学会议，拿来讲稿，长长的一篇，要先生帮助修改。"这个人的英文水平充其量只有高中一年级，又要搞巴利文、梵文。所以我做这件事真是不易。难就难在文章根本不通，做不了的学问就不要去做，还偏要做，又这样的屈尊……"，先生一个劲儿转头，大约"屈尊"是文雅的说法，恐怕言谈举止是很有些卑下了。"我这一生都没有做过这种屈尊的事，我们的国家也真有意思，能派这样的宝贝出国。"先生说，这些话本来懒得去讲，只是心中不快，看见我了，忍不住发泄一下。

杨成凯送图来。

一月廿八日（五）

读萧著《中国政治思想史》。

道德原与法律、制度相适应，且互为作用。没有相应的制度作保证，道德是无法显示其力量的，或者说，只能是虚伪的，——以道德的语言掩盖不道德的行为。

一月廿九日（六）

往编辑部。

与沈、吴一起，讨论第四期稿件。

过中华门市部。

读《日本学者研究中国史论著选译·五代宋元卷》。宫崎市定著《王安石的吏士合一政策》，颇有见地。

一月卅一日（一）

往编辑部，发第一批稿（一百一十面）。

读《辜鸿铭文集》、《毛泽东读文史古籍批语集》、《字诂义府合按》。

看录像：美国影片《人鬼情未了》。山姆和莫莉是至爱的恋人，山姆被情敌卡尔谋杀，化作幽灵复仇，保护了莫莉。明知满纸荒唐言，但编剧甚解荒唐中寓情寓理。情、理之入，又正契于观者所系心处，故可以为人所接受。

二月一日（二）

以"善史书"质于朱新华。奉来书，颇有所解。此君果然学识不凡，非浅学之辈，但犹嫌证据不足，尚未可作的解。

午间与老沈在仿膳宴请"京味海派"：董乐山、施康强、李文俊、陈四益、丁聪夫妇。

饭后老沈陪同丁聪夫妇来家小坐（丁夫人急于打电话），然后一起将他们送上出租车。

下午沈又来，送来一个水仙花盆（先养在一个搪瓷碗里，被沈看到），并一个邮包，是陆灏寄来的，计"海派小品集丛"四种：苏青、章衣萍、徐訏、马国亮；《秋笳集》；《司马相如集校注》；"生活与博物丛书"；《涧泉日记》；《章太炎全集》第二卷。海派四种仍推苏青为佳，文笔老辣。马国亮的文字，太酸。章的随笔尚可读。

接到于晓丹两册赠书：英国散文精品集《玫瑰树》，卡佛的《你在圣·佛兰西斯科做什么》。于在短笺上写道：我去年一年去河北乡下锻炼，乡下的经历很好，给我补养很多。

志仁买来计算机。

夜间看电视：王志文和江珊主演的《过把瘾》。

二月二日（三）

读《颜氏家训集解》。

午后往宾华。沈、吴、贾、郝、倪乐、小坤已在座，为倪做生日。

往负翁处，取得《顺生论》若干册，携归编辑部，代为分赠。

画版式，准备发第二批稿，忙到五点半钟。

志仁往天津，夜归。

小凯赠一支笔。

二月三日（四）

想起《老残游记》中有一段谈儒、佛、道三家的话，议论很精彩。检岳麓本，第九回《一客吟诗负手面壁，三人品茗促膝谈心》，论"攻乎异端，斯害也已"；论韩愈"原道"；论朱子；论"好德如好色"，果然说得极好。

二月四日（五）

往琉璃厂。昨晚志仁交下一千元零花钱，说随便买什么。欲买念之已久的《十竹斋笺谱》，不料已由原来的八百六十元涨至一千二百元，只得作罢。

访萨本介，未及多谈，又有人来访，遂匆匆辞去。

计算机接通，但不会使用。

二月五日（六）

往铁道部。

看望外婆。

归途过北图，见书目文献出版社正在出售降价书，购得《群书考索》等。

往编辑部。

傍晚郑逸文来。明日将回上海过春节，特来告别。她说，她已采纳了我的建议，搬到友人家中去住了，感觉很好。我说，就这样，以一年为期，好不好？她似乎以一年为长。

老沈又送苹果来。郑邀请他一起去看话剧《阮玲玉》，他谢绝了，仅约定明天在新侨为郑饯行。

二月六日（日）

将八四年内蒙采风时整理的民间故事找出来,有些还很有意思。

十一点半往新侨。老沈已在六楼等候,说这里已改为自助餐,换地方吧。于是他先往美尼姆斯占座,我留下等吴、郑。一会儿,吴彬来了,一起候郑。在大厅里等候的时候,说起郑逸文与友人,我说:"两情若是久长时,又岂在朝朝暮暮。"吴彬道:"牛郎织女乃与天地齐寿,凡人如何比得起?人生不满百,这朝朝暮暮还是要在乎的。"直等到十二点十分,也不见踪影,只好三位主人聚餐。一次客人缺席的聚餐,各人点各人的菜。我要了鸡丝沙拉、炸猪排、橙汁,匆匆吃下。

十二点五十分离去,赶往三里河。志仁已候在路上,同往王燕京家,请李雄讲计算机的基本操作。志仁两点钟即往同学家聚会,弄清了大致的操作程序,三点钟离去(总觉得心情十分紧张)。

回家练指法,觉得很累。

晚上老沈打电话来,说他们刚刚结了账,郑竟施施然而来。于是换了张桌子,又重新开始。我们三人用了二百一十元,郑一人便费一百五十元,吃得很高兴,还喝了鸡尾酒"天使之吻",尽欢而散。

小茹与黄陆川今日结缡。终于接受了我的意见,没有大摆酒席,只是送来了喜糖。小茹近日肝又不好,故肝火旺盛。黄说,日前他们在西单商场排大队买喜糖,站了半个小时,已是不耐烦,待排到跟前,售货员却又给别人拿,于是小茹冲着她大声喊道:"不买了!"结果黄只好再重新排一次队。不过小茹倒还是生着气在旁边等,没有一怒跑掉。

二月七日（一）

往编辑部，处理积存的来稿。

阅三校样。

二月八日（二）

一日大风。

往编辑部，为先发之部分稿件校样准备补白。

读谢阁兰的《碑》。

碑？"碑"？《碑》？它真让人惊异。它出自中土，却被西化了，因此面目全非。这是一本很奇妙的书。

《辜鸿铭文集》，第三十七页"费解"：袁简斋晚年欲读释典，每苦辞句艰涩，索解无从。因就询彼教明禅学者，及获解，乃叹曰："此等理解，固是我六经意旨，有何奥妙。我士人所喜于彼教书者，不过喜其费解耳。"余谓今日慕欧化讲新学家，好阅洋装新书，亦大率好其费解耳。如严复译《天演论》，言优胜劣败之理，人人以为中国数千年来所未发明之新理，其实即《中庸》所谓"栽者培之，倾者覆之"之义云尔。

费解并非就跳过去不解，而是率以己意强作解人。谢阁兰于中国典籍，亦如是。其实他本也无意求的解，而是以意求新解。他这种非中非西、亦中亦西的作品，大约对西方人和东方人来说，都是陌生与新鲜的。无论西方人还是东方人，衡量他的作品，都须采用与本土传统完全不同的标准。

东方文化对于他，只是一个灵感的激发点，一种启示，一种象征，开启一条新的思路，提供若干新的意象。他不须寻求完全的了解与理解，也无须认同，只需要感觉。碑是形象的启悟，四书五经是语言的启悟，撷取能够激活他的思维的吉光片羽。这种断章取义，竟使本土的读者也觉得像是遇到了一个新的文本。经义的本身已使人难辨旧貌，谢氏所赋予的新意，更令人觉得朦朦胧胧。

不能否认他对东方文化的研究与了解，他也的确是很用了功夫的。但到底不能够改换固有的思维方式。也幸而他能够保持自己的思维方式，而使他的研究与了解在一个独特的角度展开。

他并非阐释经典，你无法评论他对与错。在这一点上较真儿，是愚蠢的。

第六十六页，"豷也何害，先夫当之矣"，叙述了《左传》里的故事，中文题字，用的是《左传》原文，叙述也很忠实，但仍令人感到面目全非。也许因为这一故事被他单独提取出来，就赋予了新的意义。也许因为这一故事脱离了上下的语境，就失去了原有的意义（特殊性变为普遍性，它成为发生在世界上的一件事，而不是中国的春秋时代的一个史实）。

二月九日（三）

往编辑部。

往负翁处取《清流传》序。

为谷林先生送去样书和稿费。

看望李师傅。

将序送至编辑部。

用计算机写出了第一份文件：给谷林先生的信。无奈打印机操作不好，费了半日力气，到底印不出来。

蒋原伦送的一头水仙，先养在一个搪瓷碗里，后来老沈看见了，遂送来一个蓝瓷盆。眼看着它一点一点拱出绿芽，抽出碧莹莹的叶片，又挺出一茎一茎的骨朵。今天正好秀出第一朵花，散发着一缕闻不真切，却感觉得到的清香。

读谢阁兰的《勒内·莱斯》。与《碑》不同，他不是注重感觉，而是着意于讲故事，便不好。

二月十日（四）　　甲戌正月初一

再次努力操作打印机，仍未成功。

作《韩诗外传》细目，输入计算机。打字已经很熟练了。

晚间老沈来，取走《负暄续话》。

二月十一日（五）

落雪了，清晨起来，看到窗外白晶晶的一片。一冬无雪，这一点点雪，真是金贵呢。

仍读《碑》。

碑是如此呈现于谢阁兰的创作活动中：

他从实实在在的物质世界中撷取与心灵碰合的意象，用物质的碎片，营造了一个精神的世界，半童话、半神话的世界。这也许并不是有意的浪漫，而是一种直觉，真实的直觉。在"万里万万里"中，他想象着翘角飞檐、雕梁画栋的皇宫是行进着的；亘古不移的，只是凝固的碑。不知道他是否还从《诗经》中获得灵感，——《小雅·斯干》中的"如跂斯翼，如矢斯棘；如鸟斯革，如翚斯飞"，正是描绘这种动感；但可能另有一种深层的寓意：在皇宫里完成兴盛衰亡的一代一代王朝，随着天道更迭不已，而"纪念碑静止不动"。它是完成，也是开始，它忠实地纪录着一治一乱的全过程，却冷酷庄严地显示着天不变，道亦不变。

在他的想象中，君王、天子，首先在精神上、情感上，享有无限的自由。在"纵乐的君王"中，他让夏桀说出："我的王位比护卫帝国的五岳还重：它横卧在五情六欲之上。让那些游牧部落来吧：我们将使他们高兴。"桀从历史中被提取出来，不再对王国负责，不再承担君主的义务，不再肩负道德，而只是一个享有自由意志的个人。从历史中剥离出来，脱离了生存背景，摆脱了历史的批判，越出了政治道德的尺度，在欲望中的沉湎与迷失，却被赋予了发现与显现的意义。桀只是一个在生命中点起欲望之火的人。"纵乐的帝国"是一种生命的体现。

"日亡吾乃亡耳"，这是桀的永恒。作为夏"桀"，他断送了一个王朝；作为桀，他是一个自我的完成。所以他把这六个汉字题写在他的这一方诗碑上。

将《翟方进》输入计算机（打字速度一小时六百字）。

傍晚二鸿来。

水仙花开出了六朵。

二月十二日（六）

读泰戈尔《人生的亲证》。

与志仁、小航同访李雄，仍请教计算机的使用。

往小舅舅的书摊购书，只选了须兰和赵玫的《武则天》。

早在《文汇报》上看到对须兰的介绍，只有二十二三岁，很有几分天才。

《武则天》用的是一种很独特的叙述语言，写出一种阴森、惨酷的气氛。感觉的准确，使它具有一种无法拒绝的真实，因此不得不忽略对史实、对细节的考订，而接受她的叙述。

她对国人人性的洞悉，超过对唐人心灵的洞悉；她对中国政治的洞悉，超过对唐代政治的洞悉。所以站在今天，她可以远眺唐代，而且觑得那样真切，那样分明。作者略过对典章制度的考订，读者也便略过对典章制度的追究，而认可了她笔下的历史，不得不接受。简直不明白为什么无法拒绝。须兰，真让人嫉妒。一个走出少女时代未久的姑娘，为什么对历史有这样深、这样透的感觉，像一个在历史与今天间飞去又飞回的精灵。

按照李雄的指点，再次打印，仍失败，气死人了！

二月十三日（日）

读《武则天》赵玫所著部分，有些读不下去，似远不及须兰。

将《"我是他"》草成。

晚间薛正强做东，在东四新开业的食德小馆宴请王世襄夫妇，我和吴、沈作陪。小馆前书四个篆字，下置一袋雪白的大米，旁一斗，一瓢。中间伸出的台板上，放着一盘糖果瓜子，一盆盛开的水仙。厅堂雅洁，只是不停播放的流行歌曲过分聒噪。菜很新异，多有前所未食者。四个凉菜就很别致，一款松花豆腐，郁郁拥着雪白，豆腐嫩得入口即化，且齿颊间留下豆香。又有秘制狗仔鸭煲，似是药膳，也还可口。柠檬猪排、豉汁蒸鱼、小笼包，都不错。罗宋汤差一些，欠浓郁。玉米糕、银丝卷、八宝饭，皆好。共费二百元。

一年一度的春节就算过去了。真正有意思的似乎是节前那一段长长的准备与期待。努力将旧岁中未了清者尽快了结，努力为新岁之到来做一好的开端。紧张、忙碌之后，便如释重负（其实，若有一时打发不了的，借着"年关"，不打发也算是打发，就清账了）。

二月十四日（一）

往编辑部。

发稿、并校样，忙碌大半日。

读《西南历史地理考释》。

二月十五日（二）

李雄应邀上午来，终于将打印机的问题解决，一连打了五封信，寄出。

午间冯统一过访。他早就准备购置计算机，但不知为什么一直拖下来。不过虽无机器，却对机器的性能、操作已经非常熟悉了。

二月十六日（三）

写了几封信，打印又遇障碍，真是不胜其烦。

午间编辑部在食德小馆宴请陈原先生，五人费一百三十余元。饭罢又往宾华喝咖啡，吃甜点。

在灯市口购得《胡雪岩全传》。

读最后一册《烟消云散》。

二月十七日（四）

终于将折腾了整整一周的"谷林先生"打出来。

往灯市口中国书店，购得《普鲁斯特随笔集》、《里柯克随笔集》、《故都三百六十行》、《重订新校王子安集》、《郭弘农集校注》、《泊水斋诗文钞》。

往编辑部。

晚间陆建德过访，坐聊一个多小时。他极力主张"教化"，认为一个操作顺利的社会，并不是一个好社会，而一旦到了那样的程度，再来"教化"，便近乎不可能。"经济是手段而不是目的。"

将《烟消云散》读竟。高阳笔下的胡雪岩真是条汉子，事业完了，但人仍立得住。胡可谓成也左，败也左。他的轰轰烈烈靠了与官场的联姻,他的一败涂地也是因为卷入政争。

二月十八日(五)

利用电脑,伪造了一篇读者来信,寄老沈。

午间张庆来。在家中便饭,然后乘13次回沪。

二月十九日(六)

往编辑部。

吴方来,赠彼四册"世纪回眸"。他在《读书周报》上看到《楮柿楼读书记》的广告,因索。虽真心以为拿不出手,但二吴(今按:应指当日也在场的吴彬)皆以为我是自谦,到底送上一册。

老沈不慎扭腰,带彼往赵大夫处按摩。

将"谷林先生"草成大概。

二月廿日(日)

"谷林先生"草竟,并打印出来。

地下室租期已到,需将里面的《读书》合订本及一应杂物搬出。午间前往装车,大风中迎立近一小时,车不到。老沈遣我先回。据说我走后不一会儿,车终于来了。三点钟才忙完。

曲冠杰携其女公子来,送所著《千秋血》一册。

二月廿一日(一)

昨夜始改写"藏书家与侍妾"一文,今日午前作完。定题目为"知多少、芳心苦恨"。打印机仍不好用。

午间老沈来。

二月廿二日(二)

往编辑部,处理校样。

将《公孙弘》改定。对打印机"施暴"——上下左右乱敲一阵——竟一下子变好了。

午后陆建德来。送来为志仁翻译的孙子兵法玉屏石雕的说明（中翻英）。坐聊近两小时。

二月廿三日（三）

访梵澄先生。此前先生特嘱我带了纸笔，到后乃将一至三卷诗抄错之处，一一改定。先生先告诉我几种校改的古式，我却一点儿不知道。先生便抚掌大笑，十分得意。他说，你抄得实在是好，我要给你一笔"润笔"。但你如果再用来给我买奶粉、烟叶乱七八糟的，我就不给。我说："如果给我的话，我一定还要去买烟叶的。"

谈到王荆公。先生说，司马光说他贤而愎，真是一点不错。苏东坡有一个上皇帝的万言书，他也就照样来一个，一点不少，此所谓拗也。他的诗的确作得好。有一首诗，还是和别人的，写得真好。"已无船舫犹闻笛，远有楼台只见灯"，试想想，这是怎样的情景？又有"山月入松金破碎，江风吹水雪崩腾"，这一个"水"字就有多么妙！他人只想到"海"字，想到"浪"字，而这一个"水"字，便是只有荆公想得出。

（归家查得此首为《次韵平甫金山会宿寄亲友》：天末海门横北固，烟中沙岸似西兴。已无船舫犹闻笛，远有楼台只见灯。山月入松金破碎，江风吹水雪崩腾。飘然欲作乘桴计，一到扶桑恨未能。）

又从鲁迅、鲁迅博物馆，说到周作人。他本来说，对周作人我一个字也不说，但仍然说了。原来是极看不起。又道，那一枪实在是打错了（他说那一枪是爱国人士打的）。没有那一枪，周未必就出任伪职；打了这一枪，又没有打死，反而使他起了反感。

从早饭对门送来的四个汤圆，又忆起家乡风味。长沙柳德坊汤圆店，做得极好的汤圆。把糯米加了水，磨成浆，上面加盖两层布，布上加灶灰，灶灰便将水分吸干。然后裹馅，做起蚕茧大小的汤圆。一碗六个，六个铜板。汤圆浸在水里，水却是清的，可以称作神品了。再也没有哪里能够做得出。

春节无事，戏作打油，题为《寓楼八景》。当下看过，却不能记住。只记得先生最得意的一句："乾坤四鸟笼。"又有"台湾仍国学，日本即园工"。自然少不得有董先生一笔，总之，一句刻画一个寓楼中人物。结束之"关节美来鸿"，注道："关大姐佳节从美国来信问大家好。"讲到这里，先生大笑，说，此之谓不通，而又不通得好。又说作诗有入魔道的，举了一个宋人的例，举了一个王思任的例。

又取第四卷诗稿来抄。

留饭，坚辞，因编辑部已约了丁聪夫妇来吃饭。

赶往编辑部。丁聪夫妇、叶芳、白（三联山东分销店）已在。老沈烧的菜：咸鱼蒸肉、腌笃鲜、梅菜烧肉。另有叶芳带来的黄泥螺和醉蟹。梅菜烧肉极入味，就是咸了点儿。

访负翁。

携《顺生论》一册送往谷林先生处，坐聊一个多小时。问先生可有些知心朋友么，除了老倪之外，陈原先生是否算一个？先生说，和陈原先生还可以说几句话。那么还有谁呢？还有，先生看着我笑，还有赵丽雅呀。

后有历史博物馆的一个小伙子来送《郑孝胥日记》样书，遂告辞。

作"脂麻"补录。

二月廿四日（四）

往编辑部，处理校样。

整理近年写下的刊发及未刊发的文字。

二月廿五日（五）

作"脂麻"补录。

吴向中过访，坐聊两个多小时。

午后老沈来。

准备云南之行。

二月廿六日（六）

往民航售票处问明详细情况，然后再往光大公司向志仁汇报，从他手里领了款，再返西单，买好往返机票（一千五百六十元）。

给外婆送补助。

访负翁，送去老沈写下的第一篇《剪糨余音》。

二月廿七日（日）

谷林先生阅过"芳心苦恨"之后，在"《莲花白氎经》"旁打一问号。查原文，书名号原是叶著的校点者所加。检佛学辞典，不见有此一经。《读杜心解》页三十，有"细软青丝履，光明白氎巾"。注引《后汉书》注。又循踪翻查，终未得确解，却又读到了猿的故事。又由《水经注》而《白猿传》，而《南诏国与唐代西南边疆》……

作《脂麻通鉴》题记。

看电视中播映的影片《过年》，李保田演得最好。

午后又头疼。两片去痛片吃下，并不见效。

二月廿八日（一）

往编辑部。

寄朱新华一部《骈字类编》。又从社科院取回一部。

头疼。去痛片吃下，又睡，仍无效。

三月一日（二）

往社科院。访陆建德，送去光大所赠礼品。

赵一凡做了副所长，忙得不亦乐乎。说今日带稿子来，却也忘了。

访谷林先生，假得发在《周报》上的《曾在我家》。

老沈说，陈原先生看了写谷林先生的那篇文字，以为很不错，首先是没有一句废话，不俗。

作题记《不贤识小》。

访负翁，送去续编的目录及两则题记。他说我的文字不明白，费解。昨日杨成凯也说我食古不化。日前吴向中过访，所言亦大致相同。

再访谷林先生，送还文章，乞得两帧照片。看到他年轻时（三十二岁）与夫人的一帧合影，颇惊讶于他的清俊、秀雅，不觉脱口而出："真是一个风流小生啊！"先生只是笑。

三月二日（三）

往编辑部。

吴彬约了法国大使馆文化处的齐福乐先生和另一位搞中国当代短篇小说研究的法国女士，谈组织文学讨论会事。午间齐福乐做东，在仿膳请吴、沈并准备担任翻译的施康强、韦遨宇吃饭。未往，归家。

仍整理续编。

三月三日（四）

《楂柿楼读书记》稿费汇到。与志仁同往工商银行去取，计四千七百九十五块二（应五千四百元，扣除调节税六百余元，稿费标准千字二十五元）。

往编辑部。《中华英才》的张安慧老太太又请了摄影记者来拍照。

将《儒生三传》改写一回。

吴彬告诉说，那日席间提起我，韦遨宇道："她常常悄悄坐在角落里，像个弱女子，其实心里像岩浆一样。"这哪里是我？

三月四日（五）

往编辑部，将下一期发稿事宜基本料理清楚。

将《"我是他"》用计算机处理好。现在用全拼双音法每小时可打一千字。

午后再往编辑部。

归途过中华门市。

三月五日（六）

坐了小夏的车，由志仁送往机场。

一切按照既定的程序进行，十一点十分准时起飞。

飞机在云层间穿行，此刻方解什么叫作天外有天。云涛云浪之外，又是蓝蓝的天。刹那间冲入云雾，便劈头盖脸被团团裹住，生与死似乎一下子都交给命运了。很少的时候，能够看见绵延成一片的山岭，却不知飞到了什么地方。

两点二十五分到达昆明，远远就看见小裘站在玻璃外，同来的还有人民社的卢云昆、科技社的高亢（郭蓓的爱人）。

高亢开了一辆"上海"，先到民航售票处确认回程机票，出来以后，汽车停在马路边上，高说：没有油了。原来车子是昨天借来，油表又是坏的。于是小裘乘了电驴子去买油，这一折腾前后大约用了一小时，然后送我到下马村，他们就回去了。

一路打听到鹤西先生家，应门的一位小老头儿，正是程先生，腿有一点儿拐，原来是八八年在北京被自行车撞成骨折。

房间极宽敞，四室一厅，厅大概就有二十多平米。夫人几年前去世，遂将外甥一家接了来住。外甥媳妇原在江西，现在省农科院图书馆。

程先生自幼爱好文史，却搞了一辈子农业，——主要研究水稻。和鲁迅闹的那一场不愉快，大概就是促成这一转变的主要原因。先生的藏书，一半文史，一半水稻。八八年骨折住院，曾写了一本《骨折吟》，自己打印，装订了十册。

五点多钟吃晚饭：薤头炒肉末、青豆炒肉、酸菜烧菜豆、红烧鸡块、素炒荷兰豆、火腿片、香菇汤。可惜在飞机上吃得太饱（先发了一盒点心、面包、沙拉之类，刚刚吃下去，又送上来一盒热饭，有一半是鸡块），因此一点儿食欲也没有，头又有点儿昏，所以每一样都浅尝辄止。

六点钟辞别，先生一定要让外甥媳妇把我送到路口，在路口乘上摩托车，抵西站（五块钱）。

七点钟开车，原来所谓豪华型，不过是个可躺式的座椅，而车内的设施几乎都损坏得惨不忍睹了。

十一点钟到达楚雄，进车场夜餐。没下车，后来才听说是免费的，不过当时是什么也吃不下去了。

三月六日（日）

早六点多钟到达大理，停在一个像是停车场的地方。黑咕隆咚不辨东西，一路打听着找到邮电局招待所，但门紧锁着，门口两个小伙子在聊天，说服务员还没有起来。于是又打听着摸到玉洱路，又一步一步摸到113号，应门的又是一位小老头，正是李群庆先生。

李待人极热情。楼下坐了片刻，又往楼上他的居室。稍事休息，拟定了一天的行动计划。先生决意要陪我上苍山，也不好过分拂主人的一番美意。

八点钟，一起出发。在路口买了两个喜洲粑粑。到邮电局招待所登记了住宿，一天十五元。

先生已经七十五了，却脚力极健，登山的时候，我勉强能跟上。过三月街，进中和村，但见叶嫩花初，家家桃红李白，翠竹丛丛。

中和村背倚的就是苍山十九峰之一的中和峰。山腰一寺，亦名中和，但供的却是玉帝，门外，则又是一尊弥勒佛。毕竟道观抑或佛寺，倒有些搅得不清楚，大概此地民风有兼容之朴厚罢。寺是早就有了，但迭经损毁，屡屡重造，今日所存，乃近年所建，雕塑、对联、栋梁间的绘画，皆俗不可耐。寺院外面的一个角落里，横卧着一方大石，原来是康熙皇帝的御题匾额"滇云拱极"，在这里，倒真的是皇权扫地了。

在玉皇殿前的廊上坐了喝茶。前此来到的两位，其一是群庆先生的老表，其一是大理城中的裁缝。茶是烤茶，喝下去回味甘甜，禁不住称奇。一座皆曰："水好。"所谓"水"，当是苍山十八溪之一的水了。从中和峰流出的，应是桃溪。

坐聊一会儿，又起身行至寺后约百米处。一片石头的大斜坡，上书着"磅礴排闼"四个大字，左题共和元年，右署腾越李根源题书。再上去，就是新修的玉带路，因此峰常有白云缭绕如玉带，故名。据说为此拨款几百万，上上下下吃了喝了，剩下的钱拿来修路，其实基本没有使用价值。

沿玉带路左行，先生说，那边还有一个凤眼洞。但行不远，在两峰之间（中和峰与马龙峰）的转弯处，看到前面的路已经塌方，过不去了，遂向回折，原路返回。

置身山间青翠的松林中，只看到远处的蓝，——蓝的天，蓝的山，蓝的洱海。太阳时隐时现，这蓝也就变幻万端，或沉郁，或轻盈，或闪烁不定。

行至山脚，回首苍山，已被云雾所包裹，人竟像是从云端走下来。山下一座苍山神祠，是省重点文物保护单位，据介绍，这是唐代崔佐时与异牟寻结盟的地方。但岁月奄忽，历史已变成了宗教，结盟的遗迹荡然无存，此地却蔚然一座白族本主庙。里面供的是杜光庭，中和村即大部为杜姓，据云是杜光庭的后代。

殿前廊下，左面墙壁石刻，是宋湘题诗手迹，只记得尾联是：莫问劫尘世，仙人方弈棋。此诗题在凤眼洞，后移往此处。宋湘曾做过大理太守。

回至李宅，已是十二点半钟。一会儿，先生的一位朋友冯世禄来访。此位先生是本地著名书画家，最近被收入《世界艺术名人大辞典》。冯介绍说，李老是文史专家，在本地德高望重。又看了几篇先生发表在《云南文史》的考证文章。先生是白族人，老家在大理附近的乡间。父亲是举人，曾做过大理县志的编纂工作。先生先在铁路，后在邮局。育有一子二女，但与夫人却已十几年不讲一句话了。住在一处，吃饭分两灶，各过各的日子。据先生说，他曾经写过一篇什么文章，就被打成反革命，老伴觉得连累了她，从此二人相见形同路人。

一点钟吃饭。这里人称午饭作早饭，早饭则叫早点或点心。饭菜颇丰盛：香肠炒青豆、鱼香肉丝、炒蘑菇，一大碗清炖鸡汤。鸡很嫩，炖得又烂，颇有汽锅鸡之清鲜腴美。一问，却只是用普通的锅炖出来的。

饭后小坐，先生又陪同往太和城遗址。

遗址是全国重点文物保护单位，所存不过一段生满杂草的土垣，残墙尽头，建起一座碑亭，著名的南诏德化碑就在这里了。一个整方的大青石，碑身之高大，成为全国之冠（据说妙善菩萨的那一个碑，仅次于此）。只是碑文大部损毁，所存不及十之一（原文八千余字，今存七百余字）。据说当年倒卧在荒草丛中，乡人或凿下一块块拿回去磨刀，或特别剃去有字的部分，研成石粉，当药吃，说是能治病。南诏国的历史中，不少故事都很悲壮，此即其一。是否也因为撰文的郑回，特别有一种文字的功夫，而作成这样一种悲凉慷慨之音，格外能够动人呢。

悲壮的一幕，在漫漫的历史中毕竟太短暂，历史中充满的是平庸，是无边无际的寻常岁月，这许许多多的日常生活淹没了瞬间的悲壮与辉煌，所谓历史的尘埃，就是这平常岁月罢。南诏国的历史，南诏王的皇皇业绩，对今天仍然生活在这块土地上的平民百姓来说，有什么意义呢。一个是冷却的历史，一个是热切的现实，历史学家努力粘补剪贴在岁月冲刷下残存的破碎；日常生活中的普通人，则将没有现实价值的历史在破坏中忘掉，可资利用者，则或为宗教，或为商品，已是被现实漫画化了的历史。

太和城的路口，连个指示牌也没有，或者到这里来寻觅古迹，发思古之幽情的人，并不多罢。

归途，在大理古城城门前下车，步行进城，仍然是清晨的那条街，但阳光下，整条街充满了生机与活力，还有欲望。黑夜所保存、所掩盖的，此际尽被阳光释放出来。

街上出售的绝大部分可称作"旅游商品"，如大理石工艺品，蜡染服装之类。买了一条蜡染裤子，十二元；两顶帽子，五元。

在玉洱路口分手，先生先回家，我只身往三塔。路上买了一块冰砖（一块钱），一根花生巧克力冰棍（四毛钱）。

走出城北门，即有一位马车夫迎上来，问坐不坐马车，先是拒绝，禁不住左说右说，便坐上去了。一会儿的工夫，七颠八颠，就到了三塔。

三塔远望，依然是那样美丽、挺拔、俊秀，在蓝天中越见出莹洁如玉，但近前看，却见摊点纵横，充盈着商业气息。赶车人说，到这里来的人，不过就是转一转，照张相。这古迹，对当地百姓来说，已成了财源，对旅游者呢，是重金买得不知所谓的消遣。赶车人给我看了他的身分证，知道他名叫赵尔进，白族人，四十一岁，家在大理附近的银桥乡。赵说，原来塔顶上有一只金鸡，后来被英国人偷走了。苍山十九峰，十八条龙，少的那一条是黑龙，进了洱海，兴风作浪，塔顶的这只金鸡修炼了三千年，下来打败了黑龙。又说这三个塔是徒弟修的，师父原在对岸建另一座。徒弟耍了个心眼，搭起架子，然后用纸糊了，师父远远看见，大惊：我一座塔还没造好，他居然造起三座，结果一下子就气死了。塔后有一块大青石，用石块击打青石，就从塔顶上反射出蛤蟆的叫声。赵说，这是塔把声音收了去，然后又放出来的。

出了三塔，又坐了赵的马车往洱海。古城门边，田间一条马车路直通洱海，一段是土路，一段是石子铺就。赵喜欢把车赶得飞快，人在后面颠上颠下有一尺高的运动量。拐到一个村子里，正遇到一辆汽车在卸砖，于是赵挟了马车上的一件蓑衣，说：我送你走过去。

渡口顺了有七八条游船。赵走过去和一位小伙子搭话，问了问价，说渡我一个人过去要八十元。这价钱简直让人无法考虑，便马上说算了吧。但赵仍在那里讲价，驾船的说，我让到六十元，去就去，不去就算了。心里仍觉得贵，但想想此生大约不会再有第二次，咬咬牙，去吧。赵也跟着上了船。

一下海，就进到蓝色的包围之中，天和海，不可思议地蓝，逼人而来。水鸟在波涛上点水，野鸭子在水波上争逐，不是海，却有海的感觉。风很大，催起了浪。远远看见左岸耸起的高阜上一座翘角飞檐的楼阁，便是所谓景点之一的观音阁。守门人说此阁始建于东晋，却似乎于史无征。不过眼前所见，是近年的重建。里面有八仙过海的雕塑。另一座楼阁供着观音，案上放着签筒，另一面墙上，挂着印刷品的卦语。整个建筑与布置，同中和寺一样，俗气之至。

下船，继往金梭岛。岛上基本居民是白族，捕鱼为业。岛上一座本主庙，供着苍山太子。正殿对面，是一座戏台。庙宇建筑是白族风格。赵又带我到他爱人的一个朋友家坐了一坐。房子是三开间的，没有窗户，正面的格扇门雕刻得很密，所以室内采光不好。左右两间大概是卧室，一个小伙子搂着一个粗粗的白筒子在吹，原来是水烟，上面灌水，下面装烟，水起一个过滤的作用。屋子里很杂乱，也没有像样的摆设。主人要留饭，看看天太晚，便谢绝了。据说这里还有一个吴三桂避暑处，但驾船的小伙子说，水满，过不去了。

上船，回返。天色向晚，暮霭渐渐围上来，浪也更大了些。苍山那一边，乌压压一片浓得化不开的云，十九峰，玉带云，望夫云，全化作了一片沉沉的黝黑。残阳投射在洱海的一角，只有那一小片泛着淡淡的红光。

回到渡口，已是七点半钟。赵马车上的粪筐子被人偷走了，他说："这一个粪筐子得十几块呢。"原路返回。

没走多远，天就整个儿黑下来，天幕很快涌上星斗，奔行在田间的路上，田野吹过来的风，凉浸浸的，只听见马蹄声碎。赵执意要将我送到邮局招待所门前，他说，天黑了，不安全。临别算车钱，十四元。他说，再给点儿小费吧。便给了他十五元。

跑步到玉洱路李宅，已是八点四十。李的儿媳开门，才知道先生在家里急坏了，四处打电话，此刻又跑到派出所去报案。心中顿感不安，站在门口迎他。好一会儿，才见一个小个子急匆匆冲过来，——正是先生，急忙连声道歉。先生详细讲述了经过，听下来愈觉不安，也只能不断抱歉。

九点多钟到招待所。虽是两人间，但只有我一人住，被褥都还干净。又洗了一个热水澡。夜间只听得外面风声大作，做了一连串的俗梦。

三月七日（一）

五点钟起床，记日记。七点钟先生又赶来送我。

在街上买了一甜一咸两个喜洲粑粑（六毛钱一个），然后等在大理宾馆门前。

七点半钟车才开到，一路上不断停车载客，开起来车速也很慢，到达丽江已是一点半钟。

在客运站门口坐了一辆三轮摩托到下八河农科所，原来转弯不多远就到了，小伙子收我四块钱。

一打听，杨鼎政去昆明了，一子一女在家，不会待客的样子。这情况，自然不便久留，喝了一杯茶，就告辞了。

往客运站的路上，一辆载了人的摩托车从身边开过去，驾驶员回头望我一眼，原来就是刚才那一位。过了一小会儿，车子又空着过来了，招呼我上车，我连忙摇头，他说："免费送你过去！"于是坐上去，到了客运站。

买了三点半钟到石鼓的车票，一个半小时到达石鼓。坐在车上眼睛有些撑不住，迷糊起来。待一睁眼，车窗外，一江如带，菜花黄，柳梢绿，已是别有洞天。还没从惊奇中醒转来，车已停驶，连忙问："到石鼓啦？"旁边的人点点头。又问司机："长江第一湾呢？""喏，那不是！"

顺着他手指的方向，下到油菜田中，沿着柳林前行。穿出树丛，果然一袖江水，在眼前轻轻曼曼抛出一个弯，潺潺一带，从从容容折向北去。江流远望很平静，站在跟前，听着一刻不停汩汩流淌的声音，便觉得行脚仍是很急的。水清澈得透明，真想象不出到了中游会有那样的混浊。蓝天、白云、青山、碧水，金黄的油菜花，翠绿的柳树林，江风鼓荡，时或淹没了水流的声音。

从第一湾折回公路，看到路口一座石鼓亭，中间一面石鼓，两面有字，于是拿出纸笔来抄。快抄完时，不知从哪里冒出来一个小伙子，过来搭话。一问，原来是镇上《艺友报》的主编。递过来一张名片，上写着"王法　主编　中国书法家　摄影家"。他说，和我一起上去吧，这一期的《艺友报》，专版介绍石鼓风光。

沿石鼓亭后的高坡拾级而上，面街一家就是《艺友报》编辑部。问他一共几个人，他说只有我一个。楼下是一个敞厅，还置有台球案子。王法送了一份报纸，又沏上一杯热茶。殊俗万里，不期遇这一位"青青子衿"，实在是感觉很亲切的。

报纸浏览一遍，又喝了茶，便告辞继续向上。

行不远，穿出去，就是石鼓街。九一年以前，下面的公路没有开通，车就走这旧街。开公路时，毁掉不少柳树，原来号称百亩的柳林，现在只剩下沿江的两行了，可惜的是还有好多古柳。

小镇看上去平静、安宁，虽不乏旅游者，但多半是匆匆过客，随车来，随车去，不过把这里作为一个景点。

上到山顶，极目四望，一衣带水，飘向北去，衣带周边，缀着黄，缀着绿，闲中着色，在不经意中流泻出春光点点。两座高山之间，一痕曲线优美、起伏着的矮山。若有文人骚客将之附会作睡美人，也还有根有据。

山顶平台是丽江县石鼓完小，校门口左侧一方石碑，上书"南屏周夫子德教碑"，左刻"大中华民国七年正月中浣谷旦"，右署"石鼓里绅民同立"。

从山上下来，又转到新桥下面的铁索桥，即铁虹桥。凭桥而立，看冲江河从上面流下来，汇入下面的金沙江，若有人从桥上走过，桥就颤起来，一颠一颠的，感觉很奇妙。桥的一边又有石级通向山顶，原来是红二方面军长征渡江纪念碑。在这里看江湾，看小镇，一片黑瓦顶上，间或钻出一树两树红的桃白的李。日暮时分，小镇上炊烟袅袅，汽车声，拖拉机声，狗叫声，似分还合，酿出有声似无声的一味宁静。

纪念碑再上去，后面就是录像室，但院子却布置得十分雅致，盆景，兰花，还有几枝铁脚海棠。从这里出去，便是石鼓街的另一端，可以看见街上的戏台。返回纪念碑，见到墙角有一方碑，上面写着"重建铁虹桥入出各项谨列于后"。

在铁虹桥头又遇王法，他正在为人照相。他说这铁虹桥也是周南屏出资建的，周的儿子周冠南曾经留日，周霖是画家，这三周号称金江三才子。

回到汽车售票处，买了明天的车票。又登记住宿，单人间，四块钱。里面一榻之外，别无长物。房间就在售票处的木楼上，今日投宿者只有我一人。

下楼，吃了一碗西红柿米线，一块五。

单人间是将及五平米的一间小室，被子看上去还不算脏，但一抖开，立刻有复杂的酮体味冲上鼻子，只好先围了自己的外衣，再盖被子。

三月八日（二）

五点半钟就醒来了，但老板娘在下面拉了闸，电灯不亮，只好和衣躺着，从小窗可以望到外面的一角天空，密密麻麻的星星，仿佛伸手可扪。整个镇子静极了，鸡不鸣，狗不吠。在一片墨黑中沉睡，好不容易挨到六点钟，听到下面有女人的咳嗽声，摸摸索索爬起来，又一步一步摸下楼去。老板娘听到声音，把闸合上了。自己开了门，走到外面。星星多得吓人！却看不见月亮了。

又进来洗漱，收拾。七点钟，天才发亮，于是沿着油菜地中的田埂，再到江边，在晨曦中听水看水。江这一边的山峰上，还别着一镰新月，轻轻淡淡的，太阳都快出来了，它还恋恋不忍离去。

沿着柳林走回来，小镇开始热闹起来，已经有人出来干活了。仍在售票处下面的小餐馆吃早饭，要了一碗西红柿饵块，两块钱，原来饵块就是水磨年糕。

八点半钟，坐上从中兴开来的车。车开动了，回首看见昨晚投宿处叫作金江旅社。

一路上的风景，仍推石鼓一段为美，似乎江水只在那一段最完整，拐过弯之后，就被江中沙屿切分得七零八落了，也许是枯水季节的缘故吧。

十点半回到丽江。下车，先到云杉旅游公司买了明天的票。公司里的姑娘和小伙子都很热情，他们说要到上面去办事，顺便把我送上去，于是一直送到玉泉公园。

门票五毛钱一张。却奇怪今天这样"佳人无数"，一队队都是盛装的纳西族妇女，屈指计日，方悟到今天是三八妇女节。佳人小队臻臻簇簇分布在公园的草坡草坪，或点起火锅野炊，或围在一堆打麻将、打扑克。

先往东巴文化馆，但大门紧闭，恰好有一个人叫门，应门者一拐一拐走出来，说今天是三八节，休息。

文化馆下面是"解脱林"。一座重檐彩绘的建筑，里面出售东巴文化的纳西族工艺品，价钱贵得惊人，大约是为卖给外国人的。

再向前行，就到了五凤楼，现在是县博物馆，有东巴文化展览，里面有一部分内容是介绍东巴文字，觉得很好玩，就照抄了一些。楼前一座雕像，是明代武将的打扮，铠甲，披风，手执兵器。一问，原来是三朵神，是纳西族的守护神，玉龙雪山太子。玉峰寺下的北岳庙，供的就是这一位（南诏时，玉龙雪山被封作北岳）。

在服务部买了一只木碗（十六元），一对木酒杯（二十四元）。

整个玉泉公园到处是人，只有这一个五凤楼内还有几分清静。不过这种举城过节的情景，也很有意思。纳西族妇女的装饰，简直就是一个模子里出来的：浅蓝色的袄，缀着七星的披肩，老少皆一，笑言哑哑，只是人人一顶蓝制服帽，却与一身装束不协调。

出公园，沿大道行，经过一个广场，见台子上正有一对对男女在音乐伴奏下跳交际舞，四周围着纳西族妇女在看。问四方街，问木家院，年轻人都茫然无所知，问上了年纪的，才能指路。先拐进新华街，街为石板路，与柏油路的新街平行，但高出很多，两边都是旧建筑。再往下走，就见一道清流穿过，水两边是人家，人家门口或横了石条，或横了木头，做桥，也是小桥流水人家了。

四方街似乎是一个小商品市场，买卖很兴隆。从四方街拐过去，是官院巷。旧建筑，却都很讲究，门楼有厦，出檐很大，檐牙高啄，状如飞翼。庭院中栽花种竹，雅洁清静。不敢贸然踵门，止作门外观。

但终于忍不住"破门而入"了。这是一座三坊一照壁的院落，碧水澄鲜，穿宅而过。两层的正房设有三开间的厦，摆了矮脚茶几和几个小方凳，吃饭、待客，都在这廊子里。主人热情让座、让水。

总算找到木家院。门大开着，迎门一座假山石，斜倚着假山石的是一树枯木，原来是观音柳，就是那种叶细如丝缕、一年三作花的柽柳。据说这一株观音柳已有三四百年的历史，前几年整修，将石子地改作水泥地，大约是动了地气，打那以后，柳就死了。

三进院落，一进是一个敞厅，有两个人坐在那里看报纸。二进，一边的房间挂着小卖部的牌子，一边门前写着第一教室。原来这里曾作工会俱乐部。三进已经住了人，问是木家的人吗，答曰不是，说木家人已不在丽江了。答话的是管理这院子的人，正在一桶一桶提着给花浇水。他说"文革"时候破坏得很厉害，家谱都给毁了。问丽江木姓还多吗，答多呢，我母亲就姓木。"父亲呢？""父亲姓段。""那么是大理人了？""是吧，家谱也毁了。据说迁到丽江已经二十多代了。"

回到云杉饭店（两人间，十八元），已近三点。买了一包"特脆饼"（两块六），就着白开水吃了。

停电，无法洗澡，只好换洗了衣服。同室是永胜县政府招待所的一位姑娘，细眉秀目，不善谈，却友好，处处见得出关切。

三月九日（三）

风甚烈，鼓荡一夜。夜里三点半就醒来，辗转至六点，起床。从房间的窗户，就可望见玉龙雪山。

读《丽江府志略》。

吃了昨晚剩下的几片饼干，八点钟出门，又往古城转一圈。

九点钟回到客运站，遇到杭州黄龙饭店的董沛奇，也是自费出来旅游，从贵州一路玩过来。六个人同车往云杉坪。

十点半到达山脚。一路登山，风光无限。左望是积雪的玉龙雪山，后看是层层叠叠的蓝：蓝的天，蓝的山。到眼前的，是层层叠叠的绿。山脚下即是白水河，但天气尚寒，雪水未融，故河床中只有窸窸窣窣的几注浅流。

在雪松林里穿行，一个多小时，至云杉坪。

这是一个天然形成的高山草坪。玉龙雪山中的最高峰扇子陡，和老人峰一面为屏，下面是齐崭崭耸起的云杉。树下尚有积雪，草仍枯黄。坐在一株倒地的云杉上，看着山峰在明暗中幻化。雪山上时而白云舒卷，时而云雾蒸腾。太阳时隐时没。阳光灿烂时，草坪上一片暖洋洋。太阳有一霎隐去，立刻山风大作，一阵透心凉。

下山时，到山下的一个彝族寨子打了一个转。这里只有九户人家，很贫困，只有两所房屋是木板的，余皆滚木泥巴房。家家都锁着门，有的在山坡种地，多半是到云杉坪租马去了。

下到半山腰，回首雪峰，只见彤云飞驰，不移时，浓云如幕，皑皑危峰撑柱其间，不由人凛凛生寒。

一点四十分回到停车场，驱车往干海子。

干海子实为一片平川，玉龙雪山十三峰比肩而立，极壮伟。停下观赏移时。

继往玉峰寺。

从干海子到玉峰寺的路，颇像乌鲁木齐通向吐鲁番的路，只是后者要更荒凉些。

玉峰寺的万朵茶花开得正盛，据说已有七百年历史。却是一株连理树，——原来是两株，后并作了一株。一树繁丽，罩成一重大影壁。

茶花院只是一个偏殿。下来，门前一株大枇杷树的，才是玉峰寺正殿，里面供着释迦牟尼，两位喇嘛在作功课。殿前一株垂丝海棠，也正值花期。一群纳西族妇女在游寺，花与人争艳，却没有一个展子虔，在这里再作游春图。

此刻已是三点，在寺下买了两个鸡蛋（一块钱），吃了，算是午饭。

最后往白沙，在琉璃殿与大宝积宫参观壁画。壁画绘于明洪武至永乐年间，除"文革"时遭受破坏之外，大部保存完好。最大的特点是几家教派合一：佛、道，大乘、小乘，在一幅壁画上，竟是一个全家福。右侧墙壁的一幅是佛教故事，讲善恶报应的。左侧是孔雀王讲经图，上有二十八星宿，皆着明代官服。琉璃殿中的壁画，是从别处移来的，多已残缺。两殿皆是明代建筑。

四点半回到云杉宾馆。又走了一趟古城，再往木家院。因导游说，木家院是没有围墙的——"木"加了围，则成了困，不吉利。但明明记得是有围墙的。今日再往，果然有。仍是昨天那位管理人，他说木家院本来很大的，现在见到的只是一小部分。那么，今日所见，已非旧貌了。

在古城各个巷子兜了一转。有一处人家的院子里，一树鲜媚柔婉艳如胭脂的垂丝海棠，枝条披拂，正探身墙外垂在巷子里，配以参差的门楼，真美极了。一位纳西族妇女背着背兜走过，更增添了无限情味，恰见得小城春色十二分。

又进到官院巷四号，主人很热情。这里住三家人家，但看上去气氛极和谐。各种杂物堆放有序，角角落落都收拾得很齐整。院子里遍栽花木，石子墁地，砌着吉祥图案。

在四方街上的一家四川小馆吃了一碗馄饨，一块三。老板娘很年轻,三年前来到这里,每月租金一百七。

七点钟回到云杉,洗了澡。

三月十日(四)

凌晨四点半钟就醒来。想到宝山石头城去不成,真是遗憾得要命。六点半钟,到饭店对面的小铺子里买了一笼包子,十二个,一块五。捧回饭店,就着开水吃了。

退了房,七点半乘车出发往宁蒗。一路上不断翻山越岭,眼看着一点一点把玉龙雪山抛在身后。二百一十八公里的路,走了八个小时。

十一点到达永胜。吃饭。在大街上吃了一碗鸡蛋炒饭,两块钱。

今日天气格外好,万里无云。绝晴的天气,云容四敛。行在山岭尖时,远处是盈盈透明的淡蓝,近处的树,撑起一蓬碧绿的阳光。高处,则是莹洁无点尘的蓝天。永胜一带的房屋很别致,家家房子的山墙屋檐、封火板上都缀以木穗,上加线绘。翻过一道高岭,就能看到峰岭之间的一片平坝,绿色的田野间错落着黑色的屋顶,一点点绿,就要养活一方的生灵。

永胜过后,山岭渐渐荒凉,土地似乎也是贫瘠的。村寨、人家,都很少。

四点半到达宁蒗县城。已没有当日开往泸沽湖的车,只好买了明天早上的票。在县政府招待所住下,四人间,四元,但只有我一人。

在街上吃了一碗素米粉,八毛,卫生筷,两毛。街上到处可见服饰鲜明的彝族妇女,这一身衣服要二三百元。

回招待所洗了澡。房间里的灯绳是坏的，亮着灯入睡。

三月十一日（五）

平均两个小时醒一次，五点半钟，到底躺不下去了，坐起来读《丽江府志略》。

七点半钟出来，在人民武装部招待所餐厅吃了两个包子，一碗粥，九毛钱。

八点钟上车，但一直磨蹭到八点半钟才开车。人和行李把车厢塞得满满当当。车发动起来，很费劲地爬出车站。一路上摇摇晃晃，吭吭哧哧，大约每小时十到十五公里的速度，一道坡一道岭地爬行。所经都是彝族村寨，木楞房。衣饰繁复的彝族妇女，点缀在高山密林。车上有两个摩梭小伙子，坐在后排大声唱着各种各样的歌：革命的，流行的，都唱得很有味。司机有时也放一两盘彝族歌曲的磁带，很好听。正午，爬到这条公路的最高点。前面有两辆小车撞车了，正横在路上，等候警察来处理。

看看这种等法不是头，遂下车步行。好在是一路下坡，而且眼前一亮：山弯弯处卧着的一片孔雀蓝，不就是泸沽湖！真是写不出画不出的蓝。是湖映蓝了天，还是天映蓝了湖？真蓝得不可思议，像是高山捧出的一个神话。甩开步子下山，只是眼睛看得见，走起来仍然远。心里虽焦急，却也不抱任何希望，只能朝前走。

一辆吉普车从后面开过来，急忙让到路旁。万没想到，车子开过去，前方边座的车门突然开了一条缝，一位女子的声音飘过来："坐不坐车呀？坐车快跑两步！"真是喜从天降。连忙奔了过去，一路颠簸着冲向泸沽湖。进游览区时，也没有买门票，——车是县政府的，只说是去办事，就直接开进去了。车里连司机共三个人，却属三个民族：彝族、纳西族、普米族。

车停在普米饭店，就便下榻于此。三人间，六元，实际只我一人，仍同单人间。是一座二层木楼，傍着湖，是离这里两里地的落水村人开的。这一带有几个自然村：独家村，三家村，烂帆村，大、小落水村，合起来是泸沽湖乡。

登记了住宿，就立刻上船，是当地特有的猪槽船。造型真的像猪槽，三个人划，两男，一女。离岸近的湖面上，是一小排一小队的野鸭子，几只海鸥逐浪翻飞。划出湖岸不远，风就大起来。蓝色的浪一排一排推过来，小船随着浪一起一伏。蓝天白云下，半壁红山屏着蓝色的湖。湖的平均水深四十七米，可见度为七米。桨插下去，像插在蓝玻璃中。这里的水，没有遭到一点点污染，真是纯净极了。

划到湖心的里务比岛，下船。岛上有寺，名里务比寺，却是藏传佛教的寺庙。据《重建碑记》云："里务比寺经永宁扎美寺主持大喇嘛倡议，建于一六三四年。后因时局变迁毁于劫难。还我古迹乃文明之举，幸得罗桑一史活佛倡导，此寺一九八九年得以重建。"这劫难，就是"文革"。一九八九年一月，由剑川县甸南合江古建队重建。据说从前这寺庙的规模要大得多，也宏丽得多。

寺前匾额上，是罗桑一史为重建开光题的四个字："玉池琼楼"。看管寺庙的一位老者，是普米族人。屋檐的风铃被吹得叮叮作响，虽只有一间殿堂，但上有蓝天映衬，下有湖波托举，在这一片纯净的蓝色世界中，也别现一种神光。

寺后有一座白塔，是永宁土知府总官阿仙的墓，一九八六年五月据罗桑活佛提议而立。沿墓后小路走下，看见湖滩上几个人在烤鱼。有两个是摩梭人，有一个织鱼网的，是从四川过来的。两位妇女专为他们烧饭。柴堆上架着的锅里煮着茶水。地上一块小小的石板，上面放着几条小小的烤得黑糊糊的鱼。旁边还有一块肥的咸肉，像是烤鱼时搽石板用的。两位妇女从柴灰里拣出土豆递过来，烤得半生不熟，也就这样吃下去了。吃完一个，又递过一个来，连忙摆手辞谢了。

遂上山，下山，上船。划船的说，风大，那边还有一个岛，划不过去了。于是返回渡口，浪果然比刚才又大了些，比坐在洱海的游艇上，更能感到风浪的力量。下船，付船钱五元。

时间尚早，遂沿湖边，走访摩梭人的村寨。几乎家家都养着大牲口。村子里，也时见马牛在散步。进到家门前一道细流的院落，一个小伙子正在院子里做木工。和他说了几句话，便说："进去喝水吧！"听不懂他向屋子里喊了一句什么，一位摩梭妇女出来招呼。

进门是一个很高很高的门槛（是不是怕猪跑进来？），左边是一个火塘，火塘上面供着藏传佛教的神。屋子里没有窗，光线极暗，也很脏乱。对着火塘的一面，是炊具。火塘的侧面，是房间式的床，上面堆着卧具，黑乎乎的。被让在火塘边，倒上一杯开水。又匆匆走到外面，不移时，端来一托盘待客的吃食：用很少的糖粘在一起的爆玉米花和米面炸的板条。举起一个大玉米花团塞到我手中。很费劲地吃下去。这位大嫂又从柴灰中拨出一个土豆（这里叫土豆作洋芋），亲自剥了皮，递过来。也是烤得半生不熟。

她有三个孩子，儿子二十岁了，下面是两个女儿。彼此都听不大懂，所以对话很困难。凡她的话我不懂或我的话她不懂时，她就笑，笑得很诚恳，很善良，是从皱纹深处浮出的一团动人的笑。问她去过北京吗，去过昆明吗，去过宁蒗吗？都说没有，为什么不出去走走呢？便又笑，然后说：嫌怕。

火塘上坐着一个瓦锅，她说是在做苞谷饭。里面先煮了芸豆，然后倒进棒子面，用一块木板条在里面用力搅，搅成糊状，然后靠在塘边，周围用热灰围上。这就是全家九口人的晚饭。一个土豆吃下去，她紧接着又拨出一个来，仍是亲手剥了皮，塞到我手里。一个劲说吃不下了，也还是不由分说地递过来。这一个土豆再塞进肚子里，可真是胀得不得了了。见她又在拨，赶快起身告辞了。

左转右转，又转到一家有着二层木楼的院落。守着门的，是两匹马，一头牛。木楼上面住人，下面堆杂物。还有一辆摩托车。一位背着孩子的摩梭妇女在喂牲口。便又招呼进去。也是一个高高的门槛，里面一个火塘，火塘上供着财神。塘边一位老人，手里拿着一个装了鼻烟的木制烟盒，不停地在膝盖上敲打。妇女背着的，原来是孙子。不一会儿，她也捧了一个托盘出来，也是糖粘玉米花球。连忙说吃过了。又问吃洋芋不，也赶忙辞谢。仍是彼此对话困难。小坐，告辞。

沿湖边走回。夕阳西下，弱柳从风。海鸥发出尖利的叫声，时而掠浪，时而高旋。半个湖的蓝，半个湖的红。

回到宿地，吃了一碗鸡蛋炒饭，一碗和合菜汤（青菜、圆白菜），两块钱。开饭馆的一家人，也是如此饭菜。但却搞不清这合坐吃饭的男男女女，彼此是什么关系。

但问起走婚的事，他们都很坦率，说是的。而且认为这样的大家庭很好。"结婚，两个人过日子，苦得很！"在大家庭里，没有私有财产，也不析产。母亲当家，舅舅掌握经济。很和睦，也不吵架。走婚也不限本村，有走到永宁的（距此二十一公里）。但有一些出去工作的，就在外面结婚了。

闻知晚上有篝火晚会，就又走了两里路到落水村。晚会在一个大院子里进行。大概是一个旅社，这里住了几十个四川来的旅游者（成都、重庆、攀枝花）。是他们花了钱请村里组织的。这样的歌舞班子村里有两个，轮流"应差"（划船也是如此，看来真是"共同富裕"）。

十二个姑娘，八个小伙子，有一个吹笛子的高个子，很有表演才能，也很有组织能力。他在队伍前面边吹边跳，小伙子和姑娘们围着圈，按照他的指挥与笛子的乐曲合力动作，非常和谐，非常齐整。一共有四种舞步（据说统共有三十七种，但每晚至多跳三四种），都跳得非常投入。姑娘们全部盛装，头上是盘起的假发辫，前绕一挂珠子，珠子尽头斜一朵大红花。拖地的百褶裙（做这样一条裙子要三丈七尺布），宽宽的，缠了几圈的红腰带。窄袖锦袄，项挂珠串，腕套珠璎。跳了几圈之后，不少旅游者插进去，一下子就把秩序打乱了。过了一会儿，又开始拉着姑娘们照相。有几位躲着跑着不愿意，几个小伙子在那里死拉硬拽，不成个样子。乱过一阵之后，开始对歌。吹笛人讲了几句开场白，很得体。然后分为主队、客队，一边唱一首。主队有唱摩梭民歌的，也有唱流行歌曲的，嗓子都很亮。

看看已经九点半钟，便悄悄退出，沿湖摸回驻地。天上密匝匝的星星，挤挤挨挨，有的甚至成团成片。有几颗特别亮的星，一闪一闪的，像扇着小翅膀。北斗星的勺柄倒插在湖里。没有月亮，没有灯光（此地尚未通电），只听见湖水拍岸。但走在这里，有一种安全感。黑暗的深处，似乎藏着一种动人的温柔。摩梭人的确淳朴而善良。这里的人家养狗都很少。即有，也是一种小小的长毛哈巴狗，未见有看家狗。

饭店里的几位，还围在火塘边烤火，他们一年四季不离火。早上起来就把火拨旺，一直烧到入睡。又听刚才掌灶的小伙子唱了几首歌，有摩梭民歌，有普米民歌，也有汉族民歌。他说，我三十四岁了，嗓子不行了。其实唱得很好，抑扬顿挫，非常有感情。小卖部的小伙子唱了一首白族调，不箫不拍，声出如丝，又似以气送出。一位抱着孩子的妇女也唱了两首，嗓子极清亮。小伙子说："喝了泸沽湖的水，嗓子都这么好！"

十一点钟上楼睡觉。被褥很干净，凭窗能看见湖水的闪光。

三月十二日（六）

夜里一次次醒来。六点二十分起床，还是满天星。

洗漱毕，按照昨天与船家的约定七点钟赶到渡口，但人还没有来。看着山尖一点一点冒红，在湖上抖出一线澄黄，半湖翠蓝，半湖透明。时或又有成双成对的鸳鸯傲然从旁踩水走过，五彩的衣冠在晨曦下发亮。野鸭子不知是否安静了一夜，此刻又逐队成排，在水波上嬉戏。这里的人们从来不去伤害它们。

等到七点二十分，两位撑船人到了。早上无风，两人就够了。下到湖里，顿觉寒浸浸的。太阳出来了，薄薄的阳光披在身上，像是一层纱，仍抵御不住料峭晨寒。在湖上慢慢地荡来荡去，时见三两捕鱼船。撑船人问："有鱼么？""少得很。"果然少得很，看一个大网一点一点拉上来，上面只挂着不到半尺长的小鱼。昨天在村里听到一位开旅社的小伙子说，原来湖里盛产一种无鳞鱼，肉极鲜嫩，且没有刺，"后来被国家给搞坏了。放养了鲫鱼苗，这种鱼专吃无鳞鱼的卵，结果原来的鱼都绝种了。这种鱼产量少，又有刺。过去无鳞鱼卖五分钱一斤，现在这种鱼卖三块钱一斤"。"那你们怎么不提意见呢？""老百姓懂什么呀？当时投鱼苗的时候，有专家知道这种鱼不好，提出来过。可党委书记收了人家的钱，硬是放了。后来这位书记被调走了。"但今天撑船人说，无鳞鱼是从金沙江游上来的，每年春夏回游到泸沽湖产卵。后来在湖口修了水库，阻住了鱼的回游。——两种说法，哪一种对？

在湖里荡到八点半钟，上岸（船钱仍是五元）。买了一包朱古力夹心饼干，两块五。买了一卷手纸，一块三。

九点钟，一辆中巴车开过来，上车，与泸沽湖别。行了十几公里，一路仍时时可见那一块神奇的蓝。翻过最高的岭，终于再也望不见了。

三个小时开到宁蒗（十五元），居然就没有当日的车。想把车票直接买到下关，却又在永胜过一夜，真是白白在这里浪费大半天。想在街上碰碰运气，搭辆便车，也不成功。有可以包车到永胜的，要三百元。只得作罢，在一个四川小吃店吃了一碗醪糟鸡蛋汤圆，一块六。

仍往县政府住宿，仍是来时的房间，仍是一人住。洗了衣服，才两点多钟。

于是到街上坐了出租车到干河子（一块钱）。这里解放前没有村寨，后来办起了一个畜牧场，但畜牧场没有办起来，渐渐成为一个彝族寨子。远远望上去，离离披披的，桃红柳绿梨花白，砖房、木屋高低错落于其间。

沿着一条土路走上去，在一家门口探了探头，见一位彝族妇女领了一群孩子在院中。她的态度不大友好，眉眼之间，听不大懂的问话，都能感到一种拒绝。问看什么，道看一看家里。她说我们民族的习惯家里是不能看的。那么喝一杯水可以吗？她便跑到厢房里，手举着一铜瓢凉水出来。接过喝了两口。围过来的一群孩子中，一个女孩说：可以给我照相吗？当然可以，可是要穿起漂亮衣服呀！便答应着跑了。问起姓名，妇女叫沙嘎嘎，小女孩叫沙丽花，今年十岁。不一会儿，沙丽花一手系着裙子，一手举着帽子跑过来了。刚才还是一个蓬头垢面衣履不整的样子，穿戴起来，便很漂亮了。打扮得很精心，并且洗了脸（虽然是一块很黑的毛巾）。沙嘎嘎也认真装扮起来，脱下原来又脏又破的旧裙子，换上一条好裙子，穿了坎肩，戴了帽子，腰带上还挂了佩件。站在门口的柴垛前，为她们一一照了。

　　一个背上背了孩子的孩子，领着我往上走。"去你家吧！""好的。"她的普通话讲得不错，十一岁了，四年级。走到上面，拐进一家小院，一位身材健美的少女正在侧间揉面蒸馒头。她说："这是我姐姐。"而走在路上时，她说她只有哥哥，原来并不是她的家。

　　姑娘叫沙志珍，才十七岁，但发育得很好，显得比实际年龄更成熟。近门是一个火塘，上面坐着一个锅，沙把揉好的馒头放进去。问还炒菜吗？"炒的，炒洋芋丝。"火塘左侧是一张床，沙说是她妈妈睡的。右边是水缸、柴火之类。

　　沙是典型的彝族姑娘模样：双眼皮，大眼睛，鼻梁稍有点塌，嘴微微上翘，栗色的脸盘涂了釉似的，越显得牙齿雪白。扣耳的短发，头发黑黑的。"我们家很穷，我父亲三年前就死了。"她只读完了初中。

　　坐了一会儿，起身告辞。看见刚才领路的那个小姑娘来了。沙说，她想照张相。"那么你也照吧！""我的衣服不好，我不照。"一会儿又来了一个小姑娘，说要借衣服给我，让我穿着照相。"我不会穿，你们穿了，我给你们照。"姑娘们嘻嘻哈哈跑进屋去，一会儿，穿戴出来，沙显得尤其动人。她说："房外边有一棵梨树，我们到那儿去照吧！"沙又要拉着我一起照。给几个小姑娘一一照了，又把地址记了下来：宁蒗县大兴镇畜牧场。

　　这里有百多户人家，只有十来家有电视机，而且多数是黑白的。走到下面的一家，是个水泥铺地的院子，两层楼。一层是客厅，放着沙发，正中供着毛主席像。这家男主人（杨姓）在县里工作，每月工资有二三百元，算是村子里的富户了。养了两头良种猪，已经养得好大了，据说应该长到千斤。但喂不起，五六百斤就卖了。喝了茶水，又留饭，但明显是客气，便辞出了。

　　另一家，是新起的一幢木楞房，木料十五元一根，这样的房子需要三百根左右。

　　沿公路走回。在县城里的如意餐厅吃晚饭，一碟肉丝炒蚕豆，一碗青菜豆腐汤，五块钱。回到驻地，已经八点。

三月十三日（日）

　　早十点钟往车站乘车。在车站门口买了两个包子，六毛钱。车开出后，不断有人上车。据说凡中途上车的，收入都归司机。司机卖的票，要比站里卖的便宜。中午仍在永胜吃饭。在滴滴味餐馆吃了一盘炒米粉，一碗青菜豆腐汤，三块钱。

　　下午三点四十分到达丽江。没有当晚开往下关的车，开往昆明的也没有（双日有车）。又赶到旁边的旅行社，几位熟面孔都不在，小何也已下班了，似乎走到了绝路。

抱着一线希望赶到下八河农科所。敲开门，见到沙发上坐着一位穿黑夹克的中年人，问杨鼎政在吗，他向里一指。杨忙不迭地迎出来，说我等了你好几天，又到附近旅馆去查，也没找到，只好给程先生写信道歉。

顾不得多寒暄，忙说：能不能找辆车把我送到下关？"啊呀，这下可巧了，快来和我的老表认识一下，他正是开车来的。"他们讲了一通白族话，几分钟之内为我作了安排。杨把我郑重托付给老表。

立脚未稳，就坐上他的车出发了（四点半）。问起来，知道张小屏（杨的爱人）的母亲，是李剑的姑妈。李的家，在剑川，他以艺兰为业。他开的这一辆三菱小货车，跑起来很轻快。车行在山梁上，俯瞰脚下和眼界所到之处的峰峰岭岭，在暮色中是一片浓浓淡淡的蓝。过白汉场，见山脚下一泓如玉的水，原来正叫作如玉水。

一路上听李聊兰花，很有意思。他养兰已有十几年，前不久在成都举办的《中国第四届兰花博览会暨九四·四川国际兰展》中获得总亚军。艺兰，在剑川地区，有历史记载的（见于县志）已有几百年：有说始于明，有说始于清。但最近的高潮，始于近十年。李养出的剑阳蝶，已被专家评定为珍稀品种，价值数万元（一箭）。听他一番介绍，艺兰既是一种雅好，又是一条致富的捷径，可以将个人的兴趣与爱好和生活结合在一起。不过他每讲到一个品种的时候，总不忘要讲出它的价值几何，显然与过去的文人把兰草纯作为案头清供是完全不一样的。讲到目前兰花界追求的境界是矮圆宽厚重，则岂不是向着脱离兰花特点的方向发展么？越不像兰，越是珍贵，这似乎有点不大能让人接受。

两个小时，开到剑川县金华镇南门李宅。这是后来分别买下的两院住房。偏院修了一个月亮门，青砖石子地坪，砖缝间冒出一小蓬一小蓬的绿草，格扇门镂着花草鸟兽。进门便是客厅，一条窄窄的走道通向后院，走道旁门是一间住房，设推拉门。

后院养着数十盆兰，上面架着拇指粗的铁丝网。李笑着说："养兰花就像养老虎似的，主要是防盗。一箭兰花就是几千或者上万。"院子里还养了两条狼狗。李并且申请了持枪证，备有武器，"主要是为了报警"。

先一起吃了饭，牛肉干，羊奶豆腐，西红柿炒鸡蛋，萝卜汤。奶豆腐膻得厉害，勉强吃了一片。和李说不吃牛羊肉，他说那就吃西红柿炒蛋吧。吃饭间，李联系的那位杨师傅来了，同意明天的安排。最近一段供电不足，各个地方轮流停电，今晚正好轮到这里，原说八点钟来电的，但到底没来，始终点着蜡烛。饭后坐聊一会儿，在蜡烛下看了一些兰花的图片和一本画册。

李剑带我同访杨，以示正式邀请，以为尊重。杨宅的小天井里，也种的都是兰花。小院后面，又起了一座小洋楼（尚未完工，费用五万）。杨说，待楼盖起，旧房就拆掉了，做院子。不过我倒更喜欢这传统的木楼。楼上住人，楼下是一间敞厅，吃饭、待客，都很舒适。本来准备去住招待所，但李说住在他家，明天的行动会更方便，不过我要是执意住招待所的话，自然也不勉强。既如此说，便在李这里住下了。就是走道旁边的一间，被褥洁净而松软，没有电，点了蜡烛，光线极暗，只好早早睡了。

三月十四日（一）

　　虽然睡得很暖和，但和出门以来的这些天一样，总是一两个小时醒一次。好不容易熬到六点半钟，天还黑着，也起来了。洗漱毕，天才蒙蒙亮。七点多一点，李才起来。一会儿出门买回米糕来，做早点。米糕是温热的，中间夹了红糖、花生、芝麻，香润适口，非常好吃。

　　李的另一位朋友杨源也来了。他也是兰花协会会员，刚刚在云南科技出版社出了一本《滇兰初鉴》，很健谈。昨天与杨约好八点钟见面的，但他八点半才来，开了一辆罗马尼亚的吉普车，是花一万五千元买的，有七八年了，仍很新，看得出是十分经意的。他说我开车最怕两件事，一是灰尘，二是在外边吃饭。杨和李一样，也是白族，但据族谱，祖先都是汉人，多是应天府、顺天府一带的贵族，元代被遣移民移到此地。也有一部分是当年屯兵于此（至今仍有地名东营盘、西营盘、水寨，正沿兵营之旧），留下来，就被白族同化了。而此地真正的土著，反被挤到山里去了。证明移民身分的，有一种带绊的鞋，是当年长途跋涉所需要的，但现在已经很难见到实物。

　　八公里开到甸南，从路口右拐，便是石子路和土路了。初入眼，但见红山土岭，茅草蔓生，一片苍凉。前行不远，跃上一个高岭，山坳间一片葱绿，此地名为桃源，倒真的名副其实。再沿山路层层折折左盘右旋，远远望见山脚下一注碧水，便是钟山水库。入山愈深，山色愈浓。车到山顶，舍车步入山间小路，空翠如雨，鸟声落到树上，纷披作幽幽的一片。一只小松鼠倏地从脚边掠过，杨说，过去这里小动物很多，年前国家在这里搞"飞播"，把松树种子浸了农药

（怕受虫害），结果新松未见长出多少，小动物却被毒死了好多。以前这里古木参天，可以坐听松涛，后来也被滥伐掉了。

绕山行不远，仰望石窟在上，窟前一块巨石，像一口倒扣的钟，故此地称石钟山。杨说，南诏王曾来此地打猎，石窟就是那时开凿的。

时间很紧，只看了石钟山这一面的八个窟。

一、二号窟分别是阁罗凤、异牟寻的像。最精致，保存也完好。

八号窟正中莲花座上雕刻女阴，俗称"阿姎白"，相传为女性崇拜物，是母系社会女性崇拜的遗迹。但据说对此尚有不同的看法。

第七窟左侧壁上，有明李元阳诗，题"万古胜境"，序曰："嘉靖庚寅阳月成都杨修撰慎、舍弟元期来游，今三十年矣。"诗云："剑海西来石宝山，凌风千仞猿猱攀。岩唇往往构飞阁，岩窟层层可闭阖。恍疑片云天上落，五丁把住留人间。霜痕两溜石色古，璆琳琅玕何足数。老藤穿石挂虚空，欲堕不堕寒人股。"末署"嘉靖壬戌春日翰林庶吉士中溪山人李元阳"。

返回途中，飘起微雨。在宝相寺岩下，很想停下来上山看一看，但见杨师傅面有难色，也就罢了。

回到县城，将近十二点。杨热情邀饭：素烧四季豆、西红柿炒鸡蛋、干炸地参子、蒸香肠、蒸牛肉干、咸鸭蛋、萝卜丝丸子汤。杨不断示意女儿丹元布菜，吃得很饱。饭罢，将杨要带到下关去出售的三盆兰花经意包装好，装上车。

出发时大约一点。同车的，有杨源，和县武装部的一位。

三点钟过邓川。车行不远，路旁边一条红土路，直通向一个土山包。山包顶上一座破旧的建筑，当即"圣母庙"。庙前高坡上两株大青树，蓬蓬勃勃撑向蓝天。左侧一圆形坑，即德源城遗址。庙门虚掩着，推开来，迎面两尊塑像。左边是盛装的邓睒诏慈善妃，右边是邓睒诏主。妃手举一铁钏（《僰古通纪浅述校注》第三十九页记此事甚详）。庙中落满灰尘，无人看管，也无香火。杨说大概每月的初一、十五，才有人来烧香磕头，但也只是作为护佑一方的神灵来崇拜。历史故事也许早不为人提起，甚至少有人知道了。

开往大理的路上，时晴时雨，晴起来阳光灿烂，阴起来雨下如注。路旁常常掠过一蓬蓬开得嫣红娇艳的花，枝条与花朵俱与铁脚海棠相似。问起来，才知道是木瓜，本来是春末开花的，现在不过刚交农历二月，这里却已先着这送春之花了。

公路从龙首城遗址中间穿过，一边是残破的城垛，似有倾圮之危，一边是城墙的遗存从山背上横贯下来，看去确有据险之势。

四点钟到达大理。曾问杨费用多少，杨只是不肯说，说随便多少，越这样，倒越不好讲价。况且杨是李的朋友，小气了，于李的面子有伤。那日在途中，李曾说过，若这样的包车法，要两百元，便按照这个价钱给了。杨也不推托，只说"随便，给多少我就收多少"。杨又嘱咐同车的杨源陪我到第二招待所买车票；若这里买不到，则同车往下关。在二招顺利买到当晚发往昆明的车票，杨才放心离去。急急赶到李宅，匆匆喝下两杯糖水，即作别。他欲陪我同往下关万人冢，一再辞谢，到底还是送到车站。

从大理赶往下关，已是五点钟。一路打听，总算找到天宝街上的万人冢。冢的左右两侧，都是宿舍，大概是部队家属。对面一排工房。逼近石牌坊的左边，放置着一台巨型的废机器，上面的苫布垂下破碎的几丝几缕。右旁是一垛木柴，尖利的锯木头的声音从角落中不断传来。石牌坊与旁边的一株幼松之间挂了几条晒衣服的绳子，五颜六色的衣服晾满了其中的一根。

在它周围生活着、行动着的人们，有谁会记得起这一抔黄土之下的万千枯骨，毕竟已经太遥远太遥远。在不需要利用历史来为现实服务的时候，历史与现实本来是不相干的。

冢旁新立的石碑（保护说明）上写道：大唐天宝战士冢（包括地石曲千人冢）是唐代重要的古墓葬。"战士冢"有黑龙桥畔的万人冢和地石曲畔的千人冢两处。唐天宝时，唐王朝政治腐败，南诏势力逐渐强大。天宝十载、十三载，唐王朝先后派鲜于仲通、李宓率兵二十余万征战南诏，唐军以"流血成川，积尸壅水，三军败衄，元帅沉江"而失败。战后南诏王阁罗凤"岂顾前非，而忘大礼，遂收亡将等尸，祭而葬之，以存恩旧"，便收尸葬于西洱河南，建万人冢和千人冢。万人冢曾多次修建，"文革"中又毁，一九八六年又重修。此为唐王朝与南诏不幸的天宝战争的历史见证。墓前竖起的石碑上书"大唐天宝战士冢"，左写"民国廿九年夏六月吉旦"，右署"天宝公园建筑委员会重修"。

刚刚将这几行字抄完，忽然间彤云密布。凄黯中，一串惊雷从天边隆隆滚过头顶，尖风挟着斜雨扫将下来，似乎是一抔黄土之下至今不能安宁的灵魂，呼风唤雨，在向凭吊者显灵，泣诉一千三百年前腥风血雨的悲壮与惨烈。急忙躲到旁边的屋檐下，足足伫候半个小时，雨才变得疏疏落落。

不敢再多耽搁，顶着零星的雨，赶往客运站。真是奇怪得很，刚一走出天宝街，立刻雨过天晴。街衢上留下水湿的一片，屋檐也还在滴着水，但偏西的太阳，分明就在云层之外。若不是尚见雨痕，真以为方才是一场梦幻。

在车站旁的一家小店吃了一碗水煮的饵丝，一块钱。

七点五分，车从大理开过来了。上车，未耽搁太久，便从下关开出。将近八点，天才黑下来，肚子开始一阵一阵作痛。两点五十分开到楚雄，全车人被赶下来吃夜宵。上了厕所，仍不舒服。三点半出发，好不容易坚持到终点站。

三月十五日（二）

六点半钟，到达昆明火车站。要给小裘打电话，但遍寻不着打电话的地方。绕了一大圈，折腾了半个多小时，才算打通了电话。他还在睡梦中，约我到出版社见面。

乘三路车至螺蛳湾，进书林街，在出版社传达室坐等。又给杨世光打了电话，他跑下来一起聊了半个多小时。八点钟了，小裘仍不见。又给他打电话，这才到了。往裘宅，见到他的新婚妻子，女性十足，娇娇的，甜甜的。房间布置得很精心，与去年未成家时的景象大不同。

洗漱毕，吃了一小碗紫米莲子粥。借了裘的自行车，访大理国经幢。

沿金碧街前行，过桂林桥，至状元楼，好不容易问到经幢，原来在市文管所。这里正在施工建造市博物馆，向一位推车出门的妇女问经幢，却问坏了，她反问我的来历，又派了一个人监视，不准拍照，不准多作停留，真是岂有此理。此件已在图片上多次见过，这一回不过要实地看一看。博物馆的建造，似乎是要把经幢围起在中间，那么，是真的要被保护起来了。

继往圆通寺。青年路走到底，左手拐，便见现代建筑中夹着的一座庙宇。寺在圆通山南，始建于南诏王异牟寻时期，原名补陀罗寺。元延祐年间扩建，更名圆通寺。清康熙年间重建。寺庙周围已被一片现代建筑所包围，诸如圆通购物中心、圆通饭店、南诏餐厅等等。进到寺里来的，似烧香礼佛者为多。

圆通寺殿侧，立着几通碑。其一题"唐吴道子笔"，乃一长身玉立的观音，面部稍有模糊，但衣纹清晰，裙袖飘拂，一双纤纤玉手，轻轻合于腹前。

左为创修圆通寺记，云南诸路肃政廉访使李源道撰。开首几句状写这里地势："滇城之北陬一许里，有岩曰盘坤，谽谺珑玲，万石林立，一峰屏峙，势如偃箕，极幽胜所也。"如今这一带早成闹市，"幽胜"不复见矣。

归途拐进宝善街，见到一家小店门口写着"破酥包子，五毛一只"，便一甜一咸买了两个。老板娘说，破即有层，酥即用油起酥。里面香菇、冬笋、火腿做馅，鲜、香、松、软，好吃极了。甜的则是猪油冰糖填馅。两个吃下去，兴犹未尽，又买了一个咸的吃了。有心带回家一些，但这里没有包装，也只好算了。

又往人民社访杨世光，但他已经下班。

在东寺塔留连片刻。这一历史遗迹也被现代生活层层包围着，形体犹存，意义却因长久的漠视而融化掉了。

十二点钟骑向巡津新村，在巷口被郭蓓一声"大哥"的呼唤叫住，不由分说拉到街上吃饭。一家川味馆：甜烧白、糖醋排骨、炒肚头、炒黎蒿、荠菜豆腐汤，剩了一大半。

饭后往小裘处取包，裘与高伟又一起出来送至出版社。郭预先联系好了社里的车，龚师傅开车送至机场。郭又在机场买了一大堆云南特产相赠：开心松子、玫瑰大头菜、豆末糖。之后，握别。

办好登机手续，被告知晚点四十五分钟。三点十五分登机，三点半起飞。三小时到达首都机场。

下飞机，坐上民航班车，又听到北京人的声音，一股痞子腔，油嘴滑舌，没有一点儿待客的诚恳。对比云南的风土人情，真是不胜感慨。

班车只开到东四十条，下车后立刻有面的司机过来揽生意。一路上听他骂骂咧咧数落不坐他车的人，还说："我就指给他们相反的方向！"

从春天的云南，回到了薄寒的北京。在飞机腾空而起的一刹那，对脚下一片明丽的山山水水，真有不胜依恋之情。此番在云南，充分体会了已经睽违很久的人情。不是那种经过训练的职业化的"体贴"与"热情"，而是人性本来的善良。也许是我太幸运，——所到之处，所见之人，展示的都是这真、善、美的一面。

云南人似乎被自己的好山好水好天气惯坏了。此行和人聊起来，没有哪一个说外省胜过本土的。

三月十六日（三）

午前在家整理此行日记。

午后往编辑部。知陆灏于上周六来京。

一日大风。

滇西十日，独行千里。本意是访古，但归来清点思绪，牵情的，却多是今事。所谓今事，倒也没有惊心动魄的故事，大悲大喜的激情，不过是平平常常的人，平平常常的事，就像那随处可见的、散散淡淡的春意。人性本来的良善，就藏在这平常的生活里。或者因为我是匆匆过客，只看见了善，而不及见到恶？但行路、坐车、吃饭、住宿，眼中所见的确是最普通的人情物理。况且，又决不是在都市里发了横财，奢华久了，要到乡间寻找野趣。真弄不明白，经济的发展，是不是一定要人们付出精神的代价？

三月十七日（四）

往人教社。负翁做东，在出版社左近的小宴餐馆请客。同坐有陆灏，又《什刹海研究》的一位徐姓女子。三菜一汤：炒鱼片、冬笋鸡丝、梅菜扣肉、酸辣汤。

饭后依金性尧先生之嘱，往塑料七厂送信；未找到。

访吴方，不遇。

访王世襄先生，坐聊一个多小时。遇靳飞之父，提了蛐蛐罐和铜墨盒，请王先生鉴定。铜墨盒中有一种是靴盒，小巧如一弓新月。

三月十八日（五）

往编辑部。

邀了吴方、陆、郑、老沈，往食德小馆。竹筒蒸蛋肉、食德炸酿鸡翅、红烧鱼、罗宋汤、柠檬汁猪排、玉米糕，费一百二十八元。

饭后往北大访周一良先生。以《自庄严堪善本书目》、《周一良先生八十生日纪念论文集》持赠。

三月十九日（六）

午间往美尼姆斯。一为座谈，二为陆灏饯行。在座有郑逸文、傅杰、梁治平、汪晖、吴、沈，费六百余元。

饭后往北锣鼓巷，代金性尧先生交涉其女医疗费事。

读《南诏野史会证》。

三月廿日（日）

　　合家拜望外婆，午饭。

　　仍读《会证》。

三月廿一日（一）

　　往编辑部。

　　发服务日通知。

　　老沈做了一大锅罗宋汤，味腴美，喝两碗，又给小航带回一罐。

　　整理《滇西散淡春》。打印机十数日未使用，今无缘无故又坏，败坏心情。

三月廿二日（二）

　　往社科院送通知。访叶秀山。

　　仍作"滇西"。

　　大风一日。

三月廿三日（三）

　　访谷林先生。说起梵澄先生因买不到烟丝而把雪茄烟拆开作烟丝，他说："雪茄可贵得很哪！财政部长都因为抽雪茄差点破了产。某日，部长买烟，伙计拿出一枝，抽几口，不好；再试一枝，仍不好。三试两试，总算选定一种，说：送一箱到家里。自然照办。事后，送来账单：十六两银子一枝！"

　　往编辑部。

　　秋山珠子来访，捎来谢著《天子》。

　　珠子年方二十七岁，柳眉凤眼，白而腴。专攻中国现代文学。很健谈，虽然汉语表达还不是很自如，发音也不太纯正。临别，以一方印着玫瑰花的手帕相赠，因回赠以笔。

仍作“滇西”。

三月廿四日 (四)

仍作“滇西”。

午后志仁请公司的张勇来家修理打印机。

三月廿五日 (五)

往编辑部。

越秀经理崔乃信来，仍同以往，是阵容可观的一队。午间同往食德，宴王世襄先生。

崔以锦盒装的一只笔筒相赠，乃以去年岁尾所书一叶《洛神赋》为报。

饭罢，往宾华。服务日，中央电视台来做采访。

三月廿六日 (六)

往编辑部。

往中华。取得卢仁龙所赠《论衡集释》及《耐雪堂集》。

作“滇西”。近日大部精力用于此，但写出来的东西，不能令人满意。

三月廿七日 (日)

半日读书，半日作文。

三月廿八日 (一)

往编辑部，阅来稿。

午后访梵澄先生。谈到明人小品，公安三袁，颇不以为然，曰：已入魔道。曰王安石诗好，文好，可多读。又曰读《孟尝君传》，可知韩昌黎文意及文句。

取得《蓬屋说诗》数则。

三月廿九日（二）

往社科院，访黄梅。

午后访杨成凯，取回《骈字类编》、《孝经》。

连日来，除《读书》琐事之外，便全力作"滇西"。

三月卅日（三）

往编辑部，准备初校样补白。

午间回来吃饭，午后再往。

头疼、眼睛酸涩，吃了去痛片，亦不见效。

志仁请了丁工来家修打印机。

三月卅一日（四）

往编辑部，处理校样。

仍头疼不止。

四月一日（五）

终于把"滇西"作完。得三万字。曾分批送给谷林先生看，先生以为颇得沈凤凰笔意，有湘西纪行的味道。因大受鼓舞。

收到周劭先生寄下《明诗纪事》六巨册。

晚间郑逸文过访，坐聊两个半小时。

俞晓群来电话，同意可以再出一本书。

四月二日（六）

合家往万安公墓扫墓。

归来往编辑部。刘苏里来谈万圣与《读书》合作的计划。午间在编辑部吃饭：老沈熬的一大锅腌笃鲜。坐着听了一会儿，离去。

四月三日（日）

读张爱玲。

修改"滇西"。吴彬以为还嫌装饰,透明度不够。郑逸文感觉不错,但有些点到为止的东西,嫌浅。

四月四日(一)

往编辑部。

午后丁工来,改换电脑版本。但文字处理部分前次作更换时未作拷贝,便全部消掉了,包括这费了数日心力的"滇西"。幸好都打印出来,总算把损失减到最小。

四月五日(二)

往铁道部。

归途在灯市口中国书店购得沈家本的《中国刑法考》,只有一本第二册。

往编辑部,接到有马得题字的《画戏话戏》。马得的作品的确是令人喜爱的,但却与这位先生素昧平生。他却又怎么知道我的名字?

晚间往白桥大街的版纳大酒店,宴请《诚品杂志》的郑至慧,连沈、吴,共四人。因事先与丁工有约,提前退席。

丁工来,将打印机的使用讲明白,事情一下子变得顺利了。

四月六日(三)

在云南已经过了春天。现在眼中所见已是今年的第二个春天。云南的春天,是一种未曾加意点缀而随处自然涌动着的春意。北京的春天,虽通衢干道也可见到红桃绿柳迎春玉兰,却是精心"做"出来的。

归来之后,始终未有一点云南消息。今往编辑部,一下子得获许多惊喜。群庆先生寄来了大理老年书画协会名誉会员的会员证,并附两信、一诗。李剑寄来剑川兰花协会的会员证,并附《滇兰鉴赏》

一册，兰花明信片一套，信一封。董沛奇讲述了游虎跳峡与石头城的经历。

四月七日（四）

志仁飞往南京。

往汪子嵩先生家取钱端升头像。先生以弘一法师手书《药师本愿功德经》一册持赠。

读《中华文学选刊》（一九九四年第二期）。刘醒龙《秋风醉了》、柳建伟《王金柱上校的婚姻》，都非常有意思。

四月八日（五）

往编辑部。

将第二本书定名为《脂麻通鉴》，将目录及题记寄俞晓群。

将《阳关月》、《曾经是红柳》修改后打印成篇。

读琦君的《长沟流月去无声》。

四月九日（六）

往编辑部。

《人民中国》的郭实和《中国妇女报》的一位来采访（为《焦点》杂志撰稿）。

傍晚徐新建来。请他看了"滇西"，他说，看过我的几篇文字之后，总的印象是：以童心来写复杂与深刻。也就是说，其实很浅，又不放弃对深刻的关怀。文人气太重。或者说，用这种文人气做包装。

小航去赵大夫家，忘记锁车，出来，丢了。

近日开始变声，个子长到和我一般高，不禁又高兴又叹气。他说："别叹气了，我都比你矮了这么多年了！"

其实很怕他长大。

四月十日（日）

读一系列有关藏传佛教的书。

从老沈处索得《藏传佛教艺术》、《上海博物馆藏宝录》。

吴彬因肠炎发烧，卧床三日。与老沈同往探望。伊在自己的一间卧室里，靠枕而卧。枕、被，皆极破旧，大似晴雯抱病归家情景，颇有凄凉之感。努力开玩笑，想使气氛活跃一点，但伊弱不胜言，似乎也有些不快，曰："生病可真不是好玩的事。"

布顿大师《佛教史大宝藏论》第十七页："藏"的词义。梵文"毗扎嘎"一词及"班枳达"意译为"聚体"或"括摄"，即摄多义于所诠中，或摄一切所知义于所诠中，以此名为"藏"。又"毗扎嘎"是中印度语"大斗"之名。比如大斗之中，能收摄多数小升，在此中摄集许多所诠所学，故名"藏"。

第四十一页：下等闻法的有情，虽不知义，然能对于正法生信而听闻，是有大福德的。如经所说："虽不解语言，但以恭敬之心而听闻佛之法语，仅以如此的信念而听闻，也有很大福德。"一闻佛的尊名，即能微笑敬礼。

四月十一日（一）

往琉璃厂。

午后往编辑部。

《佛教史大宝藏论》第九十二页：《如来不可思议大乘经》："造出铃铎等，风吹发响音，实无敲击者，亦能出音声。此喻佛语净，不起彼此别，众意劝请力，而来佛语数。"由此看来，佛观一切众生被"无明"的眼翳所蒙蔽；被我见的绳索所束缚；被我慢的高山来压倒;被贪欲的猛火来烧毁;被瞋恨的军器来刺伤。而仍住在轮回修院中,还未渡过生、老、病、死等河之苦。因此,为了解救众生从这些苦中获得解脱,佛尊从他的吉祥妙喉到白雪般的牙齿之间,伸展幻化广长之舌,发出妙梵音而转所有一切法轮。

四月十二日(二)

大风一日。

作《云》。

午后往编辑部。

四月十三日(三)

仍作《云》。

作成《圣洁的女神》。

午后往编辑部,做发稿准备。

四月十四日(四)

阅三校样。

往丁聪先生家取漫画。

午后往编辑部。

将《云》写毕。

又将"滇西"逐日拆零,已成《不尽的沙金》、《水和火的故事》、《浣了须眉》。

四月十五日(五)

往编辑部。

读沈从文的《花花朵朵　坛坛罐罐》(日前乞丁夫人自外文出版社购得)。

四月十六日（六）

　　将《云》等送往吴方处。

　　往谷林先生家，取得《书边杂写》目录。

　　往编辑部。

　　吴彬打来电话，——本是薛正强托她买冰桶，她把皮球踢过来了，只好跑一趟赛特。

　　又到王世襄先生家取《竹刻小言》。

　　晚十一点乘7次特快（开往成都）往郑州（软卧）。

四月十七日（日）

　　早七点二十分抵郑州，薛正强进站来接，仍住国际饭店。

　　先往楼下餐厅吃早茶，然后回房休息。

　　十一点往越秀。书店生意似不错，购得数册散文集。虽一再要求饮食简单，但崔老板说，对我们来说，简单比复杂更困难。于是，又有坐着木头大轮船的活龙虾（龙虾据云价过千），清炖海龟上桌。特意加的几个家常菜，倒费了手脚，——乃经理亲自下厨，而味道还不是很正宗（红烧肉、香椿炒鸡蛋、清蒸鲫鱼）。

　　同坐有河南电视台的安超（凌德安）和买正光，安颇善言辞。这一顿下来，少不得又是两个多小时。

　　越秀的乐队已经颇具规模了，有当地最好的长笛手、提琴手、钢琴演奏者，声乐也很齐全：美声的、民族的，两小时一套节目。钢琴盖上摆放着一个花瓶，里面插一枝鲜花，每日一换，或玫瑰，或百合。某日崔老板灵机一动，说应有一束光从上面打下来，一试，果然效果好极了。

　　饭后往省博物馆。馆长叫任常中，有王先生的面子，接待自是热情，带了一行人往库房参观，由一位夏姓胖小伙儿，领着开了佛像的库。库门外用了号码锁，里面的柜子则无一加锁。一室多是鎏金铜佛像，亦有一部分石像，但多数造型雷同，表情板滞，不见精彩，王先生只选出了四尊。

又请王先生和师母往楼上鉴定文物，是张盛墓出土的瓷制明器，这是五十年代末出土的，有几件至今未能定出名称。王先生立刻叫出其中的一件是双陆棋盘（或局），另一件是隐囊（隐枕）。其他几件仍未能断定。

又看了几件古琴。第一件是焦尾，琴身很宽大，螺钿徽，王断为明琴。第二件较差，琴身也窄，清或晚清间物。第三件有款：皇明嘉靖衡王囗翁，王以为或为衡王府所制。围观的几位工作人员似乎很外行，双陆的陆字竟不知怎么写（或曰："是大路的路吗？"），对琴的了解就更少。其中一位专管琴库，也是一无所知。

接着，又往一楼对外展厅参观。

归来小坐，六点钟往越秀。已有不少新闻界人士在等待采访王先生。

中厅是每日的室内音乐会，演出的曲目很精，皆为西洋和民族音乐的精品，演奏也十分投入。酒家为之备水、备饭，每人每晚约有五六十元的收入，已纷纷有人投入麾下。良好的演奏气氛，良好的音响效果（全部是木板贴壁），崔的以诚相待，都是极大的吸引力吧。

八点钟才开始就餐。第一道冷菜，全部是凉拌的野菜：面条菜、海藻、贡菜、木瓜丝，等等，调料各不相同。热菜有清蒸鳜鱼、蛏、发菜竹荪卷。又特别为我做了一份扣肉，一份白笋蒸肉，极入味。席间《郑州晚报》的记者讲了一则流传在河南的笑话：某日赵紫阳宴请里根，举箸之时，用河南话对贵宾说："叨叨叨！"里根觉得很新鲜，便问翻译，翻译忙说："就是请请请的意思。"宴罢，宾主在洗手间门口相遇，里根忙退一步说："叨叨叨！"

一顿饭吃了两个多小时，然后王先生乘兴挥毫，赋诗以赠。

四月十八日（一）

早七点半往一楼早饭，自助餐，每人二十元标准，吃得很舒服。师母讲起访台时的一番奇遇：临行的前一天，往馥园吃饭，进门见到四张明式官帽椅，——正是《明式家具珍赏》封面上物，里面布置得小巧精致，几乎全是书中的家具，里面的服务员也都是一例的明式服装。待散席将行之时，一位穿着水红大襟袄的女人冲下楼来，握住王先生的手不放，说她一共买了三本书，留一本，拆了两本，撕成单页交给工匠，作为图样。"有了你这本书，才有了这栋楼！"此时又有一位矮胖的壮汉冲下楼，对师母又握手又拍肩，口口声声唤阿婆，又塞过来一张名片，闹了一阵儿，别去。旁边的人问："知道他是谁吗？看看名片！"再看手中的名片，赫然写着：立法委员。原来是拉选票的，他本是当晚的头号主顾，谁知老板娘一旦发现了王先生，就把他撇到一边，所以他才熬不住跑了下来，师母原以为是一位醉汉呢。

饭后又上楼等候，直到十点钟，才出发往洛阳。同行的还有越秀乐队中的女高音歌唱家程平。

过密县、偃师、登封，一路没有风光，只见砖窑、灰厂和乡镇企业。

十二点半抵洛，住牡丹大酒店（六百二十元）。

一进市区，各种广告就铺天盖地而来，广告用辞多是绝对化的，颇有强加于人的味道，用吴彬的话说，是一种"语言暴力"，如"蓝马是男子汉一生的追求"；"哪里有生活哪里就有蓝马"；"生活中不能少了×××"。树上、电线杆上、无轨电车的辫子上，甚至王城宫外的红墙，都布满了广告。牡丹加速了洛阳的商业化进程。十年前这里远没有这样繁华，但特别干净、整洁、清静。

往斜对面王八路主持的越秀酒家午饭。第一道菜是一个大大的冬瓜盅，余多海味，如带子之类，最后几件颇有味：荠菜馄饨、金银馒头、浆面。浆面是绿豆浆经过发酵，然后下面条，放上芹菜、青豆、花生米，酸酸的，很好吃。

饭后已是三点二十分，往市博。

开了仓库，但没有几件铜佛像。又到展厅参观了洛阳文物精品展。之后，往文物商店仓库。坐了车在街上左转右转，路人指示在周公庙，但开到那里，又不见，于是又转回来，转到街上一家古建筑（据说这一座古建曾经翻造，但原先檐角是升起的，重装时却无论如何也不能恢复原样了），是文物商店总店。找人带领着再往周公庙。

穿过一个拥挤的农贸市场，原来它就藏在这一片热闹的夹缝中。进库，看了几件铜佛像。

归来少待，又往"真不同"的二楼"水席宫"。一间雅座，格扇的空格处嵌以黄缎，一堂仿古家具，坐椅的垫子也用的是明黄。

水席照例是二十四道菜，但今日上的菜有三分之一以上是菜单上没有的高档菜，如霸王别姬、海参鱼翅、白鳝（海鳗）、红烧肘子。开席时众人食欲甚佳，把第一轮的八道冷菜已吃个差不多，然后上来的牡丹燕菜（用鸡蛋黄镟成一朵牡丹，萝卜做成燕菜的滋味，——先晾干了，再蒸，最后加入高汤），也都吃得很足，结果越往后越不行，而精彩尽在后面。一款油炒八宝饭，味道极佳。香蕉甜露也极爽口（其实是酒酿，做成了水果味）。白鳝肉极细腻，汤汁雪白（后在国际饭店见白鳝鱼标价一百三十八元一斤，鳜鱼一百二十元一斤）。肘子的火工很到家。一顿饭又是吃了两个小时。

进洛阳后，一直下雨，时密时疏。洛阳的夜，街道黝黯，两旁的商店都黑着灯。师母讲起，她原是学教育的，后来得了肺病，整整在床上躺了一年（真正的卧床，一年脚没沾地），彼时王先生去美国留学了，只有老公公悉心照应，每天上班前到床边来说："我走了。"下班再道："我回来了。"为她念法国小说（他是留法的），教她画金鱼（婆婆的《濠梁鱼乐图》后面部分是她给勾的），并要她作一幅百鱼图。

四月十九日（二）

一夜雨。

这一场很有韧劲儿的春雨，果然阻住了看花人的脚步。清晨起来，愈见斜风细雨，阵阵轻寒。

昨晚王先生提议早上六点钟去看花的，但迟迟不见动静，挨到七点半钟，薛到马路对面买了雨披，然后坐了车往王城公园。

初进园，人还不太多，赏花亭周围的花栏，牡丹带露，娇黄成晕，盈盈向人。名品有姚黄（花蕊和花瓣交叠送出嫩黄），魏紫（清淡的藕荷），太白醉酒（玉颜低垂，莹莹雪白），露珠粉（粉中挂白如垂露，大似娇花照水弱柳扶风的林妹妹），青龙卧墨池（深黯的紫色），贵妃插翠（粉朵，绿蕊点点如钗簪），脂红（有胭脂之粉艳），豆绿（含苞待放，绿苞低垂），大棕紫（较青龙浅，较洛阳红深），鸦片紫（实应唤作罂粟紫），盘中取果（大约盛时花瓣平展如盘，花心如果，但方经夜雨，花瓣已垂），十八号（冶艳之娇红，拟可命作十八春）。又有冰凌罩红石（花瓣如莹莹轻纱），冰肌玉骨（与太白相近，何不直唤作"花蕊夫人"）。原来街上见得最多，开得最茂盛的，是洛阳红。

靠公园中心的一大片花坛，中间塑了一个毫无仙气的牡丹仙子，一个很现代的古装女人。游人纷纷挤在那里，争着与她合影。

雨下得紧起来，人倒比先时多了。走湿了鞋，衣服也被雨气浸得润了。

回来小憩，十点钟往楼下西餐厅早餐。叫了两份奶油蛋糕，端上来的"黑森林"上都长了"青苔"，——已经发霉了。于是又换了一份现烤的黄油蛋糕。腌肉味甚佳。

又往洛阳商场的文物销售部，无甚精品。

再回饭店，又是等待。然后往日本料理牡丹餐厅。

餐厅布置得很雅致，有席地铺展的榻榻米，也有设椅的长几。餐具看去还精致，一例是牡丹的花样。一托盘作料：酱油、辣酱油，装在木制小葫芦里的辣椒末。

等了近一个小时，菜才端上来。一人一个托盘：鸡蛋羹放在一个盖盅里，猪排与素菜沙拉分别放在式样不同的器皿中。一款被称作日本名菜的"吞不拉"，里面是炸虾、炸青椒、炸胡萝卜，都是裹了面粉炸的。还有三份，也都是做法各有不同的虾。另有一小瓶清酒。据薛云，这一桌十人，至少要三千元。

三点四十分回返。从中州路的西端一直穿出，东西长二十二公里。西路街道中心遍开洛阳红。洛阳街头的红绿灯是倒计时。

途经巩县（现在叫作巩义市），路边即是宋陵（"七帝八陵"）。绿草青青的甬道两边，排列着石翁仲，胡人牵象，文官持笏，武官握剑，又有牵马者、捧玺者、奉盂者、抱瓶者，都保存得十分完好。主陵是永定陵（宋真宗、李后、刘后等）。这一大片陵区，葬有千人，未经发掘，一九八二年列入第二批全国重点文物保护单位。

巩县是河南首富，主要靠乡镇企业致富，生产电缆等。巩县过去，路边山沟里，是一大片一大片的泡桐花，树间是一座一座的窑洞。

巩县距郑州尚有九十公里。途经竹林村、小吴乡，都是"先富起来"的地区。竹林面貌已接近城市，街道旁盖起的一座小学校，规模令人惊叹。

七点半回到郑州，八点半钟往越秀。先听女子四重奏乐队演奏了四首乐曲：二泉、小夜曲、樱花、梁祝。乐队的首席是省歌舞团的第二把交椅。然后吃饭，算是几日来最简单的一顿，主食是皮蛋粥，却仍配了鳜鱼、荷香蒸鸡等各式小菜。一顿饭吃完，又已经是十点半钟了。

四月廿日（三）

昨日洛阳一日雨，今日仍是细雨霏霏。

早七点到一楼吃自助餐，七点四十分出发往开封。

师母从她的学生时代提起话头，讲起婚姻，讲起家庭，聊了一路。她说在燕京上学的时候，过的才真是"资产阶级生活"，那时候女生宿舍是一院二院三院四院，宿舍有舍监、有工友，每天早晨起来连被子都不用叠，放学回来，已经由工友打扫得窗明几净。从图书馆借了书，看完书，夹好借阅证，码放在桌子上，自有工友代为送还。自行车也由工友打气、保养，看见哪儿坏了，自己就推着送去修理了。在食堂吃饭，把碗一伸，"大师傅半碗"，"大师傅一碗"，自有人盛来，吃了几年食堂，不知道在哪儿盛饭。

认识王先生是在一九四一年。师母正上四年级，写了一篇研究美术史的论文。系主任说，论文很好，但在教育系没有人能指导你，我介绍你去找一个人吧，研究院的王世襄。

他不住在学校里，住在西门外的王家花园。师母拿了系主任的介绍信就去找了王先生。讲明来意，王先生也就毫不推辞。初次见面，师母留下深刻印象的是两个吃净、掏空而依然完完整整的柿子壳。

后来王先生真的给开了几页单子，师母的论文便是按照这一"指导"做出来的。以后王先生又给师母写了不少信。

四一年十二月，燕京停学。王先生的父亲不愿意他坐在家里吃闲饭，又怕留在北京会被日本人逼着任伪职，遂打发他去了重庆（一路坐架子车，艰苦万状）。

临行把家里养的太平花端了一盆送给师母，请她帮忙浇水。

王在四川给师母写了好多信。师母说，当初其实就是爱他的字，小楷俊逸，曾经裱了一个册页，现在还留着呢。师母说，我就给他回了两封信。其中有一封就是告诉他，你留下的太平花我天天浇水，活得很好，但愿生活也能像这太平花。

王先生后来坐了美国的军用飞机回到北京，不久两人就结婚了。

师母的妈妈在生下她的小妹妹三个月之后，因患产褥热逝世。

师母的奶奶就把几个孩子一窝端，全给接收过去养起来了。她说，省得你爸爸娶了后妈，待你们不好。

奶奶是爷爷的第四位续弦。年轻时有人给爷爷算命，说他克妻，不料竟言中。第一位夫人，死了。第二位，是父亲的生母，也是很早就死了。又娶了第三位，这一位极是温柔贤惠，甚得爷爷欢心，不料恩爱数年，也去了。这位奶奶结婚时已经三十八岁，因母亲早亡，便承担了抚幼的重任，一直到弟弟妹妹都成人。又曾入过孙中山的同盟会，很开明，侠肝义胆。

结婚后，爷爷一切听命于她（前几任夫人都是尊夫命的）。爷爷是银行行长，现在钱正英住的房子就是当年袁府的一角，——爷爷的书房。钱后来还专门接王先生和师母到家中吃饭。

哥哥是一九三九年去的美国，现在早已美国化了。这会儿我可以说一句：我哥哥是规规矩矩念书的，王世襄那时候只是玩。可现在看起来呢，玩的一位，成了学者，念书的虽然在美国过着挺舒服的日子，可是一生并没有什么成就。

一九七九年哥哥从美国回来探亲，还专门去探访了故居。前面早已是面目全非，成了两三个大杂院。书房自然已非复旧日模样，原来一道回廊曲折，由大门直通向后面的书房，已早被拆掉了，改造成住人的房间。

奶奶很支持妇女解放，曾经到处作讲演。有一个受丈夫虐待的妇女前来告状，她揣上一把洋枪就去了，把那个男人狠狠训了一顿，还掏出洋枪来比划了几下，吓得那一位趴地下直磕头。平日也常常为婆媳不和的事排难解纷，她说：疙瘩宜解不宜结。

奶奶请了两位先生在家中教读，读《论语》，读《孝经》，又常常带他们出去玩，到各个公园。后来又都把他们送入学堂。母亲在生小妹妹的时候，奶奶也同时怀着孩子（小姑姑是出生的时候用产钳夹出来的，把耳朵夹聋了，所以又聋又哑，一辈子没嫁人。故去之后，与爷爷合葬在万安公墓。四位奶奶都葬在山东）。

先是，小姑姑生下不久，奶奶得了一场病，病中难免焦急，母亲就劝道：你别着急，万一有个三长两短，孩子我为你带。虽然是一片诚心，但话说得很不得体。奶奶却略不为意，而且很感念这一番好意。奶奶说："你娘的这一番话，该倒过来由我说了。""也就是冲了这话吧，我一定得把你们带大。"

抗战时跑反，难民都拥到了北京站。奶奶叫了一辆三轮就出去了。爷爷急得直发脾气："太太哪儿去了？"下人说坐了三轮不知道上哪儿去了。后来回来了，一问，上北京站了解民情去了。

奶奶常常对女孩儿讲家规：不可入门房，不可入下房，不可入厨房。师母笑道："但现在我是一人兼三'房'了。"

奶奶是新派，爷爷是老派，有了病，奶奶要上医院，爷爷要请中医。爷爷爱打麻将。奶奶一九四〇年故去，——还是死在爷爷前边。爷爷非常难过，大姐就安慰他："这回你可以踏实了，她们正好四人一桌打麻将，不用叫上你，你就放心吧。"后来家里人都反对续弦，就娶了一个姨婆，侍奉汤水什么的。

过门以后，王先生家有个张奶奶，所以也用不着干家务活。有时候想到厨房帮帮忙，张奶奶一会儿说：别让油溅了裙子！一会儿说：别让刀切了手！也就不捣这个乱了。不过当初为了这，却是吃了不少苦的。

上干校的时候，有一回到厨房帮厨：给幼儿园的小孩做面条，管理员拿来一块鲜肉，一把沉甸甸的切肉刀，示范了一回："这样，薄薄地切成片，再切丝，就行了。"

管理员一走，这肉却怎么也切不成，软软的，在刀下滚来滚去。实在没办法，只好找到管理员，说切不成。人家回来，三下两下，就切出来了。晚上总结的时候，就把这事检讨一回，大伙儿都笑。但头儿认为态度很好，很诚实，就说：以后加强锻炼吧。

"九一八"失窃案后，这里如同惊弓之鸟，正常业务都不敢开展了。办了两三个和文物不相干的展览，什么世界名胜微缩景观展览之类。本来正在筹办中的佛像展览也停掉了，倒是因此而集中在库房里，看起来比别处方便。

又往文物商店，到库房里看了几件东西。有一件明万历的龙凤珐琅盆，盆边是大八宝小八宝，被定为一级文物。还有一件镜架，是黄梨木的做活，但木质是紫檀。文物商店正厅中央的一溜柜台是瓷器。有些嘉庆、光绪年间的小彩碟、青花碟，看去还有意思。还有几件瓷的梳头匣子（上面是一个六圆孔的盖），师母说，过去张奶奶的梳妆台上，就摆着这个。那些小碗什么的，是放勺子，放作料的，为平民用具，如今标价二十块钱一个。

"过去我们家常使的东西，拿到现在来，都是'文物'；现在我们使的，全是山货店里买来的，——拣那最便宜的买。"

十一点五十分回返。路上仍听师母讲故事，——讲了一些音乐研究所的事。

杨荫浏与曹安和是表兄妹，青梅竹马，早生爱恋之心。但父母另为他娶了杨太太，这杨太太就留在了老家。杨一辈子只跟他的和妹一起过。杨去世后，和妹一人很是孤苦伶仃。后来买了一台冰箱，不知道是谁坑了她，卖她一台关不上门的。她就问所里的人："你们都有冰箱没有哇？怎么我那个晚上还得拿绳绑起来，叫唤起来声儿还特别大？"后来大伙儿鼓捣着帮她卖了。

在干校时候的一位伙食管理员是孔府后裔，非常能干，和各方面的关系都搞得很好，所以他们四连经常改善生活。孔有时候想办法弄得熟肠来，切成一骨碌一骨碌的，分量差不多少，就悄悄卖给吕骥他们那样的老先生。有人知道提意见，他说："咳，人家那么大岁数了！"对工宣队的人也很不错，有人往上边反映他，工宣队的人也就替他说话了。"文革"结束，他就去了香港，赚出了一份大家业。但是他的华侨妻子死了，又续弦娶了年轻姑娘，弄了他不少钱跑了。最近又娶了一个，还是年轻的。孔对母亲非常孝顺（还不是生母），只是结婚时让她伤了一回心。儿媳妇非要在婚礼上穿一件黑丝绒的袍子，怎么说怎么不行，当儿子的只好向母亲求情，实在管不了，也只好依了。婚宴上，老太太拉着人的手直掉眼泪。

王先生家里那位张奶奶也特别有意思。二十六届乒乓球锦标赛的时候，"我们都在郊区，一礼拜才回来一趟。张奶奶要买月票，就给她买了。她天天出去买菜，买菜之前，先坐车，上车问终点站在哪儿，然后一直坐到头。从这头再上车，又问终点站在哪儿，再坐到头。有一天送信的来了，问她看不看乒乓球，两毛钱一张票。张奶奶就让她给买四张，一张给自个儿，一张给送信的，两张送人了。到那天，就去工人体育馆，看到半截儿，要上厕所，就去了，在厕所，看看这儿，看看那儿，哪儿哪儿都好。赶到礼拜六我们回来，就问张奶奶过得好不好。张奶奶就学舌，把这体育馆的厕所夸得了不得。'两毛钱，光上这趟厕所就值！'问球打得怎么样？'不好，不好，都不好好打！'"

一点钟回到越秀。

一点半钟开始吃饭，一吃吃到两点半钟。崔先生又是疲倦的样子，原来昨夜两点钟才睡，问起来，才知道是处理了酒店的两个经理，有一个工资降了一千块，撤了职，当服务员。事情很简单：有一个老外在中厅听音乐，这位经理休息，穿了一身时装，也坐在一边听，老外就叫她过来，她竟没有拒绝，这在崔是绝对不允许的。另一位处罚得轻一些，——只因为她没有及时制止。由这件事起头，又讲了两个小故事。"我是从来不陪着喝酒的。不论什么市长、局长、这长、那长，一律不陪。有一回公安局的几个官来吃饭，说把你们小崔叫出来陪着喝两杯！我说可以给你倒上一杯。有一位就说：'你不喝？你敢不喝吗？今儿就给你倒上！'我说你倒吧，看他倒满了一杯，举起来连杯子带酒就泼他脸上了。后来他又找茬，洗手，不到洗手间，到厨房，当时区长的女儿在这儿打工，就给他端了一盆水，举着让他洗，他和弄了人家一身。小姑娘就哭了，我说人家是客人，忍一忍算了吧，就叫一名保安把他扶回座位。谁知一桌人上来就把保安给打了，用枪把子把头部给打破了。这下可就不能客气，叫上厨房的人，就和他们开打，他把证件亮出来，说是公安局的，我把证件抢过来就撕了，说这儿只有喝醉酒耍酒疯的流氓，没有什么公安局的。于是双方一场恶战，最后是对方赔礼道歉，赔偿损失。"原来是靠着这种硬气，打出了威风，打出了尊严，很令人钦佩。

饭后，等着与崔先生交谈。因今晚的火车票未能买到，所以崔亲自出马，找了当站长的老同学，为这事整整忙了一个小时，好容易坐下来，又为工作服的事被叫出去，一直等到五点钟，才算消停。

由吴彬和他谈"读书文丛"的事，三言两语就定了下来。于是海阔天空聊开来，他说据估算，今年年底资产可以过亿。每年的纯利润是几千万，现在想交一些文化界的朋友，其实并非要改变个人形象，仍然是从企业形象考虑，希望能够留住人才。与各方面打交道，也减少一些障碍，吴说起老沈："要是倒退几十年，老沈还没有被社会的颠簸动荡磨平棱角，也会这样干出一番事业的。"崔以为不然："我虽然年纪还不算大（五一年五月十五出生），但在同龄人中，阅历算丰富了，吃过的苦，受过的挫折，已经很不少，可是并没有磨去棱角，我的性格如此，不会被环境改变。讲一件小时候的事，'文革'时候，我成了反革命家属，那也是服过软。那时候家里的日子比一般家庭都穷，可也没人敢欺负我。我并不想和人家挑战，但如果非干不可的话，也就干起来不能松手，一定要干成功。我们的一家邻居，五个男孩，全都特别厉害，在那一片儿称王称霸，我也怕他们，不敢惹他们，绕着走。有一天我母亲给我一毛钱，让我去买酱油，我怕惹他们，不敢从他们门口过，特别从旁边的一个公共厕所穿过去，谁想到哥俩儿正好在厕所里解手，就把我给叫住了，说站住，别动！我就老老实实站住，然后过来摸兜，把一毛钱给搜走了。问还有钱吗，说没了，于是给了一耳刮子，照屁股踢一脚，就把我给轰出来了。我回家就躺在床上，觉得浑身发热，不吃不喝，躺了一夜。第二天早早地就跑到学校门口守着去了，这两人还迟到了。把他们等来，上去就是一通儿乱打，我一人打两人，当然吃了不少亏，但也没让他们好受，把其中的一个下嘴唇都给咬下来了。""我刚创业的时候，和一个老同学一块儿干，我们是十几年的交情了，我对他的性格有了解，知道他自私、贪利，但也没去加意防范。没想到他偷着告我，说我搞赌博，于是被派出所传讯，又说得拘留，我什么也不懂，说拘留就拘留吧，还签了字，谁知道就给放到号子里去了。号子里有号长，谁横谁就是号长，第一天还要给我下马威呢，结果我一下子就成了号长。""我的做人原则是，我尊重人，决不做对不起人的事，但你要是反过来，那么只能是自取其辱。这件事我没觉得丢人，后来惊动了厅局，都来看我，半个月放出来，什么事也没有。那位老同学哭着来参加我的生日宴会，当时我不少朋友都要'修理'他，我说算了吧，只是从今后再不想见到他。"问他：你为自己设计的归宿是什么？"有一栋自己的房子，下面租出去，靠租金维持上面一层的生活，平日里看看书，和朋友聊聊天，吃喝不愁，过几年清静闲适的日子。"吴说："如果你打到北京去，凭着王先生一句话，就可以为你引来多少吃客，而这些吃客也都是有威望的，又可以影响一批人。""我不寄希望于此，这样反映不出我的真实水平。从长远看，这是不合算的，我就靠我的质量，它站得住，就是真正站住了。如果我尽了最大努力还是站不住，那说明我无能，我挟着皮包滚蛋。""我不是一个合格的丈夫，但是一个合格的父亲。"（女儿今年十三岁，已长到一米六六）"她在学校里遇到了什么事，会一点一点讲给我听，我也能耐心地一点一点听完，认真考虑解决的办法。""对朋友，一切男性朋友，我都可以说是问心无愧的，但是对女性，不敢这样说。"他们这几个哥们有个兵团，叫士美兵团，薛是参谋，崔是政委，还有一位画家谢冰宜，大概是司令。

八点钟晚餐。这回又是一轮船的活龙虾，活剥了肉，用刀切了，称作刺身，用冰块镇在船舱里，便这样生食，配了十二小碟作料：沙爹酱、绿芥末、生油、葱丝、姜丝、椒丝、腰果末、芝麻粒、椒盐、白灼汁、酱油、白酒（去腥用）。

饭罢又是十点半钟，一连数日，只入不出，今天好容易找机会喝下一杯番泻叶。

四月廿一日（四）

仍七点半早餐。

饭后他们几位往文物商店和亚细亚，独自留守，读林海音《金鲤鱼的百褶裙》。

午间往越秀，凉菜有一味叫作牛心蒂，便是牛喉，乳白色的薄片。清蒸老虎鱼、汕头笋方肉煲、上汤潺菜，一笼玉兔寿桃。玉兔是莲蓉芯子，寿桃是豆沙芯子。最后照例是一盘水果。王先生一连吃了五块，师母就又讲起他的笑话，——有一天，他到朝内菜市场买菜，看见门口卖瓜的正那儿切哈密瓜呢，就站那儿看着，看着切到一个挺不错的，就买了一块，站那儿吃。那天天挺冷，一大老头子站那儿吃瓜，就有一边看新鲜的了。一块吃完，觉得挺好，就又买了一块。这会儿看的人就多了几个。两块吃完，还不过瘾，接着又吃第三块。这回站着看的人都忍不住，一个个都围着卖瓜的买开了。王先生是给人家当活广告呢！——大伙儿听得哈哈大笑。

饭后回驻地。候至四点四十分，薛来，同往良种犬驯育研究所。

途经西越秀，进去参观了一下。营业面积比东边大，但是只有楼下一层（楼上是居民），装饰风格与东边大体一致，服务员也是仪态万方。

小坐，即往养狗场，看门的一只即是藏獒，已用铁门锁住，原来几天前他咬了场长的弟弟，从小腿上生生撕下一方块肉来。

狗的寝室是一排一排的，外面又另加了铁门，一打开铁门，群犬齐吠，一个个神情激动，叫起来很拼命，让人觉得一旦它冲出铁门，就会把人撕碎。两只黑卷毛的贵宾犬，分宿两室，也狂躁得不得了，一只玩了命地双腿起跳蹦高，一只急得原地疾速转圈。立着耳朵的是灰背，趴着耳朵的是藏獒，都凶猛异常，有一只灰背直着嗓子不喘气地叫，很是恐怖。从训练场中突然飞跑出一只扑向崔先生，又拉手，又搭背，亲热得不得了，原来他小时曾由崔喂养，名字叫路易。路易转身又向师母扑过来，也想照样亲热一番，把师母吓坏了。大伙儿匆匆撤离，也没有再看驯狗。

又回到越秀。晚餐极丰盛，红烧白鳝、清蒸螃蟹、鱼翅水蛋，最后一道西瓜船，上插着西瓜皮刻着的"一路平安"。临别又献给每人一束鲜花。

火车票没有买到软席（重庆开往北京的10次），硬卧是郑州加挂的两节车厢，秩序乱得很。

四月廿二日（五）

列车正点到达北京的时间是早晨五点三十分。但过石家庄之后，就焊在一个前不着村后不着店的地方，足足停了一个小时。过丰台车站，眼看离终点站只有不到十分钟的路了，却又一次焊住。如此，抵家已是九点十分。

读此行所购之散文：琦君、林海音、林清玄、张秀亚。琦君记亲情的文字很动人，忍不住几番下泪。

志仁是二十号晚间才回到北京的，下午提前归家，讲了南行所历，颇多感慨。

四月廿三日（六）

往编辑部。

收到请群庆先生代购的《大理县志》。

收到陆灏寄来的三包书：《忠雅堂集》、《阳春白雪》、《中国古代都城研究》（杨宽），及高阳的三本小说：《假官真做》、《状元娘子》、《徐老虎与白寡妇》。

《清凉菩提》、《紫色菩提》，都是很美丽、很清澈的文字，有着明心见性的智慧。林清玄把佛理和佛的境界引入世俗社会，在碌碌红尘中悬一面清明之境，照见世俗的无谓，照见佛界的清凉。

但我无法进入禅的世界，我不信佛，也不信基督，我只相信人性中的善良。既然有这善良，何妨去爱，去恨。无情，是彻悟，是大解脱。无情，固亦无恶，但也就没有了善。那么人活着还有什么意思？这人间还有什么可留恋？情知"好"即"了"，这"好"至"了"的过程，仍不能少。没有沉沦，怎么能有升华。没有污泥，怎么能有莲花。

何尝不知升沉荣辱不过一枕黄粱轻梦；何尝不知漫漫人生不过弹指一挥间；何尝不知浮华是空，功名是幻，但仍然要认认真真走完这属于自己的从生到死的每一步。"活得很累！"然而，给你一个"轻"，你的生命承受得起吗？"空"和"无"是一眼可以看破的，但无限的"空"，无限的"无"，却撑不满一个血肉的七尺之躯。

用"空"与"无"的澄明，鉴照尘世的"实"与"有"；用彻悟与解脱的智慧，点醒沉沦中的迷惘。

四月廿四日（日）

整理"独自旅行"一编。

读《红楼梦》。

"听曲文宝玉悟禅机"一节甚是有趣。那宝玉已悟得"无可云证，是立足境"，黛玉犹要进一境，曰"无立足境，是方干净"。可知禅理不难，以黛玉之"小性儿"（或曰"执着"、"痴情"），参也参得了，因何又沁芳桥畔迷本性呢，因何至死犹念着一个宝玉呢。人生固有这大撒手处，却何尝撒得了手呢。

便是那争传衣钵的神秀、惠能，又岂在俗缘之外？

四月廿五日（一）

往编辑部。

午后杨成凯取书来。

晚间徐纲从上海来，六年未见，已长成人了。

四月廿六日（二）

王世襄先生清早送笋豆来。

往负翁处取《清流传》的合同。

往琉璃厂。

购得《甘青藏传佛教寺院》、《观世音菩萨故事画》、《释迦牟尼故事画》、《西宁府新志》、《戏剧丛刊》、《乔吉集》、《蒙古游记》。

修改《以"我"之舌言情》。

四月廿七日（三）

往编辑部。

《读书》繁体字版已正式签订合同。编辑部诸同仁会议七月号事项，并筹措创刊十五周年之聚会。

由王世襄先生处取回《脂麻通鉴》题签。

先生院中的一架藤萝开得正热闹，惹来蜂蝶缭绕，却不知这藤萝是否先生手植。师母说，先生在干校时曾养了许多兰，回京之际犹恋恋不忍弃,连土带花千辛万苦地运了回来。但后来忙着著述,把兰冷落,都死掉了。

当然最早的时候,这院子,这房子,都是王先生家的财产。后来又怎么一步一步归了公,又怎么一点一点回到个人,又怎么终于不能恢复原样,——现在也还是个大杂院,原有个长长的故事,但先生刚开个头,就被师母打断:"好容易有功夫坐在一块儿聊会儿天,又搬出这陈谷子烂芝麻干什么!"

晚间看电视现场转播的《贵妃醉酒》(邓敏),做工可以,唱不行。据云得自李玉芙亲授。

四月廿八日(四)

由《书城》杂志中谈瀛洲一篇批评董桥的文章起意,决定创办一个"书趣"杂志。立即与俞晓群取得联系,他马上表示同意。午间,与沈、吴在天坛宾馆会议,即将此事决定下来。从宾馆出来,吴、沈往版纳午饭,我自归家。

将《说"溷"》改毕。

四月廿九日(五)

往编辑部。

访谷林先生。

读《释迦牟尼故事画》。

看望外婆。

四月卅日(六)

读《周叔迦佛学论著集》。

行深般若的第一步(第八八一页下:"人们认为人生是永恒的而贪爱这永恒的人生……")

空、无，是说世间没有永恒的东西，但是就"刹那"来讲，却是"有"和"是"，是真实的。

就释迦牟尼的一生来看：出生、觉悟、涅槃，和一般人并没有不同，也结婚，也生子，经历了繁华。他的觉悟，不过是觉悟了天道人心，或曰认识到事实的发展不外乎因果的规律，世间的一切都是变动不居的，但又并非无序之混沌，而是受着因果规律的制约，种善因，得善果；种恶因，得恶果。无论善还是恶，都是"刹那"之"有"，不住亦不滞，人生便是这无数的"刹那"，所以它为每一个人提供了无数选择的机会。佛的智慧即在于他在人生经历中觉悟了人生的道理；在自然中，觉悟了自然的力量，并且，能够用哲学的语言阐述精致的人生。人生因佛的智慧被诗化了，无数诗化的人生，又丰富了佛的智慧。

浩如烟海的佛经，汇聚了古往今来无数人生的经验、觉悟与智慧，哪一种经义是真理呢？

你所信的，就是真理。

能够解脱你的烦恼的，就是真理。

哪一时解脱了你的烦恼，哪一时它就成了真理。

人生可以求得无数次一时一事的解脱，但彻底的解脱，只有一次。

事为俗谛，理为真谛，一切有情须由俗谛证得真谛。

自相为俗谛，实相为真谛，不深入自相，又怎么识得实相？解决人生之法，仍在人生之中。

"苦集是俗谛（世间）；灭道是真谛（出世间）"（页二九七），不周遍世间，却又怎能找到出世间的路？

佛学辞典"有情"：有情识、有爱情之动物也，即指众生而言。唯识述记一本曰："梵言萨埵，此言有情，有情识故。……又情者爱也，能有爱生故。……言众生者，不善理也，草木众生。"摄于有情之类者，谓之有情数，见《毗婆沙论》十三。又有情所好居住之处，谓之有情居，有九所，称为九有情居，见《俱舍论》八（页六八八）。

布顿大师《佛教史大宝藏论》：此世界名"娑婆"，意为"忍"，是说不为烦恼三毒所劫夺，而且乐意忍受，以能坚忍，故名"堪忍"。《大悲妙法莲华经》中说："此世界因何名为娑婆？即以彼诸有情能忍于贪欲，能忍于瞋恨，能忍于愚痴，以及能忍于诸烦恼之缠缚，故此世界名为'堪忍'"（页五十三）。

佛之教化众生，只是从这娑婆世界讲起，是世间法。佛法如莲花，虽出于污泥，却灼灼其华，不为所染。但若只是清水，只是虚空，却生不出莲花。

佛经说："一切有情皆依食住。"（吕澂，页四四三引）佛依此设教，引导众生向善，即顺应天道自然，而不作悖于常理的颠倒之求（即为恶）。

五月一日（日）

读《佛学论著集》。

五月二日（一）

一日雨，此为北方久旱之雨。

将《娑婆世界》整理成篇。

五月三日（二）

晨起仍雨。

往清华，访陈志华老师。

他刚刚从婺源调查归来。旧有的乡土建筑在迅疾毁灭。也许用不了十年二十年，乡村就成为没有文化的一片愚昧的土地。时光似乎在倒流。

他看到了基层干部的腐败，闻之令人悚然。哪一个朝代都有腐败，但哪一个朝代的执政者也没有像如今的执政者有这样无限大的权力。

聊近两个半小时。

午后起风。

晚与吴、沈、薛共饭，在版纳大酒店。薛做东，费二百元（雅座收费三十元）。

五月四日（三）

将《玉色百合》草成。

往编辑部。周国平来，取《爱默生文集》。

吴问起项灵羽骨折住院的情况，然后话题转到人生痛苦……

每个人都会遭遇痛苦，而每个人对痛苦都会有不同的体验，因此不可以用自己的痛苦，去否认一切人的痛苦，也没有权利指判他人的幸与不幸。人生对每一个人来讲，都是绝对个人的。所谓幸与不幸，全是个人的体味。佛说人生是苦。智者有智者之苦，愚者有愚者之苦。命运对每一个人都是公平的。所谓不公平，只是一种个人的体味而已。痛苦，有不同层次的：精神的，肉体的，有形的，无形的。在痛苦不成为痛苦的时候，它其实已经在某一方面成就了你，——铸就了你的特殊的性格、特殊的意志。这时它已不完全是精神折磨与肉体折磨意义上的痛苦，而成为锻炼生命的激素。在痛苦中挣扎，并努力寻求解脱的时候，它正是一种对生命的磨练。我要说痛苦也是一种赐予，这决不是出于一种观望的冷酷，我是对着自己也这样说的。

痛苦是一种纯属个人的生命体验。这种完全个人化的体验难道存在可比性么，难道能由某一个人说出"我的痛苦比你的痛苦如何如何"么？子非鱼，焉知鱼之乐？我非你，焉知你之苦？

五月五日（四）

往编辑部。

访梵澄先生。他说《读书》比过去好看了，第四期前面的一组文章都很好。但是不要过多地怀旧，还是要立足于将来。还说，我最不喜欢《红楼梦》！它能够给人什么积极的东西呢？

对此，我极力表示反对。

先生说，读通王阳明，可以受用一生了。

五月六日（五）

往编辑部，处理初校样，直忙到午后一点半钟。

读《阳春白雪》。

这部词选，大致可说是当时人选当时人之作，与今人眼光大有别。

叶嘉莹论词学中之困惑与花间词之女性叙写及其影响，谈到"词中所写的女性乃似乎是一种介乎写实与非写实之间的美色与爱情的化身"，这是一种很明白的见解，但似仍未说透。其实，词的"主旋律"应该说是"情欲"，也不妨化一为二，作"情"与"欲"，二者总之是交织着的。情欲是内核，场景、气氛、四时之变化等等，都是一层又一层精心的装饰，也许有本事，也许没有本事，只是情欲而已。也许是生活中美丽的一瞬，也许只是瞬间想象中的美丽，它起源于歌席酒筵，那正是无妨宣泄情欲的时与地，既然铸造为一种特有的表现形式，也不脱固有的程式，则情欲仍可堂而皇之谱入词中。所有的困惑只在羞于承认，原是只可意会不可言传的呀。

情欲是一种活生生的美，当它与大自然打融作一片，难分彼我之时，更焕发作一种生命的感发：咏物也是咏人，咏人也是咏物，爱欲的眼，看梅蕊，也是约略颦轻笑浅；看杨花，点点也是离人泪。更多的时候，是并无情事，也并无一个撩人情思的疏香小艳，而只是由花开花落、雁去雁来、雨丝风片、微雪轻寒牵起的一种情欲。所谓"空中语"，即没有爱意的对象，只是主观者的情欲，着力刻画的描写对象不妨是想象之辞，但情欲却是真实的。

五月七日（六）

往琉璃厂为梵澄先生购笔、购墨。

午后往编辑部。

五月八日（日）

仍读《阳春白雪》。

词中所描写的，离多会少。所以更多的，是追怀，是追怀中的渴望。

具体化为抽象，情事化作思绪。

描写对象没有具体的身分，不是唯一的所指。所以，既可以是花，也可以是人。这种渴求与欲望，可以是情欲，也不妨指为君臣之思。不是真实的故事，却是真切的情感。

渴求无法实现，就做成一种生命无端消耗的悲凉。

即使是闲愁吧，只因这"闲"字是这样的无意义，所以也是一声深沉的悲叹。

作为情境中人，词作者不论化身为男为女，唯一确定的身分就是一个寂寞中的孤独者。

五月九日（一）

访梵澄先生。送笔、墨及冯至先生的《海德贝格纪事》。他正在做几种版本、几种文字的《圣经》校对。

谈起诗，他说他信服陆游的一句话："诗到无人爱处工。"诗要是让人不觉得可爱，便是好诗了。先生近日得一联，以为好：雨过柳更垂，烟霏岸逾远。虽出语平常，但体物深细。

先生说，第四期《读书》宋远的那一篇写得好。不过，仍未说透。

又说我的字尚可有进境，但须上追汉魏。

往编辑部。

到肯德基买了快餐，往萝葳师家。一庭月季，高大如树。累累繁枝，花事正盛。浅粉、深红、杏黄、牙黄，粉白交叠，一片灿烂。一株核桃，树荫压了半个院子。月季花边，又是一大蓬白蔷薇。

五月十日（二）

大风一日。

往编辑部。老沈郑州二日行，今归。

傍晚吴彬打电话来，说国务院明令，凡申报高级职称者，从今年起，必须参加资格考试。七七年以前参加工作的，考"许国璋"一、二。

遂往新华书店购得这两册。

五月十一日（三）

往新华社，访陈四益，交《第八件事》。

看望外婆。

往丁聪家取版式，方闻知范老家正要拆迁，小院将无存。

往编辑部。

急往老板家与小院告别。北牌坊的半条胡同已成瓦砾，小院孤零零的一面院墙已经残破了。院中一棵国槐，一棵洋槐。一株香椿之下，生出几株嫩枝，过几年也就是香椿树了。靠窗两棵丁香，已经开过，留下一片绿荫，是为长夏遮阴的。夹在丁香中的是太平，刚刚含苞，主人却等不到它开花了。主人一走，太平也就结束了生命。小院将夷为平地，再不见旧日风光。

槐树下面的小花坛，有一株芭蕉，是老板手植，原是特地从王世襄先生家移来。几年过去，已经长得粗粗大大。不必听凄清的雨声，它蓄满了生命的绿意，也就足让人爱怜了。

小院一夏清凉，我常说它像林妹妹的潇湘馆。

京城还能留下几座这样的小院！

五月十二日（四）

施康强送稿来。

往编辑部，做发稿准备。

读"许国璋"。

傍晚往编辑部，取回样书。

五月十三日（五）

给谷林先生送去样书。

往编辑部，发稿。

午间与吴、沈、马同往东四吃四川小吃。只有玻璃烧卖、口蘑小包两种尚可，余皆不佳。叫作"桂圆甜烧白"的，是用肥肉裹黑芝麻白糖，团成卷，外围江米。所谓"桂圆"，原来只是染绿了的樱桃，一点儿也不好吃。费九十元。

为负翁送去《清流传》。

访卢仁龙、刘石，皆不遇。

五月十四日（六）

读《散文·海外版》（一九九四年第二期）余光中文《外文系这一行》，倒使人鼓起一点儿学外语的兴趣。许氏第二册开始的几篇文章都还有意思，早晨读了两课，居然很愿意读下去。

余文两个比喻很好：学者把大师之鸟剥制成可以把玩谛视的标本，作家把大师之蛋孵成自己的鸟。

五月十五日（日）

"鸟语"与"宋词"交替读。

黄庭坚《浣溪沙》："新妇矶头眉黛愁，女儿浦口眼波秋。惊鱼错认月沉钩。 青箬笠前无限事，绿蓑衣底一时休。斜风细雨转船头。"东坡云：黄鲁直作此词，清新婉丽，闻其得意，自言以水光山色，替却玉肌花貌，此乃真得渔父家风也。然才出"新妇矶"，又入"女儿浦"，此渔父无乃大澜浪也（《清人选词三种》，页十四）。

是否词之程式使然？凡提笔为词，涌入笔端，必是种种"女儿"意象。山必眉黛，水必秋波，花必腻粉，柳必柔腰。词是写女儿态、女儿情、女儿心的。

《蒿庵论词》引《艺概》：词以不犯本位为高。东坡《满庭芳》"老去君恩未报，空回首，弹铗悲歌"，语诚慷慨；究不若《水调歌头》"我欲乘风归去，又恐琼楼玉宇，高处不胜寒"，尤觉空灵蕴藉（页六十）。

五月十六日（一）

春来几乎日日风。不是含着温柔的"细细"，不是浸着湿润的"潇潇"，只是撼树摇花的干燥，恨不得"让那春归如过翼，一去无迹"。每天清晨到芍药栏前看花，眼看着花开了，花落了，片片落英堕地，卷了，干了，化入泥土。

往编辑部，复书十余封。

五月十七日（二）

七点钟出发，往万寿寺。五十分钟骑到。但要九点钟才开门，于是访梁治平。左弯右弯，绕了二十多分钟才找到，就在左近的万寿寺甲四号。梁已去上班，与莽平聊到九点钟，继往万寿寺。

工作人员正在洒扫庭除。里面似乎没有游客。除大雄宝殿供奉着"横三世"佛之外，余殿皆辟作艺术展室。有佛教艺术、明清玉器、瓷器、漆器、家具、书画艺术诸展。但品种不算丰富。喜其清幽，尽可多作徘徊。

出寺门，过广源闸桥头，从马路横穿出去，沿动物园围墙行，就到了五塔寺。

除了凿石锯木的民工外，不见游人。

这是保存至今，年代最早的一座金刚宝座塔。清麟庆的《鸿雪因缘图记》"五塔观乐"一则，对此有大略的记述。

看到中塔须弥座上雕有一双脚，觉得很奇怪。下来看到说明，道这是佛足。有两说：一说佛涅槃前曾站在石上说法，因刻佛足为记。一说佛将焚化时，因迦叶未到而不能进行；后迦叶赶到，佛便从棺木中现出两足，遂行焚化。但不知两说载于何处。

五月十八日（三）

往编辑部。

继往琉璃厂。为丁聪买美术全集《金银玻璃珐琅器卷》，不获。为梵澄先生买笔。购得"十竹斋信笺"一种。

傍晚往编辑部，为吴彬托运《韩国诗选》送去纸箱。

继往桃花江餐厅（南小街，新近开业）。《读书》宴请王蒙夫妇、丁聪夫妇、冯亦代、宋木文。编辑部同仁之外，并邀了倪乐。菜以腊肉为主，其中酸豆角、腊味双蒸、腊肉炒萝卜干较有特点。服务员都是益阳来的湘妹子（费六百元）。

五月十九日（四）

往编辑部。

阅三校样（第六期，一一八至一八四页）。

五月廿日（五）

大风一日。

往编辑部。

读《白雨斋词话》。

五月廿一日（六）

到商务印书馆听英语辅导课。纯粹为应付考试而授、而受，真是累极了。倒是自己读读文章还觉得有意思些。

课后与吴、贾往凯旋门餐厅，又打电话叫来了老沈。炸猪排、奶油鸡卷、炸鸡胸、烧小鸭、厨师沙拉等，共二百元。

访谷林先生，"搜"得几册论词的书。

往编辑部。

五月廿三日（一）

将《小道世界》草成。

访谷林先生（还书、借书）。

往编辑部。

四点钟与沈、吴在天桥宾馆同俞晓群、王之江、王越男会，谈"书趣"创刊及"读书文丛"的转手。

将《脂麻通鉴》书稿交俞。

五月廿四日（二）

风雨一夜。芍药栏中，残英尽落。王安石《半山春晚即事》："春风取花去，酬我以清阴。"陈衍评曰："首十字从唐人'绿阴清润似花时'来。"（《宋诗精华录》页一三五）

十点钟雨止，往编辑部。

为王世襄先生送去《读书》第五期。

五月廿五日（三）

读陈衍《宋诗精华录》。

午间按照事先约定，往美尼姆斯，与郑丫头一起，为吴彬做生日。

问了郑的近况，道感觉很好。因问吴彬："还记得爱情是什么滋味吗？"答曰："你应该问——知道爱情是什么滋味吗？"

将结账，老沈又来：说吴彬已由他提议，董通过，负责《读书》的行政事务。

三人一百八十元；加老沈，二百四十元。与郑平摊。

饭罢往宾华。服务日。

今日天气很怪：半阴、半阳，风不止。既不像春天，也不像夏天。有点像秋天，却又不似秋日之爽。当然，更不是冬天。

读杨牧《疑神》、龙应台《看世纪末向你走来》。

五月廿七日（五）

往编辑部。

读《诗话总龟》。

这两日每到午后便开始头痛，且愈痛愈烈，不得不吃了去痛片早早入睡。

五月廿八日（六）

志仁的部门组织旅游，一定要我同往，不得已而行。

早上七点钟出发，一路接人，八点钟出城，先到房山石花洞。

一路所经，都是既熟悉又陌生的地方：良乡、磁家务、陀里、东庄子。二十多年前，曾经多少次在这条路上往返。当年与姚楷步行往史家营，经历了多少故事。但记忆力衰减，如今竟忘掉了许许多多的细节。

石花洞已经引不起参观的兴趣，——与前此所见过的溶洞大同小异。不过在北京近郊有这样一个大规模的钟乳石岩洞，还是挺难得。门票每人二十一元，这一笔收入，就很可观。

十一点钟车往潭柘寺。

二十年前曾拉了刘建华与志仁同来。那时这里还是工人疗养院，大门紧闭，谢绝参观。后来又和妈妈一起来过一次，却没有留下印象。

如今这里早成了公共园林，热闹不亚城里。看了和尚做饭的锅，曲水流觞亭，白果树，方唤起旧时的一点记忆。庭院里遍植牡丹，可惜花期已过，只有绿叶清润了。

继往塔院。最早的塔，建于金代。还有一座是忽必烈的女儿妙严公主塔。守塔人称，塔下原是两口扣起来的缸。公主站在缸里边。后来此塔被盗，把缸一打开，衣服就化作碎片飞起，骨架也立刻酥掉了。以后又花了五千块钱，才将此塔修复。

再往戒台寺。这里比潭柘寺清静得多，因而更显得高敞、清幽。松多，古，且奇，有卧龙松、自在松、盘龙松、抱塔松、九龙松（白皮松，九支松干四向伸出）。戒台又称作选佛场。戒台上端坐着释迦牟尼，两边共放了十把椅子，若受具足戒，须有三师七证。台周两层一百一十三座佛像，据说出自泥人张的后代。

下山，开往门头沟。在城中天府饭店午餐（其时已是午后两点钟）。这里有一位从政协食堂退休的老师傅，为大家打点了一顿饭，十六人，收费四百七十五元。鱿鱼、海参、蹄筋之类，一款芙蓉鸡片，算是不错。凉菜中的糖炒核桃仁很是好吃。最后一道八宝饭，甜得发腻。

下榻龙泉宾馆。门庭中，水池里，一方山石，上有碑刻，记龙泉之建。文句之不通，好令人一笑。

志仁、小航去游泳，我只坐在房间里读"许国璋"，晚饭也没有去吃。

五月廿九日（日）

清晨，不到五点钟就起来了。到宾馆庭院转了一圈，倒也花开处处，鸟鸣幽幽，曲廊、假山、水池、草地，都有了，却造得不精不巧，不见意境。

八点钟吃早饭。咸菜、鸡蛋、馒头、粥，极简单。

饭后到网球场。等了半天才轮上，拿起拍子，第一下，就把球打到场外的一面高墙里去了，也就再没兴趣。

遂往游泳馆。游了一会儿,去洗桑拿浴。但坐在小木屋子里,只觉得烤,不觉得蒸,全身干透了,一点儿汗也没有出。

十点半出来。

十一点半离龙泉。行至古城路,在四川美食城吃饭。清蒸鲩鱼、怀胎豆腐、东坡肘子,及各类四川小吃,费四百三十五元。

在旁边的书店给小航买了一套《凡尔纳选集》,算他的最后一个儿童节的礼物。

两点半归家。

五月卅日(一)

看望外婆。

在商务门市部购得《英国文学名篇选读》,为金性尧先生购《郑孝胥日记》。

往编辑部。

接到南昌打来的电话,说赴会可以乘飞机。

饭后往西单购机票。几乎所有的窗口服务态度都极坏,缺乏起码的敬业精神。怎么就没有一点儿职业道德。

收到易木珍寄赠的《三曹诗选》、《十八家诗钞》。

行将四十。古人五十岁称年开六秩,六十岁则年开七秩。那么,四十岁,也可称年开五秩了。却听起来更显得岁月的残酷。

心态似乎仍停留在二三十岁,总觉得是年龄在欺骗我。

约翰·盖伊死后葬于威斯敏斯特教堂,墓碑上有他自己写的对句:人生是一玩笑;一切均可证明。我曾这么想过;现在确知如此。

(Life is a jest; and all things show it. I thought so once; but now I know it.)

五月卅一日（二）

院子里的花，一朵一朵都开败了。"今年对花最匆匆。相逢似有恨，依依愁悴。吟望久，青苔上，旋看飞坠。"既"吟望久"，且长久得能够眼看着落红飘堕，又怎么会"匆匆"呢，是感觉中的花开匆匆罢。今年我亦对花凝望最久，因此格外感到匆匆。往年并不注意花开花落，反无所谓匆匆与否。

今年的春天，其实最长。又分别在三个地方度过。三月到云南寻春，四月往洛阳访牡丹，归来又与芍药相伴数日，却更觉得这么快一切都成过去。

往编辑部，处理初校样，忙到十二点多。

老沈以初版《流言》一册持赠（原为陆昌仪收藏，因《读书》而与沈结交，又因受沈赠书而以此为报）。

子建"美女篇"，对"妖"且"闲"之美女，周遍形容，可谓细致入微。但描摹的仍是形状（结末"盛年处房室，中夜起长叹"，也还是可闻可见之状）。到了宋代词人的笔下，乃得深入于内心，且由旁观者而化为当事人，用热闹的笔墨铺陈出静寂中的孤独。这个时候的男子，比女性更女性化（女子在宣泄情感时，未必有这样的大胆与坦率）。子建是借寓，宋人是寄托，——曾氏批道："美女如此容华，而安于义命，不轻于求遇合，以喻士不求苟达也。"正如谭献评温飞卿的《菩萨蛮》："以上士不遇赋，读之最确。"

六月一日（三）

往编辑部。

汇总几套丛书的选题。

读唐浩明的《曾国藩》。

六月二日（四）

往编辑部。

从人教社取回李人凡捎来的珍珠霜。

仍读《曾国藩》。

六月三日（五）

读《曾国藩》。

午后往统战部招待所访徐新建。彼正在作西南岩溶地区的扶贫工作，又在筹划与日本某财团合作的"良知和未来世纪工程"。

往编辑部。

六月四日（六）

清晨下楼，开门间，眼前一亮，令箭荷花开了！胭脂红的花瓣中，是几穗长长的、银丝样的蕊，明媚照眼，娇艳非常。

往商务听课。

课后往编辑部，讨论"书趣文丛"选题。老沈做了一锅罗宋汤。

六月五日（日）

十一点钟，志仁送到路口，乘上一辆出租，驶往机场。司机名叫张晓山，很健谈，从国计民生谈到个人甘苦。

四十五分钟开到机场。航班号CA1511，起飞时间一点十五分。等到一点半钟，不见动静。

突然人群纷纷涌往19号登机口，下楼梯，乘上机场运送上下飞机旅客的电瓶车，开近停机坪上的CA1511之后，陡地一个大转弯，又转了回来。互相打听着，才知道飞机还没有准备好。仍从19号上楼，回到候机厅。

等到两点半钟，再次得到召唤：从19号登机，又重复一遍一个小时以前的程序，依次上了飞机，行李放好，听空中小姐讲解如何使用氧气面罩，如何使用紧急出口。

坐等半小时，广播中传来温婉甜润的声音："旅客们，非常抱歉，飞机因机械故障现在不能起飞。请拿好随身携带的行李物品，到候机室等候。"

早有电瓶车开过来，又把人送回19号。但这一回却不再上楼，因为是从飞机上下来的，不管是旅途归来还是根本没上旅途，也得按照下飞机的规矩办，所以从出口处出来被带进21号候机室。空中小姐送来了矿泉水（凭登机牌领取一瓶），然后坐等。

但这里是一个只许出不许进的地方。你要去打电话通报情况，你要去买食品聊充饥肠，对不起，出了口，还得持机票、身分证、登机牌，再从安全检查口上楼下楼地走回来。虽然人人一肚子火，但谁也不敢说出格的话，——这是坐飞机呀，话说得难听了，岂不是不吉利吗？

于是各以幽默出之："这是登机演习呀！""这个玩笑开得跟真的似的！"接着有人谈起自己的旅途经验："那年从广州飞北京，误了一天，第二天的那一班都飞走了，我们才走。""那回我在深圳，飞机在天上兜了一转又下来，前后折腾了五个小时呢。""有一次……"

总之，这并不稀奇，不值得生气。唯一的办法，就是耐心等待。等到晚饭的时候，还会有免费晚餐。果然，五点钟，送来了盒饭，又配备了一瓶矿泉水。人们愈加顺从地听天由命。

终于，五点半钟的时候，第三次"叫起"。但下了楼再上楼，却要再次通过安全检查口。绝大多数人虽小有埋怨，不过还是老老实实地按照程序走。只有两个人采取了不合作的态度，在安检口不出示机票和身分证。"我们已经从这个口走过三遍了，误了飞机是你们的错，干吗这么折腾旅客？"安检人员义正词严："误不误飞机我们不管，我们只管安检。"

同是受折磨的，却对不满者不满："和他们较什么劲哪？让干吗干吗呗！"于是不满者气短，只有服从。大家和和平平，依次通过，——如果不满者再有几回这样的经验，也便练就顺从的功夫了。

只听到几个年轻人在后面议论："应该上诉！赔偿损失！""人家说，美国人太喜欢打官司了，可中国人是太不喜欢打官司了！""因为打半天官司也不会有结果，人家也让你吃了，也让你喝了；何况又是机械故障，你能怎么样呢。"

想起龙应台有一篇文章的题目叫作"中国人，你为什么不生气！"，大概就是因为生气的事太多了，如何气得过来？怨服务人员恶作剧似的让旅客提着行包在候机厅与停机坪之间周游两个半来回吗？但在我们的习惯中，这实在算不上是对旅客的不尊重。在我们所使用的交通工具中，民航的服务，应该是最好的了。

你遇到许多令人不满的事，但你不知谁是不满的承担者。怨民航吗？民航那里有多少苦衷，新闻界早有披露，唯有谅解。你该和谁去生气呢？自然，并不是生气才好。只是，习惯如此服务的被服务者，又以同样的方式，服务于他人。这样一种循环，真让人轻松不起来。非凡的忍耐力，是由环境造成的。无法改变环境，只能改变自己，——磨练自己的承受能力。在习惯中培养出来的处世方式，又反过来维系习惯，使它更为坚牢。只是，习惯于这种环境，这种效率的人，又能有怎样的敬业精神呢。

六点钟飞机飞离跑道，七点四十五分到达南昌。

出机场，有黄友贤、周鸣贵来接。

下榻滨江招待所，与陶小慧、方敏同宿一室。一会儿，黄友贤来叫吃饭。今日一天，活动不多，饭却吃了不少，飞机上发的食品还没能腾出肠胃来装，此刻又如何吃得下？一再婉谢，也只好抱歉了。

陶、方十二点半才归来，说这顿饭吃到十一点，然后又去卡拉OK一下。幸好未往。

看会议材料中的日程安排，明日上午是："探讨书评的职能、任务；出版社、书评家、书评报刊如何沟通。"不禁哑然失笑，后者尚有讨论的可能，前一条，该说什么？

六月六日（一）

五点钟起来。下楼，然后走出五号楼。招待所濒临赣江，江畔晨风鼓荡，总算送来一点凉爽。南昌的气温虽与北京相差无几，但闷热异常，即使在有空调的房间，也有一种发粘的感觉。

八点钟在招待所餐厅吃饭，坐下来喝了一碗粥。

饭后往教育社，开会。仍然是开会八股，一丝不苟地演一遍。和刘景琳坐在一边聊天。

午间在出版社开设的餐厅吃饭，规格很高，有河蟹、鳗鱼汤、石鸡等等，十几道菜。

饭罢回宿地。三点钟往江西日报社开会。仍是按部就班重复例行的开会程序。

六点钟，到报社的第三产业月亮湾饭店吃饭。饭菜水平一般。

饭后步行回驻地。停水一个多小时，总算又有了，匆匆洗了澡。

六月七日 (二)

六点钟出发，往长途汽车站。七点二十五分准时发车，驶向婺源。将近三百公里的路程，尽是平川。进贤、东乡、余干、万年、乐平，一路绿野平畴。

午间在黄金埠道边一家小餐馆打尖，买了一袋蛋糕，一块钱；一瓶汽水，四毛钱。

乐平过后，有了小山。柏油路变作土路，烟气混合着尘土，再加上热浪蒸腾，咬着牙受此熬煎。有了山，又有了一条水，景色才见出一番美丽。进入婺源地界，道路两旁的民居立刻显出特色。

五点半钟进城（坐了整整十个小时的车），在文化局门口下车。按照陈老师给出的名字，找金邦杰老先生。局里的工作人员正要下班。问起金先生，一位男同志十分热心，立即帮助打电话，但被告知他往景德镇去了，要周六才回来。于是问起有什么事情，遂道明来意。他耐心指点一番，并画了路线图，又建议我在文化局旁边的劳动服务公司下榻。

出了门，一直在旁边的女同志才介绍说，这是局长，又把我送到招待所，从里面叫出了局长（刚才那一位是副的）。局长正在吃饭，要我登了记（五人间，十二元，但才住进两人），放下包，也一起去吃。

一桌六人。局长递上名片：鲍庆祥，头衔是县文化旅游总公司经理，原来正在准备大搞文化旅游的开发。在座的有两位都是银行的，大概是要请他们贷款。日本人投资，在县里建了一座婺源县友好宾馆。已经接待了五批日本游客。

局长答应明天给找一辆吉普，送我下乡。刚一落座，就下起大雨来，总算洗去一点闷热。饭菜不见特色，又热又渴，也没有食欲，不过吃了一碗热汤面。

回到房间，洗了一个凉水澡，才觉得舒服了。

六月八日（三）

夜里又闷热起来，早晨起来也不见凉爽。五点多钟出门，街上已有不少人。县城三面环水，一面靠山。环城而流的，是星江。

穿进县城老街，找虹井。窄窄的街道，是青石板铺就。昨天黄昏一场雨，地面还是湿漉漉的，散发着潮气。两旁都是老房子，看上去阴暗而潮湿。

好不容易打听到虹井，却见木头门上一把锁锁着。左有一牌，上书：婺源县文物保护单位。右边是说明。

虹井在朱氏故居右侧。当年朱熹的父亲朱乔年降生之时，井有紫气缭绕。后朱熹在尤溪寓所落生，亦如此，因名之为虹井。后来听鲍说，朱熹的诞生地尤溪，也是三面环水，一面靠山的地势。如果只看照片，真会以为是婺源。

有传说婺源地区乃是一条龙脉，清华的彰公山是龙首。一路下来，至婺源县城，分作左右两脉。左为县衙门，右为儒学山。后因烧石灰，坏了龙脉，婺源便不出人才了。

从老城斜穿出来，就是沿河而筑的环城大道。江畔尽是结伴浣衣的女子，江岸则是练拳的老者、读书的年轻人。

江那一边的山上，雾蔚云蒸，太阳在云层里隐着，天色白蒙蒙的。

快走到文化局的时候，遇到鲍局长，原来这是县政府的宿舍。

他说，他曾经当了一年县委宣传部的副部长，不想干了，打报告请调文化局。家在溪头砚山脚下，正是出歙砚的地方。婺源自古就是养人之所，很难做出事业。他在这里经营了全省第一家合资企业，但差不多快把命搭上去。要在这里做点事，真是困难得很。

在街上买了一个肉粽，五毛钱，里面有指甲盖大的一块肉。

八点钟到文化局。又见到了昨天的那位副局长，才知道他姓江。上楼，又有一位副局长，叫汪兆铎。等到八点半钟，文管所的胡彧先生来了，鲍局长请他带我下乡。司机名叫汪治平，很早就进了县剧团，后来改行学法律，然后到县里负责签发文物经营执照，因为事情不多，又兼了司机。

将近九点钟从县城出发，先加了油，由我掏了汽油钱（五十一块）。然后开往沱川，一小时到达乡政府。胡找了乡团委书记余天海，一起往不远的理坑。

理坑古代是出官的地方。官宦的宅第至今还保存了几所，有司马第、尚书府，还有一座官厅（余自怡）。官厅后来做了生产队的队部。据说还是钦赐的匾额（余懋学），不知是出自哪一位"圣上"的恩德。

司马第门楼高大，上有石雕，还有一座"天官上卿"。八字门楼，即在大门两旁砌成四十五度斜墙，形如八字，磨砖对缝。门楼上方则用雕花砖，也有石雕。

房宅早已易主，但里面的木雕还保存得很好。"文革"的时候，为了保护这些木雕、石雕，群众用黄泥糊在上面，然后贴了"毛主席万岁"的标语，于是谁也不敢来撕。这叫作"以神护神"。

房舍多数没有院落。进门一个天井，正房照壁前是壁架，照壁上贴了年画和对子。前面是一张八仙桌，正位两张太师椅，两旁和下首是条凳。天井两边是厢房。照壁后面是后天井。后面是余屋，或作灶间，或堆杂物。楼梯开在后进的一边。

此地多雨，而天井一开，大雨浇下来，水柱四溅，往往把周围弄得很潮湿。若是梅雨天气，就要发霉了。

若不开天井，大人物无法投胎。从门缝进来的，都是小人物。此外，水也要先经过宅第才能外流，否则流走了财气。

所以现在的人盖新房，都不做天井。旧时则认为天井可得天之气，能够出大人物。

理坑曾经出过一位理学家，因谓此地乃理学渊源，故人名之为理坑。这里做官的名人是余懋衡、余懋学兄弟。宅第自然早已换了多少主人。最大的变化发生在土改的时候，官、商、地主的房屋全部被没收，分给贫下中农。

青石板路，有一处巷口，两边墙角磨成平角，以便轿子通过。还有一段路做成三步一段上升的石级，也是为了走轿子时显气势。

个别有院子的，也不是通常的庭院，而是一条短巷。中间青石板，两边铺鹅卵石，尽头一棵树，翠盖盈盈的故家乔木。左手是门楼。木雕多数保留得很完整，格扇门上雕着八仙，两边对称，一边四仙。有一家兄弟合住（九世同堂），先把一边的格扇门三百块钱卖了。弟弟的这一边前不久有人出一千块钱，但他没卖。

不过这里的保护工作很难做，主要是没有经费。房主要拆旧建新，无法阻止。这里建筑多半还是清代的，门窗、正梁，都雕镂繁复，数层透雕，极有立体感。明代建筑的特征是墙砖比例为三、六、九（长宽高），雕刻简洁大方，门扇多为方格。

正午时分，突然浇下雨来，于是急急离开，回到乡政府。上午召开的贯彻股份制的大会刚刚散，村干部蜂拥到食堂午餐。我们三人也进去白吃一顿，四个菜：米粉肉、炒豇豆、炒豆腐泡、烧茄子，米饭放在一个巨大的木桶里，随便盛。乡党委书记和乡长都在后边的这间屋里一起吃了。

饭后到会客室休息，看到沙发、空调，不免惊奇：这里是"特困乡"啊！但胡和汪说：你如果接待条件太差，上边的人连来都不来，不是更办不成事了吗？评为"特困乡"以后，这里很快有了起色，乡办企业也还能赢利。

胡和余开玩笑说，沱川也是秦桧的家乡。余立即脸红脖子粗地争辩起来，他说他们余氏一支是桐城的余潜。当年欲寻找一个风景秀丽又有好风水的地方，看中了沱川，并砍下一枝罗汉松，倒插于地。说如果这棵松活了，一年之后的此月此日，即移居此。后来果然成活，于是真的迁往沱川了（罗汉松现在篁村，就是余天海的家乡，距沱川三里）。

一点钟出发往古坦的黄村。

这里的黄氏宗祠称作百柱祠，前临古坦水，背倚竹源山，建于明末清初。前面是用院墙围起来的，大门平日不开，只走一侧的边门。

三进，一进中有一个月台，这是他处所不见的。

正殿经义堂三字为张玉书题（见于县志）。中间是"金砖墁地"，两边是整条的青石板，且左右对称。中间的两根主柱，柱础为莲瓣形，直径看去半米尚不止。据说右手的一个，是修建祠堂时邻村送的，故意做得特别大，意思是笑他们找不到这样粗的木头做柱子。结果黄村人不但找到了这样的木头，而且做了其他的几个柱础，比这一个还要好，石质也出色得多。几百年了，没有人去摸它，却乌黑发亮，结果把送来的这个做了右首（屈居下位）。

寝室是石制的重门，两层之间有挂灯处。原是九步台阶，属违制。后来在七步的地方断开，上面再接两级，——仍是九步。重门进去的三开间，供着祖宗牌位。柱础是覆盆式，也是金砖墁地，但和前面一样，因为做了生产队的木工房，砖都被砸坏了。

卷棚上覆一层薄薄的青石砖，多少年来，从来没有人打扫。但仰首上望，只觉明净清洁，似乎一点灰尘都没有。也从不结蛛网，从无燕雀筑巢，只有几只蝙蝠飞旋来去。整个建筑极有气势。梁柱有一点简朴的雕刻，很大方。

祠堂旁边，旧时是一座书院。据说过去黄村不出官，由于村里人咬咬牙建了座书院，后来真的出了两个进士。前几年部分梁柱被白蚁蛀了，县文化局花了三千多元整治了一回，才算解决。

又到村支书（黄姓）家里坐了一下。五年前盖的房，生活条件一般。胡说，他在文物保护上是非常尽力的。又看了一家鱼塘，保存极完整。周围是桂花树、柑橘树。上面原是宅第，后毁。现为菜园，里面放养了草鱼和婺源特有的红泡金鲤鱼。

还有一家叫作敦伦堂，与祠堂的建造时间相近，大抵明代风格。后面的楼梯扶手是雕凿成格子的。

回到村口，发现轮胎被扎了，换上了备胎。归途在清华镇补胎。

去看了彩虹桥。清华，唐开元年间婺源县城的所在地，二十多年之后迁往今天的紫阳镇。桥始建于唐。前面四个桥墩修成燕嘴形，以迎对面流过来的水。中间的一个坏了，捞起河里的砖修复，但与原作差了好多，砖也对不齐，而且又裂了缝。

桥中间供了治水的大禹。左边是当年治水理首胡永班，右边是募缘的僧人胡济祥。不知从哪里搬来的柱础作了石桌石凳，又挂了一幅摹绘的清华八景图。但除了这长桥卧波之外，余皆不存。

上桥的这一会儿，又淅淅沥沥下起一阵雨。太阳总闷在云层里，捂不住的热气就凝成水，时不时滴下来。

清华镇下来的水面上，有一叶一叶的采金船。此地出沙金，但量极少，都是个人开采。因成本高，也发不了大财。

在县城路口，小汪找他的一个朋友（李姓），为我租了明天的车（一百五十元）。

回到宿地，正好局长又在请"财神"，于是把三个人一起叫上餐桌，又白吃一顿。胡又上楼来给汪口的俞法尧同志写了条子，介绍我前去参观。一切安排妥当，方离去。

六月九日（四）

早晨五点二十分出门，到桥头吃了一个肉饼，六毛钱，一碗稀饭，三毛钱。又为司机买了两个肉饼。然后按照约定，站在宿地门前等。

六点钟，李准时到来。他说他从未起过这样早，昨天晚上喝酒喝到两点钟才睡，此刻头疼得要命。又到桥头接了他的一个女朋友，因为他没去过文公山，要请她带路。

十几公里笔直宽阔的大路，经高砂，就到了中云镇。左手弯进一条土路，一边是小林乡水库，一边是漫坡的茶树。昨夜又是一场大雨，所以虽是土路却不起土。汽车穿过几个村庄，直抵文公山脚下。

此山原称九老芙蓉尖。北宋年间朱熹祖墓葬于山腰。嘉定二年宁宗谥朱熹为"文公"后，山易今名。拾级上山，林深苔滑，山木滴翠。一树树野杨梅结了青白的实。李说，白杨梅比红杨梅更好吃。

过了一道题有"积庆后昆"的小门，有一位老者在卖门票，两元一张。所谓祖坟，其实是朱熹祖母的墓，上书"显祖妣夫人程氏之墓，宣教郎裔孙熹立"。原碑上面的小字都已涂掉。这两行字大概是近年描上去的。朱熹手植的杉，有十几株，都一一编了号。最高的近四十米，最粗的，胸围三米余。李说，这样的杉树，是罕见的。

从山上下来，驱车往汪口。仍是通往清华的那条路，在王村大桥拐弯。过秋口，再行，便是属江湾镇的汪口村。

很容易找到俞法尧，开了祠堂的门。收费处已落了锁，——原来只收我们这一份。

俞氏宗祠建于乾隆年间。土改，尤其是"文革"期间，遭到了很大的破坏。享堂前面的两根柱子，原来柱子和屋檐间是雕了一对狮子滚绣球的。柱上的狮子顶住屋檐下的绣球，正起了一个承重作用，既有美学价值又有实用功能。但"文革"时把狮子和绣球都给凿坏了，所以整个前檐向左倾斜了过去。两廊雕有山水图景、历史故事，五凤楼间还有八骏图。

祠堂的五凤楼门是违制的。俞说，据传祖上有父子二人，父亲做到武英殿大学士，曾教读太子。儿子做到了三省巡抚。曾有一块匾题作"父子俱史"。祠堂的堂名，称"仁本堂"。五凤楼上层层雕镂。第一重是万象更新，第二重是双凤朝阳（已凿坏大部），两边是文曲星、武曲星（凿坏了主要部分），再下面是福如东海、福禄双全。一百多组木雕图案，凡是木构件，都作了雕刻处理。据传当年这里的人说：不和江湾比大小，要和江湾比功夫（江湾祠堂之大，为此地之最）。本地的一位木匠自报奋勇，他原是做花轿的，于是精心制作了一顶花轿，说：这就是我的水平，你们看怎么样！一见之下，就拍板定了。木匠死后也葬在汪口。

五凤楼向内的一面，上悬一匾，书"生聚教训"四个字。此匾也曾被砸掉的，现在所书是出自当地俞姓农民书法家之手。他曾经保送上了人民大学，回来断断续续做了几任村干部，却不免总带上几分书生气。祠堂的修复就是他主持工作时做的。

寝堂有两层。上面的一层设放祖宗牌位。下面的一层，祭祖时，七十岁以上的老人方可入内。俞说，最后一次祭祖活动是一九四八年，场面肃穆。他是凭了初中毕业的文凭才进入享堂祭拜的。

寝堂梁间雕刻，最里面的是暗八仙。外面一道是琪花瑞草。享堂则是石榴瓜果，寓开花、结实之意。地面是青条石铺就，卷棚为木条，也很清洁。

旧称婺源四宝是：江湾的祠堂，汪口的碣（此地读"贺"），方村的牌楼，太白的塔（此地读为"拓"）。

江湾的祠堂据称建于宋代，早就毁掉了。牌楼与塔也已无存。唯汪口的碣，尚在。是清代江永设计的，为曲尺形，一边蓄水，一边通竹排（正式名称叫作平渡堰）。从村口出来，站在公路上看了一下，据说自建成之后，历年无论怎样发大水，都不曾被冲垮。

到了这里，才知道什么叫作山明水秀。山映在水里，便明明净净，极见清明了。水中有了山的倒影，清清莹莹中便添了秀媚。

村庄多建在山弯水湄。村口多有一片树林，外缘是秀竹丛丛。

过去每个村口都有一株大古树（多为樟树）。秋口的李坑，则是一水穿街（李说这叫破腹水），两边是民居。但水很浑浊，大约是刚下了雨的缘故吧。街心有一个凉棚（申民亭）。凉棚外是一架小小的石拱桥（申民桥）。村的一侧，倚着一座林木葱郁的土岭。

最后请李把我送到思口镇。这是昨天谈的时候不曾包括的内容（思口距秋口有十几公里）。但他二话没说，点点头就算答应了。并且过了思口镇，又前行三华里。正午时分，一直送到延村口。

延村都是清代建筑。虽然保存至今的不少，但完好的已经不多。与理坑的官宦宅第不同，这里多是民居，建筑形制大同小异。村边有一座金家祠，已败坏。门外荒草萋萋，只听见一片嗡嗡的苍蝇声。

世界总是在一个除旧布新自然的代谢过程中，一步一步走着的。但如果这"除旧"不是依从自然规律，而是一种人为的暴力手段，那么，"旧"的被迅疾破坏掉了，"新"的却很难生长出来。婺源的乡村，曾经有着那样丰厚的文化积累，在一场近乎疯狂的自我毁弃之后，现在，要想维护这劫后残余，并以此作为旅游资源，却是困难重重了。

这里的人不像丽江的纳西人和泸沽湖的摩梭人那样热情，但对外人毫无戒备心理。大门敞开或半开，里面空无一人，即便有人，我走进去东张西望，也视若不见，问都不问一声。

门楼的石雕，以祥瑞花草为主。里面的木雕多数破坏得很厉害。天井下面的地面是大块的青石板，泄水沟上面的砖雕着花纹（瑶花或钱纹）。如果注意卫生，本来不会污迹斑斑。后来听胡先生说，土改时大户人家的房子都分给成分最低的贫雇农。他们住进去之后，一切都不讲究了。本来这地方是放鱼缸的，又作"晴雨缸"，也可搭起石台养花。

差不多每家房檐底下都有燕雀做窝，人与鸟和睦相处。与云南不同，此地很少见有人家养花。田野风光，唯见绿色，很纯很纯的绿色，没有一点娇艳。婺源多的是绿，浸着水似的，绿汪汪，鲜灵灵。没有一片瓦蓝的天，没有几卷如丝的云，在濛濛水气中洇着，更显得鲜嫩。

延村亦缘水而建。从村口走出，正见一辆从清华开往婺源的车，上车（两块五），一点半到了招待所。在餐厅吃了一碗香菇肉面，两块钱。

上楼擦洗一下之后，胡彧先生就带着他的儿子来了。其子在博物馆做保管员，带着我去了博物馆。

博物馆建于五十年代，很早就开始了征集工作。不过那时候很多东西是土改时没收来的，基本上没花钱。现任馆长名叫詹祥生，今年三十八岁。副馆长杨浩（更年轻）。詹的父亲（永萱）就是搞文物鉴定的。馆藏许多珍品皆由其父收集来。

馆里没钱、也没足够的设备布展，所以都是待来了人，从库房外调。

看了不少藏品：文徵明行书《兰亭序》（中年作品）；黄慎《麻姑献寿》（四十九岁作）；周之冕《鹭鸶芙蓉》（万历年作，有年款）；王武《花鸟牡丹》（戊辰秋作，泥金）；边寿民《芦雁图》；胡湄《一鹭芙桂》（谐"一路富贵"，作于明末清初，胡是平湖人，项元汴之外孙、蓝瑛的学生）；杨舟的"鹿"（大幅，有年款：癸酉夏日，三友草堂）；徐枋《仿郭熙溪山行旅图》（戊辰）。又犀角杯（明代）；竹刻香笼（万历年制，出自户部侍郎余懋学家）；水藻玛瑙鼻烟壶（水藻青绿有生意）；王莽金错刀（平五千）。又有一方龙鳞抄手砚（歙砚），朱乔年之友张敦颐墓葬出土。周遭一凹槽，线条简洁而流畅，完美无缺。张曾做过衡阳知府，家在赋春乡庄门店。此砚被定为一级品。因龙鳞砚只见于文字记载，而鲜有实物，这一件是唯一的证明。（《县志·人物·宦绩》录张敦颐〔养正〕事：游汀人，登绍兴八年第，为南剑州教授。敦颐在南剑州与朱韦斋友善，邀与还乡。韦斋以先业已质于人对，敦颐许为赎之。及韦斋卒，敦颐以书慰文公于丧次，而归其田百亩。郡人义之。及卒，附祀文公庙。）

此外尚有十二眼蟹形砚（端砚，清初）。又鳌鱼翡翠佩件，为余懋衡物。翡是红的，翠是绿的，质地较好。难得是年代早，件大。余氏后代衰落，有一女嫁到浙源（虹关，天下第一樟所在），土改时被没收，很久不知下落。詹父多方打听而不得。后下乡时在大队部的抽屉里看到，不费一文，收归国有。为镇馆之宝。

最后一件是一颗蜜色的猫眼，有大拇指肚那么大，据称只有故宫里的比它大。估计可能是李鸿章家物（李的一位管家是婺源人）。

人称沱川三件宝：香笼；鳌鱼佩；还有一件是金烛台，镂空精雕，有二百斤重，一人搬不起。

昨天胡先生说参观是要收费的，三十元。但詹说算了吧，也就免了。

又由杨一直送下儒学山，在车站买了票，然后送到返回驻地的巷口，方别去。

晚间胡先生来，坐聊近两小时。

黄昏时分开始落雨，一直下个不停。

六月十日（五）

一夜雨声潺潺。三点钟醒来，再也睡不着。好容易合了眼，立刻做了一个没赶上车的梦。四点多钟，再也躺不下去，只好起来。

五点四十分到汽车站。正点五十分开，但六点十分才来车。总站上了不到十个人。开过桥去，就停了下来，又上了有十个人。一路开，一路停，停的时间比开的时间长。

出了中云镇就变成坑坑洼洼的土路。据说从景德镇到婺源的铺路工程做了好几年，婺源界内的已大体完工，景德镇浮梁县界的一段却总也干不完。浮梁恢复县制，把市里拨下来的修路款用去盖县政府大楼了。市里气得要命，责成他们把款退回来，由市里搞。但总之吧，人们就在这似乎是永远修不好的路上颠簸晃荡。

雨越下越大，人越上越多。发动机上坐了五个人，有一位一条腿就插在刹把旁边，——已经是最小限度地为司机留出操作的余地。挤成这般模样了，人们还在拦车，司机说挤不下了，一位小姑娘就撑着伞在汽车前面走。最后只好开了门，让她挤了上来。八十五公里的路，整整开了四个小时。将近十点钟，才到一个不知叫什么名字的地方，就是终点站了。

从车站走出来，周围很荒凉的样子。问长途汽车站，说老远老远的呢。冒雨前行，走了半天，再打听，还远得很呢。幸好过来一辆小公共，招手上车，一块钱，到了车站。买了明早六点半往九江的票。

在车站旁边的司机招待所登记了住宿，十五元，单人间，简陋得要命。有一个公共洗澡间，水龙头都快锈死了，也没有热水。

十一点钟出来，在门口买了两个冬菜包子，五毛钱。

乘三路车往龙珠阁。穿过闹市区，不过一般城市的那种繁华。龙珠阁原来是一座新建筑。守门人说，阁始建于五代，"文革"时完全毁掉，这几年才修起来，比以前加高了两层（现为四层）。里面有五代至清的出土瓷器展览，其实多为残片，没有几件完整的实物。参观者只有我一个。

出来，乘车回宿地。再往盘龙岗陶瓷历史博物馆。进枫树山。路两旁果然枫树林立。渐深，渐多松柏。长长的一段路，一个人没有。雨不知不觉地停了。

博物馆迁来了不少明清建筑。除延村的通议大夫祠之外，差不多都是迁自浮梁县，如苦莱公宅、汪柏宅、汪柏弟宅、大夫第、苍溪民居等。但多数都没开放，一把锈锁锁着。这也算是一种博物馆式的保护吧，却像是栩栩然花间飞舞的蝴蝶，被制成了一叶标本。

在玉华堂即延村通议大夫祠中看了景德镇陶瓷简史展。又各处转了一圈。

"清园"明清古建筑后面，已修了一道长廊，绕着一方水塘，塘中浮萍开着娇黄的花。

再往古窑。名为古窑，实为今窑。多数作坊都锁着。在开着的一处，看见一个青年正在做坯子。

古窑倒真是有一座，是省重点文物保护单位。据称始建于陈代。烧柴，又称柴窑。一位老窑工热情邀我进去叙话。原来窑的上面一层，周遭木板隔起来，都住着人的。他说一炉窑要烧一天一夜。又讲了讲怎样看火，怎样烧窑。还打开锁着的柜门，给我看了他们烧出的一件釉瓶。说话间，突然断电，屋子里立即黑暗一片。

遂辞出。行不远，突然有一位妇女追上来招呼，问刚才那一位老窑工是不是卖给我瓷器了。忙说没有。她说没关系的，我们这里的窑工都有几件，要比别处卖得便宜。然后要我到她那里去看。原来她也住在窑的二层上，就在那一位老者的对面。既不懂行情，看见一个小薄胎碗、一套五件的小花瓶好玩，就要了，碗十五元，瓶十二元。她说市面上这碗要卖三十元呢。给她五十元，找不开。她说这样吧，我这大一件的薄胎碗要卖三十元，就算半卖半送吧，也别找钱了。也就依了。

出来，乘四路车往三间庙。原来下车的地方那一带都叫三间庙，真正的庙还要走进去五里路。看看已是五点多钟，赶到那里，怕也关门了。

于是又原路返回。在一家"飞翔小馆"吃了一碗素炒粉，两块钱。

六月十一日（六）

六点半的车到了七点钟才开。先在车站门前买了一个包子，两毛五，一个鸡蛋，五毛钱。

又是挤挤挨挨的满满一车人。江西地方乘客比司机利害，乘客叫停，司机不敢不停。而且让在哪儿停，就在哪儿停。

十点半钟到达湖口渡口。等候过渡等了一小时。

十二点到九江。住车站附近的医学专科学校招待所，两人间，十六元（只有一人住）。

稍稍休整出门，在路边买了两个香蕉，四毛八。那个女子见我手里有整钱，就要拿零钱来换，说批发公司不收零钱，死缠活缠非要换。说香蕉只算你两毛钱。数给我三十元，又数九块八；又把三十元拿回去数，七颠八倒，到后来才知道被她糊弄去了二十块。回来找到她，本想她会赖账，说当时点清楚了，谁知更绝：她根本否认有这回事，装作不认识的样子。心里好笑，也没有一点办法，是自己太仁义了。

徒步往烟水亭。门票三元，不过一个亭子而已。此番是重游，但对第一次，竟没有留下一点儿印象。倚栏望水，但见缘湖各种建筑林立，耳畔市声嘈杂，已无情趣可言。

出来，沿湖而行，往能仁寺。走了将近半小时方到。寺中有僧住持。照例山门、天王殿、大雄宝殿、藏经楼，与众不同的是，大雄宝殿的莲花座下有一眼清泉。据说当日佛与僧众说法，泉便涌出，入口甘甜凛冽，因名之为诲尔泉。猜想是先有了泉，然后在泉上筑基建殿吧。但历久不涸，且清冽依然，也就有几分奇了。

殿后又有一方滴水石。说明上介绍说，据德化县志考证，梁武帝太清丁卯年始建大雄宝殿。时置花岗岩石于殿檐，高一尺九寸八，经千余载雨滴而穿透。庆历二年修其外形，三面刻有羽花纹。六十年代末被损，八八年修复。

藏经楼后传来念经声，原来几个僧人正领着一屋子穿了黑袍的女居士诵经。

寺内一座大胜塔，塔周搭了脚手架，正在进行维修。寺里为此还贴了募捐告示。

在天王殿前树下的石桌旁坐下。一位蓄了及肩长发、穿了僧服的老者，与一对青年男女聊得正欢。他说他曾经做过蒋经国的保镖。"当年蒋介石和他的儿子吵架，说我也是要搞土改的，可是用的办法和共产党不一样。蒋经国说他回来是要干革命的。但他爸爸说，你革什么命呀，四书五经还没念好呢，先读书吧。""土改蒋介石没搞成，毛主席一下子就搞成了。毛主席下得了狠心，有仁义之心的人坐不成江山。就好比在家里也是一样。你不厉害，就没人怕你，也就治不好家。""汪精卫管宪兵队的时候，逮着日本人犯罪就狠狠治，对中国人就装看不见。""毛主席、蒋介石、汪精卫都是爱民的，做法不一样。""汪精卫让老百姓少受了不少罪，他宁可顶着恶名。"

他今年八十三岁，小时候是放牛的，后来当了和尚，又当了蒋经国的保镖，没念过书。曾经抱养了三个儿子，但养大了，结婚了，就都不理他了。"还是亲的亲，疏的疏。"

"那'文革'时没整你吗？"

"我是'漏网'的。毛主席不死，就没有我的好日子过。"

又说起张作霖父子、西安事变。他说日本人和张作霖比射击，张比日本人强，日本人就觉得这人厉害，不能留，所以就把他的专列炸。又说张学良不像他爸爸那样狠，太仁义，结果就受罪了。

说话间，走过来两个尼姑，先向他合十，口称"阿弥陀佛"，然后向他的衣领里边塞了二十块钱，就走了。他先还推阻一下，后来人行远了，他掏了出来，挺高兴的样子。

大胜塔前的水池里，有一个石船。船上一铁佛，据说宋时某日天上飞来，因号飞来船。

出寺，仍沿湖行。往天花宫，走了二十分钟才走到。虽然墙外有市重点文物保护单位的牌子，但不知保护的是什么。进门但见堆满杂物。正中供了一座很拙劣的观音像。后面一个三层的塔楼，也是很蹩脚的。一问，果系近年新建，真是一无可取。

又徒步走回烟水亭。九江之美，多半得于这甘棠湖。湖中间一道长堤，绿荫匝地。湖畔时见垂钓者。

湖区以外的街市，又脏又乱，虽有豪华宾馆矗立其间，也只能带来更多的不谐调。

在烟水亭坐上小巴，上车一块。不过开了三分钟，就说灌婴井到了。

进小路，是一个贸易市场。问一位斯文妇女，她说根本就没有这样一个井。又问了出租车司机，才一路摸到地方。原来浪井已在一片居民区的包围中，已是和光同尘。

浪井夹在两家人家中间，上面盖了巴掌大的一个亭子，亭子里放了一个木盆，一辆自行车，一根柱子的下半截油漆斑驳，上边接出去一根绳子，通到对面的人家。浪井须衬在无限江山中方见得情趣，今井中既无浪声，井外又与江岸隔绝，早是年久湮塞了。

一位老太太抱着膝坐在井上盖着的铁板上与另一位聊天，见我在那儿转着磨儿拍照，掩口胡卢地走了。

井盖锁着，上面草草盖了一座小亭。一面墙上，镌着说明："浪井，原名灌婴井，又名瑞井。西汉名将灌婴于高帝六年筑城时所凿，因名灌婴井。后年久湮塞。至建安中，孙权曾至此城，立标命人开掘，适得故处。见井壁有铭云：'汉高祖六年颍阴侯开此井。'权喜，以为祥瑞，遂名瑞井。井原与江通，江上风起涛涌，井辄有浪。故唐李白有'浪动灌婴井'之句，自是世称浪井。"由于历代河道北移，江岸增宽，加之近年沿江筑堤，垒石护坡，故井中不能再闻浪声。现在采用的一点保护措施，是一九七九年四月进行的。今为市重点文物保护单位。

另一面壁上，镌有苏辙的诗："江波浮阵云，岸壁立青铁。胡为井中泉，浪涌时惊发。水性本无定，得止自澄澈。谁为女娲氏，补此天地裂。"又有李白《下浔阳城泛彭蠡寄黄判官》："浪动灌婴井，浔阳江上风。开帆入天镜，直向彭湖东。落景转疏雨，晴云散远空……"据云皆录自德化县志。

从浪井出来不远，就是江岸港口。又坐小巴，仍是一块钱，三分钟的路。

买了明天九点十五分往南昌的票。又买了三个桃子，九毛钱。卖桃子的姑娘也要换零钱，立即拒绝了。买了一盒"康师傅"，两块七。

吃了面，用冷水洗了澡，不到八点就睡了。

六月十二日（日）

这里真潮湿，洗的衣服晾了十二个小时，居然还能拧出水来。

六点半钟，走到外面一看，原来飘起细雨。仍回来坐候。雨渐渐大起来，在浔阳江头的小客栈里，一间阴暗潮湿的房间，听雨，似乎该是很有诗意的。却是思乡心切，恨不得插翅飞回。古人每于此时能够吟出佳句，不知是因为没有这种吟诗的训练，还是心情恶劣连句子也造不成，只觉得时光难挨。

熬到九点钟，往车站。是一辆中巴，没有太多耽搁，就发车了。十二点到达南昌，雨下得正欢。好容易找到一家公用电话亭，却犹如孤岛一般，被一片大水所包围。

只好坐了一辆出租往机场。车子雨刷器坏了，司机照开不误，警察也不管（也没看见有警察）。一点钟就到了机场，还有整整七个小时啊！

便坐在候机厅外苦读"许国璋"。三时许，雨停了。天晴得却不明快，仍有一种蒸腾感。

好不容易熬到七点钟，才开始换登机牌。过关除验行李外，还有两位描眉画眼的女郎进行摸身检查。她说："别人的包都响，就你的不响！"被她职业性地"摸身"一回，难受半天。

机票写明八点钟起飞，但真正起飞却是八点四十三分。晚了四十三分钟，却被视为正常，因为机场对此未作任何解释。现代化设施中一切不那么现代的东西，很快就会为人们所习惯。候机的人们，也习以为常。或看录像，或购物，或聊天。有多少人是为了节约时间才付出高昂代价乘飞机的？也许因为多数是花公款？

十一点到达北京。乘上一辆面包。司机曾在部队汽车连干了十一年（负责训练），据称当过连长，谈锋极健，一路聊个不停。

志仁正候在门口，说等了四十分钟。

六月十三日（一）

睡了不过四个小时，就起来了。庭院中，合欢开了满树满枝，犹一片粉红的云，地上则红英一片。它有这样快的新陈代谢吗？

往编辑部。收到周劭先生寄赠的《稼轩词编年笺注》（增补本）。

忙一上午，又携回校样校阅。

草成六月五日乘机记（《因为如此，不生气》）。

六月十四日（二）

往编辑部。

午后阅校样。

将《婺源行》写了一个千余字的开头。

六月十五日（三）

往编辑部，发稿，忙一上午。

老沈以《随意英语文库》一册持赠。第一级中的文章，大体可不借助辞典而阅读。读了四篇。

六月十六日（四）

早晨老沈送来"书趣文丛"计划。打印毕，送往朝内。

往社科院。范景中从杭州带来几种书：闽刻套红印《孟东野诗集》、《桃溪雪》、《回流记传奇》、《楚州金石录》。

续作《婺源行》。打印机突然又一个字也印不出来了。

六月十七日（五）

往谷林先生处，取得《书边杂写》稿。又将唐鲁孙十二种交付，请先生编选。

往编辑部。

陆灏到京。往北办取来《沈璟集》、《河里子集》、《南明演义》、《绥寇纪略》。

六月十八日（六）

往商务听课。

午间往凯旋门，商议《读书》奖事（陈原、陈来、葛兆光、赵一凡、陆、吴、贾）。饭罢又往对面的华侨大厦喝咖啡。

访谷林先生。

六月十九日（日）

将《婺源行》草就。仍打印不出。

午间与沈、陆往天桥宾馆，与俞晓群等商定"书趣"及"书趣文丛"事。

两点半方结束会议，又一起访吴彬。

六月廿日（一）

九点钟，与陆灏约了同访范用。带了三瓶子：孔子一、孟子一、外一瓶女儿红。到芳古园新居，不遇。在楼前石级上坐候至十一时，而不见归，只好离去。

再访谷林先生。

午间又拉了老沈，在咸亨共进午餐。臭豆腐干、干菜扣肉、西湖醋鱼、海米冬瓜汤，共七十余元。

往编辑部。

六月廿一日（二）

今日夏至。院里的一盆茉莉花，一朵接一朵地开了。

作"辛丰年"。

晚间与沈、陆应郑至慧之请，约吴忠超、陈嘉映座谈"时间"。先往食德小馆晚餐，然后到宾华。

专业的物理学家与专业的哲学家，沟通是困难的。各在自己的语言世界或曰语言系统里认识生活。但也许正是这种不能沟通，才使二者缺一不可，无法替代，各有其位置，各有其存在的伟大意义。

六月廿二日（三）

访谷林先生。

往编辑部，进一步落实"书趣"与"书趣文丛"。

午后与陆灏约往访梵澄先生。辞出之后，又往董乐山先生处小坐。

六月廿三日（四）

约郑在勇谈"书趣文丛"封面设计事。

往社科院，归还《婺源县志》。

午间往梵澄先生处践约：在团结湖的一家烤鸭店午饭。肉片炒柿子椒、红烧海参、香菇玉兰片、一大盘香酥鸡并一份砂锅丸子。梵澄先生身着一袭月白色绸衫，长将及膝，戴一顶白礼帽，手提拐杖，惹得人人注目。

饭后又往徐府小坐。

六月廿四日（五）

往北图（文津街）参加《敦煌文学概论》研讨会（柴剑虹组织召开，并发邀请）。与会者多不相识。有几位是闻其名不识其人：周绍良、董乃斌、张锡厚、葛晓音。一位白化文，当年在北大旁听目录学，倒是听过他的课。

仍然是通行的那种程式化的会议，无甚意趣，止不住地昏昏欲睡。

午间留饭，婉辞。

归家，饭罢。老沈又从柳泉居一再打来电话，约往一会。遂往。在座有沈、吴、陆、阎平、柳琴、徐元秀、负翁，并冯易。徐是柳的表妹，南昆青年演员。此番来京参加全国昆曲青年演员会演。当下唱了一段《游园》，一段《痴梦》。嗓子似乎不够宽、亮。

很不习惯这种饭桌前的演唱。演员不能够离开舞台，观众与演员之间没有了距离，会大大影响欣赏。

与陆灏同往王世襄先生家。先生拿出一个冰镇西瓜，一剖两半，把瓤舀到小碗里，一人一碗。临行，师母又拿出三根巨型香蕉，要我带给小航。

六月廿五日（六）

往商务听课。

下了大半天的雨，三点钟放晴。

六月廿六日（日）

"辛丰年"写就，总不能满意。陆灏看了，嫌空。郑在勇看了，也以为简略。今经老沈提示，大悟，一气将后半写出，自以为可。

六月廿七日（一）

往编辑部，处理初校样。

阅《如是我闻》稿。

六月廿八日（二）

往编辑部，处理积久的来信。

收到王绍培寄来的三期《街道》，一气读毕，颇以为佳。遂不免技痒，草成一则《院儿的杂拌儿》。

六月廿九日（三）

将"杂拌儿"再作修改润色。此篇写得极顺手，几乎是文不加点，读来也觉流畅。这是近日唯一觉得满意的文字。

往编辑部，处理积稿。

午后吴向中过访。将"婺源"和"院儿"都请他看了，以为浅。

晚间为三嫂打产品说明。

六月卅日（四）

往编辑部。

纪坡民、闵家胤过访。交谈之下，方知纪乃纪登奎之子，现仍住在内务部街的一个大四合院里。

午后杨成凯来，取走《历代名人室名别号辞典》。

志仁夜半归来。

七月一日（五）

往编辑部，阅来稿。

对"辛丰年"再作修改。

"辛丰年"一篇,写得顺手,改得辛苦,有点儿像钱氏《宋诗选注》所引唐子西语:吾作诗甚苦,悲吟累日,然后成篇。明日取读,瑕疵百出,辄复悲吟累日,反复改正。复数日取出读之,病复出。凡如此数四。

七月二日 (六)

往商务听课。

课后与吴、贾、郝、沈在随园午饭,商定"书趣文丛"事。

访谷林先生。

七月三日 (日)

清晨起来,即闻窗外雨声潺潺。一拉灯,却停电。

雨一直下。天一会儿黑,一会儿白,雨一会儿大,一会儿小。电始终不来。在暗屋子里,看书也打不起精神,英语读不下去,便读费孝通的《逝者如斯》。倒真是好文章,淡墨中见笔力,白描中见锋芒。

下午三点钟,终于来电了。

傍晚老沈送来俞晓群寄回的《脂麻通鉴》,重阅一回,感觉竟比先前好了。

在《东方》上读到葛剑雄谈民工潮的文章。从历史上不断出现的各种大规模的移民现象谈起,因而对目前各大城市出现的民工潮持乐观态度。但这是一种历史学家的乐观。

七月四日 (一)

往编辑部。

谷林先生将阅过的"辛丰年"稿退回,并婉转表达了意见。又赐一册刘半农的《瓦釜集》。"检奉旧藏一种，或可视同清初精刻软？"

七月五日（二）

往铁道部。

天大热，室闷非常。走在街上，但见白铁皮色的水气雾气濛濛一片。人进到里面，立即被裹上一层粘膜，人的汗和天的"汗"胶合到一起，用吴彬的话说："都要腌咸菜了！"

从上午开始停电，直到晚上八点四十分才来电。

七月六日（三）

清晨起来，听见窗外雨声一片，终于能够感到一点凉爽了。

六点钟，雨住。又是一个大晴天，却不像昨日那样粘乎乎。

往编辑部。李陀、吴方、汪晖、朱伟来。与沈、吴同往宾华聊天。

阅三校样。

阅施康强送来的《都市茶客》稿。

读余光中的《从徐霞客到梵谷》。

作为题目的一组文章（评游记、看画），并不特别吸引人。倒是谈语言、谈文法两篇（中文的常态与变态，白而不化的白话文）令人大有悟。语言革命数十年，经他略略清点，便发现：文言固已近于消亡，而取代它的白话竟没能逐步纯洁、逐步美好，反成为中不中西不西、驳杂与舛误并见的四不像！

就在这略略清理之下，已觉得中文原来西化得非同小可了。以致现在拿起笔来，都必须字斟句酌的，不然就一定要犯了他指出来的种种毛病。

七月七日（四）

晨起，又闻雨声淅沥。

十点钟，老沈来，一起往陈原家。以《书边杂写》与《都市茶客》两部书稿送呈，请他写序。

行至中途，又下起雨来。

坐聊一个小时。

在调频台听到罗西尼的一组钢琴小品《快乐的小火车》。讲解员说，罗西尼生平只坐过一次火车，但他似乎不喜欢它。所以乐曲的第一章就题作"火车出轨"，第二章则是"葬礼进行曲"，却又是圆舞曲形式的。

七月八日（五）

往编辑部。

俞晓群几番打电话催促寄"书趣"和"文丛"的造价表。上周六已与吴、沈商议一回。一周过去，不见动静。不免再次催促老沈，他竟又发起火来，不欢而散。

午后又头疼，浑身骨节发酸。坚持到晚间，早早入睡。

夜半，迷迷糊糊中听到志仁说："金日成死了。"便道："给朝鲜发个唁电吧。"

清晨起来，志仁问还记不记得夜里说过的话，想了想，记起来，便问唁电发了没有，他说："本来想发，一想他不过是半壁江山的主子，算了吧。"

七月九日（六）

往商务听课。

读裴克安的《英语与英国文化》。

往中央音乐学院，给吴祖强送去《如是我闻》，请他作序。

大约五年前吧，来过这里找张旭东，那时的印象是这里破破烂烂的。如今，寒酸依旧，除了增加一座点缀性的大门之外，几乎没有改变。

七月十日（日）

读王佐良《论诗的翻译》。

第二十七页引穆旦诗：

静静地，我们拥抱在/用语言所能照明的世界里，/而那未成形的黑暗是可怕的。/那可能的和不可能的使我们沉迷。

读朔望选编《百岁人生随想录》。最惊心的是：

The first forty years of life furnish the text, while the remaining thirty supply the commentary. （叔本华）

我的"正文"已经写完了！

真是：

Forty is a terrible age.

七月十一日（一）

一日阴晴不定，似孕无限雨意。

重读钱锺书《宋诗选注》。对宋诗及宋诗人的评价，似已被他说尽。

傍晚往编辑部。收到谷林先生所赠《郑孝胥日记》。

《脂麻通鉴》稿在老沈办公室放了一旬，连包都没有打开，原封退回。

又停电至晚八点四十分。

七月十二日（二）

一日雨。

午后刘景琳过访。

读钱著《谈艺录》。重温之下，又有不少新发现。

七月十三日（三）

雨下了两夜，一天，又半日。

往编辑部，准备发稿。

朱新华来。

七月十四日（四）

往王府井书店，购得一册布迈恪的《石与影》。

书越出越多，越出越次，鲜有可读者。

往编辑部。

午后往社科院，取回《玉琴斋词》及《韦苏州集》。

《韦苏州集》卷八《咏声》：万物自生听，太空恒寂寥。还从静中起，却向静中消。

七月十五日（五）

清早即往编辑部，发稿。

午前李乔过访，送来所著《清代官场百态》，嘱为评。

将此册一气读毕，复李一札，辞谢评事。

七月十六日（六）

往商务听最后一次辅导课。进行模拟考试，三十道题，二十分钟做完。错了三道，但都是因为粗心。

午后往琉璃厂，又往灯市口中国书店，购得《陈与义集校注》、《苏舜钦集编年校注》、《潘岳集》、钱注《剑南诗稿》、《中国古代建筑词典》。

七月十七日（日）

读《谈艺录》、《陈与义集校注》。

七月十八日（一）

夜来小雨，晨犹不止。简斋诗"开门知有雨，老树半身湿"，正为即目。

往编辑部，践与朱新华之约。

正如他自己在信中说的，比谷林先生还要"高高瘦瘦"，很朴实，很憨厚的样子。带来两个字典式台灯和五斤碧螺春。虽然是语文老师，口才却似乎并不很好。也许是生分的缘故。

陪他往北大访周一良先生。

周先生正在读谷林先生校点整理的《郑孝胥日记》，对校点水平深感佩服，因请他为之作评。

午间回到朝内，被老沈拉了一起往九爷府午餐。素炒土豆丝（七块钱），京酱肉丝，炒豆制品，一盆丸子汤（二十块）。水平极差，怪不得厅堂里只有我们这一桌。

七月十九日（二）

送还王世襄先生稿（张先生写的"王世襄"）。先生不在，师母谈兴颇浓，聊了一个小时，嘱我为文要在洗尽铅华。

访谷林先生，将朱新华带来的茶叶送上。

七月廿日（三）

吴彬叫了出租车到家门口，同赴考场。

今日最高气温三十四度。七十七中考场闷热异常，电扇也一个没有。九点半开始，十一点半结束。在暑热蒸腾中答完卷，本想争取九十五分以上的,但也许悬了。九十分,还有希望吗?

午后清理来信,复信。

七月廿一日 (四)

志仁清早往唐山。

往社科院。从杨成凯处借得山谷诗的两个选本(黄公渚、潘伯鹰)。

访叶秀山,以《叶秀山哲学论文集》一册持赠,台湾仰哲出版社出版。从发稿到出书,两个月。

走在楼道里,就听见尽头的小屋传出书声琅琅(英语?)。原来先生正在高声诵读亚里士多德的著作。问他总是要这样读出声来吗,他说,不是,只是刚才有点困了。

往编辑部,得吴兴文所赠《永嘉室杂文》(郑骞)。

一下午将此册读竟,不禁击节。

八点钟,平地起风,平空来雨,霎时风狂雨骤电闪雷鸣。不移时,风停雨止,树梢也纹丝不动,像什么都没发生过一样。溽热依然。

七月廿二日 (五)

往编辑部。

访董乐山先生,取《边缘人语》稿。他鼓励我把英语学下去,并且说,也不必"好好"学,只作半消遣、半学习,就可以了。

继访梵澄先生。他说这几日天热,多半时间都用来写字了。大概也还不废吟咏,——写字间的墙壁,就贴了一张新写的字,录近作一首。

近有乡人送他一盒君山银针,木制锦盒为外椟,内又两只小木盒,标价二百八十五元。先生说,在湘卖十块钱一杯。他说,像你这种饮茶法，是不能品这种茶的。

午后又停电。天气闷热异常。

读潘注黄诗。

志仁晚间归来。

七月廿三日（六）

读董稿。

老沈为小航借来《金庸全集》中的《碧血剑》。看了附在后面的袁崇焕评传，这本来已经是熟知的故事，再读，仍忍不住气血上涌。明史真是不可读！

昨夜风雨，全市连根拔了五十五株大树。

七月廿四日（日）

近日闷热异常。

考试结束，即制订新计划：每日读一小时英语，写一小时大字。

读韩诗。前此总不能赏。读潘注山谷诗后，读韩诗，渐能见出好处了。

七月廿五日（一）

往编辑部。

午间按照与郑丫头的约定，往美尼姆斯。一人一份猪排，酸黄瓜、酸枣汁、红茶，共五十元。郑执意做东，只好由她去了。

一点半钟离席，推车将伊送至北办。继往汪子嵩先生处，逢午睡，打门不应。将《读书》第六期及董乐山译稿，放在收发室。

读金庸《剑客行》后所附三十三剑客图，甚佳。对他的小说不感兴趣，但这一类谈史文字，的确有意思。

顷又读韩集中"刘生"一篇（二二二页），却是一位多情的冶游之侠。既爱"越女一笑"、"妖歌慢舞"，又好"美酒肥牛"。

七月廿六日（二）

往编辑部，准备初校样补白。

接王绍培来书，云《院儿的杂拌儿》将发稿，但最好配几幅图。因往南池子旧居。

昔日的北井胡同，今如贫民窟。二号的四合院成了几乎没有空间的大杂院，井也填了，井上面盖起了小厨房。迎面过来一妇人，竟脱口叫出我的名字，定睛一看，却是金芳！知道她的父亲，——过去我叫作"大爷"的，已经过世。"大妈"仍健在。于是邀我进院，大妈打了赤膊迎出来，惊讶我变了模样。"是不是变丑了？"母女俩没作正面回答，只说小时候特漂亮，也白。

小院更小了。从原来的屋前面又接出一间厨房。旧日的厕所，曾经作了厨房，后来又养鸽子。东屋也修作了厨房。小院小得几乎没有容身之处了。

金芳在信远斋食品厂当工人，但厂子拆了，工人遣散回家，每月只有一百元工资。她现在在居委会帮着做些事。

当初把这一家人安排住进小院，原是为了要监督我们的。但这一家还善良，所以相处得一直不错。

从七一年往房山插队，别去小院，屈指已是二十三年了。

七月廿七日（三）

往编辑部，处理初校样。

午间往陈原先生家，取得为《书边杂写》和《都市茶客》所作序。

午后老沈打电话来，又毫无道理地乱发脾气。

受金庸三十三剑侠图的启发，欲为任渭长的其他几部画传写点什么，拟自《於越先贤像传赞》写起。

七月廿八日（四）

往社科院，取来《国朝词综续编》。

七月廿九日（五）

郑海瑶从伦敦归国度假，途经北京。郑父从上海专程来接。午间与沈、吴一起，约了郑氏父女和陈原先生在美尼姆斯吃饭。

海瑶聪明活泼，与其父恰成对比。四年前匆匆相见，惊鸿一瞥，只留下一道美丽的印象。此番相会，才有机会细作端详。原来是个sweet girl。唇边一点黑痣，更使五官都生动起来（一九六六年四月十五日出生）。

郑重先生带来陆灏托交的山谷诗两种。

两点钟散席。

七月卅日（六）

往编辑部。

八月一日（一）

往编辑部。

将劳、施、辛三部书稿送往出版署招待所，交马芳。

往社科院。

读王筱芸《碧山词研究》。

八月三日（三）

夜来风雨，晨起犹紧一阵、慢一阵下个不停。

往编辑部。

仍读《碧山词研究》。

五点钟往编辑部。候郑至慧夫妇不至，原来丢了钱包，沿路去找了。等到六点多钟才有消息，定在版纳大酒店晚饭。

五个人：吴、沈、郑至慧、张海潮。

张海潮是基隆人，属鼠，台大数学教授，却是一副绿林好汉的模样，颇有酒量，谈吐中可见朴质与忠厚，未沾染一点儿洋气。他说他的家乡是渔村，那地方在若干年前还是只有一个红绿灯的地方。所以有红绿灯的那条街，就径被称作"红绿灯"了。

八月四日（四）

往社科院，访黄梅、陆建德、杨成凯（取《闲话藏书家》稿）。

将评王筱芸《碧山词研究》一稿草成。

八月五日（五）

往编辑部。

将《金庸全集》寄葛剑雄。

午后一点钟，随光大往乐亭，——再次做"家属"。

七点钟到达乐亭宾馆。安排好住宿后即往渤海餐厅。

接待的一方是县粮食局，志仁的合作伙伴。特地安排了螃蟹，一斤五十元，个儿出奇地大，一只就有一斤，而且都是母的。凉菜有一味叫作盐萝菜，是长在海边的野菜，据说是没有经过一点儿污染的。凉拌很清鲜，包饺子，也比放别的菜好吃。又有鸡蛋炒蛤蜊，皮皮虾汤，面条鱼汤。面条鱼与银鱼同科，很名贵，只在正月的冷水海中才好，有拇指大，柔若无骨，味极鲜美。但今天吃到的已是储存了半年多的冷冻品，所以未体味到它的鲜。

饭后已是九点多钟，头有些隐隐作痛。

夜里竟疼醒了。辗转反侧一个多钟头，仍无法去痛，只好叫醒志仁，找服务员要来了去痛片。

七点钟在餐厅吃饭，完全是农村口味：大米粥、馒头，鸡蛋炒瓜子、炒柿子椒。夜里大吐一阵，此刻仍觉恶心，于是只喝了几口米汤。

八点半钟乘车往北港。一下车，一股咸腥味就扑面而来。海风是粘稠的，吹过来的风，像粘在身上。

这里是大清河的入海口。因为海底不是沙石而是泥，所以水是浑浊的。

九点半钟开船，半个小时就到了对岸的石臼坨岛。

岛的得名有两种说法：一说唐太宗东征经此，驻跸十九日，因名十九坨；一说因环坨沙阜隆起，中凹似石臼状，故为石臼坨。岛是狭长的，总面积二点一平方公里，据说是华北第一大岛。

下船，沿着开在草野中的一条土路前行。因为一个人远远走在前面，所以能够感到这里的一派静谧。周围草高齐腰，各种植物生长茂盛。南来北往的候鸟把岛作为一个栖息地。鸟儿们带来了南方的种子，这里就生长出许多北方所不见的植物，据调查，有一百六十八种。

岛上除了军营之外，只有三户人家，因此基本保持着自然状态。但为了发展经济，已经把它作为开发区了。这样一来，生态环境很快就会遭到全面破坏，不但产生不了经济效益，岛的经济价值也全不存在了。

有风景的地方，一定有梵刹。果然，岛上有座朝阳庵，自唐朝以来就是佛事胜地。有个隶籍宁波县北塘的法本和尚，曾经用棉花蘸油缠指，燃指劝募，三日夜不食不眠，募银三千两，修建了海上灯塔。后来他到了石臼坨，在朝阳庵做住持，因谋扩大庙宇规模，历时四十四载，终于建成由金刚殿、天王殿、后殿、山门、经堂、僧舍组成的大海潮音寺。只是这一千辛万苦经营起来的建筑，也同样不能逃过"文革"的劫难。如今只存一座五开间的后殿，屋瓦剩了半边，另一边则是萋萋荒草。殿中的地面几乎全被凿坏。后壁雕的五百罗汉，一律遭了枭首的酷刑。唯殿前半墙上石雕犹存，而且，竟然保存完好，有喜鹊登梅、八宝格子、瑞兽图。地下躺了一方石雕，是天王像。

前殿尚存遗址：台基和柱础。从台基看，是个七开间。柱子的直径有半米。

不过，以潮音寺修建的年代论，究竟算不得文物。岛上的自然景观若能不受破坏，也就是功德无量了。

从庙前的一大片草滩穿出去，就是海滩。这一片草滩竟是望不到边，里面也没有路。便从将与人高的草丛中蹚过去，搅起一阵一阵青草的气息，蒿草的味很香，也很熟悉。

终于望见开阔的海滩。

天阴着，一天乌云压下来，只在天边与海缘之间挤出一个白亮的弧形的半环。沿着海滩走向港口，铅灰色的海水一点儿一点儿咬上来，海滩便一点儿一点儿向后退去。海风一会儿卷来一阵急雨，天边的光环也被黑云填满了。衣服浇透，便雨止风来，但仍带着水湿，所以没有满袖风凉，只有温热的潮气。

走在海滩上望草滩，竟是一片草原风光。牛群在绿草中漫步，铃声裹着海的湿气，带了水音儿。

船赶着涨潮的水，开到了码头。卸下蔬菜和煤，再把人送回北港。据说这一带与其他沿海地区比起来，富裕程度相差很远。这里的渔业，也采用的是掠夺式的捕捞，渔业资源已近于枯竭了。

渔民把帆船叫作风船。烙饼翻个儿，叫作划过来。家用的盆、碗，也一律朝上放，不扣过来。

从北港往金银滩，未到之前，人们都说这里的海水很清澈，走至没膝处，还能够清清楚楚看见脚。但今天的海水却是浑浊的，想来是下雨的缘故。正是涨潮的时候，白浪一层层地扑向海滩。一行十四人，只有志仁带着小航下水了，游了半个小时。

归途下起大雨。回到宾馆后，再往渤海餐厅。饭前，素华来了，比先时又瘦了许多。聊起一些往事，又互道了各自的家人，硬留下一纸箱鸡蛋。

雨下了一夜。

八月七日（日）

仍是七点钟吃早餐。哈生又带了全家回老家大黑坨，直等到九点钟才出发。

原计划是先去昌黎，但听了天气预报说有大到暴雨，所以临行决定直接回返。走了没多少里路，天就放晴了。

十一点钟到唐山。买烧鸡耽误了一个小时，也没买到这里的特产万里香，只好买了南洋烤鸡。

三点半钟到家。忙完家务，"大到暴雨"就来了。雨正下起急时，突然一下子停电了。

就着一盏电池灯，读李欧梵的《狐狸洞话语》。

八月八日（一）

往编辑部。

老沈终于将《脂麻通鉴》稿看过，并写了详细的意见。因又斟酌修改了一番。

将《范蠡》草成。

黄昏又起风雨，入睡时仍未止。

凌晨二时立秋。该不会再有闷热天气了。

八月九日（二）

阅三校样。

将《朱买臣》草成。

八月十日（三）

小航清早与小凯、小宝同往北戴河。先此几番动员，皆断然曰："不去!"不意小凯和他耳语几句，立刻就决定去了。如今声音变得像个男人，也开始有脾气、有性格了。

在《苕溪渔隐丛话》前集卷四十七中读到：《桐江诗话》云："世传山谷七岁作牧童诗云：'骑牛远远过前村，短笛风吹隔陇闻。多少长安名利客，机关用尽不如君。'"忽然想到小舅舅的老朋友李英。因为最早知道这首诗，就是从他那儿。

他是小舅舅在情报所做校对时的同事，参加过抗美援朝，很有些九死一生的经历。也曾经拯人之危，救过一个濒死的伤病员。救人的方式很奇特，——不知他使了什么神通，从哪儿弄了一只王八来，手握了刀，专等这家伙探出头的一刻，稳、准、狠，一刀剁下去，血便喷涌而出，然后对了伤员的嘴灌下去。这一位竟转危为安了。是否果真如此，不知道。但外公最后二十多年的阳寿，的确是他给增添的。

一九六六年九月二号，外公和外婆双双服了安眠药，昏睡了差不多有一天一夜。正好李英来了，——那时候，敢来小院的亲戚朋友，只有他一个。他一看，就明白了，断然说："女的没救了，赶紧救男的！"只记得是给外公灌了好多白开水，人就活过来了。那年头，知道是吃了安眠药，也不能送到医院去抢救，——自绝于党，自绝于人民，岂不是罪上加罪！外公的命，真得说是他救的。

李英人高马大，身材极魁梧，颇有男子汉的剽悍与风度。好酒，特别是啤酒。南池子北口有个小酒店，进门正对着的一个柜台卖酒、卖凉菜，靠门首的一侧，卖大米花、爆米花、糖豆、饼干之类的小食品。李英是这儿的常客，常常喷着酒气就找小舅舅来了，纵谈国家大事。他的口才本来就特别好，加了几分酒劲儿，聊起来更是没遮拦。所以四舅妈对他一向没好脸儿，因为他是外公的救命恩人，才隐忍着没发作。可是他一走，就少不得要跟小舅舅吵一通。

他爹好像是国民党的军官，反正他是算作出身有问题的一类。爱人带着孩子在内蒙，只有一个老娘和他一块儿过。他可不是孝子，对母亲态度极坏，动不动就呵斥。老太太便闭了嘴不言语。这情景，很教外人不平。

家在南湾子胡同一个大杂院的深处，两间小房，屋里陈设很破烂。他挣钱不算少，但抽烟、喝酒，开销太大。据四舅妈说，还喜欢搞女人。四舅妈的话不可全信，但他对爱人的确很粗暴。来北京探亲的那么几天，还免不了吵架。只是喊离婚喊了好几年，始终没离成。

往编辑部（得知英语考试成绩为八十二分）。

到商务印书馆陈原处取稿。

过中华书局门市部，购得《浣纱记》、《张廷玉年谱》、《倪元璐年谱》、《佛教石窟考古概要》。

赵一凡送稿来。

八月十一日（四）

与志仁同往首钢电子公司，修计算机。经检查，是感染了火炬病毒。里面的文件，包括操作系统，又全部消掉了。

午后往编辑部。

给谷林先生送去样书。

八月十二日（五）

往编辑部，做发稿准备。

陈明来，以《中古士族现象研究》一册持赠。

八月十三日（六）

夜半雨，至八点钟方止。停了不到五分钟，又下起来，直下到午后两点钟。

立秋以后的天气，与前并无不同，丝毫不见风爽气清。直到此刻，才略略见得一点儿秋意。

读《中古士族现象研究》。

八月十四日（日）

总算云开日出，有了一个晴天。总算有了蓝天、白云和清风。

作《中古士族现象研究》之评，大体草就。

看电视：美国影片《爱情的旅程》。一个小伙子，情场失意后，在一家大饭店的墙上，看到一位女演员的照片，——她六十八年前曾在这里的剧场演出。小伙子被迷住了，于是想尽办法回到旧日的时光。终于成功了，正在与姑娘缠绵时，无意中从衣袋里摸出一枚一九七九年的硬币,便一下子回到了现实。但仍然沉浸在深深的爱恋中,绝食一周,到天堂与姑娘相会去了。

八月十五日(一)

首钢电子公司的杜子平,被李雄派来修计算机(更换版本)。

饭后即辞去。但他前脚走,这儿后脚又出毛病了。

将前稿定名为"是几时,孟光接了梁鸿案",并再修改。

八月十六日(二)

往编辑部。

阅稿,复信。

八月十七日(三)

往编辑部。

薛正强刚刚与崔乃信回到郑州,就又坐了火车来了。午间请沈、吴、郝杰(及门市部的副手)在随园吃饭,妻子小范也在座。吴彬先在编辑部与李小坤排忧解难,后一起来。宝宝也随后到。

未终席而去。

读余英时《士与中国文化》。

八月十八日(四)

往礼士路为外婆办理存款手续。

往编辑部。

午后陆建德来,坐聊两小时。

将杨成凯提供的材料,改写成《藏书家》。

八月十九日(五)

往编辑部。

读余著。

八月廿日（六）

读《秋笳集》、《周叔弢先生六十生日纪念论文集》（中收邓之诚《题归来草堂录》）。

八月廿一日（日）

读余著，读徐高阮《山涛论》。

午后杜子平来修计算机。

阵雨。

八月廿二日（一）

往编辑部。

李公明夫妇从广州来。为之联系了出版署招待所，然后与老沈、老马一起，把他们送到那里。

读《学人》（有阎步克《秦汉之际法、道、儒之嬗替片论》，潘洪其《近代以来中国社会史讨论中"封建"概念的演变》）。

八月廿三日（二）

访梵澄先生。送去抄好的诗稿，然后帮他打格子。他说："以后我再给人写字，就请你来打格子。"赶快连连摇头，说："不干，不干，这活儿太枯燥了！"先生于是想起一个故事：在印度的时候，也是为人家写字作画。不是用纸，是用丝绢。裁丝绢的办法，是轻轻挑开一条线，然后沿着这条细细的缝，用快剪剪开。我请一位绣花女帮忙，她剪得非常好。这以后，和她也就没有什么来往。过了十几年，又和她相遇。正好也是要作画，于是再请她帮忙。但她挑开丝线以后，剪子剪下去，却是斜的。我眼看着一点点斜下去，一句话也没说。她还是那么认真，但是眼力不行了。"那这块绢不是就浪费了吗？""后来我又另外找地方，把它修补好了。"

先生近日常常作画，画了六幅荷塘水鸟。有夏景，有秋景。画好一幅，就挂在靠墙立着的大床板上，推敲，欣赏。画了新的，再把旧的摘下来。

过董乐山先生，立谈五分钟。

往编辑部。

收到陆灏寄来的《唐宋词人年谱》。这是几年前托他买的，竟然还记得，——是在旧书店淘来的。原为上海人民剧院藏书（原价一块六，处理价六元）。

午后陆建德过访，坐聊两个半小时。

八月廿四日（三）

往编辑部。

午间与沈、吴、贾请公明伉俪在随园吃饭。冯氏父子与焉。

下午在东四北大街的政协礼堂开会。——北京古籍出版社组织的选题讨论会。左首史树青，右首姜德明，对面李乔，别人，就都不认识了。会后留饭，辞。

会上发了《酌中志》、《燕都丛考》、《四部精华》。杨璐又额外赠一部《大清畿辅先哲传》。

八月廿五日（四）

往高法出版社为爸爸买《司法文件汇编》。

读《燕都丛考》。

八月廿六日（五）

往编辑部，处理初校样。

午间老沈与刚刚从美国回来的沈双到食德小馆吃饭，邀我参加，并要我请客，以志仁在家婉辞。回来吃过饭，仍去和沈双见了，并为之付账。原来两人一人一碗湾仔面，小菜一碟，矿泉水各一，共五十二元。

午后陈明过访。

八月廿七日（六）

上午在金福缘酒楼举办服务日。

午间与会者共饭时溜出，往赵大夫处。再往中华、商务门市部，购得《老子指归》、《老子河上公章句》。

上海电视台到编辑部拍了几个镜头。

与吴彬、陈平原、汪晖、李公明夫妇同去看望吴方（人民医院）。吴方瘦了十斤，但看上去精神还好，心情也较开朗。

经《生活》编辑部，进去看了一下，可称豪华。

八月廿八日（日）

一上午乱看书。

午后李公明夫妇过访。

八月廿九日（一）

往编辑部，并初校样。

午后杨成凯过访。

读朱维铮的《走出中世纪》。

八月卅日（二）

夜雨。晨起天色见晴，却犹疏疏落落微雨不止。

应谢兴尧先生之约，往访。

距上一次的初晤，是两年还是三年了？先生的房间似乎没有一点改变。稍稍问及先生的生平经历，知道他是四川射洪人。一九二六年考入北京大学，预科两年，本科四年，三一年毕业。在北平大学女子文理学院任教（即九爷府，今之图书进出口公司），月薪一百多元。在黄化门魏家花园租了房子（房租十二元），还请了保姆，日子过得非常舒服。

《今晚报》一九九〇年八月廿八日，谢作《五十年前——我的左邻右舍》：米粮库二号，"出门往西有一条小路直通北海公园后门和什刹海。特别是夏天，农民进城在什刹海海边树荫下，用木板搭起水上茶座。在上面吃茶，迎着荷风，观赏满湖的莲花荷叶，尝着新鲜莲子和胡桃，确是过去北京人的特殊享受"。"我们住的二号，这条胡同不长，似乎只有半截。我的左邻东边一号住宅，是我的老师辅仁大学的校长陈援庵先生。""四号是一所两层楼的洋房，住着北大教授胡适。"

后以胡适之介，与也是搞太平天国史研究的简又文相识。一见之下，即有相识恨晚之感。简哥伦比亚大学毕业。简是大量占有西方有关太平天国的史料，谢则是立足本土，正可互补。相识未久，简即有办刊之创议，谢以为不过空谈而已，虽满口应承，却并未当真。

三一年以后，简突然失踪了。过了两三年，又突然露面。原来他应冯玉祥之聘，到西北军做了政治部主任。谢说冯是"基督将军"，请简去的真实目的，是让他传教布道。但久而久之，简受不了冯的管束（冯治军甚严），就辞归了，到南京行政院做了立法委员。他到北京来时，住在北京饭店，把谢请去见面。后来又去了上海。

三五年某日，谢又意外收到简的来信，说已经在法租界为他租好了房子，要他赶快去上海："我们不是一直想办刊吗？现在一切具备，赶快来吧！"谢虽然舍不得文理学院的教职，及北京安定富足的生活，但为了朋友之约，还是毅然赴沪。于是就有了《逸经》文史半月刊。一年多以后，因嫌上海不安定，又赴开封，在河南大学任教。又是一年多，最后回到北京，至今。曾在北京师范大学教书。

四九年以后，到了《人民日报》，是邓拓要他来的。他实在是更愿意教书。他还任过《新生报》的副刊主编（同时任主编的是朱自清〔语言与文学版〕、溥心畬〔？版〕）。

八月卅一日（三）

往灯市口古籍书店，觅得几册有关北京的书。

往编辑部。

午饭后即往友谊宾馆会钱伯城先生。叫了一辆出租车，看车前驾驶台上写着司机的名字朱立宪，就说："你是五四年生的吧？"他听后觉得特别惊奇，说我开了多少趟车，坐车的都问过这名字的来历，可没一个人猜得出出生年月。聊起来，才知道他原是东城副食的。便说："我原来也在那儿，在王府井开车。"他说："是不是开'嘣嘣儿'？""你怎么知道？""我是修建队的。"——也算一番巧遇。

与钱先生相见，聊了半个小时，听他道烦恼。原来他做了"传世藏书"的主编，正与某先生闹矛盾。……钱归结为一点，道："可做朋友，不可共事。"

然后一起坐了出租车去看范老板。老板昨日雨中在东单路口被一骑自行车人撞倒，撞倒以后丢下一串骂声就飞快跑掉了，路人撑了伞围了一圈看热闹。老板坐在地下起不来，也无人相扶。终于站出一位青年人，说是社科院的，将老板抱起来坐到路边。又叫了车，送到天坛医院。帮助挂号、拍片，诊断为骨折。但医院没有床位，只好再回到家。人民出版社的人来了不少。有人提议请双桥老太太来正骨，结果是接了老太太的闺女来，给接上了。

老板一动不动躺在床上，说是要这样躺上一个月。看他只剩了一把骨头，无端遭受这一番痛苦，真不知跟谁去生气！

小坐，辞出。又一起到编辑部（钱要会一会老沈）。给老沈打了电话，他说一小时以后从永外赶回来。于是坐等。继续听钱讲故事。

四点四十分，老沈到。三人步行到桃花江酒楼。四菜一汤：腊味合蒸、酸豆角、炒苦瓜、拌香干、冬瓜排骨汤。钱心情郁闷，几乎不动箸。老沈怕惹是非，也不多言。一顿好没意思的饭。

回到家已是六点半钟。忙碌一日，累极。

九月一日（四）

往琉璃厂，购得《帝京景物略》、《析津志辑佚》、《西北历史研究》、《北京的会馆》、《考工记译注》、《中国古籍装订修补技术》、《刘坤一评传》、《马君武集》、《鄂尔泰年谱》、《冥报记·广异记》。朱南铣的《中国象棋史丛考》，是个意外发现。

古籍书店楼上，原来卖旧书的地方，现在成了上海古籍和中华的专架。旧书一摊挪到楼梯下面的空当（兼过道）。全是民国以来的书，标价皆在百元以上。刘师傅说，是卖给海外的。见到孙师郑的一部《旧京诗存》与《文存》合编，四册，价二百元。内页写着：诗存文存合售定价六元，预约六折，邮费加一。北平宣外西砖胡同卅八号常熟孙寓。厂西门松华斋南纸店（印于共和二十年）。

九月二日（五）

往编辑部。

李陀、刘禾、郑逸文、李公明、沈双来。午间与吴一起请他们到食德小馆吃饭。

读《春明梦余录》。

九月三日（六）

季节的转换，不过一夜间事。秋风一日，早晨起来，就已经是清清凉凉的秋天了，只是比往年迟了将近一个月。

读《北京的胡同》、《胡同及其他》。

九月四日（日）

读《宸垣识略》。

九月五日（一）

往编辑部。

辽教社王越男来。携归三部书稿，取走《脂麻通鉴》，带来三千元"启动费"。

接到施蛰存先生所赠《文艺百话》。

午后往编辑部，发十一期的第一批稿件。

九月六日（二）

与沈双同行，先到董乐山先生家取得《边缘人语》稿，然后往展览中心。在辽宁展台将稿子交给王越男。王以"明代皇帝传"五种持赠。

见到张潜，赠以清代史部、经部序跋选各一册。

又见张伟建，赠以《蔡元培文选》。

七折购得《授堂金石跋》、《唐代书法考评》（朱关田著）、《清史新考》（王锺翰著）。

出门后适遇沈双，于是同路返归。

晚间在三里河的明洲酒家宴请金克木、张中行、丁聪、刘杲、孙长江、王蒙、许觉民、冯亦代夫妇。董秀玉又临时塞进台湾天下出版社的四个人。主人一方则为沈、吴、倪。宁波菜，又混合了时兴的粤菜风格。拖黄鱼、脆鳝、盘龙鳗、黄泥螺、蟹酱、牛蛙煲、酒酿、汤圆、饺子。两桌两千七百元。五点钟出门，九点钟才到家（归途与负翁搭了王蒙的车，直送到家门口）。

志仁买了四牙鲜奶栗子蛋糕，又有奶油卷、牛油蛋糕，为我做生日。但碌碌一日，早累得情绪都没了。

九月七日（三）

往皇史宬。从磁器库胡同穿进去，绕到普度寺（《知堂回想录》第四二七页"玛嘎喇庙"记中日学术协会事，玛嘎喇庙，即普度寺也）。寺仍在。天王殿中住了人，寺前是南池子小学，寺周挤满了住户。据说里面的供像早挪到雍和宫去了。

从普度寺穿出去，就是缎库胡同。缎库胡同对面就是冰窖胡同，横过去是飞龙桥。胡同依旧，但房子更破了，住户也更为拥挤。和普度寺周一样，像是贫民窟。再出来，就到了皇史宬，只有三两个人在里面参观。金匮石室正在举办佛教艺术展览。两边配殿是书画展览，为目前的远南运动会而举办。

出门，往菖蒲河，谁知河已经填了。

南池子大街的马路上，汽车填咽，从南贯到北。街面上，多了几家小餐馆、小铺面。昔日的安静，再也没有了。

童年的记忆，又清晰又模糊。那时候，好像一切都是不变的。南池子北口有个洗衣店，洗衣店旁边是个早点铺。马路的对面有家百货店，大家都叫它北头小铺。但似乎多少年也没有变化。面粉一毛八分五一斤，机米一毛五分七，棒子面一毛二。酱油一斤一毛、一斤一毛五，分两种，还有两毛三换一瓶的。花生油八毛五，酱豆腐三分五一块。江米条、排叉、蜜三刀，都是六毛六一斤。桃酥、玫瑰饼，七毛八……从来也不变的。

本想努力追寻昔日的足迹，但眼前所见已经很难让人回忆最近的历史，倒是历史中遥远的一部分，变得近了。那是前人写成了文字的。

东华门前，有座桥，叫作忘恩桥。净了身的太监，就是经由这座桥入宫。

明代南池子这一片儿，是紫禁城的"南内"。被迫做了太上皇的英宗，就软禁在这儿。

飞龙桥胡同，那时候，是一座飞虹桥。相传桥石来自西洋，至为奇巧。

正午还家。

读《嘉靖皇帝大传》。

九月八日（四）

往编辑部。

午间朱学勤做东，请我和吴彬还有郑逸文在美尼姆斯吃饭，算是作别。受董秀玉之聘，到《生活》来当主编。不到两个月，就实在忍受不下去了，决意归去。

将散席，服务员送过来两封信，说是靠门那一桌的先生吩咐的。原来是老沈在弄神弄鬼，他已经吃完了，又过来坐了一会儿。

说笑一回，各自散去。

往编辑部。给谷林先生送去样书，借得一份解放前的北京地图。

九月九日（五）

阅校样。

往编辑部。

志仁患感冒，午间归家。午后一起到编辑部为他复印材料。

读《正德皇帝大传》。全书极力突出的"贵族"概念，不知何据。

九月十日（六）

往琉璃厂书市，传说这是最后一次了，但不大能够相信。

在残书堆中，淘得《桂林梁先生遗书》、《四世同堂》第二卷。

午后往编辑部。

吴方昨日出院。与吴、贾去看望他。做了一个疗程的化疗，备受折磨，人又瘦了一些（手术前一百二十六斤，现一百一十斤）。

谈到发病前的种种苦闷。他说，最无法解脱的，是来自家庭的压力。

九月十一日（日）

读《道咸以来朝野杂记》、《翁同龢日记》（三）。

填写年度业务考绩表。

九月十二日（一）

往净土胡同的《生活》编辑部，参加关于文化空间的讨论会。

汪晖、李欧梵、查建英、张宽、邝阳、栗宪庭、黄平、刘东、王明贤、陈平原、李陀、朱伟、赵园、邓正来、郑也夫，等等，参加的人很不少。

午间是快餐盒饭。

被烟熏得头痛，骑车到周围走了一圈。净土胡同原有一座净土寺，现在只剩了几扇窗，里面住了人。但不知为什么，这窗户倒一直保存下来。净土胡同隔壁的一条胡同，叫作琉璃寺胡同。庙寺早已不存。问一位老太太，她说她住了五十来年了，搬来时就没见到这座琉璃寺。胡同的12号大门，人们都叫它作"大庙"，大概就是寺的旧日所在了。现已成为一个住满人家的大杂院。

净土胡同穿出去，是车辇店胡同。过安定门大街马路，直对着的是国子监。从横着的一条箭厂胡同穿进去，到头，是五道营胡同，然后绕回来。

午后一点钟开会。到三点钟，仍头痛不止，只好告退。

归家吃了去痛片，不起作用。直到晚饭时，捧了半碗粥，只觉得恶心，没吃。倒头躺下，疼得睡不着。

周振鹤来访。志仁告以"病了"，留下一件小礼物（从日本带回来的雕金名片盒），辞去。

九月十三日（二）

清晨起来仍是晕。

往编辑部，发第二部分稿。

哲学所李洁送稿来。

午后周振鹤过访。

读痖弦编《散文的创造》，颇有佳什。

九月十四日（三）

七点钟往清华大学。骑了一小时二十分钟，送去《江南小镇》，取回《新叶村乡土建筑》。

归途过北京出版社，访杨璐。购得侯仁之编《北京历史地图集》。赠《佳梦轩丛著》一册。

杨送下楼来。立谈片刻，才知道他今年四十六岁。曾往山西中条山插队，后分工厂，又在山西上大学。三十九岁才结婚。孩子今年入贵族学校，连赞助带学费共交四万元，是他的稿费收入。

读《新叶村乡土建筑》。

头仍然昏昏的。

九月十五日（四）

访谢兴尧先生。

往梵澄先生处取稿（《秋风怀故人——悼冯至》）。给郝德华的字也写好了。一共写了四张，拣得一张。一幅楷书赠我。

作"曾经的白下里叶"。打印机又出了毛病。

头又疼，只好再吃去痛片。

晚间与志仁一起到警卫局礼堂看《西楚霸王》。张丰毅、巩俐主演，港台味儿的。

九月十六日（五）

往编辑部，处理初校样。

将"白下里叶"改作"泊定在土地上的船"。

九月十七日（六）

读书一日：《佳梦轩丛著》、《散文的创造》。

九月十八日（日）

读《翁同龢日记》。

往编辑部。陆灏来，与老沈、小沈会于彼，坐聊两小时。

读齐如山《故都三百六十行》。

九月十九日（一）

往编辑部。

先往高法出版社为爸爸买案例精选。往编辑部的路上，特地走了南、北河沿。北河沿南口的大影壁后边是赵金生的家，他和他的哥哥赵金铃是学校有名的闹生。赵金生曾往我的铅笔盒里放过吊死鬼。旁边一家，住的是一位女生，家庭生活特别困难，总交不起学杂费。再过去，是马建海的家。然后就是东华门小学和东华门幼儿园。可现在，学校和幼儿园都没有了。金校长、徐主任、臧老师、朱老师、叶老师、王辅导员，都梦一样地无处寻觅了。学校过去不远是八机部，我们常常借那里的礼堂开会，现在也没有了。过了骑河楼，是胡仲直的家，原来是一溜儿几栋小楼的大院子，竟也化去，简直怀疑自己记忆有误。

午间和吴彬一起请郑、陆在美尼姆斯吃饭。

要了一杯红马提尼酒，吴说，当初该要白的才对，在一本什么小说看过，某某人喝了一口白色的马提尼酒，像含了一片清凉的云雾。

于是大家都想象：这清凉的云雾该是什么样的？

吴又说起王焱讲过的一个故事：一位指挥家，对乐队诸君启发说，演奏这一段的时候，要想象着月光下的流水，带着月华，穿过幽静的森林……然而乐队依旧。指挥家急了，气愤地说："你们就不能小点声吗？""小点声，成啊！不就是小点声吗，干吗不早说呀！"

两点多钟散席。

读陆灏带来的《苏青文集》。

忽然想到明天就是中秋了。抬头望月，竟是白亮白亮的一枚，隐藏在树尖。周围的一小片天，也蒙了白霜一般。

九月廿日（二）

往编辑部。

午间到华龙街的一家东北风味餐厅，为老沈做生日。在座有陆、郑、吴、郝，并大小二冯，大小二沈，费五百五十八元。除一味烤大虾外，皆是北方的家常菜。诸如炖肘子、酸菜粉、炒肉拉皮、松蘑炖小鸡之类。只有松仁炒玉米、鱼子炒青椒两款可算作特色菜。

饭罢与郑、陆往北办，坐聊半个小时。然后往谷林先生处。继访王世襄先生。

早上六点四十分，听到外面噼噼啪啪如炒豆一般，只以为是放炮。直到志仁上班到了公司，打来电话，才知道真的是枪声，就在东总布胡同东口打死了人。于是大家都紧张起来，——据说案犯还没有抓到，随时有继续作案的可能。出了家门，一路看见街上的人指指划划，都在谈论着什么，很神秘、很激动的样子，便觉得都是在讲这个恐怖故事。晚上归家，听志仁说晚报已经登出来了，罪犯早被当场击毙。消息登在右下角一个极不起眼的地方，一块豆腐干的一小片。晚间新闻则一字未提。

志仁听公安局的人说，罪犯是部队的一个连长，在通县杀了三个人，又窜到城里来。劫了一辆出租车，司机急中生智，开车撞到墙上，然后逃跑。这家伙就提了冲锋枪想钻胡同，见了人，便端枪扫射，一共打死了十二人，伤了七十多个。

小马听街上人说，他是谈恋爱没谈成，精神受了刺激。

今天是中秋。

九月廿一日（三）

读《苏青文集》。张爱玲能够把实在抽象为感觉，苏青则把感觉变得实在。

苏青有本事把家长里短的生活琐事写得有滋有味，令人佩服。又特别站在了女性的立场，讲真正的公道话：合情、合理、合性，而不是极端的女权主义论。

我虽天生就女人的皮骨，但在通常称作浩劫的十年里，却经过了"变性"的革命。那时候，为了彻底洗刷"资产阶级娇小姐"的名号，就拼命摔打自己。在会青涧能够拿了尖刀杀牛，在四季香能够扛二百三十斤的麻包，哪还有女性的特点呢。人称"假小子"，是极以为荣的，只犹恨一个"假"字，恨不能脱胎换骨，变作男人才好。近年颇有一点儿"女性的复归"，但少年时期改变自己很容易，到了三十岁以后，就很难再发生什么革命了。重新学做女人，也麻烦得很，倒不如索性站在圈外，做女人的欣赏者。像张爱玲、苏青这样的好女人，就是特别让人欣赏的。

往编辑部，处理二校样补白。

陆灏来商量"书趣文丛"诸事。午间同往宾华吃饭（吴、贾、郝、沈双）。

老沈往台湾。

做《读书》全年索引。

午后零零落落几点雨，接着就是风，很有些凉意了。

晚间为爷爷做寿。七七八八来了许多人，胡乱照了一张"全家福"，不相干的人也都"福"在里边了。

九月廿二日（四）

许国璋先生九月十一日逝世，今天广播才作了报道。

将《苏青文集》的散文一册读完。

一向不大能够欣赏女作家，但对两个人的喜欢，却又超出一切欣赏之上，就是张爱玲和苏青。她们很透彻、很尽兴地活出了女人的滋味。女性中因为有了她们两个，使得做女人有了点安慰，也可以分得一点儿光荣了。

再读杨东平《城市季风——北京和上海的文化精神》。

晚间往版纳大酒店。吴、陆、郑、大小二冯、汪晖、王晓明，费三百一十八元。

九月廿三日（五）

往编辑部。

与陆灏约定在梵澄先生家会面。先生仍旧贯，在对面的烤鸭店请饭。红烧海参、炒猪肝、香菇油菜、炸鸡排、海鲜汤，冷拼一大盘。

饭罢又到徐府小坐。说起中国的建筑，他说，故宫几座大殿的设计，其中巧妙还有一些未被人们注意到。比如，站在远处放箭，是一定射不到宝座的，——必定会被屋檐挡住。又说起香山的碧云寺，几座殿堂的设计在比例上也是特别用了心思的，使它整体效果上与香山和谐一致。

辞出，陆到家中小坐。

九月廿四日（六）

早七点往北办，与陆同往小营看望范老板。医院就在李自成铜像的背后，属八九九二六部队。条件简陋，但服务态度极好。孟医生发明的新的接骨方法，大大减少了病人的痛苦。老板住在这里也很安心。

继往友谊宾馆颐园访杨宪益先生。正好看到他陪着几位外国人从寓所中走出，匆匆交谈几句，并说了请他为董著作序的事。他满口答应。即别去。

再访李文俊先生，不遇。

往北图里面的东坡餐厅午饭。陆打电话请来了梁治平夫妇。等了四十五分钟，二位才翩翩而至。据陆说，莽平每次出门之前，都要精心打扮一番，所以姗姗迟来乃预料之中。今日却是穿了一件与时令很有几分距离的连衣裙（普遍的已是长裤、夹衣了）。她说久居楼中而不知楼外气候变化。

东坡肉、怪味鸡、甜烧白、脆皮豆腐、四川泡菜、拌黄瓜、酸菜鱼，菜量极大，剩了有一多半（费一百七十元）。菜谱下写明免费提供包装，为客人打包，以免浪费，遂由梁氏夫妇携归。

九月廿五日（日）

草就《营造文化阁楼》。

小杜下午来修电脑，又装了一个"希望之星"版本。

九月廿六日（一）

往编辑部。

陆灏和沈双来。午间一起到随园吃饭。酸豆角、萝卜干炒腊肉、腊味合蒸、荷叶包、砂锅豆腐，共九十九元。

饭罢沈、陆同去隆福寺旧书店。我往北锣鼓巷八号为金性尧先生敦促亚男的医药费。但门上一把铁锁，——原来塑料七厂已与北京齿轮厂合并，这里的办公室取消了。

舒昌善过访。他七年前赴德攻读博士学位（公派），如今学成归来，学校却不给他安排工作，嫌他学位太高，怕他要职称，要房子。这一位又极是忠厚老实，一点儿没有办法。向我讨主意，我更是拿不出主张。只好劝他等老沈回来，听他指点。留下吃了晚饭，又小坐，然后辞去。

九月廿七日（二）

往编辑部。

午间往人教社，取得《负暄三话》和《谈文论语集》。

读张爱玲。

九月廿八日（三）

清早带小航往八九九二六部队的小营骨伤科医院，到了那里已是八点半钟。矫大夫让先拍片子，拍了两套，一卧姿，一立姿。然后就让小航赶回去上课。

留下来等候孟大夫，——他要下午两点半钟才来。想起昌平新建了一个蜡像馆，于是三块钱坐小公共到了西关，下车走三四里地，从环岛下立交桥，再上桥，才到蜡像宫。一片空旷中，横卧一具灰色的建筑物。近前，方知票价四十元，遂转身原路返归。一点钟回到小营。招待所前厅看了一会儿张爱玲，又买了一包乐之饼干吃下肚。好不容易才把孟大夫等了来，结论是：只能做手术。要等到明年暑假了。

归途过光大，找志仁，一同回家。

九月廿九日（四）

往编辑部。

为谷林先生送去《负暄三话》和《苏青文集》（上）。

访吴方，不遇。留下几盘音乐磁带。

往团结湖访郑在勇，取回"书趣文丛"的封面和版式设计。

前不久在《文汇报》上看到□□为《上海改革开放风云录》写的序言，十分不通。当晚在版纳大酒家晚饭时，还和几位上海人讲起。今天就听到说,他和另一位上海的首脑已进入高层,这两个都是清华的。陈老师说:政治局可以成立清华校友会了(朱镕基是他的同学)。曾昭奋在今年第六期写了一篇《清华园里可读书》,说清华原来是培养大师的,现在却只是出官了。

九月卅日(五)

往编辑部,做发稿准备。

仍读张爱玲。又读了几回《红楼梦》。

十月一日(六)

将《读"百话"之一》草成。

晚间天安门大放焰火,楼都震得嗡嗡的。小航和楼下李炎一家兴冲冲跑到三楼顶上看焰火。

爷爷晚上去了天安门,回来高声说道:"今年花好哇,特漂亮!"

把"索引"打印出来。

十月二日(日)

阅校样。

沈双送来取票的条子(节后往上海)。

和小航一起去看望外婆,午饭。

读《海上花列传》。

十月三日(一)

持条子往北京站团体票窗口取票。一切顺利。

仍读《海上花》,——只为了张爱玲讲它好。不过,无论如何,对白不懂,是影响欣赏的。

十月四日(二)

读高阳《翁同龢传》。

昨晚接徐先生电话，要我到他那里把《陆王学述》的校样取来，带到上海。下午坐了志仁开的车（小范在一旁"监护"）往徐府。

晚间朱维铮先生来，聊两个小时。

他说，一九二七年到一九三六年的国民党统治时期，是二十世纪中罕见的稳定的十年。一九三五年，在银本制整整实行五百年的时候，被废除了，代之以法币。这是一项大举措，有这样的把握与魄力，说明了什么？

十月五日（三）

往铁道部。

往编辑部，处理校样、稿件等行前一应事务。

两点钟出发，乘13次特快往上海。

十月十三日（四）

第一次坐这么大的飞机，——一排有九个座，大概是波音747。一下飞机，就看到阳光灿烂的秋天。北京的季节感到底清晰，不像上海那样模模糊糊。

洗涮毕，就接到吴彬的电话，召唤往编辑部。发稿，忙一下午。

这一次上海之行，大大改变了以往的印象。只是太忙，想法太多，一时尚来不及清理。

十月十四日（五）

往编辑部，发稿。

为谷林先生送去周一良先生评价《郑孝胥日记》的复印件。

十月十五日（六）

一日大风。

午间在食德小馆与沈双、郑逸文共饭。与沈双争着付账，各不相让，最后仍决定抓阄。结果是沈双抓到了。点了竹筒烧肉、柠檬汁炸肉排、豆腐烧带子、鲫鱼萝卜丝汤，费一百二十元。饭后郑丫头提议喝咖啡。遂往天伦王朝，一直聊到将近三点。我付账（六十一块七，两杯红茶，一杯咖啡）。

往三里河一区吕锡春处，取胡仲直带来的中英对照《新约全书》。

看望外婆。

十月十六日（日）

读王振忠《绍兴师爷》、杨东平《城市季风》、周振鹤《体国经野之道》。

晚间老沈、吴彬在忆苦思甜大杂院为沈双饯行。邀我同往，辞。

十月十七日（一）

早七点往兆龙饭店门口与郑在勇会，取得"书趣"封面设计二稿。

往编辑部。

午后往美术馆参加荣宝斋百岁展。看门里门外人头攒动，小人物肃立两旁，恭迎大人物到来。未及候得剪彩，先行离去。

往编辑部。

在中华门市部购得《古尊宿语录》。

收到何兆武先生寄赠的《历史理性批判散论》。

十月十八日（二）

往琉璃厂，购得《白坚武日记》、《墨缘汇观校注》、《明清书法论文集》、王锺翰《清史续考》。

读何著。

五点钟往朝内。与老沈会,先去看望周一良先生。送还纪念文集,约"读书文丛"稿。先生廿五日将赴美越冬,春暖花开始归。以《周叔弢传》持赠。

继往万圣书园,参加《城市季风》的研讨会。参加者:杨东平、邓正来、梁治平、陈来、刘东、高毅、刘晓波、苗地等。一小时后提前撤退。

十月十九日(三)

往编辑部。

将《如是我闻》、《脂麻通鉴》稿交付郝德华。

读《廊桥遗梦》。

掩卷,百感交并。

一生只能做一次这样的梦,一生必得做一次这样的梦。

十月廿日(四)

往编辑部。

与郑在勇在朝阳门地铁站口会,讨论封面事。

午后往友谊宾馆颐园,将董乐山稿交杨宪益先生,请为之序。

读《体国经野之道》。

十月廿一日(五)

往编辑部。

往美术馆,参观荣宝斋百岁展、民间艺术一绝、全国名砚博览。名砚中有首都博物馆收藏的两方:一有康生题识(镌在砚池上,署一九七〇年二月),一有叶群题的延水回忆四首赠林彪(调寄望江南),也镌在砚池(署一九七〇年五月二十六日)。新制的砚多嫌雕凿太过，有的干脆就制成工艺品，真是走火入魔了。也有的直是以大取胜，大得简直没了限度。

百岁展迎面一壁都是名人、官员为百年的题词。观某某人之作，既无质，又无文，字亦劣不可言。虽然几乎人人皆道弘扬中华传统文化，却可见传统文化即断于此代。

十月廿二日（六）

往编辑部。

再往美术馆，购得《西方新艺术发展史》。

读恺蒂的《英伦文事》。

十月廿三日（日）

看电视中播放的《清凉寺钟声》（谢晋导演），和志仁一起从头哭到尾。志仁这两天看电视剧《年轮》，为韩德宝之死，也一次次哭得跟泪人似的。

草成《采一片异乡的云》。

十月廿四日（一）

往编辑部。

午饭后，老沈从桃花江打电话来约谈。喝了两杯茶，听他讲了港台之行的大略。

读《东晋门阀政治》。

十月廿五日（二）

往编辑部。

九点半往友谊宾馆。董乐山先生已先候在门口，同往杨宪益先生处。

正好杨的妹妹杨敏如也刚刚到。聊起来，才知道她是燕大中文系毕业，与赵萝蕤、叶嘉莹都做过同学。杨氏兄妹三人，最小的叫杨苡，先生是赵瑞蕻。

杨说，那时候特革命，不敢白专，就是老老实实教书，教了一辈子书。现在看见什么垃圾也能印成书出版了，恨不得自己也写书。可已经太老了！

戴乃迭也在座，但精神很不好。不时合了眼磕头，一下子惊醒过来，就无所为地微笑。杨说：她近来身体很不好，我哥哥每天就在做护士，夜里还得起来为她换床单。

说到他们主要从事的中译英的工作，杨先生说，当代作品最难翻，——水分太多。最喜欢翻鲁迅的文字，几乎一句就可以对一句，而且能译出味道。举了当代作家的一例：张洁，"她的东西不作压缩，而且是大大的压缩，根本就没法翻"（即译出来人家也不会感兴趣）。

午后往编辑部，处理初校样。

老沈从永外打电话来，通报了评定高级职称的投票结果：参加投票的九个人，我得八票。

这真是一个万万没有预料到的结果。何况评审委员会的几个人，平日又是极少接触的。

十月廿六日（三）

往编辑部，处理校样。

将近午时，头疼不止。吃下两片去痛片，实在撑不住，就到老沈的小屋躺下了。过了半个多小时，痛苦才算过去。

午间吴彬从永外归来。四人（沈、贾）同往郑逸文家。

真是一个舒适温暖的小巢，经过重新装修，布置得极有情调，很有点欧洲古典风格。

午餐极丰盛：红炖肘子、红烧螃蟹、红烧鱼、油焖笋、炒生菜、炸虾饼。肘子是郑丫头的看家菜。

饭后又喝咖啡，坐到四点半钟方别去。

十月廿七日（四）

一夜秋风秋雨。

简斋《休日早起》：

昽昽窗影来，稍稍禽声集。开门知有雨，老树半身湿。剧谈了无味，远游非所急。蒲团著身宽，安取万户邑。开镜白云渡，卷帘秋光入。饱受今日闲，明朝复羁絷。

人谓"开门知有雨，老树半身湿"，十字千古。其实也要放到整个诗里才好。

今一日端居读书，便颇与简斋诗境相合。

午前吴岳添过访，送来刚刚出版的《海天冰谷说书人》（恺蒂）。

十月廿八日（五）

往编辑部。

填写申报职称表，写业务自传。

老沈和吴彬偕往费孝通和吴学昭处。

读余怀的《玉琴斋词》。

十月廿九日（六）

读吴伟业《绥寇纪略》。

十月卅日（日）

仍读吴著。忽然想起两三年前酝酿的一个题目：崇祯十六年。

当日兴趣转移，便轻轻放过了，如今似乎更有条件做起来。

十月卅一日（一）

　　往编辑部。

　　读《洪业——清朝开国史》。此书援引，几乎没有原始材料，都是从现成的研究成果来。所作的，也大都是一般性的阐述。

十一月一日（二）

　　往编辑部。

　　读《日本学者研究中国史论著选译·明清卷》及《五石脂》。

十一月二日（三）

　　往编辑部，处理二校样。

　　李陀、朱伟来。

　　陈明来（送来刚刚出版的《原道》）。

　　午后再往编辑部。

　　晚间老沈送来体检表。

十一月三日（四）

　　早七点半往隆福医院检查身体。八点半出来，一切正常。但令人震惊的是，保持四十年的1.5的视力，下降到了1.2!

　　往梵澄先生处。先两日先生打电话要我去一趟，说有好多事。及至晤面，其实并没有什么事。有一两件可以称作事的，在电话里也讲过了。

　　午后杨成凯来，坐聊一个半小时。

　　四点半陆建德来，坐聊两小时（送来近作《雪莱的大空之爱》）。

　　读《世界文学》第五期载昆德拉《寻找失去的现在》一文。昆德拉说：

记忆并不是遗忘的反面。

记忆是遗忘的一种形式。

读吴梅村《复社纪略》。

十一月四日（五）

往编辑部。

老沈示以申报材料，——为我和吴彬各写了一千五百字的评语。

往人教社，取得五册《怀枫词》及付给谷林先生的稿费。

往琉璃厂，欲购《万历邸报》而不得。

午后再往编辑部，准备好封二、三的材料。

收到朱维铮先生寄来的两包快件：《音调未定的传统》。

晚间将朱著编辑完毕。窃以为"书趣文丛"第一辑十种，推此册为佳胜。

十一月五日（六）

一早往编辑部，忙乱一上午。

午后再往，将三校阅毕。

又患头痛，吃下去痛片，也未见效。

晚十点钟，志仁送至北京站口，乘79次特快赴郑州（软卧）。与沈和N（中文名何素楠）同行。十点三十七分发车。

十一月六日（日）

早八点二十八分到达郑州。仍下榻国际饭店。

陆灏乘166次先达，与沈同室。我与楠同室。

楠，美国人，年方二十八岁，个子高高的，但腿好像不长。与福建籍的中国画家结婚。那一位目前仍在纽约搞绘画，她则研究中国现代文学（专意于"故事新编"类的小说）。

老沈洗浴更衣（用他自己的话说，是"沐猴而冠"）之后，往会场去扮演角色。我们三人则往越秀看书。这是今年以来第三次到这里。看不出有多大变化，只是雅座间门前原来放文物的柜子，改放了《中华大藏经》。四月里的牡丹，换作了九月的菊花。

看了一会儿书，赵经理就来关照：要不要吃饭？回说不必。但没过一会儿，她又转身回来，说已经安排下了。

十一点钟，坐到雅间。原说是按早餐安排的，却已极丰盛：梅菜扣肉、虾仁炒鸡蛋、蚝油牛肉，等等，并炒河粉、炸馒头。一顿吃完，午餐也不必了。

饭罢稍憩，即往黄河。坐了一辆"面的"，一小时到，费四十余元。这里被称作黄河游览区，门票六元。

第一次来是十年前了。那次是和陶阳到淮阳参加伏羲庙会，在郑州短暂逗留。眼下还有些旧日的依稀印象，但骑马、坐车上山，却是过去没有的。

刚刚买下门票，早有几个人跟上来，不停地动员我们骑马上山。从山下一直跟到山上的浮云亭，犹喋喋不休。陆灏经不住劝，坐了上去。我是从无这种兴致，阿楠也说她就是要走路。但一个小伙子始终不甘心，一直牵了马跟着走，找出各种各样的理由继续动员。最后又把马换成了车（手扶拖拉机式的带斗车），马达的轰鸣，伴着他顽强的劝说，真令人不胜其烦。一直下到浮云亭的山脚下，才算彻底失望地别去。

周围一下子变得安静极了。沿着公路大踏步走下，树丛中飞飞停停的是喜鹊。天上高高盘旋着鸟，叫声很凄婉，是不是燕子？

黄河边上的景物一如当年。河水浑黄，看上去甚至觉得是粘稠的。一座黄河母亲的白色塑像，记得原来好像在山上，如今则是在河畔。沿河边的林荫道回返，又有一位妇女过来拉我们去坐船。答曰不，她跟了一段后，看看果然没希望，才算罢了。

在门口坐上一辆面包车，十五人的载重量，却一定要等到上满二十五人才开。从三点十分等到三点四十分，方走走停停地开出。在文化路下车，走了好远好远，一打听，说还有六里路，于是坐了出租。

到饭店已是五点多钟。洗漱毕，往越秀晚餐。同桌的是来参加未来学研究的几个人，其中一人名肖向前。崔先生只在门口迎候，也不待人介绍，就悄悄地没了。

饭罢，又到国际饭店咖啡厅小坐，陆灏做东。有《河南日报》的高同志加入。老沈谈锋极健，兴致极好。

九点多钟，再往越秀。崔老板组织的一个什么会，还在继续。看见我们进来，先把老沈绑架了去。三人小坐，也就散去。

十一月七日（一）

八点多钟在饭店餐厅吃了早饭。九点钟坐车往少林寺。同车的还有几位日本人、韩国人。因坐在前面，所以话也没有去说。本来不想去的，但老沈说已经这样安排了，也就没有话讲。

一路堵车，一个多小时才出了城。走到一处，又碰上交通事故。于是掉头，绕路，开到嵩阳书院已是十二点钟。十几年前到这里来的时候，还没有修复，留下印象的只有门前一通碑，院中一株柏。如今碑依然，树依然，而修整之后，已经像个样子了。只是里面的陈列似乎不伦不类。幸而造访者不多，还留下了一片幽静，一点气氛。

嘉靖八年的登封县志上载，县尚有儒学、社学、颍谷书院（在县西颍阳镇北，即春秋颍考叔庙。宋元丰年间创学舍，后废于兵。元里人温郎格非，出私缗重建，今废）。

"嵩阳书院，在县北嵩山之前，宋淳化中，赐额及御书久废。嘉靖七年，知县侯泰访民占嵩阳观址，造房十六间，复书院额。买绝户地四十亩，给守房者养生。"据门前的唐碑《大唐嵩阳观纪圣德感应之颂碑》（李林甫撰文，徐浩书丹），知唐时嵩阳书院已成道观，道士正在这里搬神弄鬼。

到达少林寺已是一点钟，靠了车上日本人的护照，才放车子直接开到山上。在一家宾馆的餐厅吃了饭（门前挂了特级餐厅的牌子，饭菜却一塌糊涂，肉嚼不动，米饭煮成粥状）。

然后去塔林。然后进寺。所到处处人间烟火气。"少林"已经成为商业标志，寺庙几乎没有了宗教的境界。

寺前一株银杏树非常美丽，每一片叶子都黄透了，金灿灿地撑起半个秋天。

三点钟回返。五点四十分回到饭店。

不容休息，就又被召往越秀晚饭。同桌是《郑州晚报》的"三朵金花"。其中的一朵，面目表情极丰富，每一开口整个面部器官就活动起来。还有一位新华社的男性，自我感觉甚好。一桌七个人，吃得很安静。间或有人问阿楠一些很简短、很幼稚的问题，诸如为什么学中文呀，中国菜好吃不好吃呀之类。

饭后，又被叫上去坐聊。

九点半与阿楠先回来。十点睡下。

十一月八日（二）

早四点多钟起来，与薛、陆同往车站接余秋雨。原是五点十分到，结果晚点半小时，总算没有继续晚，顺利接到。

他一见我就说："你的毛笔字写得非常漂亮！"不过几年前的字，似乎是很差的。

八点钟在楼下餐厅吃了饭。九点多钟出发，再往少林寺。

这回余是演员。导演之类是河南电视台的一男一女和《河南日报》的于得水、刘书志。柴大使（泽民）夫妇虽也同车，但差不多被撂在一边。

余是一位极好的合作者。有很好的感觉，——自我感觉及自我以外的感觉，也有很好的镜头感。因此在采访者面前十分配合，要求什么时候说几句，就能够说几句，始终在角色中。换了我，是难以胜任的。余则如鱼得水，十分自如。

在我的提议下，先往告成镇的周公祠。参观周公测景台和郭守敬设计的观星台。十一点钟到，半个多小时就匆匆观览一过。讲解员其实很有兴致，薛大概对他做了个赶快的手势，于是一切都变得匆忙起来。

就在观星台下，电视台的两位已迫不及待地开始采访了。话筒往嘴边一放，余即应口而答。

十二点半钟，从少林寺的边门进去，在藏经楼一侧的讲堂中看少林武功。据于得水说，今天的表演只算得是真正表演的热身运动，并没有拿出真功夫。前几年少林寺的武术学校多达一百多所，经过清理整顿，还有几十所。学生素质大都不高，学武不学文。有调查结果表明，毕业的学生，犯罪率很高。近年大概好一些。

一点半，仍往昨天的"特级店"吃饭。因崔先生亲自到了，所以有院中的某一级别的负责人出面接待。饭菜比昨日档次高，但烹调水平已是如此，也没有办法。

饭后，两点二十分，再往少林寺。我只坐在车里等。

然后往嵩阳书院。然后往中岳庙。

车开到后门，从上往下走。最高处是寝殿，因武则天幸此而建。然后是峻极殿，有九开间。殿前说明上写道：崇祯十七年（公元一三五〇年）殿曾焚毁。崇祯十七年与一三五〇年，差了近三百年！但也就这样错下去，还不知要错到什么时候。殿里面供的是天中皇帝和天中皇后。再下来是峻极门。整座庙宇，气势恢宏。

黄昏时分，游人多已散去，小摊小贩也都收了，所以更显得空旷。

寝殿前有一个大葫芦，一群妇女在那儿烧了纸，然后站成一排，敲着什么法器，在那里诵经。听不清楚唱的是什么，但调子很像豫剧。问同行的崔先生，他也不知道唱词。

回到郑州城中，已是七点半钟。飘起一点微雨。

洗涮毕，再往越秀。主要人物挤在雅间。

与电视台的一对及于得水、陆灏和崔，在中厅小几前落座。坐下来，吃罢。又换了位置，仍是坐聊。

十点钟，与阿楠一起，先告退了。

十一月九日（三）

八点半早饭。这一回改在西餐厅，与沈、何，各人一份火腿煎双蛋，面包黄油，并咖啡。

饭后上了楼。一切预想都无法实现（往许昌、往开封）。

于是无所事事地又到了楼下的酒吧。与沈、何、陆、余，一起坐聊。今天的谈话还觉得不错。

陆买了一本《曾国藩传》，海南某出版社出版。正不知这是一个什么单位，余却正好知道一个关于它的来历的故事：安徽某大学中文系有一位教授叫□□□，八九年有些激烈行为。学校准备对他进行处分，开除公职（彼时他已年满六十），但又不好以政治表现为理由。正好他与一位二十多岁的女学生有些暧昧，于是拿过来做成理由。这位女孩子却信以为真，大受感动，决心要以身相许了。

某教授在受到处分后，写了一封"遗书"，放在办公桌上，就"失踪"了。当时学校颇为紧张了一阵，以为他真的去自杀。原来是躲在朋友中。后来余还曾经托朋友帮忙为他在安徽找个工作。到底还是感到压抑，没能做久。最后，同老妻离婚，携新宠到海南，就办了这家出版社。

在海南，它是被作为一个试点的。据余说，前些时到海南见到他，已经完全变了个人。和妻子一人开了一辆车，青春焕发的。海南经常有人和姑娘开玩笑，说："等老头儿死了，就跟我吧。"姑娘笑笑不说话，很从容的。

聊到十一点四十五分，过越秀午饭。

饭后又被陆叫到咖啡厅，谈"脉望丛书"。说了一会儿话，楠也下来了。聊到两点四十五分，往越秀。

三点钟，学术讲座开始。来了有一百多人，老沈主持。余的题目是：我选择的文化态度。讲了两个小时，又用十五分钟回答了两个问题，很有捷才。

回到饭店，收拾了行李，再过来吃饭。在中厅小几上设了一席。

崔老板作陪,只说话,不吃饭。

饭后,老沈要过一过坐高脚凳的瘾,于是坐在吧台上喝了一点儿人头马,楠陪他干了。

七点半,薛将我们三人送上火车。80次,八点三十四分开。沈与楠在十车厢,我独往六车厢。

十一月十日(四)

早七点四十分到达北京。

归家,洗涮毕,往编辑部。

从编辑部再赶往天桥宾馆,与俞晓群、王越男、王之江会谈。这一方,则是沈、郝、陆、吴。商议确定了第一辑的具体操作过程,第二辑的选题。策划人定名为脉望。决定了三套丛书:书趣文丛、书趣别集、书趣译林。

一顿饭吃到两点半。事情也基本谈妥,签订了合同,接受了第二次"启动费"(三千元)。

会谈结束,与沈、郝、陆、吴同往凯莱大酒店喝咖啡。五点钟散去。

十一月十一日(五)

往编辑部。

郑在勇应约来,与辽宁二王一起谈封面,谈招贴画的设计。

崔艾真来,为即将创刊的笔会拉稿。

乱一上午,忙一上午。

午间应老沈之招,与贾、陆、吴往永外的温州饭馆吃饭,无一样可口之菜。

再回编辑部。

继与陆同访谷林先生、姜德明先生。然后赶往版纳大酒店，与等在那里的吴和余同往北京饭店贵宾楼自助餐厅。沈、董、朱伟已先到，每人标准一百六十元，我只吃了甜品。

余秋雨在董面前盛赞《读书》。董说，《读书》是知识界的群英会，几位编辑不过是跑跑腿而已，她们都没有上过大学，没有什么。

八点多钟结束晚餐。董、余别去。余下的五人继往饭店咖啡厅，聊到九点半钟，在我的一再催促下才散去。

十一月十二日（六）

九点半，志仁把我送到雅宝路口。等了一会儿，陆灏和萧宜坐了面包车过来，一起往负翁的新居。

看了藏书与藏砚，然后到门口的独一居午饭。东坡肘子、酸菜鱼、海参锅巴、家常豆腐、蚝油生菜，共一百三十八元。张夫人未往。负翁说她出一趟门太难，"我们现在已经是'相忘于江湖'的境界，二人同处一室，各干各的，视若不见"。

一点钟散席，各自别去（陆往中山公园茶室赴施康强之约）。

读《三垣笔记》。

十一月十三日（日）

本与陆灏约定去看望范老板，但家中有客来访，只得作罢。

午后飘起细雪。

与志仁往王府井购越冬服装。

读《中国新闻传播史》、《静志居诗话》。

十一月十四日（一）

雪大约下到半夜，晨起已见玉树琼枝，但地上的雪却留不住。

往编辑部，忙发稿。

郑在勇来，商定"书趣文丛"的招贴。

读《春明梦余录》。

收到罗孚先生寄赠的《南斗文星高》。

明藩周宪王有燉有《送雪》诗：天山一色冻云垂，罨画楼台缀玉时。准备暖金香盒子，明朝送雪与相知。《列朝诗集》云：汴中风俗，每岁遇初雪，则以盒子盛雪送与亲知，以为喜庆。置酒设席，请相欢饮，亦升平之乐事，宫中尤尚之。

十一月十五日（二）

往编辑部，做发稿的扫尾工作。

往北大出版社，欲购《万历邸报》。记得去年与陆灏同来，曾在这里见到，但门市部的人却说从未出版过这样一部书。

继往北京出版社，为钱伯城先生取回《顺天府志》。

再往灯市口中国书店，无获。

读《春明梦余录》。

夜又雪。

十一月十六日（三）

又是一个琉璃世界。美人蕉还绿着，槐树也还蓬勃，却满满地托着雪，真美极了。太阳出来以后，一只花斑衣的啄木鸟在椿树上奔来跳去地捉虫子。

读《鸭池十讲》。写成《脂麻通鉴》的后记。

读《山书》。

十一月十七日（四）

读书一日（《山书》、《春明梦余录》）。

日出，雪化。但太阳时不时地蒙一层翳，犹觉阴阴的。居室内清冷异常。

十一月十八日（五）

老沈清早打电话来，说他忽生奇想，总结出编辑三要诀：一厚黑学；二皮毛学；三抄袭学。

志仁说，以他做领导的经验论，女人多忠实，男人多是不安分的。

冯亦代来电话说，读"楮柿楼"读得两个中午没睡觉，真是好极了，评诗评词的几篇，简直就如诗一般。——真是闻所未闻的褒奖之辞。归家忍不住拣出读了几则，平心而论，冯老此言，确为溢美，实有不敢当。

往编辑部。

得邵燕祥转致的常风所著《弃余集》、《窥天集》。

辛丰年先生托人捎来激光唱片十一盘、南通剪纸三套。

读《万历野获编》。

十一月十九日（六）

往编辑部。

午间赶往火车站，接郑丫头。昨天她在电话中说，是十二点五十五到。结果赶到那里，才知正点是一点二十六分。遂到邮亭买得一本《集邮》，消磨半小时。欢迎的队伍可说"浩浩荡荡"，朱晖自是首当其冲，次则北办的四条汉子，再加郝德华和我。有陆灏带给老沈的一大罐醉蟹，有给吴彬的田泥螺和鸭肫肝，给我的是三袋白脱别司忌，即加了奶油的面包干。

傍晚吴彬、老沈同来家取物。

读《王琼集》。

十一月廿日（日）

读《明史》列传（兵志）。

十一月廿一日（一）

冬至以来，雪后阴，阴后雾。据说因连降大雾，机场都关闭了。而往年，这季节该是一场接一场的西北风。

往编辑部，处理稿件。

读《鸿猷录》、《明史·兵志》。

十一月廿二日（二）

往编辑部。整理出一部分重复的书及近无大用之什，送往灯市口中国书店。二十本，或按三折，或按四折、五折收购，得六十五元。人还没有走出书店，收书人就把刚才收来的书送到新书柜台去卖了。

往琉璃厂。今日小雪节，但天上飘着的却是细雨，落到身上，就成了小泥点。

购得《万历邸钞》、《翁万达集》、《辛亥人物碑传集》（后两本是降价书）。

读《治世余闻》。

十一月廿三日（三）

往编辑部。

往梵澄先生处，议定编集事。过董，请他签合同。

读赵园的《说"戾气"》（载《中国文化》第十辑）。此篇颇有见地。

仍读《治世余闻》。

连日阴霾不开。

小提琴家帕尔曼与以色列爱乐乐团来京演出。五百元一张票，十几天前即告售罄。电视台实况转播。

十一月廿四日（四）

今天总算见太阳，而西北风亦随之起。

居家读书一日（《明史·西域传》、《殊域周咨录》）。

十一月廿五日（五）

往编辑部。

得谷林先生所赠线装《燕知草》两小册，扉页钤"相见恨晚"一小印。

仍读《殊域周咨录》。

十一月廿六日（六）

一日半阴半晴，一片薄如雾的太阳。

在商务门市购得和田清著《明代蒙古史论集》。

读《殊域周咨录》。

十一月廿七日（日）

读《明代蒙古史论集》。

十一月廿八日（一）

往编辑部，处理初校样，忙乱一日。

吴彬说，第十一期宋远文实在写得吃力，像一个小女孩故意要去学沉重，极是力不从心。说我的阅历、我的格局，都无法搬动这样沉重的东西，还是不要去碰这类题材的好。

十一月廿九日（二）

半阴半晴天气，时有时无的阳光。

读书一日（《松窗梦语》、《四友斋丛说》）。

十一月卅日（三）

一夜雨夹雪。

往编辑部。

受老沈之命，往三联服务部捧场（据说电视台要来采访，但却没有来），购得余光中《听听那冷雨》。

访谷林先生。送去合同和《书边杂写》校样，并"搜刮"得明代笔记若干种（其实先生已拣出备在那里，待我去选）。

十二月一日（四）

往编辑部。

读《菽园杂记》。

午后往社科院。从杨成凯处取得某人欲售书目一份。

十二月二日（五）

往编辑部。

仍读《菽园杂记》。

三点半，与老沈、吴彬一起坐了车往北大。

经万圣，刘苏里送了每人一部新旧约合刊《圣经》。

过金克木先生，请他在《蜗角古今谈》的合同上签了字。

在学生第四食堂晚餐。

然后在北图贵宾室，由老沈进行"北大读书文化讲座"的第一讲。老沈没有讲稿，也没做什么准备，只是进入会议室之前，在图书馆门前贴的海报上，才看到了今晚的演讲题目：去年的读书和今年的读书，于是现场发挥，讲了一个多小时，挺精彩。坐不下，后边站了几排学生，始终没一个走的。最后是学生提问，但问题都提得很笨。

十二月三日(六)

往编辑部。

午间请丁聪夫妇到编辑部,吃火锅。沈把阿楠也请来了。因为一点半钟有三联组织放映的《阳光灿烂的日子》。老沈从董那里要了六张票,原是丁聪夫妇,我和志仁、吴、楠,但昨天说,只能给五张票了。我只好不去。

十一点钟照例去赵大夫家。待归来,午餐已经结束,随便吃了几口,便和宝宝一起,很收拾了一番。

读《明诗纪事》。

十二月四日(日)

读书一日(《明诗纪事》、《朱元璋传》)。

十二月五日(一)

往谷林先生处取《书边杂写》校样。送去一头水仙花,算作生日礼物(水仙原是老马所赠)。

往编辑部。

到铁道部取生活费。又到月坛派出所为外婆换副食证。

从北海走过,看到沿河的柳还绿着,虽然经夏又经秋,已经很旧了。

午后再往编辑部,处理二校样。

十二月六日(二)

读《明史》洪武人物传。

午间王家新过访。以咖啡一袋,又《二十世纪重要诗人如是说》一册持赠。立谈片刻,即往桃花江,与老沈会,共饭。熏干炒芹菜、东安子鸡、小干鱼、三鲜汤。剩了大半,由沈打包带走。王似乎与武汉那一批诗人哲学家有共性，发言多玄奥，似乎总处在沉重的思考中。他原在《诗刊》，后到英国去了两年，在欧洲几个国家做访问学者。因为妻子沈睿要到美国读学位，他便回来照顾孩子（十一岁）。

傍晚陆建德过访。说起王家新，虽不相识，却是知道的。

十二月七日（三）

往编辑部。

又患头痛，吃下两片去痛片，仍不见好。

写"书趣文丛"几种书的内容简介。

读《三朝圣谕录》。

十二月八日（四）

将书目送还杨成凯。

往编辑部。

一日雾。据云飞机场又有三十架次飞机受阻。

读《天顺日录》。

十二月九日（五）

往编辑部，忙乱半日。

读《明诗纪事》。

志仁往临海。

十二月十日（六）

入冬以来，白日气温始终在零上五度左右。午前飘起一阵细雪，落下即成泥点。

往编辑部，等候工厂送样书来。

阅校样。

十二月十一日（日）

读《今言》、《水东日记》。

忽然想到《三言二拍》，找出来，读了数篇。

十二月十二日（一）

一日朔风。

往编辑部，忙乱半日。

午后往琉璃厂，购得《冯梦龙全集》若干册，并《醒世恒言》、《东胡史》。

仍读说部。

十二月十三日（二）

往编辑部。

陆建德过访。

前番晤面，曾拣了云南纪行的几页文字请他看，此番便以此为题，很认真、很具体地提了意见，颇为中肯。有不少说法，和吴彬竟不谋而合，可见正是自家欠缺之处了。

十二月十四日（三）

往编辑部，忙乱半日。

《读书》明年订数八万！比今年又增加了两万，大伙儿乐作一团。

阅《脂麻通鉴》初校样。

十二月十五日（四）

往编辑部。

往社科院访叶秀山先生。坐一个小时，听他月旦人物（吕祥、李泽厚、余秋雨）。

俞晓群一行四人来。先约了在国贸的马克西姆晚餐，及至与沈、吴、郝齐集，餐厅却不营业。于是老沈提议往燕莎的凯宾斯基。在路边叫出租车就费了好一番工夫，到了那里，已经快七点了。是一家德国风味的餐馆。除了我之外，每人一大杯黑啤酒，又点了烤猪膝之类。我只要了一份土豆沙拉。与吴彬合要了一份蛋糕，一份苹果派。这两道甜点却都不是滋味，一并奉与老沈了。

吃到酣时，把"书趣文丛"诸般事务一一谈妥。

九点钟散去。

十二月十六日（五）

仍读说部。

午后往集邮公司，办理预订卡。

往荣宝斋访萨本介。彼以一匣信笺持赠。

十二月十七日（六）

往编辑部。

读《中国妇女服饰》。

十二月十八日（日）

读《中国服饰史》、《型世言》。

十二月十九日（一）

小雪一日。

往编辑部。

午前李公明来。请编辑部诸同仁往宾华午餐，商议在《读书》开一"外地人看北京"专栏。

十二月廿日（二）

往编辑部。

上午在人民会议室参加徐朔方《晚明曲家年谱》研讨会。唯吴书荫的发言有内容，余皆应景之谈，一个意思被大家一一重复一回。

午间在老沈处吃了一片面包，又一杯咖啡。

给谷林先生送去《书边杂写》的二校。

下午在宾华开座谈会，是老沈为台湾经济学家高希均组织的。有茅于轼、张曙光、梁小民、张宇燕、盛洪、樊纲、陈正涛、萧琛、王跃生等。谈得很有意思。高提问说：谁对中国前景乐观？短期的、长期的？或短期乐观，长期悲观，或相反？或都乐观，或相反？

电视直播纪念梅兰芳周信芳诞辰一百周年开幕式，简直一塌糊涂。京剧一步步失去自己的特色，向通俗歌曲，向通俗舞蹈靠拢，可谓"振兴"式的自杀。报幕员两次出错，把"霸王别姬"说成"贵妃醉酒"，把"横槊赋诗"念成"梅槊赋诗"。这一场是袁世海演的。据说近日大家纷纷议论电视剧《三国演义》时，他说："演曹操，谁也演不过我！"今天倒好像特别为此献了这一折。萧润增演《徐策跑城》，把帽子也抖掉了。这一折也滑稽，竟有六个徐策在一起配舞。好是糟蹋！摄像机镜头不断摇向台下的江泽民、乔石、李瑞环，而几乎每一次江李二人都在交头接耳。

十二月廿一日（三）

读《型世言》。

午后往编辑部，做发稿准备。

归经灯市口中国书店，购得《珍珠舶》、《中国古代火炮》、《中国丝绸史》、《曲品校注》、《明清徽州社会经济史料》、《武林坊巷志》（三）。

晚间往虎坊桥工人俱乐部看梅兰芳周信芳诞辰一百周年纪念演出:《太真外传》。梅葆玖、魏海敏合演杨玉环,梅葆玥、马长礼等合演唐明皇,叶少兰演李白。魏扮相十分俊美,但唱得不够味儿。梅扮起来仍极有风韵,演的又都是华贵雍容的几场。只是最后一场,扮作成了仙的道姑,长裾曳地,下台阶时几乎被绊倒,好教人一吓。叶的李白,只有一场,却已觉得夺戏了。整体感觉,似乎不是十分精彩。

七点半开演,中间休息十分钟,散场已是十一点。

十二月廿二日(四)

读《珍珠舶》。

午后接到许敏明打来的电话。大约有十年没有联系了。她到美国去了三年,归来又已经有一年。

十二月廿三日(五)

编辑部在宾华举办服务日。来者踊跃,午间备以快餐,饭罢散去。

十二月廿四日(六)

往编辑部,画"品书录"版式。

读《金瓶梅》。

十二月廿五日(日)

读《金瓶梅》。

午后许敏明携子来。

依然漂亮,但脸上也是涌起皱纹了。不停地聊了两个小时。

十二月廿六日(一)

往编辑部,写贺年卡(签名签了二百张)。

午后杨成凯过访。

读《金瓶梅》。

十二月廿七日（二）

往编辑部。

到张家璋家取校样。

阅《音调未定的传统》校样。

午后何光沪夫妇过访。送来一篇书评，并告近已迁居方庄芳城园，因托他捎范公酒一瓶。

读《金瓶梅》。

十二月廿八日（三）

往编辑部。

往中央美院参观明清绘画特展（为"明清绘画透析中美学术研讨会"而举办）。

展品一百零四件，明人作品似乎更多些。

明人"九人像"轴，想是写真图，但作者佚名，所写者也不知是谁。最前者纱帽，圆领袍服，当为朝官。

明人"岁朝图"（仿仇英），横幅，画面很热闹。可惜展放在壁间玻璃柜中，背光，颜色又暗，不能够看得清楚。

明人"楼阁人物图"，一楹敞轩，内中一人抚琴，纱帽，圆领袍服，侧坐一人执麈聆听。服饰与操琴者同。后面一带粉墙，墙内花池中牡丹数本开得正旺。前面院墙外隔出两个骑马人，似闻琴止步，一人回首向另一人指点言说。马后有两小厮跟随。

明清人"王可像"，中绘一人，非戎装，非儒服，对襟滚边袄，百褶裙，系一缀有金饰的腰带，带上挂着鞘刀、酒瓢、兽皮囊。四周遍布题识。左上方一首：

昂藏其身，庄凝其神。胸罗万象，心无点尘。不为儒冠之迂阔，亦非戎服之嶙峋。可以扶地维，可以全天真。留宇宙之正气，端有赖于斯人。甲午中秋前一日为可翁长兄题兼请教。

清人"人物"轴：占据中心位置的女子，鬓别一朵像生花，髻插累丝金凤，红宝石金环。腕约金钏。大红披帛，翠蓝半臂，袄与裙似为一色（浅草色），跣足。背负一小儿，怀抱一小儿。右手扶左乳，正哺育其子。旁立两小儿，一赤体，肩搭红披帛，一披斗篷，后一环，头戴风帽（？），帽后露出一根雉尾。着黑靴。

清王玄"人物"轴，是一幅官府送客图。

午后萨本介来，送来七折代购的《故宫藏明清名人书札墨迹选》。坐聊一个多小时。知他祖先是色目人，元代移居福州，并在那里繁衍。萨镇冰是其叔祖一辈，与王世襄先生也还是远亲。六八年到山西插队，后又到干校，辗转十年，七八年进荣宝斋。以手编《齐白石画选》一册持赠。

晚间往人民剧场。途经西斜街，与施康强约在街口见面，取了张爱玲著述三种。

香港名票李尤婉云主演的《穆桂英挂帅》，其夫李和声操琴，其师梅葆玖报幕。一人一张彩印的说明书。众多名角为之捧场：马长礼寇准，谭元寿杨宗保，王树芳佘太君，董文华王伦，董元元杨金花，王立军杨文广。王立军出了一个大不该的错，自报姓名时，口称"宗保"，全场哗然。主角演得一丝不苟，也很有梅派味道。只是因为带了微型扩音机，反而显得效果太强烈了。

十二月廿九日（四）

读《金瓶梅》。

午后往编辑部。

归途过灯市口书店，购得《中国古代丝绸图案》、《醒世姻缘传》。

十二月卅日（五）

往编辑部。

李陀来，谈到他的女儿孟晖正在做中国古代妇女服饰。

读《金瓶梅》。

晚间往儿童剧场看折子戏：陈永玲《活捉》、《别姬》。初不知陈永玲为谁，只听曹其敏在电话中介绍了几句：著名男旦，小翠花一派，六十六岁了。果然身段做得极好，唱、念都够味儿。唱是梅派。《活捉》演完谢幕，是老派花旦的做派，袅袅婷婷，眉目传情，逗得观众更把他不放，一连谢了三次。《别姬》是与其子陈霖苍合演，很是精彩。舞剑也见功夫。

配的两个折子：《徐策跑城》、《打瓜园》。后者纰漏甚多。带子松了，胡子缠上了。《活捉》中，与陈配戏的"张文远"，脱不下外罩，该甩发时一屁股坐到了地上。

近日看的三场戏，没有一场不出岔子。倒弄得人一到要见功夫时就开始紧张，替演员担心。

十二月卅一日（六）

上午去看望外婆。

读《金瓶梅》。

一九九五年

肥猪拱门
大吉大利
新春之喜
万事如意

王世襄
袁荃猷

图十七　贺年片

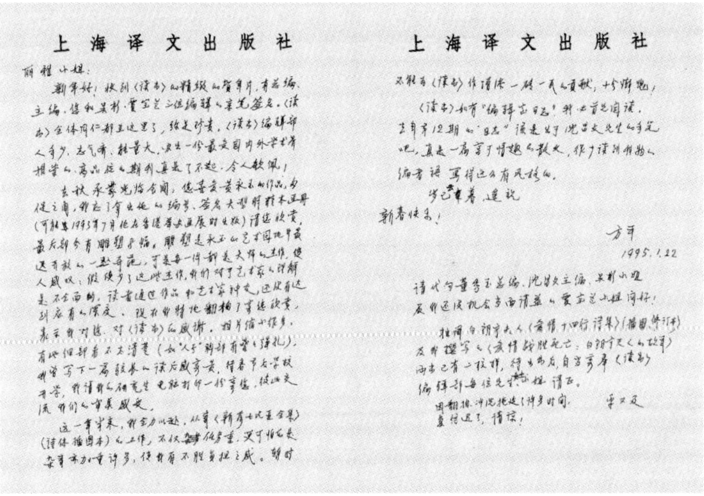

图十八　方平先生来书

图十九　曾经长在芳嘉园十五号的芭蕉，畅安先生迁居时所赠。我把它养在花盆里，却是总也养不好，几年之后，到底枯掉了。

图二十　　与张颐武在会议签到处，见一九九五年二月十四日纪事。

图二十一　在版纳酒家，见一九九五年三月二日纪事。

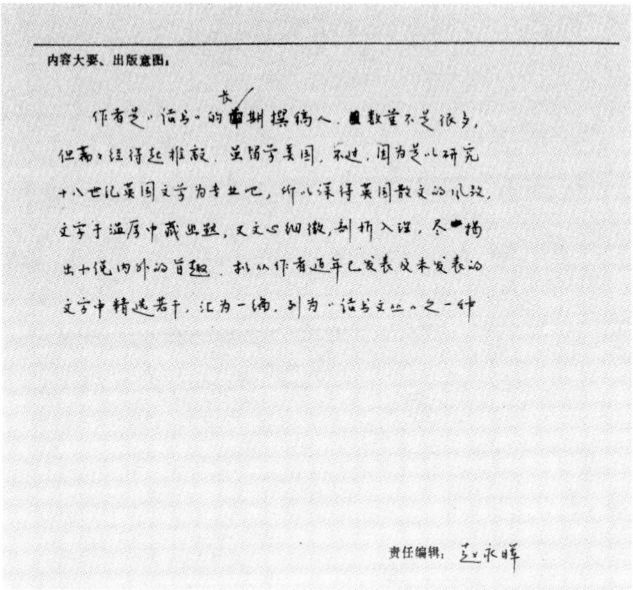

内容大要、出版意图：

作者是一位多产的审期操翰人。著数量不是很多，
但篇篇经得起推敲。虽属学美国，不过，因为他研究
十八世纪英国文学为专业，所以深得英国散文的旨致，
文字于温厚中藏曲致，文意心细微，剖析入深，每一揭
出十凡内外的旨趣。拟以作者近年已发表及未发表的
文字中精选若干，汇为一编，列为"话与文丛"之一种

责任编辑：赵永晖

图二十二

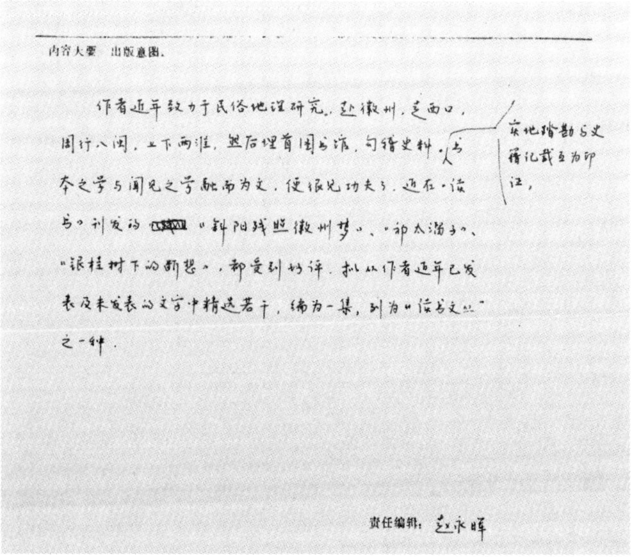

内容大要、出版意图：

作者近年致力于民俗地理研究。走徽州、足西口、
周行八闽，上下两淮，然后埋首围与诳，勾语史料，人与
本之学与闻见之学融而为文，便很见功夫多。近在"话
与"刊发的□□□、"斜阳残照徽州梦"、"却太湖多"、
"银桂树下的新愁"、都受到好评。拟以作者近年已发
表及未发表的文字中精选若干，编为一集，列为"话与文丛"
之一种。

实地踏勘与史
籍化载互为印
证。

责任编辑：赵永晖

图二十三

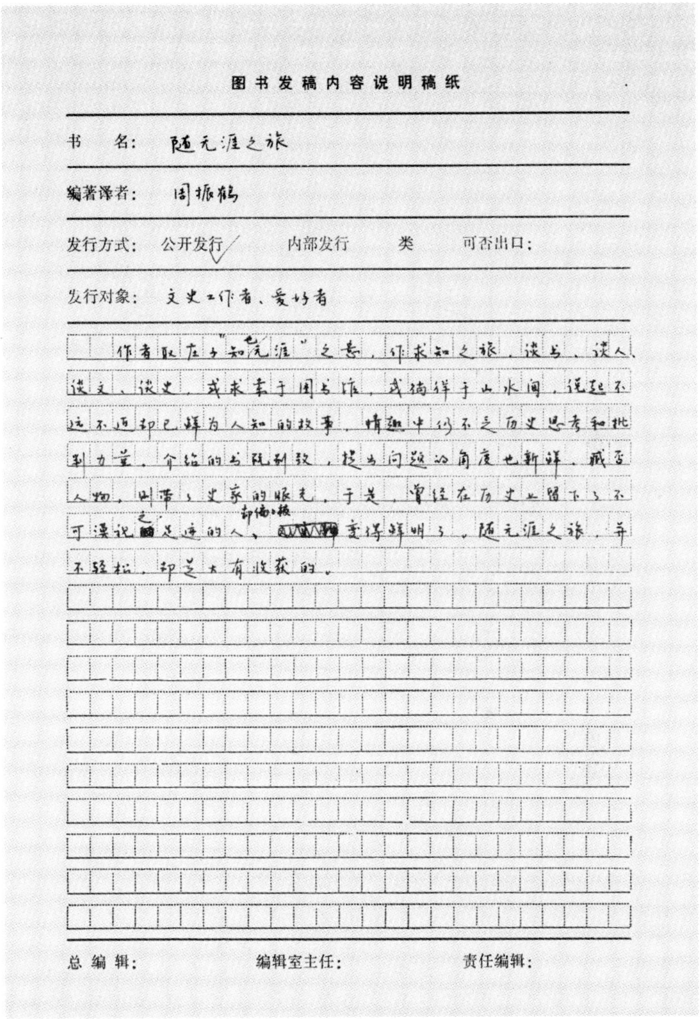

图书发稿内容说明稿纸

书　　名：随无涯之旅

编著译者：周振鹤

发行方式：公开发行　✓　　内部发行　　类　　可否出口：

发行对象：文史工作者、爱好者

作者取义于"知无涯"之意，作求知之旅，读书、读人、谈文、谈史，或求索于图与作，或徜徉于山水间，说起那远不近却已辟为人知的故事，情趣中少不了历史思考和批判力量。全编的与别致，提出向通议角度也新评，戒每人物、叫呼、史家的眼光，于是，曾经在历史上留下了不可湮没之迹的人，印得更鲜明了。随无涯之旅，并不轻松，却是大有收获的。

总 编 辑：　　　编辑室主任：　　　责任编辑：

图二十四　"读书文丛"是三联曾经很有影响的一套丛书，作者多是先在《读书》上发文章，有了几万字的篇幅，便可成为"文丛"中的一册。在《读书》的时候，我们几个人对"文丛"都很热心，因此这一类书编辑了不少。检点旧物，发现几份选题表竟无意中存留下来。所报选题的书作者分别为黄梅、王振忠、周振鹤。

一九九五年　233

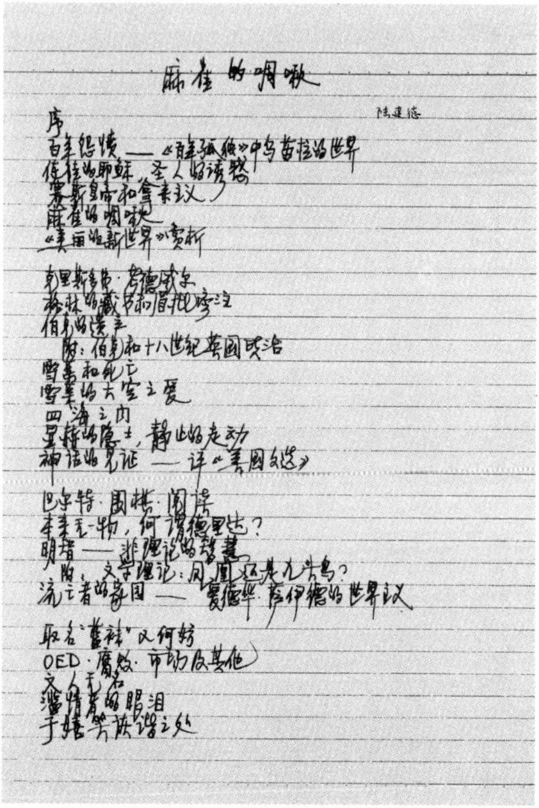

图二十五

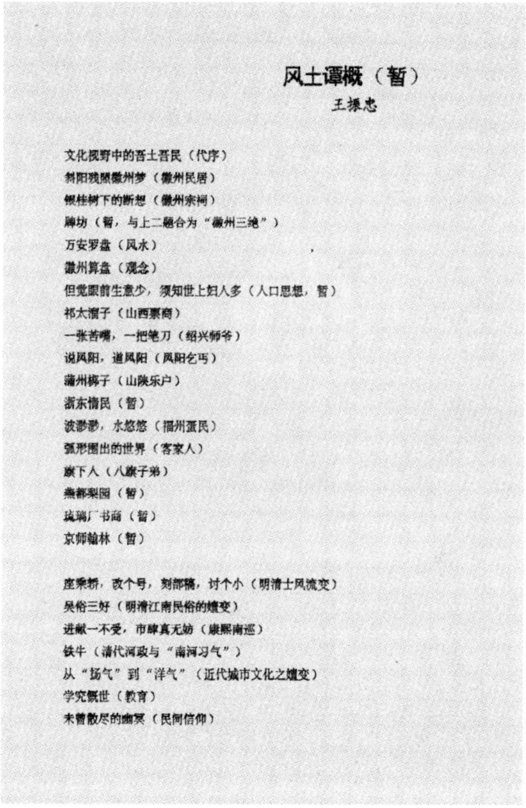

风土谭概（暂）

王振忠

文化视野中的吾土吾民（代序）
斜阳残照徽州梦（徽州民居）
银桂树下的断想（徽州宗祠）
牌坊（暂，与上二题合为"徽州三绝"）
万安罗盘（风水）
徽州算盘（观念）
但觉眼前生意少，须知世上妇人多（人口思想，暂）
祁太馆子（山西票商）
一张苦嘴，一把笔刀（绍兴师爷）
说凤阳，道凤阳（凤阳乞丐）
潇州梆子（山陕乐户）
苏东惰民（暂）
波悲悲，水悠悠（福州蛋民）
张形图出的世界（客家人）
旗下人（八旗子弟）
燕都梨园（暂）
琉璃厂书商（暂）
京师翰林（暂）

座乘桥，衣个号，刻部稿，讨个小（明清士风流变）
吴俗三好（明清江南民俗的嬗变）
进献一不受，市肆真无妨（康熙南巡）
铁牛（清代河政与"南河习气"）
从"扬气"到"洋气"（近代城市文化之嬗变）
学究概世（教育）
未曾散尽的幽冥（民间信仰）

图二十六　作者开列的书稿目次，见一九九五年八月廿四日纪事。

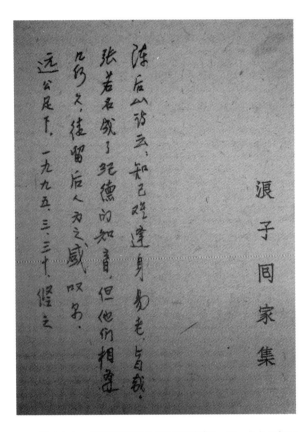

浪子回家集

泳后以诗云、知己难逢遇身易老、旨哉。

张若名致力纪德的知音，但他们相差

几许文，徒留后人为之感叹矣。

远公足下。一九九五、三、三十、怪之

图二十七　谷林题赠纪德《浪子回家集》，见一九九五年五月十七日纪事。

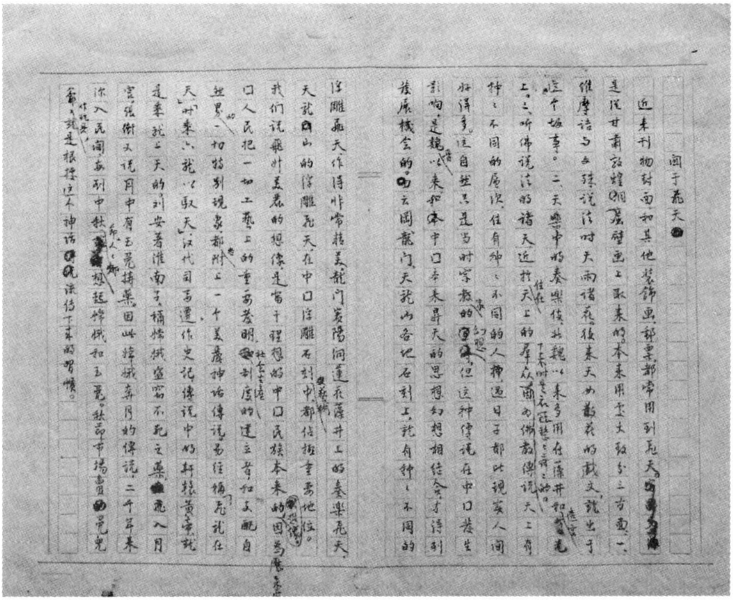

图二十八　沈从文《关于飞天》手迹之一，为遇安师所赠（见一九九五年十二月廿日纪事）。师曰，当年曾就飞天问题向先生讨教，此即回书，不过没有以书信的形式。共三叶。

图二十九　贺年片

赵丽雅：

　　见到你们后才知道什么叫再版和
沉稳。

　　祝你 新年快乐。

北今琴
许纪霖
95.12.15

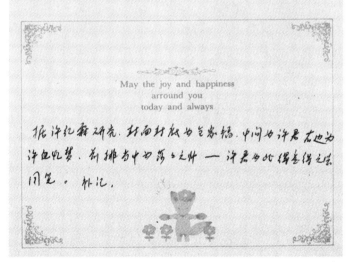

May the joy and happiness
arround you
today and always

据许纪霖研究，封面封底为艺家稿，中间为许君古也为
许血儿势，前排为中书局之帅——许君少此得意得之书
同气。朴记。

图三十　贺年片

图三十一　贺年片

一九九五年

一月一日（日）

读书一日。

梅节全校本四册《金瓶梅》读竟。

一月二日（一）

读《醒世姻缘传》。

午间老沈送来邮件，有郑至慧寄《景午丛编》（上、下），吴兴文寄《红楼梦魇》、《对照记》。

一月三日（二）

往编辑部。先经王世襄先生家，——昨天接到电话，说有一批书要处理，要我去挑一挑。多是杂志，无可取，只拣了台湾出的几本书目丛刊。看到师母自制了不少剪纸的贺年片。

往丁聪先生家取《诗画话》，送去前几日借下的《中国美术全集》玉器卷和金银器卷，并在那里翻阅了印染织绣卷。

去的时候，是搭了李哈生的车。一路聊起来，知道他住的西四大拐棒胡同文物局宿舍。原是李莲英的花园，三进大院落，内有假山、水池、果木，很是气派。有一间大厅，正梁是楠木的。他们原住第一进中的南房。一九七五年时被文物局拆掉，盖成楼房，做宿舍。

一月四日（三）

往编辑部，处理《边缘人语》二校样。

午后往董乐山处送校样。

访梵澄先生。提到中华书局上海发行所有一位陆费伯鸿，信阴阳八卦之说，连办公室的布置，都是遵八卦之方位。三十年代遇刺身亡，却不知刺者为谁，因何行凶。

读《醒世姻缘传》。

一月五日（四）

往铁道部，看望外婆。

归途往琉璃厂，购得《南京文献》、《石点头》、《锦绣万花谷》、《中国染织史》、《敦煌吐鲁番文书与丝绸之路》、《先秦职官表》、《施琅评传》。

读《儒林外史》。

一月六日（五）

往编辑部，忙乱一日。

得陈克艰来信。惊悉刘鸿图先生因脑溢血遽归道山（十二月二十二日），不胜震悼。虽与他只有一面之缘，但通信往来有年，却又总是得书多，复书少。未曾想到先生如此不寿。

午间被老沈、李永平强拉往和平里的毛家餐馆午饭。编辑部诸同仁外，一位贵宾是刘杲。饭菜极一般，红烧肉、酸豆角、腊味合蒸之类，费四百余元。

毛真是造福人类，如今，不又靠着他赚钱了？

一月七日（六）

往任乾星先生家送书款。

读《儒林外史》。

将从婺源到九江的日记整理出来，请志仁看，被他否定了。弄得人好不丧气。

一月八日（日）

一日大风。

小航早起突然发起烧来。把小时吃的退烧良药按方抓来，吃下去，也没见效。折腾了一天。

把稿子又斟酌改完，自觉得好了。

一月九日（一）

小航仍发烧，休学一日。

读《儒林外史》。

虽然早就读过，但因为没读出味儿来，竟没留下印象。如今果然觉得好。但文法、话头也全承前朝说部而来。相比之下，它的好，也还不是特别突出。

一月十日（二）

小航烧退，仍休学。

读《醒世姻缘传》。

语言之妙，实在令人赞叹。贩夫走卒，五行八作，声口逼肖。今人拍的古代题材的电影、电视，语言总是不过关，为什么就不认真研究一下当时人的作品？

午后往编辑部。

一月十一日（三）

往编辑部。

午间往王世襄先生家。先是，负翁打电话来，说《留梦集》已经出版了。今日适有王世襄先生邀饭，可往王府寻他，以便取书。又嘱：索性饭口上去。若留饭呢，就坐下共饭了。因遵嘱午时前往，果被王先生夫妇一齐留住。王先生拿出手艺来，置办了六款：香菇冬笋炒雪里蕻、盐水鸭肝、白肉熬白菜、锅塌豆腐、海米烧大葱、糟溜肉片。别的都不见出色，唯烧大葱是一手绝活儿，居然一点儿没有了葱味儿。师母说，昨天为了买葱，走遍了一条街。这么一小盘子，用了一捆葱，剥下来的葱叶子就有一筐。负翁赞不绝口。最后连汤汤水水都吃净了。

将《醒世姻缘传》读完。真想说它是一部明代社会的百科全书。虽然情节、结构未如《金瓶梅》谨严，但反映的社会生活却更广阔。典章制度，正史里只有皇皇具文，这里则有真切的图景。可知那文字上的堂皇，掩饰了多少腌臜。

一月十二日（四）

收到陈老师寄来的《婺源乡土建筑》稿。

这实录式的写法，悲凉之绪渗透其中，像是一曲挽歌。但旧文化之完结早是不可挽回。可悲的只是新的文化并没有建立，历史在这里留下了一个空白。当然，这个"空白"，也是历史。

建筑是以社会背景为依托的。文化结构，人的素养，意识形态，经济基础，等等，所有这一切都改变了，建筑还能够独立存在么？在这样的情况下谈保护，简直是讽刺。

民居，尤其和居人血肉相连。婺源的乡土建筑与婺源的乡民，好像已经成了互相分离的两部分。对自己的栖居之所，并没有亲情，并没有留连。靠几位学者的赞叹，能有什么保护的效用？这些赞叹带来的唯一的效应是，乡民们知道了：这房子值钱，大概能够带来经济效益。

和这些建筑真正血肉相连的主人，早已随着时代而逝去。如今的居者，早就改变了成分。既不是房屋的建设者，也不是直接的继承人，只是由于社会大变动而突然易主。房子对于今天的主人，只是房子而已，再没有任何文化的含义。

一月十三日（五）

往编辑部，处理初校样。

读冯梦龙《古今笑史》。

唐思东交下蔡蓉所作《阳光与荒原的诱惑》，一气读毕。

一月十四日（六）

给蔡蓉写了一封信，略云：

我怕去过西藏的人和我谈起西藏，——这是一个太强烈、太强烈的诱惑。所以，"唐老师"向我推荐《阳光与荒原的诱惑》时，我先就生畏：不能实现的愿望，这种诱惑，教人受不了。

但我到底翻开了第一页，并且，不能罢手地读到最后一页。我不想掩饰我的嫉妒，因为我的第一感觉就是：万里独行的朝圣者，应该是我。

"我被一片炫目的精美图画所震撼而失去了语言的能力。一时间，我脑中空空，除了色彩和一种辉煌的神圣感，我什么也想不起来……"

明明是你的话，可完完全全成了我的感受。放下电话，我努力想整理出一条思绪，写一则大致成篇的文字。但无论如何也做不到，也许还是可恶的嫉妒心在作怪。我实在舍不得对这本书的作者奉上太多的好话，虽然书和书的缔造者都是绝对出色的。但它们的共同的缔造者却是阳光与荒原。任何一个有灵性的人，在追逐阳光的荒原行旅中，都会造就自己生命的辉煌。所以，我执拗地认为，我面对的蔡蓉和她的书，都是阳光与荒原的赐予。否则，就无法解释，自小体弱多病，体重只有七十斤的你，怎么能够完成这样的旅行。换上我呢，我相信我会走得更远，我会更长久地在古格城堡守候它的日出日落，会更加平静地倾听静寂中的热烈，倾听生命在沉默中蓄积的力量。我想，我会更彻底地从以往的记忆中走出来，与阳光，与荒原，融为一体。在这儿，不需要知识，不需要语言，只需要生命的体验。大概也泯灭了生与死的界限：把自己的肉体和灵魂全部交出来，交给阳光，交给荒原，成为它的一部分（古格城堡遗址崖洞中的干尸，是死的还是活的？有了几百年生命的枯骨向你诉说的，不比活人少罢）。

说句残忍的话，我觉得你已经完成了一次生命的轮回。看到这本书的时候，我觉得阳光与荒原中的蔡蓉已经死了。因为她必须再次回到以往的记忆中，用知识，用语言，甚至用现代技术，追述她的前生。没有这一番追述，蔡蓉就真的随风而逝了。而有了这番追述，活生生的体验就此被凝定在纸上。曾经有过的不可思议的生命之活力，随着它的永生也就永死了。这本书，是对生的回忆也是对生的祭奠，它在追悼一个永逝不返的生命。

我用这样的残忍找到了平静自己的良方：《阳光与荒原的诱

惑》不是诱惑，真正的诱惑是不知诱惑为何物的阳光与荒原，及长久依存于它的万千生灵。阳光与荒原的访问者，终究要回到她的家园。但按照"轮回"的说法，"前生"必要在"来世"打上印记的。打了这样印记的蔡蓉，在已经转世的来生，会活得更纯粹。

我羡慕你，虽然仍是充满嫉妒的。

往编辑部。

一月十五日（日）

将"探寻尘封下的智慧"草成。

一月十六日（一）

往编辑部。

往荣宝斋访萨本介，取稿。他一定要当面将稿子朗读一遍，再三拒绝，也还是不行，只得危坐而聆听。

到任乾星先生家取来《中国美术全集》印染织绣卷（代我七五折购得），先生并以一张故宫优待券持赠。

阅《脂麻通鉴》二校。

收到杨璐寄赠的《人海诗区》。

一月十七日（二）

往编辑部。

读《明史·选举志》。

一月十八日（三）

往编辑部。

收到周劭先生寄赠的《闲话皇帝》、《横眉集》，黄裳先生寄赠的《春夜随笔》，还有陆灏转来沈双所赠两盒书签。

甘琦来。午间沈、吴等与甘琦、孟湄、戴燕往明洲午饭，未往。

读《选举志》。

一月十九日（四）

往编辑部。

读《舆服志》，忽然想要编一部中国古代服饰辞典，不过这是一个大工程，实在不是容易的事。

一月廿日（五）

往编辑部，做发稿准备，忙大半日。

读孙机《中国古舆服论丛》。

一月廿一日（六）

在文物出版社服务部购得《宋明织绣》。

傍晚忽报史家营来人，真有点不敢相信，一看，果然！原是小文战、任正发、小四儿和小霞的丈夫，还有一个是司机。文战已经长得又高又壮（一问之下，才知道已是三十五岁），可印象中，他还是那个又小又瘦的鬼灵精。任正发模样没大变，就是老了好多。现在两口子都在良乡，任还在供销社，史富花仍教书，有两个孩子，于广英大婶仍健在。

文战承包了煤窑，早就发了大财，目前每年至少有三百万的利润。这一回辗转找到我，是想请我"指导"他作诗。他说，发了财，可不想乱花钱，只想多读点书，搞点创作，当场写了他的两首咏梅诗：

不争兰君三月天，清池园内让菊莲。待冬寒剑刺破骨，滴作血粉美人间。（其一）

雪映芳梅风百度，韵雅高洁历寒尘。疾风萧搋（瑟）逐俗客，飘香四野邀明春。（其二）

意思还不错，但诗音韵不足，亦不合律，却也很不容易了，字还写得挺漂亮。

送客送到大门外，原来他们开了一辆奥迪车，文战说，明年要换奔驰。

晚间老沈打电话来，说王佐良先生去世了，真有点不敢相信。前不久正为编书事和先生反复通了几次电话，几天前收到书稿并为《读书》写的一篇文章，一切都像刚刚发生的，转眼竟人神两途！

一月廿二日（日）

读舆服之类。

阅校样。

往王世襄先生家取得朱传荣编辑的《帝京旧影》。

陆灏打电话来，说了他进一步了解到的情况：佐良先生逝世于十二月十九日晚七时。先生编完书稿，又应老沈之约写了一篇怀念穆旦的文章，然后说："这一回可以彻底休息了。"不料竟是一言成谶。

和蔡蓉通电话，发现我们有很多相似之处。

一月廿三日（一）

往编辑部。

读孙机"论丛"。

午后接到上海东方电视台电话，说看了第十二期介绍新叶村乡土建筑的文章，喜欢得不得了，因准备拍摄新叶，并请我一起去，为之撰写解说词。但行程订在二十八号，为时一周，正是春节期间，和志仁商量，被他一口否决，只得作罢。

傍晚王翼奇过访。

一月廿四日（二）

往历史博物馆参观通史陈列。展厅一楼装修了两年多，年前才刚刚开展，止于魏晋南北朝。说二楼的装修至少也得一年多。

往前门新开业的沪版书店，购得《金瓶梅辞典》。

小璐捎来小白子代购的沈从文《中国古代服饰研究》一部。一看定价，九百八十港币，不觉一惊。晚间小白子打电话给志仁，说是算作礼物了。志仁执意不肯，他道："一千港币在我这儿就好比一二十块钱。"志仁才没话说了。

一月廿五日（三）

往编辑部。

读沈著《中国古代服饰研究》。

一月廿六日（四）

往文采阁。三联宴请老朋友，其实除了老苑邀请的一位王德友之外，全部都是《读书》的作者。

与陈平原同席，他为我夹了一只红焖大虾。除了这只虾之外，只吃了四个小烧饼。

接到辛丰年来书，批评"尘封下的智慧"写得不好。

一月廿七日（五）

认真琢磨了辛丰年的意见，将文章大作修改，定名为"尘封了的舞台"。这一回感觉好多了。

午间编辑部"团拜"：在美尼姆斯共进午餐。同坐尚有薛正强伉俪。小范因前些时锁骨错位尚未痊愈，戴了一个气垫，倒像一件时髦的装饰，很漂亮。

三点钟在凯莱与齐福乐、蓝克利会面，共议中法学者关于城市文化讨论会的内容安排。一下午无结果。

一月廿八日（六）

读孙机"论丛"。

午后往首都影院看《红粉》（光大组织的）。甚觉一般，尤其吵架吵得不精彩，不见个性。对比《金瓶梅》中的潘金莲、《金锁记》中的七巧，简直就如没盐没油一般。

在中华购得何冠环著《宋初朋党与太平兴国三年进士》。

一月廿九日（日）

三联举办联欢会，未往。

一日读书（舆服类）。

一月卅日（一）

一盆水仙花都打了骨朵，清晨起来看见开出了第一朵花。

一日读书。

一月卅一日（二）　　正月初一

从服饰史中读到"紫褶裆、石榴裙、红绿帔子"，便找出了《霍小玉》，又是《李娃传》、《莺莺传》。《霍小玉》一篇，读过几遍了，每次眼底下都要热一回。《莺莺传》中，红娘捧崔氏而至，又捧之而去，终夕无一言，真是妙笔。至董西厢、王西厢，极尽曲折、极力铺陈，转觉辞费。

再翻，至《长恨歌传》，更将思绪岔开去。

"渔阳鼙鼓动地来，惊破霓裳羽衣曲。"挟着风雷，带着血腥的大事件，变成了一个男人和一个女人的故事，像是一个错接。但这样的解释最容易被接受。虽曰托微讽于歌诗，却掩不住热辣辣的歆羡。

一曲霓裳羽衣，划分了一个时代。

周劭《闲话皇帝》中有一篇"杨贵妃为什么不做皇后"，云至今疑团未解。

玉环不是吕后，不是武则天，没有权力欲，没有政治野心。不过"如汉武帝李夫人"，又"才智明慧，善巧便佞，先意希旨，有不可形容者"。

做了皇后，便所谓"母仪天下"，要在规矩中讨生活，如何还有乐趣？

除了唐人画唐人之外，标准的仕女画中的仕女，服饰大抵都不是唐代的。这个传统不知道从何时开始，今人也这样继承了。以前特别喜欢王叔晖的工笔仕女，西厢记邮票中的崔莺莺和红娘，却都不是唐装。

二月一日（三）

中国人崇尚规矩，规矩还没有成为文字的时代就有了规矩。有了文字的规矩，规矩就完完全全成了死板的文字。

按照规矩行事的贞女、烈女，只在方志、碑铭上留下了几行冷冰冰的记述文字。男人们喜欢的，到底是妖孽、狐媚之类的尤物。虽然通常是带了警世、劝世的口气，却没有谁把警世的通言当真，也乔张做致骂几声尤物、祸水，心里却只是恨自己的世界太寂寞，不得享如此如彼的一番艳福。

皇后、嫔妃、命妇的服饰，早用文字规矩好了，袆衣、鞠衣、展衣，几千年都没有什么革命性的变化。端庄、贞静、贤淑，服装就是一生性格的规定。高贵的绫罗锦绣，包裹着高贵的生命。没有个性，没有生气，穿着规定好了的服饰，一直要走到另一个世界。早有了固定程式的尊号和有了固定文辞的墓志铭，只须略略更动几个字就算盖棺论定了。从此就很少再有人去温习。

《红楼梦》里的女性让男人们激动了几百年。它最大的成功是几乎集中了中国女性中的所有类型。林妹妹让男人爱得抓耳挠腮、咬牙切齿，但挑媳妇，还是选择中规中矩、四平八稳的宝姐姐。

为女性世界带来生气的，大概还是尤物，歌女、妓女，还有不守规矩的小星。

大约十之七的规矩中人在努力"慎独"的时候，都有一种违反规矩的冲动。

男人为女人制定了严密又严酷的规矩，可要问他们的真心，实在是喜欢不守规矩或曰规矩之外的女性。

规矩中的女人使历史能够一幕一幕不间断地演下去。规矩外的女人使历史一幕有一幕的风景。没有后者，古诗十九首，唐诗、宋词、元曲大概都失了多一半的光彩。历史剧的声光是坏女人做出来的。没有了坏女人，世界一定变得特别可怕。好女人倒还在其次，好男人首先受不了纯洁的寂寞。

阖家去给外婆拜年。饭前，小舅舅也来了。

饭后，三人分道而行。

看望李师傅。他把住房向街面接出一块，开了一个安安食品店。小平从酱油厂退了，就在这里坐店。酱油厂被公司的头儿卖给日本人了，——他到日本去玩了一趟，不知拿了日本人多少好处。进口的设备都是人家淘汰的，倒花了高于原价多少倍的大价钱。好端端的酱油厂、醋厂稀里哗啦被拆得七零八落，但日方又好像要改主意了。"……都是卖国贼！"李师傅是老党员了，一辈子兢兢业业，说出这样伤心的话来，真让人不寒而栗。

二月二日（四）

张爱玲说："对于不会说话的人，衣服是一种言语，随身带着的一种袖珍戏剧。"（《童言无忌》）

衣服是女性世界中嫵婉的热闹。是没有事件的寂寞中最是轰轰烈烈的事件。《金瓶梅》、《红楼梦》中，若没有大大小小的衣服事件，必少了一半的情致。

看现在人们为古人的衣料、衣服的命名，实在枯燥无味（《中国美术全集》印染织绣卷、《中国古代丝绸图案》、《中国古代服饰研究》之类）。古人笔下的各种名称，就有趣得多。到了古代文人的笔下，就更是充满意趣了。

服饰描写出现在不同的文字背景中产生的效果是不一样的，给人的感觉自然也完全不同。在那些专门的书里，衣料、衣服的名称，过于古板。在诗歌里，描写又加上了太多浪漫的比喻与装饰，真正的名称倒被裹在重重的丽辞之中隐没不见。唯《金瓶梅》中的这类名称，是让名称本身显出自己的动人，念起来，声口也是俏丽的，使人感到一种遥远的亲切。作者分明是在兢兢业业地对着读者讲故事呵。

读《丝绣笔记》中"日本古染织物之大略"，遂翻检《日本古代随笔》。

清少纳言《枕草子》"七月的早晨"——

男人似乎已经出去了。女的穿着淡紫色衣，里边是浓紫的，表面却是有点褪了色，不然便是浓紫色绫织的衣服，很有光泽，还没有那么变得松软，连头都盖上地睡着。穿了香染的单衣，或黄生绢的单衣，浓红里衣，裤腰带很长，在盖着的衣服底下拖着，大概解开后一直还未系吧。旁边还有头发重叠散着，看那蜿蜒的样子，想见也是很长吧。这又不知道是从哪里来的，在早晨雾气很重的当中，穿着二蓝的裤子，颜色若有若无的香染的狩衣，白色生绢的单衣透出红色，非常鲜艳。这单衣很为雾气所湿润便脱下了，两鬟也稍微蓬松，押在乌帽子底下，也显得有点凌乱。

——不相配的东西是：头发不好的人穿着白绫的衣服、卷发上戴着葵叶、很拙的字写在红纸上面……身分低的女人，穿着鲜红的裤子。

"在人家门前"——再有像样的人家，中门打开了，看见有又新又好的槟榔毛车，挂着苏枋带黄栌色的美丽的垂帘，架在榻上放着，这是很好看的。

"桥"——桥是：浅水桥、长柄桥、天彦桥、滨名桥、独木桥、佐野的船桥、歌结桥、轰鸣桥、小川桥、栈桥、势多桥、木曾路桥、堀江桥、鹊桥、相逢桥、小野的浮桥、山菅桥；听了名字，都觉得很有意思的；还有假寐桥。

"后殿女官房"——帘子是很青的也很漂亮，底下立着几帐的帷幕，颜色又都鲜明，在那下边重叠着露出些女官们的衣裳的下裙。而贵公子们穿着直衣，整整齐齐，没有开线……

"二月的梅壶"——樱的直衣很华丽的，里边的颜色光泽，说不出的好看。葡萄色的缚脚裤，织出藤花折枝的模样，疏疏朗朗地散着，下裳的红色和砧打的痕迹，都看得很清楚，下边是白色的和淡紫色的衣服，许多层重叠着。

"雪山"——斋院的侍卫长的武士，穿着浓绿色狩衣，在袖子上面搁着一封系在松枝上的青绿色信件，寒冷得颤抖着送了上来。……打开信来看时，里边原来是两个约有五寸长的卵槌，拼成一个卵杖的样子，头上裹着青纸，用山桔、日荫葛、山菅等很好看的花草装饰着……对于使者的赏赐，是白色织出花纹的单衣，此外是苏枋色的，似是一件梅花罩衫的模样，在下着雪的当儿，看见使者身上披着赏赐的衣服，走了回去，这是很有意思的事。

"漂亮的东西"——唐锦；佩刀；木刻佛像的木纹；颜色很好，花房很长，开着的藤花挂在松树上的情形。

"优美的事"——瘦长而潇洒的贵公子穿着直身的衣段；可爱的童女，特别不穿那裙子，只穿了一件开缝很多的汗衫，挂着香袋，带子拖得长长的，在勾栏旁边，用扇子遮住脸站着的样子。年轻貌美的女人，将夏天的帷帐下端搭在帐竿上，穿着白绫单衣，外罩二蓝的薄罗衣，在那里习字……

"五节舞女"——红垂纽很美丽地挂着，非常有光泽的白衣上面，印出蓝花样的衣服。这衣服穿在织物的唐衣上边，觉得很是新奇。

"登华殿的团聚"——衣服是穿了红梅衣，浓的淡的有好几重，上罩浓红的绫单衫，略带赤色的苏枋织物的衬袍，再加上嫩绿色的凹花绫的显得年轻的外衣，用扇子遮着脸……关白公穿着淡紫色直衣，嫩绿色织物的缚脚裤，红色衬衫，结着直衣领口的纽……童女穿着樱花汗衫，衬着嫩绿和红梅的下衣，很是美丽，汗衫的衣裾拖得很长……织物的唐衣的袖口有好几个从帘子底下露了出来……有值班的宫女，穿了青色末浓的下裳，唐衣，裙带，领巾的正装……

"画起来看去较差的东西"——石竹、樱花、棣棠花；小说里说是很美的男子或女人的容貌。

"正月里的宿庙"——都是穿着深履或者半靴（深履以皮革作下部，上部则以蔷薇锦为之，上加细革带，金属作扣……）……穿着樱花直衣或青柳袄子，扎着缚脚裤……还有小舍人童等人，在红梅和嫩绿的狩衣之外，穿着种种颜色的下衣，杂乱地印刷着花样的裤……（青柳表白里青，袄子制与袍相同，唯两腋开缝，两袖紧束着）

"黑门前面"——权大纳言威仪堂堂，下裙很长……（凡纳言长八尺，大臣一丈，关白一丈二尺）

"神乐的歌舞"——……

"牡丹一丛"——黄朽叶的唐衣呀，淡紫色的下裳呀，还有紫苑和胡枝子色的衣服。

文笔工细，却是着墨极淡，楚楚风致散落到纸纹间，是清风细雨中飘飘摇摇荡下的一片树叶，叶脉、纹理，细细密密地藏在本色里。

二月三日（五）

昨晚熬到十一点半钟，只为等着看《望江亭》。片头错过了，但谭记儿在幕里边的一声念白，就知道是薛亚萍了。张君秋的弟子无其数，得了真传的，大概只有这一个。唱、念、做都无可挑剔。演杨衙内的也好。

京剧戏装实在是服饰研究里边不可缺少的题目，不少尚存古意。改良之后的所谓古装，倒是去古愈远，原是古代仕女画中的服饰。

角色的塑造，有一半的功劳是戏装。出场的一瞬，不说，不做，只看服饰，就见出一半精神了。满台花团锦簇，珠翠煌煌，光看看服装，也就很过戏瘾了。

《苦竹杂记·日本的衣食住》，引冈千仞著《观光纪游》中纪杨惺吾回国后事云："惺吾杂陈在东所获古写经，把玩不置曰，此犹晋时笔法，宋元以下无此真致。"然后说道："我们在日本的感觉，一半是异域，一半却是古昔，而这古昔乃是健全地活在异域的，所以不是梦幻似地空假，而亦与高丽安南的优孟衣冠不相同也。"

《人境庐诗草·日本杂事诗》：

不环不钏不钗光，雅头袜子足如霜。蓬山未至人多少，都道温柔是婿乡。

注云：女子皆肤如凝脂，发如漆，盖山川清淑之气所钟也。宫装皆被发垂肩，民家多古装束。七八岁时，丫髻双垂，尤为可人。长耳不环，手不钏，髻不花，足不弓，鞋皆以红珊瑚为簪。出则携蝙蝠伞。带宽咫尺，围腰二三匝，复倒卷而直垂之，若褓负者。衣袖尺许，不缝掖。襟广，微露胸，肩脊亦不尽掩，傅粉如面然，殆《三国志》所谓"丹朱坋身"者耶？志又言"男女无别而不淫"，今妇女亦不避客，举止大方，无羞涩态，然不狎昵，犹古风也（页一一三一）。

六尺湘裙贴地拖，折腰相对舞回波。偶然风漾中单露，酒晕无端上颊涡。

注云：女子亦不著裤，里有围裙，《礼》所谓中单，《汉书》所谓中裙，深藏不见足，舞者回旋，偶一露耳……（页一一三九）。

二月四日（六）

午后坐了志仁的车一起到工艺美术馆，刚刚走到珍宝苑门前，里面通明的灯光突然间灭掉了，保卫把参观的人都请了出来。等了好一会儿也不见修好，只得归来。志仁前不久换了正式驾驶执照，车瘾大发，整日撺掇出去兜风。这一趟就算是过车瘾了。

《庾子山集》：

细管调歌曲，长衫教舞儿。向人长曼脸，由来薄面皮。（《奉和赵王春日》，页二五九）

雕梁旧刻杏，香壁本泥椒。幔绳金麦穗，帘钩银蒜条。画眉千度拭，梳头百遍撩。小衫裁裹臂，缠弦掏抱腰。日光钗焰动，窗影镜花摇。歌曲风吹韵，笙簧火炙调。即今须戏去，谁复待明朝。（《梦入堂内》，页二六〇）

洞房花烛明，燕余双舞轻。顿履随疏节，低鬟逐上声。步转行初进，衫飘曲未成。……（《和咏舞》，页二六一）

小鬟宜粟瑱，圆腰运织成。……并结连枝缕，双穿长命针。……裙裾不奈长，衫袖偏宜短。……花鬟醉眼缬，龙子细文红。……新绶始欲缝，细锦行须纂。……（《夜听捣衣》，页二六二）

绿珠歌扇薄，飞燕舞衫长。……膺风蝉鬓乱，映日凤钗光。……（《和赵王看伎》，页三四一）

弯回不假学，凤举自相关。到嫌衫袖广，恒长碍举鬟。（《看舞》，页三七五）

眉心浓黛直点，额角轻黄细安。（《舞媚娘》，页四〇五）

服饰可以被碎拆为一个个小小的零件，每一个零件都能代表一种感觉，甚至转换成一个完整的视觉。连洗衣服的声音，都转达了一个美人的故事。

二月五日（日）

志仁开车，同往昌平的明皇蜡像宫（门票四十元一张）。

二十四个场景，三百多个塑像。给人的感觉像是二十年前风行一时的大型泥塑收租院，至少思维方式没有什么改变。蜡像原是为求逼真，而一个细节的失真，就破坏了整体效果，总觉得像是戏曲里的一幕，而决无身临其境之感。在高皇帝朱元璋眼前进行廷杖（崇祯帝亲审吴昌时，欲行杖，臣下谏道：祖宗三百年未有此例）；海瑞上书直达御前；崇祯吊死煤山前的一刹那，身边竟有一名太监跪泣，又有万历在御花园中观舞行乐，廷臣在园中石桥上跪谏……都是出于今人的想象。服饰也不对，尤其妇女，多一半是得自传统的仕女画，描写土木之变，竟有在战场上强奸妇女的情景，而女人身着一袭薄纱内衣，也纯属想象。开国大典，朱元璋服交领红袍，宪宗亲耕，服常服（翼善冠，圆领龙袍）。准之《明史·舆服志》，俱不合。

八点钟出发，正午归来。

江文通《丽色赋》：

洒金花及珠履，飒绮袂与锦绅。（页七三）

翠蕤羽钗，绿秀金枝。（页七七）

通篇多是借寓、夸张，渲染气氛，约略涉及具体服饰的，只有这两句，也还不是完全的写实。

《西洲曲》：

忆梅下西洲，折梅寄江北。单衫杏子红，双鬓鸦雏色。……树下即门前，门中露翠钿。……栏干十二曲，垂手明如玉。卷帘天自高，海水摇空绿。海水梦悠悠，君愁我亦愁。南风知我意，吹梦到西

洲。(页一七〇)

《咏美人春游》：

江南二月春，东风转绿蘋。不知谁家子，看花桃李津。白雪凝琼貌，明珠点绛唇。行人咸息驾，争拟洛川神。(页一七〇)

张衡《舞赋》：……美人兴而将舞，乃修容而改袭，服罗縠之杂错，申绸缪以自饰。……抗修袖以翳面兮，展清声而长歌。歌曰："惊雄逝兮孤雌翔，临归风兮思故乡。"搦纤腰而互折，嫚倾倚兮低昂。……于是粉黛施兮玉质粲，珠簪挺兮缁发乱。然后整笄揽发，被纤垂纂，同服骈奏，合体齐声。……(页二五七)

视觉思维大概已经被现代人跳的古人舞给弄坏了，看见一个舞字，想到的就是舞台灯光下大型体操式地甩甩袖子转转圈儿。画像砖、壁画上的舞姿，毕竟只是凝定的一刹那。倒是这些放出手段、刻意要教它流传的文字能让人想象舞蹈着的美人的确是一种无法抗拒的迷惑和引诱。古代强悍的男性都有过分脆弱的一面，也许因为古代的女人都太像女人了。

男人笔下的女人，总让人疑心文字下面有埋伏：或者爱怜中包藏着欲望，或者是自喻式的乞怜。

二月六日 (一)

往编辑部。

李陀来，云不日将往美国作短期旅行。

读《金瓶梅辞典》服饰部的注释，便知《金》中服饰描写的讲究，泰半得自文字搭配的工巧与幻丽。掌握了语言的奥妙，才真正是掌握了表述的自由。

大红

真红

水红　水粉

银红

朱红

老红

金红

束红

洋红

桃红

退红

腥红

蕉红

渥赭：深赤色

品红：稍带冷的红色

牡丹红

贵妃红　石榴红　海棠红　蔷薇红

燕脂红　朱砂红

银朱

石竹：颜料名，即淡红色

玛瑙红

月黄

藤黄

苍黄

明黄　宫黄

浅米

栀黄：颜色名，微泛红光的黄色，栀子果实染

柳黄

流黄：褐黄色

鹅黄：淡黄色，略带绿色

嫩黄　娇黄

郁金黄　秋葵色

柠檬黄

碧

翠

玉色：绿加粉再加青调和而成（带有蛋青色的白）

石绿

老绿

豆绿

芽绿

苍绿

沙绿

官绿

粉绿

油绿：花青五份、藤黄一份、墨一份调和而成。织物染油绿：用槐花水稍微染一下，再用青矾水染成

惨绿：浅青黑色

绿沉：浓绿色

葱绿

湖水

鹦鹉绿

柳绿

葱白色　象牙白　鹅绒白

天青：深黑而微红

沙青（佛青、回青、藏青）

螺青

葡萄青

月白：浅蓝

品蓝

湖蓝

翠蓝

唐红：赤紫

油紫：黑紫

浅香

茶色

秋香：藤黄八，墨二

秋茶：土黄加白粉、三绿、藤黄

银褐

酱色

檀色

栗子色

葡萄褐

藕丝褐

石墨

骊墨：深黑

包头青：深黑

草白：带青、蓝光的白色

二月七日（二）

持了任乾星先生的赠券，往故宫参观。

原以为春节方过，人会很少，却已经一片熙熙攘攘了，——一半外地人，一半外国人。倒是历代艺术馆里，参观者只有我一个。如今还是免费的，但是只有战国至宋，元明清部分早就撤消了，据说要重新布置。

绘画作品几乎都是复制品（《游春图》、《洛神赋图》、《步辇图》、《韩熙载夜宴图》）。出土的泥俑尚有一些，一个汉代的立俑，一袭深衣裹起窈窕身躯，镶着大宽锦边的曲裾在前后裹出层次，然后潇潇地落下来，在地上铺撒出一朵倒垂着的小喇叭，玉笋似的女人就从倒扣着的细细的喇叭管里妖妖娆娆耸出来。

珍宝馆、钟表馆、绘画馆各转一圈，珍宝馆中的首饰似乎没有特别的精品，而且没有一件明代的东西。

二月八日（三）

往编辑部。

午后薛正强伉俪来。

与沈、吴同往费孝通处取稿，费以新著《芳草天涯》持赠，大概暮色中，灯光下看不清面目，故始终以"小妹妹"呼之，出门后，沈说："他大概把你认作是十七八的小姑娘了！"

这回是费特地邀沈"面授机宜"，即建议《读书》作"经济人",这个主意颇与老沈的一贯主张拍合。

得朱传荣所赠《紫禁城》、《故宫博物院院刊》若干期。

明帝多昏君,或者和他们的出身有关,即母亲多民女,少世族,亦不乏低贱者(嘉靖的祖母便是因家贫,卖给杭州监管太监的),不知生母者亦有之,遗传基因不佳,天生素质便差。

二月九日(四)

本想一日端居读书,但老沈一上午电话不断。最后又是郝德华来电话,于是往编辑部,将《书边杂写》校样送往谷林先生处。

午后《读书》校样又到,遂往编辑部,又是《书边杂写》的目录一份,再送一回。

读《字诂义府合按》。大概和造字方法有关,古人的衣食住行,凡一举手一投足,总要有个意义在里边,正此书"古乐之义"所言:"古人每事皆有义可称"(页一五八)。

二月十日(五)

往编辑部。与法国合办的城市研究讨论会预备会,开了一上午。

读《明宫史》。

二月十一日(六)

往前门的沪版书店,正好遇上开业剪彩(前此算是试营业),不营业,悻悻而返。

午后又拉了志仁同去,购得《明诗综》、《戏学全书》、《上海路名地名拾趣》。

眼胀痛,牵扯得太阳穴也一跳一跳。

二月十二日(日)

九点钟往北京站接郑丫头,火车晚点一小时。回家等了一会儿,再往。取回陆灏带来的书:《华阳国志校补图注》、《三才图会》。

午后志仁开车,一起往琉璃厂,购得《中国古代版画选》,又买了两种信笺。到集邮公司取了邮票。

接到陆灏电话,得知吴晓铃先生已于二月七日逝世,临终没有留下一句话。不过陆说,他早就讲过,藏书一不送,二不卖,黄裳闻听此言,道:"一把火烧了。"

二月十三日(一)

往编辑部,处理初校样,忙到午后。

收到谷林先生赐下周作人著述十一种,几乎每一本都写了字,略叙因缘。

收到妈妈的一封长信,很久以来的一个谜团才解开了:我总记得小时候在相册上看到过一张发黄的旧照片:一位一身戎装、骑了高头大马的军人,抱了一个小女孩,外婆说,那是她的父亲抱着她。但这位军人是什么身分,始终不知道,后来竟疑心这个记忆是个幻觉,或者是旧日的梦中影像。今天才知道,外婆的父亲名金永炎,曾在黎元洪做总统时任过陆军总长(北伐战争史记第四、五册上有记载),张勋复辟时他掌管大印,在天津交出。后因军阀斗争,在一次宴会上吃得太多,阑尾炎发作而病故,年仅四十七岁。

二月十四日(二)

在陶菊隐的《北洋军阀统治时期史话》中找到了有关金永炎的记载:

第二十七章　府院争权和督军同盟干政(第四九九页):黎就任总统后,调任教育总长张国淦为府秘书长……军事幕僚有哈汉章、金永炎、蒋作宾、黎澍四人。

第二十九章　段祺瑞嗾使督军团胁迫总统和国会（第五七一页）：二十三日，张国淦再到公府来讨回信，黎就把免段的最后决心向他直截说明，张劝他再加考虑，话刚开口，站在黎身边的金永炎突然拔出手枪来，对着张的胸膛晃了一晃，狰狞地说："不许开口！一开口我就一枪打死你！"黎挥手叫金永炎退下去……（注云：张国淦提供）

第三十章　黎元洪电召张勋晋京调停时局（第五八五页）：督军团编造出"三策士"、"四凶"、"五鬼"、"十三暴徒"等名目：三策士指郭同、汪彭年、章士钊；四凶指丁世峄、哈汉章、金永炎、黎澍；五鬼指汤漪、郭同、汪彭年、哈汉章、金永炎。……公府幕僚哈汉章、金永炎、黎澍也都提出辞职，黎一律予以批准。

第三十四章　冯国璋到北京代行总统职权（第六四五页）：冬电发表不久，上海报纸又登出黎的另外一个电报，这个电报不仅没有提到自己辞职的话，而且没有提到请冯代理总统的话……反黎派异口同声地说："上海发出的这个电报是金永炎捏造出来的，金永炎从来就是黎元洪身边的一个播弄是非，无中生有的阴谋家和说谎者！"

黎喜欢用湖北同乡，金永炎正是湖北人，可他是如何与黎结识的呢，仍然不知道。

先往编辑部，再往皇冠假日饭店，开《阳光与荒原的诱惑》讨论会，与张颐武、冯博一、尹吉男遇。

蔡蓉生得很端秀，嘴角边一点黑痣。

只是，在豪华饭店的豪华小厅里，茶几上摆了水果盘，加了冰块的可乐，阳光的悲壮和荒原的苍凉一下子就化解在豪华中了。甚至那样一种艰难跋涉的旅行和对旅行的欣赏都变成了一种奢侈。虽然知道这里边有多少无奈，但她被好心的朋友推到这一步，即使不得已，到底也进入了角色。黑压压一片摄像机对着她，每一个黑洞洞中的亮晶晶都在摄取一片儿灵魂，真觉得她快要被撕碎了，——说话的声音分明在颤抖，全没有了写书的蔡蓉该有的清气和灵气，冲破程式冲破世俗的努力与挣扎，终于又跌入红尘落入程式。朋友的关切与热情为她酿制了一杯甜腻腻的饮料，不喝也得喝，阳光与荒原的诱惑诞生了，但没有阳光没有荒原的世界还没能生长出迎接它的仪式。它诞生在另一个世界，却再也回不到它的诞生地了。其实，有了黄宗英的一篇《莽苍苍问巴荒》，已经足够足够。

二月十五日（三）

往编辑部，复信，退稿，忙一上午。

雷颐从《辛亥以后十七年职官年表》中查得：金永炎一九二二年五月二日任陆军部次长，一九二三年七月六日被免。

从《白坚武日记》中，意外发现许多有关金永炎的记载，在第一次提到的时候，整理者注云：金永炎，字晓峰，湖北省黄陂人，黎元洪的亲信，曾任陆军部次长、总长。却不知它所根据的原始材料是什么。

中国十二亿人口日。

二月十六日（四）

读《鲍参军集注》。

午后志仁开车，一起往万寿寺北京艺术博物馆。只有明清瓷器和工艺品两个馆尚可看，绘画馆已全是现代作品，家具馆展品不足十件。

二月十七日（五）

将修改后的《从婺源到九江》寄《街道》。

往编辑部。然后往三联门市部，向郝杰借得《都会摩登》。

读《都会摩登》。

二月十八日（六）

将《都会摩登》书评草就，题作"二十世纪的'开心果女郎'"。

午后拿着书到西总布胡同口上的照相馆拍了书影，然后把书送还门市部。

二月十九日（日）

早八点钟，志仁开车，同往十三陵。一小时到长陵。定陵珍宝在长陵祾恩殿展出。此前在画册上看到的珍品，这里差不多都有了。金壶、金爵、金冠，最可爱的是那一对玉兔捣药金耳坠。丝织品全部是复制的，但也大概明白了结构，如洒线绣、妆花纱、妆花缎。

门票十五元。游人很少。

本想再看看定陵，车开到那里，就见门前熙熙攘攘的一片。没停，就回来了。

二月廿日（一）

读历代舆服志，总是雕缋满眼，在金光灿烂中有着冷冷的严正。那个煌煌荧荧的世界是这里那里吊着许多危险的。倒是五行志中说到的"服妖"，让人觉出一种调皮捣乱的生气，这样的调皮又每每藏着严重的暗示。

亲眼见到的"服妖"，却也是很可怕的。三十年前，不知是怎样兴起了全民的军装热，于是就硝烟弥漫起来。服饰倒真像一个巫觌，暗示着潜在的某种社会心理。

往编辑部，开草目。

阅"脂麻"校样。几遍看下来，真烦死了，郑在勇却始终不惮烦地细心斟酌版式，真是个大好人，我就做不到。

晚间往王先生家取朱传荣代觅的《故宫博物院院刊》。

二月廿一日（二）

往梵澄先生家，行至六号楼前面的小路，正与先生相遇，他说要到银行取工资，于是同行。再一起回来，将陆灏买的《八代诗选》和《明诗综》交付。

先生说他正在读马一浮的蠲戏斋诗。蠲，去除，戏，佛经所谓戏语。马一浮曾与汤尔和的女儿订婚，但她不幸早亡，马于是终身不娶。汤很看重这位"望门女婿"，知他生计并不宽裕，便时常送来钱，但马坚拒不受，即使悄悄放在桌子上或抽屉里，马发现后也立即追还。抗战后，马不得已跑来跑去，最后到重庆，办了一个复性书院。开学时，有二十来个学生，学期中，剩下一半，学期末，一个也不剩了。

先生说，马一浮的诗，写得好的，真好，追慕唐宋，是诗之正。但更有大量古怪的，大段大段生搬三玄（老、庄、易）。佛经上的，也照样剥捉来，是生了"禅病"，并拿了一册，一一指点我看。

以近著《陆王学述》持赠。

晚间与沈、吴、郝同往美术馆对面的孔雀苑，与俞晓群一行会晤（确定"书趣文丛"第一辑的印数、第二辑的选题，"书趣丛刊"的编辑，等等）。

志仁往香山开会。

二月廿二日（三）

往历史博物馆参观。

往沪版书店，购得王克芬《中国舞蹈发展史》、朱裕平《中国瓷器鉴定与欣赏》。

二月廿三日（四）

往编辑部，阅三校样（八十面，看得累死了）。

四点钟在凯莱大酒店与老沈碰面，同往吕叔湘先生处，代辽教社联系出版全集的事。吕先生满口答应，他说："我现在只好算作废物了。"人还不糊涂，但已经动不得笔。

二月廿四日（五）

往编辑部。

往故宫，为朱传荣送去购院刊的书款，又在历代艺术馆慢慢转了一遭。

午后往琉璃厂。

谷林先生将评《都会摩登》的文字阅过，提出了具体而微的意见。

二月廿五日（六）

往编辑部。

小马，马秀琛，终于起义了。不过她向来的打算也是要住满一年，好回去打离婚，因为分居一年就可以算自动解除婚姻。

午前与吴彬一起往赵大夫家，然后和小航同往光大午饭。

饭后往首都博物馆。

广庭深静，朔风作弄出松涛，愈觉静得像陵墓。大成殿一侧有个北京简史展览，橱窗里的展品蒙着厚厚的灰尘，白玉同于墨玉，墨玉似灰陶。展室的工作人员，一个听收音机，三个大声聊天，几个保安木然而立。展出的文物很少，精品更少。

二月廿六日（日）

上周将评《都会摩登》的文字寄金性尧先生，今奉来书，说多少受了张爱玲的影响，论才气论聪明，也有共通处，不过"总觉得作者要想说明的是什么？何爱何憎？也许为了要使文意含蓄些"。大概还是要求文以载道，这便使人大苦恼。便是如此这般地介绍一本书，可以不可以呢？读书、作文，只是为了破闷，所谓做文章，也不过要做一套文字体操，只是不免喜欢把姿势做得漂亮一点儿。

但实在是应该"文以载道"的，苦苦思索一晚上，把开头、结尾改来又改去，终于没有一个满意的结果。

二月廿七日（一）

往编辑部。蓝英年先生过访，聊了有两个多小时，说到他与负翁的挚友韩文佑是挚友，因与负翁亦熟稔，准备为《读书》写一系列苏联文字狱中的诗人之死。

读《京剧史照》、《中国京剧史图录》（从丁先生处假得）。

得辛丰年先生来书，云读"摩登"的初次印象是一篇漂亮文字，有七宝楼台、雕缋满眼之感。"此文辞藻华丽，像一篇赋似的，但也像赋那样横宽而纵浅，好像景深不足。"

看来只做文字体操是不行了，必要载一点儿什么。

二月廿八日（二）

往府学胡同的燕山出版社，候了半小时，九点多钟了，办公室的门仍锁着，只好悻悻离去。

往编辑部。饭后归家。

读《京剧史照》。

一篇《都会摩登》的评介文字，从读书到作文，不过一日夜，改却改了个七荤八素，现在看起来似乎是可以了，但仍然说不上满意。

三月一日（三）

往负翁处取稿。

往编辑部，忙到下午四点钟。

仍读"史照"。

老沈在涿县参加评定职称的会，今天通过了三联报上去的五个人（其中有我和吴）。

三月二日（四）

往社科院，与陆建德在传达室约会，请他为"摩登"提提意见。归来又做了一些修改，一篇三千字的文章，费了多少心力！

往和平里寻燕山出版社，访求《京剧史照》，但找来找去，竟找不到这家出版社。

往编辑部。

晚间在东黄城根的版纳酒家宴请黄苗子夫妇，李慎之、邵燕祥、李伊白、丁聪夫妇作陪，费九百二十元。

聊的多是政治人物，胡乔木、乔冠华、毛、周、周的夫人。

沈将吴推为《读书》的老总，众人即以老总称之。

三月三日（五）

往编辑部，忙发稿。

午间与沈、吴同往外交公寓的齐福乐家吃饭，先在巧克力大厦与蓝克利会齐，然后由蓝开车进去。

门铃一响，就听见里边细碎的一阵急步，阿姨出来开了门，一下子就想到张爱玲的《桂花蒸　阿小悲秋》。

中式午餐，六个热菜，两个冷菜，一碗"翡翠白玉汤"。

大致确定了城市讨论会的发言人选。

今天才知道，齐福乐只有四十三岁，一头白金色的头发是不标志年龄的。

饭后齐福乐先生去接待什么客人了，四个人又坐聊了半个多小时才离开。蓝克利说对宋代文学极感兴趣，最喜欢的是苏东坡，说他的奏章都写得漂亮。

晚间老沈主动提出请客，说在涿县开职称评定会发了六百块钱，于是与大、小二李同赴雪苑。等了十几分钟，主人方到，情况又有了变化：薛正强夫妇同来，并做东，又把吴彬叫了来。志仁与小范谈得很热闹，他说范是一个个人意志很强的人。

费六百余元。

三月四日（六）

六点半钟志仁开了车，一起往德胜门，与孝仁、燕京会合，同往十三陵。

先至茂陵（宪宗），再泰陵（孝宗）、康陵（武宗）、裕陵（英宗）、庆陵（光宗），继景陵（宣宗）、永陵（世宗）、德陵（熹宗）。献陵正在维修，景陵、永陵保存得比较好，但所有的祾恩殿都拆光了，只存陛石、柱础，及祾恩门的两根石柱。

一般是石桥、陵门、碑亭、祾恩门、祾恩殿、明楼、宝城。茂陵、泰陵最为破败，但登上宝城，茂陵尚可见松柏森森，泰陵却墓木也稀疏了。庆陵建筑规模挺大（稍逊永陵），陵门前坟起一个大土包，记得曾有一个什么传说，但怎么也想不起情节了。十年前到十三陵水库种树，利用歇雨工的机会，和王南宁几个人把十个陵都走了一遍，整整走了一天。

德陵宝城的土坟裂了一道缝，刚可以容一个人，从缝里钻进去，爬到顶上，守陵人说，前不久在这里拍过电视剧《阴阳法王》。又说不久就要把这道缝封上了。

在德陵外，坐在汽车里，一人冲了一碗方便面。

食罢起程归家。

傍晚老沈送来罗宋汤，他说整整烧了一天。

读《明式家具珍赏》。

三月五日（日）

与志仁同往海南，由小会、燕京开车送到机场。十二点十分准时起飞。海南省航空公司是股份制公司，所以服务要好一些，还弄了个抽奖游戏，21A座得了一张海南的免费往返机票。

三点四十分到达海口，股份公司的董事会秘书金同生来接。住明阳大酒楼，号称豪华间，但看不出与标准间有什么不同，卫生间尤其小，好像转一个圈都得磕碰上什么东西。肉红色的地毯，肉红色的沙发，几、案是仿古式的，却做不出柔和的曲线。

由小罗开车，往五公祠。五公是唐宰李德裕，宋宰李刚、赵鼎、大学士李光、胡铨。供奉着塑像的五公祠已落了锁，据说里面的石像是今人塑的。东坡祠还开着门，一座立身石塑，外罩一件银袍，也是石料塑出来的。这里原是金粟庵，东坡曾两番借寓于此。

从东坡祠下来，旁边一个小院，里面一眼泉，用石头砌出一大二小三个方方正正的池子，水池里散落了一层硬币，多半是门票上嵌的那一枚五公祠币。水面上浮着一层细细的水泡，原来浮粟泉的名字就是这么来的。泉由苏东坡创议开凿。

泂酌亭里是海南珍稀蝴蝶展览，对面则是蝴蝶画：把蝴蝶撕成碎片，然后粘成美人、动物、禽鸟、花草，各种各样的风景。

园墙边的一排房子里大张着"悬棺葬之谜：真人真事"的大红横幅，两块钱买了票进去，原来是一九八六年江阴南门磨盘墩出土的明人承天秀墓墓葬品和尸体。承天秀，字钟子，别号草窗，生于天顺甲申年（一四六四），卒于嘉靖二十四年（一五四五）。据说出土时尸体泡在什么药水里，肌肉还带弹性。头枕荷花灯草枕头，身穿五层丝织衣服，白色棉裤，胸挂丝绸香袋，袋子里装了八十二颗檀香木，身上丝绸寝垫上缀着八十一枚太平通宝和一枚嘉靖通宝。垫背钱、檀香木的数目正好和死者的年龄相同。

展出的还有细缎连衣百褶裙、白棉布连衣百褶裙、广袖长袍、白棉布裙、麻裤等。

悬棺葬只是几幅图片和一点儿简单的介绍，还来不及看，就被工作人员催逼出来了。好像是在江西龙虎山发现的。

六点半钟往四楼餐厅吃晚饭，潮州、上海风味。三只大闸蟹、一只龙虾船、黄泥螺、墨鱼大烤、三鲜烤麸、冬笋炒雪里蕻、臭豆腐干、苔菜煎黄鱼、龙凤汤圆、基围虾，蟹是从上海空运来的，龙虾头拆下来做了粥，还有一汤，是腌笃鲜。

饭厅布置以竖的线条为基调，椅背是由几条直棍一通到底，吊灯是一层层的竖条子叠成的一个长方，金光灿灿、高起一级的雅座，两间之间的隔断像竹编的双人床靠背。

大闸蟹一百五十八元一只，龙虾三百三十八元一斤。

席间聊起来，才知道金是扬州人，扬州中学毕业，在南京工学院学汽图。一九四二年新四军某支队长过扬州在街上讲演，金的父亲听了之后，连家都没回就跟着走了。但反右时却凑了百分比的数（金父是公安厅副处长，被处长如此暗害了，但"文革"时这一位却遭了难），从此金也就一直不得志。

饭罢往美容美发厅，只想修理一下头发，但一洗就洗了十几分钟。小姑娘是郑州来的，化了浓妆，并不是龅牙，却不知怎么上嘴唇落不到下嘴唇上去，不说话也露着一弯白牙。她说这里管吃管住，月工资二百五十元。理发的小伙子是贵阳的，一边理，一边为志仁讲解，梳子缝里带着别人的发垢，围布上几片污迹，想必也是反复使用的。电推子的响声太夸张，像把一只苍蝇的嗡嗡声扩大了几万倍，震得头皮麻酥酥的。大概折腾了有一个钟头。享受服务，也是一种耐力的考验。

三月六日（一）

七点钟往餐厅，广式早茶、椰丝酥角、叉烧包、菜肉包、烧卖、皮蛋粥，做工甚粗。

九点钟小罗开着一辆奔驰来了，又捎了两个上海人，一杜姓，一孙姓，也是"总儿"一类的人物。刚一上高速，就被警察扣住了，要购车证，没有。结果给了一百块钱，算完事。

七年前由海口向三亚，还没有这条路，现在修起来的（去年六月通车）还只算半幅高速，只有三条线，路面也不够标准的平，但路上跑着的车还不是很多。

十点钟到琼海，也是近几年才升为市，又脏又乱，但新兴城市的种种时髦也还是有的，如"家俬店"、娱乐中心之类。

万泉河边新盖起的小亭子上，题了"万泉河游乐园"几个字（署名萧仁）。亭子旁边一座水泥桥，桥下一溜小摊，卖些珍珠项链、手镯、贝壳之类。河边一字排开的是游艇，有一两艘快艇载了游人在水里飞驰。岸边的马路上停满了各种各样的旅游车，不断地有游人被一车一车拉了来，河边站一站，照几张相，就呼啦啦去了。

十一点四十五分到达兴隆农场，在食为先餐厅午饭。基围虾、花蟹、鸡腿螺、蚕菜（上海人叫木耳菜）、树叶汤（是此地特有的）、四角豆（亦本地特产）、梅菜扣肉、炒粉。

饭后即往明阳山庄。别墅式的三层小楼，大院里种了不少花木，有一方草坪组成一个阴阳八卦图，有的又做出龙的图案。老树还保留了几株（原来这里是一片坟场）。有一个温泉游泳池，桃形的，剖成三牙儿，分为三个深度。整个儿看起来，倒是干干净净，齐齐整整。

住了一个标准套房，据说标价六百余元。

一幢幢月黄的三层小楼，楼上挑出真红的老虎窗，花床子上规规整整地铺设着图案，像翡翠盆里的珊瑚、玛瑙，虽然人工不敌天工，但富贵气象的明媚光艳，总是意味着奢华，可以显示出身分的。

到了海口，打听如何去五指山，宾馆、饭店、旅行社，都说不知道，便是来这儿时间不短的老海南，甚至海南本地人，也个个摇头。

沿着东线走下去，过万宁县，至兴隆华侨农场，仍然问不出个眉目，多半说，中线有个地方可以望一望五指山，没听说谁上去过，有路吗？没有路吧。

安顿下来之后，即访仇边疆（明阳的总经理）。他在部队干了多年，还当过团长，很爽直很痛快的一个人。

由小周开车往东山岭。周是越南华侨，原籍广西，七八年越南排华，全家才迁了回来，分在兴隆农场，那时候他才九岁。

东山岭是由一片石头碌子垛起来的，长的、方的、尖的、圆的，不成形状的，历历碌碌滚作一堆，多半是没规矩地支棱着，于是就有了种种奇，于是就编排出了东山八景。石头壁上不少名人或不名的人题字，不知什么时候被描得字字鲜红，闹嚷嚷的，红了一山。

上岭行不远，就见一座硕大如山的弥勒佛，肚皮被淘空了，人们里面外面地在那儿出出进进。又有什么石船、三十六洞、仙人弈棋处，等等。有一处叫作蓬莱香窟，下到高高一座山石的底下，才看见从岩石缝中滴滴答答流出眼泪似的一汪"海南第一泉"。一壁山岩倒真是森森地挂满了花木，像是有过蓬莱似的过去。

靠近山顶的地方，有一座潮音寺，据云始建于宋，名灵宝寺，明代改为潮音寺。现在的寺，是八五年重建，现代材料，现代样式，香火颇盛。

峰顶是望潮亭，亭子也是新盖的，居高可望海，竟没有游人上到这上面来。

岭上时见几只黑山羊散步，便是此地有名的东山羊，据说其肉不膻。

五点半钟回到山庄，仇陪着在餐厅吃了晚饭：馒头、粥、荷兰豆、八菇菜。端上一个砂锅，说是东山羊，结果是猪蹄。

三月七日（二）

七点半在餐厅吃饭，广式早茶（二十八块八）。

八点半仇经理来，说派了他的司机小王送我们到五指山。

小王名叫王世全，曾多年为仇经理开车，现役军人，专业军士，淮阴人。仇说，他人极老实，寡言少语。但一路上志仁却几乎是不停嘴地和他聊，他也就不得不答言，倒说了不少话。

退房、加油，开出兴隆已是九点三十分，十一点半到通什。未作停留，问了路，即直发五指山。过毛阳，在红毛路口向北，三十公里沙土路，一点半钟到达五指山脚下的梦仙楼，乃旅社兼餐厅。

经理姓司，名景盛，年方二十三岁，江苏徐州人。三年前来到这里，办起五指山的第一个旅游服务点，如今已和当地黎族人打成一片，现领导着三位黎族姑娘。问他，结婚了吗？旁边一位姑娘笑着说："没结婚，已经有两个爱人了。"小司说，黎族婚俗是先同居，一年后再结婚，他也就入乡随俗了。三个服务员管吃管住，月工资每人二百。五指山区属贫困地区，这样的待遇就算不错了。

坐下午饭。要了一份山鸡火锅，匆匆吃完，两点十五分开始登山。

所谓路，其实就是交相盘错在一起的树根，上边铺满了红的黄的银灰的落叶，两边遮天蔽日，不知绿到多远的树林，高可插天的大树下边儿，又是各种各样的林木，也都叫不出名字。有一种是细细尖尖的叶子，密密的，缀作两排，顶尖的一片，却红得透明。密匝匝的灌木丛里，有一种是绿沉的、茸茸的叶子，顶出叶梢上的两片儿唐红。再有一种是轻薄的、一层一层铺展着细细长长的叶子。高不见顶的树，云里雾里地抛下半天露水，树尖上白亮白亮的，——太阳在山外边呢。

正绿得不耐烦，忽见一株枝桠嵯峨的老树，白惨惨立在万绿丛中。

还有一种草，是浅浅的豆绿，从路边探身向外，双面梳子似的排出叶子来，两柄梳子一横一竖的相交处，便是两根手指头比出的一个大大的八字，食指尖儿都出其不意打了个旋儿，旋出玲珑细巧的一个蜗牛似的卷儿。

虚飘飘的雾，茫茫地围上来，觉得人也要腾空了。木着腿跳了两跳，还落在实地儿上，雾竟自化了，人还留在山尖上。

路越往上越难走，走过一节直上直下的铁梯，再走过直下直上的两节藤梯，又有一处断岩，从嵌进岩壁的钢钎上垂下铁索，人得抓住铁索，脚蹬岩壁，用力荡上去。然后就是一株轻舒老干、横空出世的苍松。按照习惯，这一定要被命名为迎客松的。

两个半小时，爬到第一峰的峰顶。上面一株野杜鹃，树尖上水淋淋地开着粉白的花，花心一点，红滴滴地裹着水壳子，一片云气飘来荡去，把人都裹起来了。忽然一阵山风鼓荡，云雾一下子就散开，看见对面不远处又是一峰，从雾障里现出嶙峋的一个山尖，不过一刹那，便云气四合，又是白茫茫一片，四顾无路，倒疑心方才是幻觉。志仁生怕天黑之前赶不回去，执意下山，也只得罢了。

后来才知道，幻觉中的山岭，正是五指山的第二峰，比第一峰高出八米，两峰之间，还有一个仙人洞。

山道上，一路是游人随手扔下的食品包装，竟成了路标。

下到三分之一处，见一位导游领了三位游客爬上来，山中只有我们这六人了。

估计差不多快到山底，太阳咚地一下子掉下去，天便忽地黑下来。却觉得路不对了，不像是上山时走过的路。于是又打了手电一步步摸回去，走了好远，正遇到刚才上山的四个人，说这条路是对的，又重新走回去。到梦仙楼，已经快八点钟了。

草草洗了澡，吃了点面条、榨菜、白米粥。小司沏上茶，四个人一起聊到九点半钟。

从饭厅里走出来，抬头看见鸦青的天幕上，吊了一片闪闪烁烁的银点子，一眉细细弯弯的月，翘了两只尖角，悬在当空，山风嘘过一口气来，树林里就扫过一阵呵呵的响，带着谷里边儿的回音，拖得分外地长。

这里不通电话，也没有电。小司弄了一台柴油机，自己发电。连珠灯勾出梦仙楼的轮廓，黑地里黄烘烘地亮着。

三月八日（三）

一夜睡不安稳，早早醒来，外面一片漆黑，机器不开，灯也没有，只好干躺着熬到天亮（六点半）。

七点半吃早餐：粥、烙饼、榨菜。

八点钟往遇仙沟。

没有路，在溪水上蹚出路，这里倒是没有一点儿游人丢弃的垃圾。往返近四个小时，不见一个人。

沿着长长的山溪向上走，在长满青苔的大大小小的石头上跳来跳去。插天的树上纷披下丝丝缕缕粗粗细细的藤条，巨幅的流苏帐幔温柔中阴着森森的绿。树缠藤，藤缠树，不必说了，奇怪的是，大腿一般粗茁的藤条，却是怎样从溪水这一边的树梢，腾空飞向溪水另一边的树梢？悬空抛出来的藤链上，又凭空生出一蓬四散纷披的长长的叶子，像是放大了几十倍的吊兰。

一声尖利的唿哨，一只白色的长尾巴大鸟，从水上一跃而起，鸣声在树林里响了好久。

又有一方巨大的岩石，横空里堕下来，斜斜插在溪水边。

溪水汩汩地流下来，隔不久就被山石拢作一个小池。深一点儿的，就汪作碧清的一潭。

溪水当中一个大圆石头，一棵树，用树根把它四角包住，树就在石头上长起来，高得插天。

太阳出来了，一筒一筒狭长的光柱斜斜灌下来，打在溪水上边，溅起乱蓬蓬的银点子，池里的水、潭里的水，也都不安分地晃漾起来。

树死了，倒下来，就横躺在溪水上，一脚踏上去，"扑"地一下子酥了，棉花似的，倒吓人一跳。

热带雨林的世界应该是烈烈轰轰的，翠色里时时窜出金红的、葵黄的、油紫的，一丛丛生辣的颜色，毒毒的日头，劈头盖脸的雨，遇仙沟里却不是这样的躁动，它是用陌生的喧哗铺成一片不着边际的、望不到底的静。砰砰訇訇的溪流，因为单调，也便成了静的一部分，偶尔溪边的山林里爆出哗啦的一声响，听上去就有点惊心动魄。

走了两个小时，走到没有路的地方，虽然溪水还在远远的地方响着，志仁不想再走，便返回了。

十一点半归来，午饭，给小王要了一份牛肉。志仁一点儿胃口没有，只喝了一瓶矿泉水，我依旧是粥、榨菜。结账，费五百一十元（住宿一间五十元）。

十二点半出发。在海南岛的腹地穿行，银灰的柏油路高高下下抛出一个接一个的弯儿，车子悄没声地沿着流畅的线条弯来弯去，平静的刷刷声像是风卷着落叶贴着地皮往前扫。只愿这条路弯不到头儿，就这么一直坐下去，悠悠忽忽的，一直坐下去。

路上车很少，运货的卡车更少，一路只见茶山、芭蕉林、椰子树，看得久了，就觉得椰子树是个披头散发的"笑"字。"夭"的中间儿，正夹了几粒碧翠的椰果，显得笑模笑样的。

过琼中县，沿路看见道边亮了牌子，写着"眺望五指山"。大约沿线一公里，都有眺望的制高点。

开出五指山用了四十五分钟。经琼中，到了一个叫作湾岭镇的地方，前胎瘪了，备用胎倒是有，却没有套筒，拦了几辆车，都不停。小王走到后面的修理厂去借，却道没有。走回来，一声不吭，坐在树荫底下抽烟。志仁问着道上走的一位大嫂，可有这工具没有，算是遇上好心人，带他走到路边高坡上的湾岭镇养路班。问过班长，派了一位养路工拿着工具盒过来，不到十分钟就换好了。不免对着人家千恩万谢。前后耽误了一小时。

五点半抵明阳大酒楼，小王立刻便要回返，留住他吃了晚饭，方送他上路。

志仁却躺倒了，感冒、发烧，说是累的。

三月九日（四）

志仁昨晚吃了大量的药，早晨已经差不多退烧了。

七点钟，李东来，送至机场，直到通过安检口。

八点十分准时上跑道，正加速间，突然一个紧急制动，然后就滑回来了。机长报告说，出了一点儿小故障，需要检修。一会儿又报告说，要进行地面测试，所谓地面测试，大概就是地面上的模拟飞行，发动机轰轰地吼了好一阵，才算结束。此间，机长和机组人员倒是不断抱歉，真是难得。

九点十五分起飞，十二点半抵京。

这回坐了靠窗的位子，大概是飞在河南境内吧——下边宽宽的黄带子，应该是黄河——广播说，飞行高度是一万二千米，凭窗看见下边张着巨幅的薄纱，纱上随意堆绣着一大朵一大朵的如意云头，纱下边影影绰绰交错着苍绿的格子，赭黄的条纹，像是罨画，云朵在薄纱下边还映出一层一层的影子。

燕京、小会开了车到机场来接。

洗澡洗衣，吃下一筒八宝粥。吴彬打电话来，说六点钟在马克西姆与俞晓群一行会面。

第一次走进马克西姆。一派富丽堂皇，进门厅，上旋梯，一路铺着绛紫地子荔枝纹的地毯，墙上、柱上，挑着大大的花形壁灯，青铜色的花叶子，矮矮的天花板上，倒垂着西番莲，——也是灯。正中的顶子，是李子、桃花，各式花叶果子拼成的彩色玻璃窗。高起一阶的台子上，一支四重奏的小乐队，奏着莫扎特的曲子。装饰得不留余地，便显得拥挤，挺大的房子，也显得逼仄了。装饰风格的粗粗大大，给人一种夸张的感觉，镶在墙上的镜子，又把热闹装进去再放出来，更觉得处处是堆砌起来的豪华。

点了法国蜗牛、鱼子酱、奶酪烤鳜鱼、马克西姆沙拉、快乐寡妇甜饼、火山冰激凌，等等，共费两千九百元（七个人）。鱼子酱是冰盘里放着一个小银盅，盅里堆着冰屑，酱装在鞋油盒那样的小盒子里，一边是一只切开的柠檬，一边是一小碟斩碎了的煮鸡蛋，把柠檬汁挤在鱼子酱上，抹了面包吃，只吃出一股子腥气，简直乏善可陈。

王越男拿出编辑费、制作费等两万多元，交给吴彬，当场分了，郝六千，吴六千，赵、沈各三千，贾、陆各两千。俞晓群说，不知情的，以为是黑手党在这儿洗钱呢。

九点多方散（是马克西姆最早来最晚走的一桌客人）。

晚上躺在床上，辗转良久方睡去，夜里两点钟又醒来，怎么也睡不着，起来又看了一个钟头的书，才勉强迷糊过去。

三月十日（五）

与老沈同往长富宫，在门口与俞等会，鲜花店买了鲜花，准备送给吕先生，就便买了三个植物娃娃，送吴、沈、赵。

吕先生昨天有点感冒，发烧，今天好了，出来相见，精神倒旺健。请他举荐一二可为他编全集的学生，他说："都不通！""那么谁最熟悉先生的著作，谁可以担负这样的工作呢？"吕先生用大拇指比着自己的鼻尖，说："只有我！"

出来，与老沈同往沪版书店，购得《辽宁省博物馆藏宝录》、《上海百年掠影》、《中国民族服饰文化研究》。

将《五指山》董理成篇。

三月十一日（六）

往编辑部，忙一上午。

午后往天天过年饺子馆（吴、沈、赵、戴燕、潘士弘及商务的一位）。饺子六种馅：羊肉萝卜、芹菜、酸菜、扁豆、三鲜、大葱猪肉，最贵的是羊肉和三鲜，四十元一斤。

带回一盒给小航。

修改《五指山》稿。

刮了一日一夜的大黄风。

三月十二日（日）

小会、燕京开车来，与小航一起到机场接志仁，然后同往新侨六楼西餐厅午饭。自助餐，每人六十元标准，小航因为晕车，胃口不好，饭后又再不敢坐车，只好自己走回来。

读《明式家具珍赏》。

三月十三日（一）

往编辑部。

在遇仙沟，一脚踢在一块石头上，大脚趾趾甲下边淤了血，整个成了黑紫的，归来几日一直流水。今往隆福医院问诊，大夫说，得把趾甲拔了去，因为已经感染了。在换药室，一位护士用了把弯剪子，把指甲卷起来，连根扯了下来，又剪去呲出来的红肉，然后裹上浸了药的纱布。走到诊室等大夫开药时，突然觉得天旋地转，一阵恶心，又想起一件什么事，就什么也不知道了。清醒过来，才看见被护士和大夫扶着，直问"怎么了"。原来方才晕倒在地。在床上直挺挺躺着，只觉得背后一阵凉气、一阵热气，沿着骨头缝往下走，头则晕得不行。大夫问了办公室的电话，打通了。十分钟以后，已觉得正常。下楼取了药，正好看见沈、吴来了，还借了人民出版社的小汽车，一直送到家里。

读《红楼梦》。

三月十四日（二）

家居一日。

读《明式家具珍赏》。

三月十五日（三）

志仁开了车，一起往隆福医院换药。

午间吴向中打电话来，聊了一个多小时。

午后宝宝打电话来，聊一个多小时，哭诉委屈。

傍晚郝德华送"脂麻"校样来。

何海伦的公子吴玮来，请他到仿膳吃饭，回来又坐聊到八点多钟。一个挺帅的小伙子，可以算作比较典型的当代青年。

三月十六日（四）

往编辑部。

十一点半与老沈同往天伦王朝，与叶秀山、王树人、毛怡红会，在地下室吃自助餐。餐后往二楼中厅喝咖啡，听叶秀山先生聊大院人物，至三点半散。自助餐费三百余元，咖啡一百元。

读《中国陶瓷》。

一日大风，气温骤降。今年春来早，玉兰花开提早了一个月，这一回该是倒春寒吧。

三月十七日（五）

坐了志仁的车，将稿件送交施康强，然后往隆福医院换药。

往编辑部。

午间与沈、郝、贾、鄂在"天天过年"吃饺子。

往燕山购《京剧大观》，仍不获。

王之江等来，处理"书趣文丛"事。

读《中国陶瓷》。

三月十八日（六）

给谷林先生送去校对费。

一见面，先生就摸着胸腹说："我不好了！"原来连日患胃疼，疼得连着胃的周围一片都木木的，走路也困难。昨天去北京医院挂了专家号，开了一串检查单，诸如验血、B超、钡餐之类，好不麻烦，但也得一一做来。

往曹其敏处取书：梅兰芳、马连良、萧长华艺术评论集，《京剧发展史》（中）。

三月十九日（日）

志仁开车，与三哥、三嫂一起参观中国工艺美术馆，门票四元。开门很久，展厅里也还是只有我们四个人。

以北京唯一的一个工艺美术馆来说，展品远不够丰富，精品也不很多。漆器、石雕，比重大了点，陶瓷太少了。一件缂丝和服腰带非常漂亮，质料是银白的，挑出一个一个鹅卵石形状的图案，上面用彩线金丝绣了花草、蝴蝶、茅庐、山水。绣品有几件极精致的，但品种仍嫌少。

为负翁写"今宵剩把银釭照，犹恐相逢是梦中"。

三月廿五日（六）

一点半由上海抵京，志仁来接，先把老沈送到社里，然后回家。

洗涮毕，沈、吴来，送来信件和施稿，小坐辞去。

聊起董乐山。原来董是圣约翰大学毕业，四十年代在国民党的报纸做新闻工作，三九年入党（十五岁，正在上中学），丁景唐是他的联系人，两个星期联系一次。但有一次去找他，未遇。又去了一次，又不遇，从此就不来了。以后又避难到香港，所以董就失去了组织关系。以后丁却拒绝证明，便脱党了，至今未能恢复。董夫人林婉君是金陵女子大学毕业（吴贻芳为校长）。老沈说，中西女子中学毕业，然后读金陵女子大学，出来之后就是标准的贵族妇女，是最理想的太太。董说：国民党的官太太多如此，我的太太却嫁了个大右派。

仍放不下未读完的《围城》。

三月廿六日（日）

往西山踏青。

先往三里河会了燕京、小会一家。燕京带了儿子，又带了家里的小阿姨花兰。花兰是陕西（安康）人，脸皮白是白，粉是粉，嫩生生仿佛吹弹得破，妆扮得也很入时。

九点钟开到樱桃沟。一路走进去，游人尚少。桃花、杏花、迎春花，粉团团，白灿灿，纷纷的黄，是一年一度春天里的颜色。前年秋天在卧佛寺开会，樱桃沟一天里走了三回，秋天的颜色纷繁、深浓，是油漆彩画中的沥粉贴金，又涂了七朱八白。向阳的一面山，是金线雄黄玉。背过来的一面坡，是墨线小点金。到了日落时分，又是石碾玉般的琢金晕蓝，满是衰败前的热烈。春天的色彩本来清雅，又掺了阳光幻出来的呵气，于是总觉得山间濛濛的，浅草上蒸发着一层轻雾和流云。

沟里看山，只见一片浅浅的粉青中撒了一团一团的鹅绒白，春天的颜色，整个儿是浮荡着的蒙茸。

古人踏青，风雅之士少不得要做诗的，今人踏青，不分雅俗，照相机是统一的道具。

李雄讲起他的爷爷，说他爷爷有过这样一番话："三四十岁的时候，得交几个年轻的朋友，不然到老了的时候，一天天听的尽是噩耗：多年的好朋友一个接一个地都死了，没死的也活动不便，不大能互相往来了。"

十一点半钟往鹫峰大觉寺。

大觉寺始建于辽咸雍四年（一○六八），是南阳信士邓从贵捐钱三十万建造的。寺院坐西朝东，是契丹人的朝日习俗，因寺内有清泉流入，故初名清水院，金代为金章宗著名的西山八院之一。后又称灵泉寺。明宣德三年重修，改为大觉寺。正统十一年、成化十四年，及康熙、乾隆，都有整修。

大雄宝殿和无量寿佛殿大概多年没有髹饰，旧，却不破，齐齐整整地油漆剥落着，不是颓败的衰颓，是历经沧桑的一种洒然，萧然，得了道似的化外风神，周围那些新近被涂抹得红艳艳的建筑，倒是非佛非道有点近妖了。

大雄宝殿，五开间，面宽三十五米，进深十八米，歇山琉璃瓦顶，大殿中央是木雕的盘龙藻井。殿里供奉着木质漆金的三世佛坐像，南北两壁是泥质堆金二十诸天站像。后面一个抱厦，然后接出石头月台，通到无量寿佛殿。也是五开间，面宽三十一米，进深十四米。灰筒瓦、歇山顶，檐下悬了雕龛匾额，上书乾隆题的"动静等观"四个大字。殿内供奉一佛二菩萨，泥质漆金，背后悬塑观世音像。

玉兰院里一株古玉兰，树龄三百年，毛毛的暗绿包着一个一个膨胀的生命，矮枝子上已经有象牙白的花瓣鼓着嘴儿挤出一道边儿。城里的玉兰已经开败了，这儿的还含着苞呢。

院里一株古柏，半腰分杈处，硬生生嵌了一棵小叶鼠李，叶子没到发芽的节令，细细密密的干枝子霸里霸气在寄生的柏树上四下横伸着。

大雄宝殿一侧，是一株已逾千年的银杏，高二十五米，围近八米，号称银杏之王，可以作清水院的见证了。

大悲坛再向上，是雍正年间建的迦陵和尚塔。八角形的须弥座，上接覆钵似的塔身，然后一圈一圈瘦上去，旋出十三天，顶上覆盘垂着流苏，盘上尖出一个小塔似的宝珠，抽出细尖的塔脖子。塔的一边是松，另一边是柏，一层一层铺展上去的枝桠若即若离地拥了塔尖，翠青的枝叶在春阳下勾出一片轻荫。这也算作寺内八绝之一：松柏抱塔。

御碑亭前面又是一景，唤作老藤寄柏。藤也没抽叶，蛇一样的粗条子从树心探身向外，盘缠在树干上。也不妨把它认作是一个现成的后现代艺术的"设置作品"，——一个生命依附于另一个不相干的生命之上，从它身上剥取养料，甲以它的宽容、强壮，也是无奈，接纳了乙，荒诞中的天经地义。大觉寺虽然香火寂寞，但树精树怪却借了风水在这里结下多少宿世因缘，生命中的偶然是冥冥中的灵异。信神信佛，不如信花信树。花开花落，已是禅意，寄寓古柏的鼠李、老藤便是现身说法，会心者可以拈花微笑了。

大觉寺是几近千年的古刹，但寺中名品多半与佛教无关。所谓"八绝"是古寺兰香、鼠李寄柏、老藤寄柏、碧韵清池、灵泉泉水、银杏树王、辽代古碑、松柏抱塔。碑绝在于古，塔绝在于松柏的一抱，古寺依托了灵水仙木，在京城边儿上撑起一小片儿碧清。

在古柏下的石桌上围坐，吃了方便面和菠萝。两点半回返。

归途在太舟坞买莲藕，七毛钱一斤，小会说，比城里便宜了一块钱，据老钟了解，这河边上的这些荷塘，当地人都承包给外来户了。

三月廿七日（一）

往编辑部，处理二校样。

杂务纷陈，忙乱一日。

三月廿八日（二）

给梵澄先生送去《陆王学述》的稿费（三千六百四十二元）。先生说，以前我每一本书出版，照例所里要提成的，这本书得给三个人提成：赵、陆，还有杨晓敏，并当场要我拿走，我说哪里有这种规矩？坚辞不受。

往编辑部。

午间蓝英年来，将《冷月葬诗魂》拿回去删改。

阅三校样。

三月廿九日（三）

看望谷林先生。做过了一系列检查之后，医生说要做手术。先生很达观："对我来说，七十六、八十六、九十六，都是一样的，不过觉得自己一身还欠了许多人情，不免有所依恋。"临别拍着我的肩说："在送给你的书上，写来写去不过一个意思，就是'相见恨晚'，要是早认识十年也好呀。""欠你的情，怎么还得清！"其实，是我欠了先生多少情！但先生既把最后的事都想到了，也许倒能安然无恙越过灾难。来这儿的路上七想八想心里难过得直想哭，此刻竟十分平静，并且不顾忌讳地说道："也许什么都想到了，什么也都不会发生了。"

往编辑部。

午间吴向中来，邀饭，请了老沈，同往明洲。点了黄鱼羹、腐乳肉、宁波汤圆、酒酿圆子、烤麸、烤菜、小笼包、萝卜丝饼。

吴巫欲脱离《北京日报》，日前曾因此谋于我，乃建议往《生活》，但今日谈下来，他似乎更适合在《读书》，因他明确表示，不求名不求利，只想做一点儿想做的事情。一席谈之后，老沈也对他十分满意，拟明日征求吴彬意见。

仍阅三校样。

晚间沈来邀约往中国大饭店会崔乃信。叩开门，见已坐了一屋子人：潘振平、肖娜，又也是中央电视台海外部的一位男士，并崔的女秘书。

往三楼鸭川日本料理晚餐。

餐厅是按日本风格布置的，四面装了沉香色的木槅子，矮矮的天花板上吊了方格子的纸纱灯。服务员穿了银朱色的和服，腰带却是假的，——不过随随便便的一件布料草草挽出一个式样而已。走路也是中国人的走法，当然本来就是中国人。只是穿了和服而不走和服的步子，总觉得不像。开菜单的一位小姑娘，额前分下一排圆圆的刘海，团团脸，杏核眼，眼角却又开得很长，说话柔声细气，很可爱的。

先欲点樱花套餐和枫套餐，但开票的小姑娘说，这两种要一道一道慢慢上，总得在一个半小时才能上完，于是赶快改戏。要了一份鸭川套餐。先上一个碟子，是一个割开的葫芦形青花瓷，大头儿一个小方木盒，里面是一块小小的梅花糕，小头儿一块香菇，中腰别的一串，穿了一黑一白两个小圆球。吃了其中的一个，只觉得满口腥气，另一个不敢再尝。再上来的正餐，一个木托盘里十件式样各异的器皿：盒、罐、碟、碗，或是瓷器，或是漆器。除了一罐米饭，一味炸虾，余皆难以下咽。日本饭吃的是精致的仪式，秀色可餐之外，其实是无法果腹的。

饭后水果盛在一个看起来像是厚冰做的元宝形盘子里，一粒西瓜球，一牙菠萝，一颗草莓，两瓣柑子，看起来倒真是清碧晶莹。

一顿饭吃完，肚肠里也寡得清澈。

散席大家再往崔寓喝茶。道了对不起，先别去。

三月卅日（四）

从志仁处支了一千块钱给谷林先生送去，说是支领的稿费，先生便受了。

往编辑部。与沈、吴议定吕集事，决定要俞开十至十五万元，并委赵先作私下交谈。又决定先吸收吴向中做编外。吴道："陆是一辈子不会到三联来的，所以可以倚为心腹，陆可在'闺房内行走'，吴只可以在'屋檐下行走'。"

并三校样。

傍晚与俞通电话，对开定的价钱一口应承下来。

晚间沈、吴往中国大饭店，邀约了刘杲、王蒙夫妇、李泽厚夫妇，与崔乃信见面，并晚餐。散席后沈打电话来，说没想到李泽厚竟邀了韩箐英赴宴，为他开车。

王之江来。

读《春琴抄》。

日本的艺术和文学，——茶道、花道、庭园、诗歌、小说，幽婉的节奏，却总让人有一种机械般的紧张感，用努力的压抑与克制，一丝不苟地营造，完成一个精致、细密的仪式。即使是缠绵悱恻的爱，也常常有着自虐与虐人的残忍。日常生活中的每一个日常活动，都经过刻意、精心的设计。一个问候，也是一个隆重、繁复的仪式。和中文相比，日文表达一个词、一个意思的音节，要分外地长。

三月卅一日（五）

往编辑部，做发稿准备。

午间徐新建来，同往宾华快餐厅。本应做东，但徐抢着付账，争不过，也只好算了（三十七元），聊了两个半小时。

再往编辑部，忙忙乱乱直到五点半钟。

读《小泉八云散文选》。

四月一日（六）

与志仁、三哥往万安公墓扫墓。

归途过景皇帝陵。自公墓出门北行，然后折向东，过四王府、娘娘府桥，至玉泉山下，正北的部队干休所大院内，当地人称作娘娘庙的，便是景皇帝陵了。

明蒋一葵《长安客话》云："景皇陵在金山口，距西山不十里，陵前坎陷，树多白杨及椿，皆合三四人抱，高可二十丈，空同李梦阳经此集古吊之：'北极朝廷终不改，崩年亦在永安宫。云车一去无消息，古木回岩楼阁风。'"《日下旧闻考》曰："明景帝陵今封树如故，陵前恭勒御制诗碑亭。"今日此刻，高可数丈的白杨与椿已经不存，诗碑与亭倒依旧安然，一座重檐歇山顶的黄琉璃瓦亭子，四方藻井，青绿叠晕的旋子彩画。亭前两株小柏树，亭后一座敞殿。上行，宝城围墙前辟出一片平台，——是不是《长安客话》所说的"陵前坎陷"？——铺了水泥，做成一个小小的准高尔夫球场，一组老头儿，一组老太太，正用了门球和门球拍，打高尔夫球。

《日下旧闻考》二二〇七页：

光宗贞皇帝陵曰庆陵，在裕陵西南，俗传为景泰洼是也。先是，景陵中建为寿宫，英宗复辟，景皇帝遂葬西山之麓，陵基遂虚。光宗上宾既速，仓卒不能择地，乃用此为陵。（《芹城小志》）

又：景皇帝临御日，自建寿陵，寻毁之。（《华泉集》）

又：边贡《过寿陵故址》诗：玉体今何所，遗墟夕霭凝。宝衣销野磷，碧瓦蔓沟藤。成庆当年谥，恭仁葬后称。千秋同一毁，不独汉唐陵。（同上）

一六六八页：

景皇帝陵葬恭仁康定景皇帝、贞惠安和景皇后。

四月二日（日）

一个绝晴天气。

七点钟与志仁一起驱车往德胜门，会了老钟、李雄夫妇并孝仁父女，出发往银山铁壁。

先至思陵。

思陵已经没有地面建筑，近年新修了大红宫墙，才把这一片陵地圈起来。五开间的棱恩殿，柱础还在。后面是石鼎、石瓶、石烛台，上面浮雕尚完好。一株折了顶的老松，据说是有陵的时候就有了它。宝顶上立一碑，上书"庄烈愍皇帝陵"。天晴得蓝汪汪的，衬起苍绿的怪松，孤零零的汉白玉碑，素净得凄清。

守陵人今年六十七岁，是祖辈的守陵户，从太爷爷的时候，就给他讲陵的故事。这一片村子叫悼陵涧，先有了这村子，一百多年，才有了这思陵，原来是为嘉靖的皇后守陵的（《明史》：孝洁皇后陈氏，元城人，嘉靖七年崩，谥曰悼灵，葬燠儿峪。十五年改谥曰孝洁，迁葬永陵）。但老钟听到的一个说法是，此地名盗陵涧，为了是先张了盗陵的名，盗墓者便以为已经没有可取了。

所谓"山西"、"河南"，山乃鹿马山，河便是昭陵以南的一条河。当初勘定陵址的风水先生言，陵一直可以修到山西、河南，却是如此应验。

思陵下边，是王承恩碑，由道边向里，一溜三座。

当日的守陵户是有香火地的，免缴租税，只供应陵内一应香火。清以后渐有满人住进来，采用跑马占地的办法占了不少地。

从思陵出来，向北行，两边山上开满了杏花。一蓬一蓬，白毛毛的，离得远，看上去就像是礼花在高空爆裂后驾了降落伞纷披四散，却没有青黑的地子衬托它的明丽。经冬的秋草一片黄褐色，还记录着一个长长的肃杀的季节，杏花铺展出来的这一点春意，越显得淡了。

途经一处叫作黑山寨，路旁一个大广告牌，画着盘龙松和延寿寺，大书着"天下第一松"。

沿山路走进去二三里，到了延寿寺。门票要十元，李雄和守门人讲了半天价钱，总算五个人收三十元放了进去。

早年这里是个小三合院，正殿七间，东西厢各五间，却早就毁了，现在修起一个三开间的正殿，也不是殿的正做，不过是座硬山顶清水脊的砖瓦房。香案后边的佛龛里供了一尊墨玉观音，原料重四吨，雕成重一吨。观音上边，是白玉的释迦牟尼，乃加拿大籍居士罗道安礼送（一九九三年十月十日）。却是市委书记看上了那一株盘龙松，方才结下这一份善缘。

盘龙松果然生得绝。粗茁可一抱的枝干左折右旋，苦苦弯作数叠，扭曲成一条盘龙，真不知是天意还是人力。若天意若此，未免太有情，如出于人力，则忍而至于无情了。据云当地人视松为神树，说折一枝它都要流血的。

寺外遥遥与盘龙松相对的一株，称作凤凰松，枝桠披垂，差可认作凤尾，松也怪会凑趣。

大殿后山墙外一道月牙池，赤色的乱石砌了牙子，池水里生着绿毛的藻，靠了一眼不竭的泉，才养旺了这一株五百年的古松。

过黑山寨行不远就到了铁壁银山。

《日下旧闻考》言银山中峰下有寺曰大延圣寺，正统十二年重修，赐额曰法华，今已无存，倒是"寺塔七"，尚立于山麓。

七层八角楼阁式砖塔，塔基是高高的有束腰的须弥座，顶上有仰莲基座承举了圆光、仰月的塔刹，每层角脊圆瓦上还立着一尊小佛像。高，看不清眉眼，像是敛袖端坐的观音。

饭后登山，塔林后边就是一条上山的道。

银山多的是松，道旁四伸着枝条的灌木丛黑紫着没一点儿绿，扑啦扑啦地打在腿上、胳膊上，隔了衣服也觉得刺刺的。脚下厚厚的落叶枯黄得泛了白，踩上去竟然还滑腻腻的，让人冷不丁呲一下脚虚惊一回。半爿天被正午的太阳蒸得白亮白亮的，银山顶着的，却还是一片明蓝。

大约有松的地方必定有石，三颗巨石倚着铁壁垂珠似的吊下来，半空里被施了定身法，骨碌碌悬在那里不动了。又一块赫然黑崖横出山梁，蛤蟆般地张了嘴，口中半含半吐着一粒圆石头。

上山起始的一段路，是齐齐整整新铺就的石级，走到想喘一口气的地方，就有一个光溜溜的石头从山间凸出来，上边残存了两层塔基。站在石台上，俯瞰，有凌空之感；仰观，山尖壁立如屏，清清楚楚的，伸手可扪。绕着山梁的一条盘肠鸟道，阳光下白磣磣的，窄的地方，将可容一足，脚踩在沙石上，一打滑，"哧溜"一下，就腾起小小一道白烟儿。

山风大起来，天更晴得没一丝儿云。只见石理不见树纹的山尖尖，像比着峻峭的山样子一点一点剪下来，平平地粘在蓝底子上，越离得近，越没了立体感。

贴着山鼻子，走过一节一面壁立如切的险路，才盘旋到了山顶。西边迤逦的一道山脉是拥着十三陵的天寿山，北面白线一样蜿蜒着的是长城，山脚下的塔林纤巧得用手可拈，中峰有塔基的圆石台已经被又一座山峰遮没，只能想象着它的位置，感觉一下跋涉的距离了。

下到山脚，已是两点半钟，归来四点。

四月三日（一）

往编辑部，做发稿准备（画版式）。

午后往琉璃厂，继往光明日报社，自林凯处取来明天的火车票。

四月四日（二）

十点钟往北京站乘45次往杭州，十点四十分发车。与林凯同行。对坐一位是铁道部机械研究所的高级工程师，极健谈。一路呱呱不停，倒很有见解，对国计民生，国家前途，近景和远景，都能侃上一通。

四月五日（三）

睁开眼，已经过了灰黄色的北方平原。车窗外连绵不断的油菜地，一大片连着一大片，像油绿地子上金线挖织出团窠花、折枝花的妆花云锦。

十点二十五分正点抵杭。小李来接，先到了教育社。抽空往古籍社，和王翼奇打了招呼，然后到华北饭店登记住宿。

与张伟建、小李、林凯在饭店餐厅共进午餐。

饭后沿湖行，先往西泠印社。是一个很精致的园林，印泉、闲泉、凉堂、竹阁、四照阁，处处安排，但仍是匠心，不是匠气。唯塑像嫌多，有俗滥之感。

再往文澜阁。正在展出马王堆汉墓出土文物，漆器、棺椁之类颇疑心是复制品，却又没有说明。几个展厅都静悄悄的，除保安人员外，再无参观者。这里也有泉石园林之胜。

继往旁边的省博物馆，是近年新建，有历史文物展、工艺美术珍品展、陶瓷展。

出来已是四点钟，再往孤山。孤山草坪之上，一对对恋人叠胸交股大喇喇卧于其上，略尽欢爱。

行至放鹤亭，一个新建的歇山重檐四角亭。旁塑一鹤，丑陋比呆鹅不如，还不如没有的好。

五点一刻回到华北饭店。半小时后，李庆西携田桑来，同往新新饭店旁边的栖霞餐厅。李杭育已候在那里。餐厅墙壁上一边悬了一支猎枪，一边挂了一对牛角，但整个厅堂又无一丝犷野粗豪之气，未免不伦不类。李庆西点菜：炸虾、清蒸鲈鱼、蛤蜊、炒春笋、炒笋干、酸辣汤、脆炒腰花，并三款凉菜，费三百余元。饭罢已是八点。

往三联分销店，购得《丝绸艺术史》、《事物异名录校注》。

九点归来。十点钟全班人马到齐。

与查志华同宿一室。几间客房，只有这一间有阳台，可眺望西湖。

四月六日（四）

五点多起来，草草洗漱，即乘7路车往灵隐（无人售票，投币一块钱）。车上已经坐满了人，都是往灵隐进香的老太婆。

门票八块五。飞来峰一带，尚清幽，树多，鸟多，水多，便是风景了。藤也生得怪，常常是从石缝里长出来，攀住一棵树，又甩出长长的条子，在半空里打个同心结，然后就乱了丝，纷披着抛到左近的树上。峰顶一片嶙峋乱石，静静的悄无人烟。只有树，只有藤，只有一片深深浅浅的绿，却是远远的狗叫，一声递一声。

灵隐寺七点钟才开门，呼啦啦拥进好几十善男信女（门票八块）。

果然好大的庙！第一进天王殿，正中供着弥勒佛，两边是四大天王。

第二进大雄宝殿，歇山顶，三重檐，有三十多米高。正中只有一尊释迦牟尼，顶天立地而坐，这像据说是用二十四块香樟木雕塑而成的。佛前上头张着伞盖，一张黑漆香案，翘头，束腰，都雕着描金佛像，牙子和鼓腿上刻着行龙。一架金碧辉煌雕镂繁复的大宫灯从天花板上吊下来，下垂了一颗大灯珠，里边几半碗灯油。右侧高高的曲尺形红漆柜台，后边立了四个和尚，这叫作"功德乐助处"，便是出售香烛。释迦牟尼的背面，是慈航普度的观世音。头戴风帽，身披八宝暗花的粉袍子。两边龙女、善财，身后背负着普陀洛迦山半个神佛世界。

最后一进是药师殿。正中结跏趺坐，手中托了莲台宝塔，顶梳螺髻的大约就是药师佛。日光菩萨、月光菩萨在两边，左手一位托了月，右手一位托了日。

药师殿两边又各接出两个偏殿。每个殿前的平台上都放了香烛亭，男女老少大把大把踊跃烧香。张宗子记灵隐寺前冷泉亭，录陈眉公隽语曰："西湖有名山，无处士；有古刹，无高僧；有红粉，无佳人；有花朝，无月夕。"

沿着溪走出来，溪边有龙泓洞、玉乳洞、金光洞。洞里边、洞外边的石壁上，都刻着佛像。当年袁、张曾对此大叹气，如此已成为重点文物保护单位了。

七点四十分赶到食堂，匆匆吃过，八点钟出发往灵山。

由宿地向虎跑的一路非常漂亮。有几树花开极艳的，像是桃花，但树型又不似。查志华说是紫荆。还有玉兰，却是紫色的，陈鹰说是茄子兰，我说是茄兰。总是兰花中的异品吧，北京没有见到过。

车至钱塘江边，路便十分难走了。水泥尘灰四起簸扬，一路颠到山脚下。沿石板路行，过小桥，有景叫乌龙泻玉，是个小小的三叠瀑布。

上山的路，两边都是新竹。竹影下，一溜小摊排开，卖些各地旅游点大致相同的劣质工艺品。

到了下洞（溶洞），洞口题了灵山幻境。下洞的中央大厅里竖了一根通天接地的钟乳石，被称作"玉柱突兀"。其实极似男根，若题作"生命"，倒更有意趣。洞中不少诸如此类的大大小小、扁圆尖长、肥肥瘦瘦的石柱，更见得这里是一个孕育生命的所在，不过是个极缓慢的孕育过程。

再行，便是腾腾冒着白烟儿的"蓬莱仙岛"。原来这仙气是人作弄出来的，——在五彩灯光的闪烁下，照相者在石前摆了姿势，就有人提了壶过来喷仙气。当然这一番弄神弄鬼是要收费的。沿着铁梯子攀上去，看下面围着蓬莱仙岛的一片喧闹，也很有意思。

下面又是一个西游记宫。人一进门，就踏动了什么机关，里面五音杂凑，乒里砰隆一阵子乱响乱动。看一个格子一个格子的，摆了些纸糊的《西游记》人物，拼成一个两个《西游记》的情节，人人摇首而过。

出了下洞，就是一尊新造的大弥勒佛，粗劣不堪。两边各有两尊天王，涂了粉白的脸。

横过山梁，就到了上洞，——仙桥洞。先过一架铁索桥，然后走下来，沿着哗哗奔流的溪水进洞。水声激越处，濛濛的，腾着水雾。四周石崖高上去，竟成了一口深井。石壁被水气洇着，生满了绿苔。再下，水跟着石头转了弯，再冲下来的时候，却是沿着一个缺了半边牙子的莲花宝座。宝座缺的半边，被水拍击得平滑了，成了一面石壁。绕了梯子旋到一侧，看那莲花座的上方，正悬了一方似堕非堕的大石头。

归来已是将近一点钟。午饭罢，小憩。

乘车往茶叶博物馆。途经浙江宾馆，去看了林彪的"七〇四工程"（门票十元），据称当年修建耗资三千一百万元。

看过茶史展览，到风味茶楼品正宗明前龙井。十五块钱一杯。绿叶子竖起在杯底，上面浮的一层，也是立着的。博物馆的土坡上种了几株含笑，一株已经开了一枝，花心甜香，哈密瓜似的，好闻极了。一蓬叶子上伸出好多尖角的，叫作鸟不宿。

继往龙井。泉旁绿树相拥，又有亭亭的一株古樟。用木棍搅动泉水，停下来，水上就现出一条细如银丝的分水线，据说是山水和泉水混在一起比重不同而产生的。

归来四点半，又独自前往曲院风荷。很静，只有几位垂钓者。春天，没有荷，但有曲院，有风，风拂柳的韵致，是令古人今人赏看不倦的。将要落下去的太阳像一丸金弹子悬在灰蓝的天上。

五点半吃饭，曹社长亲自宴请。连日来，几乎每饭必有春笋。正是时令菜，极鲜嫩。还有一味软炸牛蛙腿，也不错。今晚的荠菜包子，颇清鲜。

席间林凯说起：十个日本人中，有两个聪明八个傻，必定是两个聪明的当头儿；十个中国人中，两个傻八个聪明，必定是两个傻的当头儿。一座喷饭。某君笑曰："精辟精辟！"不过马上有人反对说："聪明的不过是将才，傻的才是帅才！"说起一路火车见闻，所遇同座，几乎都大侃政治，指点江山，头头是道，老百姓个个都是明白人。

饭后一行漫步苏堤。对岸六公园一带，只嫌灯亮，天都黑不下来。灯光辉映下，湖天成了一色。水天合为一个葡萄青的漆盘，分界处的灯光就是嵌在漆盘上的螺钿。堤岸边的长椅上，一对一对的，坐满了。六桥走了五桥，然后回返。

时值三月初七，一眉上弦月弯在天上。水中之月，像一条小金蛇在岸边的水里跳着。感觉不到风，水却晃得厉害，小金蛇一弹一弹的，没有一刻消歇，似溶于水又不溶于水，看久了，人也被它的不安弄得晕眩了。走到离北山路最近的一座桥，倚栏看湖，才看见一个黄月牙儿安"静"卧在水里。但很快又有水波推过来，把月亮搅成明晃晃的一团碎片。

往怡口乐吃冰激凌，陈鹰请客，吃了一份香蕉船（八元）。里面热烘烘的，坐满了人。还有一个小乐队演奏四重奏，却压不过嘈杂的人声。

四月七日（五）

五点半钟乘7路车往保俶塔。在葛岭下来，五分钟就上到宝石山顶。将及山顶的地方新建了一个蓝色镜面玻璃的歌舞厅，对山的景观是个大破坏。塔的最近一次修复是三十年代。

从山顶横过去就是葛岭。大大小小方方圆圆的红石头任意散落，布出奇险。

再走上去，一带黄墙，上书"抱朴道院"。几个道士在打扫石阶。阶下有池曰涤心。看黄墙里面的房子，后面一重像宿舍，挂了毛巾衣服之类。

山道弯过去，有通向山顶的一条，名曰初阳台。台上有亭，亭里有碑，碑上镌着字：初阳台。旧志称十月之朔，海日初出，炯然可观。葛岭独以初阳名者，盖唯十月朔日，日行之道却当台之正面，是以可观。或云日初起时，四山皆晦，唯台上独明。山鸟群起，遥望霞气中，时有海风荡漾海水，更有一影互相照耀，传是日月并升。

今天有雾，但日出之处似乎已经不见海，只见一片高楼拥在一线。从保俶塔到葛岭到初阳台，满是早锻炼的人。或者几个人互相打招呼，或者一个人逼着嗓子练声，作鸡叫、鹅叫、鸟叫。但到底山大、树繁、鸟多，能把所有这些都包容进去，并依然时有清幽的所在。

沿栖霞岭走下来，回到饭店早饭。然后在孤山前面的渡口上船，游湖。九个人包租了两条船，三百元。湖面宽阔，游船不显多。但集中到湖间小岛，就变得熙熙攘攘了。阮公墩最小，新修的一带竹居，设个茶座、小卖部。而游人多不在此驻足。湖心亭、三潭印月、花港观鱼，一处比一处人多。处处花开得盛，最多的是桃花，更有杜鹃、紫荆、瓜叶菊。有一种小叶子的枫，在五针松、黑松中擎出一个轻容叠起的红伞盖。广玉兰枝干生得低,差不多快到主干接地的地方,粗条子的根又披散在地面。

西湖之草色波光烟柳画船,自古以来题咏多少,尽读一遍也把人累死了。这时候最好抛开这一切,只放开嗓子把《白蛇传》里的一段西皮摇板唱一遍:离却了峨嵋到江南,人世间竟有这样美丽的湖山。这一旁保俶塔倒映在波光里面,那一旁好楼台紧傍着三潭。苏堤上场柳丝把船儿轻挽,颤风中桃李花似怯春寒。

在苏堤舍舟登岸。但见堤上一株柳间一株桃,娇艳得让人酥了。有的一棵树开两样花,甚至一枝两样,一朵两色。有一种极艳的洋红,是桃花中最漂亮的。人看了好画,要说像真的景;看了好景,又要攀扯了假的画来作比,总要是什么而又不是什么才好。

原计划中尚有太子湾公园,因为陈鹰把相机丢了,便提前归来。

午饭后往丝绸博物馆、南宋官窑博物馆和胡庆余堂。

丝绸博物馆对蚕桑、缫丝、纺织介绍得还算全面,但丝绸文物方面却极简略。明代几乎被略过,只有一两件充数。

陶瓷展览精品也不多,倒是两个遗址保存下来难得。

胡庆余堂在河坊街。临街的墙上书着有两人高的黑字:胡庆余制药厂。从街上拐进去,一座高大的徽式建筑,房子的格局,装修的尺寸,都远大于同类建筑,高敞宏丽。

与查志华一起跟了李杭育父女往华王宫。这里原是一个工人俱乐部,现被改造成餐厅兼歌舞厅。门前装饰着西洋风格的雕塑,里面富丽堂皇的。

主宾是文敏、鲁强,客则是李庆西兄弟、田桑、吴亮、孙良。吴亮披着长发，笑模笑样的，像个大头娃娃。孙良比吴的头发短一点儿，却是烫了一头的卷。两个人的样子让田桑好奇了半天。

菜以海鲜为主，赤蛤、梭子蟹之类。另有香椿炒鸡蛋等。最后一道主食是煎饼，分甜咸二种，甜者里面是细豆沙，咸者是小葱和香椿，薄薄的，煎得两面焦黄。

饭后下楼，到大厅里。副经理是吴亮的朋友，预留了座位（本来每人门票要一百元）。先是强烈的电子音乐中，食客们成对起舞，跳得倒很优雅，挺有风度。

然后演出开始，中国歌手与俄罗斯的一个六人舞蹈团轮番演出。舞台前面有个活动的"舌头"，可以一收一吐。唱则吐，舞则收。

唱歌的是杭州歌舞团的，自是专业水平。俄罗斯的能到这里来走穴，在国内大约属于不入流，但水平却挺高，有很深的芭蕾舞的基础。有《爱的渴望》、《爱的波折》、《拥抱我吧吻我吧》、《卡门》，又椅子舞等。

《渴望》是独舞，舞者只有十八岁，穿了泳装。舞的时候每一块肌肉都传导式的牵动，难度很大。用汹涌澎湃的全身运动，写诗、造句，写出渴望、绝望、激动、奔放。其实未必和爱有关，但好像只有用爱才能解释被大大夸张了的情绪。

《卡门》是具有芭蕾水平的准脱衣舞。四个姑娘穿了镂空的黑乳罩，黑色的锐角三角裤，下系大红裙片，上围明黄披肩。跳着跳着，披肩解下来了，裙片解下来了，只剩了三点式。不过贴肉穿着的，好像还有一层质料极薄的东西。

椅子舞是用麦当娜的歌配乐，四人一人举了一把椅子，穿着三点式，用高难度的舞蹈动作摆出各种各样性感的坐姿。

乐和舞都活泼而俏皮，到底是艺术。

十点钟，李杭育为照顾田桑，要先走，于是与查志华一起跟着走了。

四月八日（六）

早饭后，八点钟出发往绍兴。从省政府借的车，开车的是位老司机，头发雪白，一脸沧桑。

出杭州，进萧山。路两边一式的两层楼、三层楼。查说萧山富得不得了，是很早就搞起乡镇企业的。

过萧山，入绍兴，山水一变。地上铺满了紫云英、油菜花。长流水，长长的石板连着弯弯石桥的古纤道。

先往兰亭。青山一脉，像卧着的骆驼。沿田塍走进竹林，迎面鹅池，未见鹅，先听见鹅引颈向天歌，但叫声很凄厉。一棵古樟树护着一方鹅池碑。曲水流觞的曲水，成了一弯死水，一层绿沫浮在上面，莫说载酒，几片树叶停在上面，都定定的，一动不动。

还有墨池、御碑亭。康熙文在前，乾隆诗在后。亭后又造出一方乐池，池上架起竹亭，书法博物馆的馆长在这里卖字。

穿过池子，是一片河滩。滩底一道浅浅的水。对岸绿柳夭桃间，一条小径通向书法博物馆。两间上书"中国书法简史"的展室里，展出的却是鱼类标本。上海水产研究所把压在仓库的东西拿出来换实惠，博物馆则贪图一点薄利，全不管兰亭之与水产关系如何了。

继往大禹陵。依山一道红墙，里面层楼杰阁，看去很是气派。近日正在进行整修。禹庙本来旧而不破，如今却被油漆涂得崭新。

禹庙正中是禹穿了十二章衮服的立像。禹陵展室的门关着。旁一井，后一小园，背倚着会稽山。

从禹陵门口可坐了乌篷船直发鲁迅博物馆。本想弃车登船，但张伟建执意不肯，只得作罢。

车往咸亨酒店。二楼开了一桌，四百元。楼下的散座叫嚣一片，一地的豆壳、瓜子壳。

草草吃毕，与解玺璋、林凯先行。看了百草园和三味书屋，又看了民俗博物馆。此处房子原是鲁迅祖父所居，所谓民俗展览其实是商业行为，让人失望。一堂泥塑弄得像妖魔鬼怪。

再往沈园。过禹迹寺井、春波弄、伤心桥遗址，便是小小一座园。虽地面建筑都是假古董，但六朝古井亭、宋井亭中的井，毕竟旧物。一方葫芦池，也是宋代旧迹。果然形如葫芦，上面浮了一层绿苔，不露一点儿水痕。

从沈园后门穿出去就是绍兴博物馆，进去参观一回。

然后赶回咸亨，三点半发车。六点钟开到清波门的食为先。这是一家个体饭馆，生意极兴隆。蛇胆酒、蛇血酒、眼镜蛇羹、基围虾、梅菜扣肉，好像全国都一样。走过的郑州、上海、海口，直到杭州，成了广东风味的一统天下。

曹社长亲自宴请。他说的话，十句只懂二三。

归来，与查一起访范景中。才走出门，就下雨了。周小英还是六七年前初见，几年不见变化挺大。范以《艺术与图像》持赠。将近十点钟辞出。

四月九日（日）

费了半天劲儿给志仁打电话，没打通，只好打给老沈，请代告家里我的归程。

六点半往灵峰探梅。雨下了一夜，仍时大时小不住地下。

走进植物馆，偶尔走过一伙老头儿老太太，便再不见人。看不见雨，只听见打在伞上的沙沙声。绿色浸透了水，濛濛的，漫过来。灵峰下面的一片坡上，满是梅花。但寻访已迟，空余花开花落之后的一片绿。山峰砌起的石壁上镌了"灵峰探梅"四个字，上面涂了红，此即灵峰寺旧址。据称初建于后晋吴越王时（九四四年）。现在上面造了笼月楼、掬月亭，亭下有掬月池。又架了一围竹廊。

来回走了两个小时，鞋都走湿了。

九点钟，王翼奇来接。一起走到曙光路口，吴战垒已经等在车上（古籍社的工具车）。

先往徐锡麟墓。那日从龙井归来已是路过。雨中重访，又觉不同。鲁迅在《范爱农》中写到的徐锡麟、马宗汉、陈伯平，都在这里了。

再往三台山下的于谦墓。墓道两边青草离离，砖砌的园丘上杂草丛生。坟前一碑，上书"大明少保兵部尚书赠太傅谥忠肃于公之墓"两行黑字。碑前一个石香案，香案前边一个石香炉，残断的石像生躺在两边的草丛里。细雨潇潇的。

继往张苍水墓。石碑镌刻：乾隆五十七年秋九月癸卯建　海宁陈鳣敬题　皇清赐谥忠烈明兵部尚书苍水张公之墓　咸丰八年岁次戊午冬十月慈溪冯珪重立

因为张公之墓靠在章太炎纪念馆旁边，所以修整得济济楚楚，而当初章墓是慕张而傍的。张祠中有沙孟海书的"好山色"三个金字。

章墓由他的后代出了资，重新修整过。纪念馆的回廊下设了茶座，一桌一桌的，坐满了。打麻将，打扑克，喝茶、聊天，嗑瓜子。一生孤傲的太炎先生死后也不得不"与民同乐"了。

　　再向吴山。在古樟树后面的月下老人祠吃饭。天始放晴。祠中一幅现代人画的月下老人图，旁设一个求签处。但在这里坐了一个半小时，未见有一人来问签。

　　饭桌设在廊下，也只有这四人一桌。柿子椒炒肉丝、红烧鳝段、软炸排骨等等，有凉有热，居然治办起有滋有味齐齐整整的一桌。席间方知老吴近年迷上了陶瓷，已搜求到不少古董，以青花为主。据称可以举办一个小型个展了。

　　十二点半与三位作别，独上江湖汇览亭。果然左观江右览湖，但江湖之间的楼群，楼群之间冒着黑烟的烟囱，也就此一览无余。亭柱上书江湖汇观联：八百里湖山知是何年图画，十万家烟火尽归此处楼台。

　　从吴山下来，往凤山门。山道左手的土坡上有座小庙，三个婆子坐在门首按本诵经。庙里供着的泥胎穿的像是戏装：头戴王帽，身着明黄团龙蟒。问这是哪方的神佛，一个婆子睁开眼又闭上，说："城隍。"

　　《陶庵梦忆》提到城隍山，想必这就是城隍庙。照张岱说，供的就是周新了。《明史·周新传》差不多用的是张岱原文。如今人们知道是城隍，但是不是还知道周新？其实知与不知都无所谓，以周新之冷面寒铁，临刑犹呼"生为直臣，死当作直鬼"，死后还要化身城隍，"为陛下治奸贪吏"，仍奈何不得百分之九十五的奸贪，也可见清廉之难有作为。看城隍面前的一炷冷香，针尖似的火头吐出一丝白烟，人神不知的，就化在小庙的黝暗中了。

一路行来，街巷破旧，又脏又乱。外面倒是一条新修的宽马路。马路另一边，莳花种柳，又有一流相抱。

凤山门上有一块遗址碑。碑过去是河，河上六部桥，桥过去是残城，也是新修。

碑阳书"古凤山门"，碑阴略述沿革：凤阳门为古代杭城的南大门，南宋王朝于绍兴二十八年（一一五八）在凤凰山一带筑皇城，又筑外城。门十三座。此地为大内北门和宁门所在。宋末，元兵入城，宋宫毁于火，门毁。至正十九年重建城垣，由此处筑城门名凤山门，又名正阳门。凤山门南宋御街南端，旁有六部桥，为南宋三省六部诸官署所在地。门外万松岭一带，为骑马踏青之处，当日民谣有"正阳门外跑马儿"。民国时期拆毁城门。

坐出租车往郭庄，司机说，杭州人结婚多半到郭庄拜堂。及至门山，果见一对新娘新郎穿了西洋的结婚礼服迎面走来。这一边正停了披红挂彩的几辆轿车。在售票口又看见立了牌子，上写着：新婚摄像（中式服装、中式拜堂、交杯茶）每次一百六十八元。

郭庄即汾阳别墅，始建于清咸丰年间，为当时宋端友所构，后归属郭士林名下，是西湖园林中最具江南古典园林特色的私家宅园。九一年全面整修后开放。范景中说："郭庄，又小，又大。"出自美术评论家之口，得说精辟。

进门，沿回廊前行，左侧一座三开间的花厅，是鸳鸯厅的做法，——前后两部分用飞罩和屏风隔开。正面横匾书着"香雪分春"，下设一堂硬木桌椅。

穿出来，是一个天井。天井中凿一方池。两侧厢房和正房相接的一边各有门通向后园。后园有山石花木。临湖的一面,是一个乘风邀月亭。亭后一溜平台,设了茶座。花厅前面有廊,外檐阑额下垂着小椽条和卷草纹的花牙子雀替。地上铺着人字纹的砖。前面又是一个月洞门,门外筑成一道围廊。廊面水。周水为阁,为亭,为榭。水榭另一边,再成一池。池水向湖的一面是一带短墙。墙接山石,石山有亭,曰赏心悦目。粉墙中开一个月洞门,曰枕湖。原来后园的一溜平台一直连通过来,一湖风光尽为郭庄所有了。

水天一片虾青色,苏堤在中间影影绰绰缀了一道苍绿的痕。穿出水池一侧的角门,便是曲院风荷。经水杉林,过玉带桥,走到岳坟。再乘出租车往龙井。

到龙井村已是四点半钟,天色竟有些暗了。向人打听九溪十八涧,都说天晚了,不要去了。但已经到了这里,焉有不去之理?

在村中穿过,沿路住户都在一边炒茶,一边招揽生意。出村就是一坡一坡的茶树,山绿得滴水。路边有细细一道溪流,时有垃圾散落其中。路有被溪水漫过的地方,旁边就筑了矼步。过了一道又一道矼步,除了山上偶见一二采茶女,道上悄无一人。走了将近半小时,才见有辆小轿车停在路边。一个女子在草丛间采花。问九溪十八涧快到了吗,她说这里就是,已经快走到头了。果然不远处就是横挡的一面山。山有瀑布垂下来(人工的),在下面汇成一潭。水边遍植桃柳。水虽不清,但桃花照影,花、影相映,仍觉动人。说明牌上写着:九溪烟树,位于西湖西边的鸡冠陇下。九溪水发源有二,一自龙井之狮子峰,一自翁家山之杨梅岭。向南流淌,会合青弯、宏法、渚头、方家、佛石、云栖、百丈、唐家、小康九坞之水,注入钱塘江。

在这里坐了三轮车（八块钱），七里路就到了钱塘江边。乘504路至湖滨，再换7路回到饭店。与张伟建、陈鹰、林凯、小李、刘建共进晚餐。

四月十日（一）

六点半钟再往苏堤、西泠桥，经了雨的桃花落英缤纷，但山茶却是整朵花落下来，并且花心朝上，一点儿不受污损。

看看时间尚早，又往孤山寻六一泉，但绕来绕去只是找不到，又问了几个人，或云不知，或道没有，最后总算有个明白人指了方向。原来就在秋瑾墓过去，俞楼一侧。俞楼里面已经是住户，旁边贴着山麓有个半亭，亭前乱石砌出一泉，水底铺满了树叶，还扣了一个铁盆在里面，周围没有任何说明，怪道如此少人知。

归来早饭，行前范景中赶来送书，说是小英一定要他送来。

一路堵车，从饭店开到机场用了一个多小时。十一点二十分起飞。

一点抵京。志仁来接，还没来得及收拾东西，志仁就要先看录像：美国影片《真实的谎言》。果然拍得精彩，尤其有编故事的才能，既出意外，又合情理。

老沈送来信件。

四月十一日（二）

搭了志仁的车到资中筠处取书稿，并送去法文本的友人之书，才知道陈乐民目前也入院了（昨接负翁电话，告知因心律不齐住院；给老倪打电话，知谷林先生已顺利做完手术，确认没有扩散）。

往编辑部，处理信件。

访谢兴尧先生，商量书稿事。

傍晚与志仁同往新开张的外文书店楼上的新华书店，一无所获。

就便访旁边茶叶庄的詹敏。打听旧人，大半散亡，同龄的，几乎都退休了（去年拆除时，定为四十岁退休），张小山、老苏、李德山，都成新鬼，高洪也患了癌症，令人嗟呀不已。

四月十二日（三）

剪贴谢稿，整整忙了五个小时。

贱价购得《两朝御览图书》、《大龙邮票与清代邮政》、《清宫流放人物》。

往故宫访朱传荣。朱说："今赐你宫中骑车。"并在前边领路。先去了图书馆。果然好一个闲庭院，梨花、海棠开遍。又沿不开放的外围转一圈。

往编辑部。

午间俞晓群在明洲设宴；未往。

午后与吴彬、老沈去看了三联未完成的大楼，然后去中医医院看吴方，却见病号服脱在床上，人不知哪儿去了。

仍整理、剪贴茏公稿，大致理出眉目。

四月十三日（四）

将剪贴好的稿子送往茏公处。

往中华书局，从刘石处取得《语石·语石异同评》、《逊志堂杂钞》、《张凤翼戏曲集》、《明皇杂录》、《东观奏记》。张力伟以《中华字海》一部持赠。

下午与志仁同往中国戏曲学校内梨园书店购《京剧史照》，原价一百九十八元，书店却硬要以三百元出售，志仁再三讨价还价，方以二百七十元成交。又购得一册《中国京剧服装图谱》。

四月十四日（五）

往编辑部。

午间与吴、沈往美尼姆斯，同李永平、张天明（湖南少儿社）、秦颖等共进午餐，又邀请来了陈原先生。

三点钟往北京医院与老倪会齐，看望谷林先生，送去一本刚刚装订出来的《书边杂写》，在门口买了一束鲜花，先生一见，就说："这是资产阶级情调呀。"虽然还在打点滴，但精神却好，比平日话多，也更多些玩笑话。说到胃切除了多少，先生说："该把它留下来，可以炒着吃呀。"知道我将赴宁波，便道："这一趟我应该陪着你去的。"倒全不像通常做了大手术之后的病人。但半个小时之后，我问："这样说话是不是太累？"先生没有否认，所以让人疑心是强打精神，遂急急辞出。

再往编辑部。

四月十五日（六）

早六点半，与志仁、三哥、三嫂，并王孝仁一家同往蓟县。

一路顺利，两个小时到达独乐寺。梁思成先生一九三二年到这儿搞调查的时候说，阁高三层，立于石坛之上，高出城表，距蓟城十余里，已遥遥望见之。如今却是进了武定街，走了一段路，才能看见一个顶。武定街是一条仿古建筑的商业街，两边店铺起了些古雅的名字，卖些工艺拙劣的工艺品。

门票十元，可参观四个地方：本寺、鲁班庙、白塔寺、天仙宫。

负责门票的一位走过来热心讲解：指着山门的独乐寺匾说是

严嵩的手笔，又指着南面两个梢间的天王像说闭嘴的是哼，张嘴的是哈；北面两个梢间东西壁画四天王代表东南西北。又指着观音阁前方西边花池里的古柏，说枯了的半边状似龙头、龙眼、龙须，是一副昂头腾飞的样子。

观音阁周围密匝匝搭着脚手架，正准备进行维修，大概少不了要涂饰一新。

进门，里面黑墨墨的，好一会儿才看清楚左手有梯。慢慢摸上去，上到第二层，即暗层。再上，便是有栏杆的平座。第三层，十一面观音全身都被包裹住，只露出了上面的脑袋，一双眼睛正与参观者的视线相对。

周叔迦《法苑谈丛》谓：十一面观音，一瞋面，化恶有情；二慈面，化善有情；三寂静面，化导出世净业，这三面教化三界便有九面。九面上有一暴笑面，是表示教化事业须要有极大威严和极大意乐方能无懈而成就。最上有一佛面，是表示以上一切总为成佛的方便。独乐寺的这一尊十一面观音却面面是慈悲相。

看惯了明清建筑，独乐寺的确让人一惊。山门四阿顶、大出檐的体架，顶上向里翻卷的鸱尾，特别是阁和山门的斗拱，粗拙重大，看去极有气魄。

后面的韦陀亭、三世佛殿等，都是清代所建，实无足观。

这一次的大规模整修是否能够整旧如旧？

穿出武定街，就是鼓楼。鼓楼锣鼓响成一片，抹了粉脸、穿了戏装的秧歌队正准备为税务宣传日演出。

鼓楼后面是一条宽阔的马路。第一个路口把角处的一座建筑是鲁班庙。进门左手有个一分利文具店，爷爷题的字，是抗战前的革命据点。

两边厢房是鲁班生平和传说的图片展览，正中的殿里供着鲁班像，皆拙劣。

鼓楼前边也是一条大路。从小巷穿进去，七拐八拐，才到了白塔寺。

梁思成《蓟县观音寺白塔记》：登独乐寺观音阁上层，则见十一面观音，永久微笑，慧眼慈祥，向前凝视，若深赏蓟城之风景幽美者。游人随菩萨目光之所之，则南方里许，巍然耸起，高冠全城，千年来作菩萨目光之焦点者，观音寺塔也。塔之位置，以目测之，似正在独乐寺之南北中线上，自阁远望，则不偏不倚，适当菩萨之前。

梁思成提到白塔寺平坐斗拱平板坊之下，每面所雕"舞女"，姿势飘飘，刻工精秀，尤为可爱。一见之下，却又不仅如此。"舞女"，实为乐伎，有"姿势飘飘"的起舞者，也有吹笛、吹箫、抚琴、弹筝、弹箜篌者。每一面（共八面）的"舞女"左右，又各立男子，有一组似是胡人：上戴卷边毡帽，打着裹腿，下颌一部大胡子，姿态各异：或执帚，或承盘。又有一组大概来自西域，戴着回鹘帽，手托承盘，也有把盘子顶在头上的。

所谓天仙宫，是今人所建，泥塑与建筑皆一无可观。

出县城，向盘山，志仁不听我的话，绕了二十分钟的路，到盘山脚下已经十一点多了。在进门处右边的平台上铺开报纸午餐：面包夹肉、黄瓜、西红柿。

有坐缆车、乘三马子、步行三种游法，讨论结果，选择了步行。

门票二十元。游山的多一半是天津人，又是学生居多，都是一个学校的,清一色的绿校服。

盘山号称京东第一山,有"下盘水、中盘石、上盘松"之说,但如今下盘的水只有眼泪似的几滴溪流,连手绢都湿不透。石,有奇无险。天成寺塔院里的一树梨花却是开得正好。万松寺,几年前三联组织旅游到这里来还是一片断壁颓垣,所见不过残墙间的几株杏花,现在修起几道红墙,在残基上立了遗址牌,顶上修起一座殿。一树树杏花开在红墙间,倒也一片好景致。

从万松寺下来,又去了烈士陵园。

两点半回返,中途被三河县几个脑满肠肥的警察拦住,说是违章超车,罚款二百元,讲理没用,只得认罚。前后不过十分钟,眼见拦下四辆车,真是生财有道。

到家已近五点半。

四月十六日(日)

到隆福寺的售票处,没想到果然就有了一张十七号往宁波的退票,免费(四十八小时内)办了改期手续。

读《梁思成文集》。

四月十七日(一)

八点半出发,到左家庄接任安泰。在任宅小坐,看了小任买的刻花银杯(六百元),银烟灰缸(一百元)等。

二十分钟开到机场,存了车。在候机室见到刚从郑州返京的老沈,交下一盒茶叶,嘱送严俊。十点三十五分准时起飞,两小时抵甬。

有金峰公司来接,下榻云海宾馆(三百一十八元)。安顿下来之后,又被强拉去吃饭,虽然一口不吃,也只得陪坐一小时。然后坐了车到县学街的金峰公司，留下志仁在那儿谈生意，独往天一阁。

从县学街穿出，是一条宽马路，名柳汀街。街上有关帝庙商场，旁边是居士林。再过去，是陆殿桥、尚书桥。在老桥旁边造了一座新桥。桥下就是月湖。

进马衙街，行不远，有一石牌坊。牌坊对着的门，是秦氏支祠。祠建于一九二三至一九二五年，是秦氏族人为祭祀祖先而建。由甬上富商秦君安出资，时耗银二十余万元（说明如此，但银如何以"元"计？）。现在所见，是一九九一年国家文物局拨款修建后的面貌（费一百一十万元）。已辟为宁波博物馆，展览工艺品。

进门右手是一座大戏台，朱金木雕，富丽堂皇。所谓朱金木雕，即以木为胎，经雕刻后贴金漆朱。

在戏台对面展室里展出的还有挂屏、万工轿等，骨木镶嵌很有意思。在硬木制品的底子上镶嵌黄杨木的亭台楼阁人物，人脸、屋顶，却用骨，细细巧巧的。

第二进院子，全部是展厅。

从边门穿出去，又是一进院子。一带花木山石，一座花厅，一池曰明池，共成一园。

花厅后面是凝晖堂，展览碑刻。堂后是一个方方正正的石亭子。外边雕出斗拱，里边是麒麟海水，凤鸟牡丹。中设石桌，石礅。

从方亭横穿过去，一个月洞门。门前一对石狮子。门上题了天一阁。进门是修篁数竿，拥着一个五开间的千晋斋。左面梢间放着马廉藏砖。马隅卿一九三一年回乡，时宁波拆城已近尾声。马朝夕巡颓垣，负麻袋以归。整理结果，著《鄞县砖目》一册。后悉赠所藏古砖数百枚予天一阁。阁中因特辟一室收藏。

从千晋斋左侧一道院门穿出去，又是两样天地：前院是天一阁，后院是尊经阁。天一阁对着天一池，天一池里放养着数十尾红鲤鱼、黑鲤鱼。池边依墙探出个半亭，匾题"兰亭"。与亭相连的是一带假山，山上种着香樟、桂花、广玉兰。然后又是一个四角小亭。

天一阁五开间，二层，前有廊。明间迎面影壁上木刻着黄梨洲先生《天一阁藏书记》，顶上彩纸糊着格子天花。次间顶上露明造，左右梢间有楼梯通向二层。

尊经阁与天一阁背向而立。中间隔着一条甬道、一片细竹和一溜假山。山上一株古木曰沙朴。尊经阁是个三层楼阁。门前一对石狮子，一株古木，名曰狭叶广玉兰。

两阁之间的甬道一头，有门通向另一个院落，便是范氏故居和东明草堂。故居门上贴着一张白条，黑字书着"办公室"三字。一人把门坐在一条办公桌后面，里边空无所有。

草堂梁枋上吊着两架宫灯，明间一幅中堂山水，两边贴着对子："山中云在意入妙，江上风生浪作堆。"门不开，只能趴窗户瞧，看不清上款和下款。一堂硬木家具：香几、书案、靠背镶着大理石的太师椅。前有廊，进深五架，三开间。廊前狭院，石子墁地。一边一株含笑，贴着一面大照壁。照壁上是灰雕（贝壳烧成灰）的一只奋爪麒麟。

再出去，就是西大门：天一阁的正门了。

正门出去，过天一街，进天一巷，找到18号的严俊，将老沈托带的茶叶交付。略道寒温，即辞出。严一直送到月湖边。

仍往金峰公司，有人等在那里，一起坐了车往彩虹坊酒店。

彩虹坊原是一座石牌坊,顶上刻了"圣旨"二字。额枋上镌"诰赠奉直大夫吴明镐妻包宜人旌表坊"。旁边立了牌子,是宁波市江东区文物保护单位。酒店就用它做了门脸。晚餐几乎全是海鲜:醉蟹、黄泥螺、赤贝、奉蚶(据称奉蚶价以只论)、海瓜子、鲈鱼、鲳鱼、黄鱼,扣肉也是放在鱼鲞上蒸的,一股子鱼腥味。志仁一向滴酒不沾的,今也灌下半杯,小任经不住劝,竟醉了。

四月十八日(二)

早六点钟在云海的快餐厅吃了一碗玉沙汤圆,一个豆沙饼,一个艾窝窝,三块九毛钱。我今天独自去绍兴,志仁一直送到火车站。乘宁波开往上海的366次,七点五分开,九点四十五分到达绍兴。

一出火车站,就有一辆三轮、一辆摩托来拉生意。三轮先说到吕府要八块,摩托说五块,自然选择了便宜的。三轮便改口,也说五块,但也不好再换。三轮车夫笑着狠狠擂了开摩托的一拳。

穿大街过小巷,没多远就到了吕府。门前一块省重点文物保护单位的牌子。两扇大门却闭着。叩了半天铺首铁环,才有一位老头儿应门。说明来意,不大情愿地放我进去了。

院子不太大,所以觉得迎面就是一栋大房子。七开间,前有廊,廊顶做出卷棚,屋顶有鸱尾。房子大概是做了仓库,里面堆了各种各样的杂物。右手厢房空着,左手厢房就是老头儿的宿舍了。吕府十三厅,只剩了这一点。

出来,摩托车司机还等在那里。问还去哪儿,于是和他商量包车。让他开价,他却要我开价。推了半天,他说要八十块。便嫌贵。又让到七十,也就算了。

先往蔡元培故居。入门一狭院,门开在右手。当门处一塑像,塑像后边是个五开间的展室。梢间与明间通，左右次间用墙隔开。前有廊，顶上另做出卷棚，明间影壁后边又辟出一小间。两扇小门闭着。隔墙还有一院旧房，说是目前有蔡氏族人住着。

继往戒珠寺。寺只存一殿，建在平台上，里面是"青藤杯"书法展览。旁边一座小学校，传来一片读书声。平台下面有一古井，寺外是洗砚池，大约千年不洗砚，水都霉绿了。

再前行，不远处是题扇桥，便是绍兴随处可见的石桥。桥的石头缝里生满绿草，可领略一点儿古意。

再向周恩来祖居。两进院落，格局甚狭。有图片，介绍生平大略。有几件实物，穿过的衣服，盖过的毯子之类。又恢复了一九三二年（？）回故乡待客、起居的房间布置。

再往秋瑾故居。在塔山西南麓，五进院落。三开间的正房，题作和畅堂。后面一进，明间是餐室。悬着一幅嵯峨山石。左题：笔不奇不精，石不奇不古，偶舒造化之灵，移入林泉之图。八山□老赠。两边的对子是：英雄尚毅力，志士多苦心。右首题桐城吴芝瑛赠璿卿女弟联。

餐室右边是秋瑾卧室。一张写字台，上边蕉叶碟里列着文房四宝，又有玟瑁手镯、少女时代的刺绣（冷纱上刺绣的五彩蝴蝶）、花信笺等。四仙桌，一边一个灯挂椅。桌后条案上一对开光的六角瓶，中间坐着一个梅瓶。一张雕花罩子床。

卧室对面是会客室。悬一副对子：观天地生物气象，读古今经世文章。右题益山年兄正之，落款元和陆润庠书。

最后一进的三间小屋是灶间。天井中有小小一眼井。

秋瑾遗体曾经九迁：一九〇七年七月十五，绍兴卧龙山；一九〇七年十月，绍兴严家潭；一九〇八年二月，杭州西泠桥西；一九〇八年十二月，严家潭；一九〇九年秋，湘潭昭山；一九一二年夏，岳麓山；一九一三年秋，西泠桥西；一九六五年，杭州鸡笼山；一九八一年十月，西泠桥东。

继往青藤书屋。小院广不数武，迎面粉墙下一个花台，放了几列盆栽，墙角是芭蕉。左手一边是口古井，两株石榴是新栽。院墙尽头一树老藤盘曲垂下，墙上书了"漱藤阿"三个字。藤下几块山石，山石下边是石栏围的一方小池。池边一株女贞，老干长满青苔。池边一室，里面悬着陈洪绶题的青藤书屋匾。一张书案，上列着文房四宝。

旁又一室，题曰酒翰斋。四壁挂着徐文长的书画。

外边一个狭长的天井，一眼古井，两边是桂花。

从青藤书屋出来，和司机商量去柯岩。他说柯岩有十八公里，路又不好走。于是把车钱仍加到八十，才算谈妥。

出城走了一大段，正是前不久从杭州来绍兴时走的那条路。在一个岔路口转弯，穿过一个村子，看见一片浮着游鹅的水塘，一片开着紫云英的地。又走了短短一节泥路，柯岩就一下子在眼前了。

柯岩、大佛岩、云骨石是一组景观。

最奇的是云骨石，像是从平地里无端长出来一节十数丈的石柱子，却又下面尖尖，打了个弯长上去，柱顶上又托起一块石头，石缝中间撑出一棵松树来。

大佛岩也是拔地而起的一壁石岩。岩的一面雕出一尊佛像，新披了袈裟，结跏趺坐，左手置膝，右手向上屈指作环形，是为"说法印"。身上原雕刻得有衣纹，却被好事者新披了似僧衣似俗服的一个披肩，倒好像只穿了半截衣服，把下半截裸着。

岩下立了个牌子，说要修建一座大佛寺，占地一千五百平米，殿高十七米，大概需要资金三百万元，希望踊跃投资。

柯岩是一片苍岩，前面石山壁立，上有光绪年间的刻石，字迹布满一壁，但看不大清。

有向里平滑凹进去的地方，下面就汇成一潭。从草丛间的小路走进去，潭大，水幽。无意间一低头，看见潭边上漂着一只褪了毛的猪。另有两个麻袋，里边装的也像是肉状物。还有卷成一团的肠子也在里边浮着，真吓得寒毛倒竖。

石岩后边拖下一溜山坡，是一片绿中泛红的细竹。沿着山坡走上去，是一个一个的墓。山顶一个大的斜面平台。下瞰大佛岩和云骨石，又变了样子，云骨石就像是用一根细棍支起来的。

下山来，柯岩上还有个小平台。上面有个石龛，龛里一尊小佛像，前面插了几炷香。下边又是一潭，潭过去是一个放生池。

一点多钟离开，往东湖。进去走不远天就飘起细雨，眨眼工夫就下大了。在湖边坐上一只乌篷船（二十四元），在湖里穿了两个山洞，一个叫仙桃洞，一个叫坐井观天。东湖的风景照片早就见过了，看上去只觉得是一个非常秀巧的盆景。今日一见，才知道东湖之雄峻。湖水依山，这山却是刀劈斧凿一般地壁立数十米。伸到水里的一节石壁，人在上面凿了石级，陡陡的，就被叫作"自古华山一条路"。

撑船的操一口绍兴话，戴了顶阿Q毡帽，约摸有六十来岁。船撑到华山一条路的边上，就说可以自己去登山了，不过，还要给点儿小费。给多少，随你客气，十块也行，五块也行。兜里只有三块钱零钱，也就只好三块钱了。

舍舟登岸，打了伞，冒雨登山。台阶虽陡峭，山却不高，一会儿就上到顶了。从山顶往下看，和刚才在船里往上看，感觉又是一番不同。

山顶有个茶室，一个小伙子出来打招呼，说就你一人爬上来呀，真不简单！说那边还有一个仙人洞。走过去一看，是个掏出来的土洞。

从山顶上原路返回，到下船的地方向渡口打招呼，就有一只船摇了过来，把人渡过去。游湖游了一个小时，雨仍下个不止。司机等在门口。拿出雨衣来，穿了。开出不多远，就到了104国道路口的收费处。

三点二十分拦到一辆长途车，坐上去了，算是结束绍兴之旅。车是昨天上午十点钟从莒县开出来的，途经日照、淮阳、南京、湖州、杭州、绍兴、宁波，至定海。

司机的驾驶技术极熟练，超车尤其有功夫。天黑，下雨，路窄，车又多，一来一往的对开线上，一辆接一辆，几乎没有空当儿。这一位却不慌不忙，紧紧咬住前车的尾巴，眼看就要顶上来，然后轻轻一把轮，将将擦着边儿超过去。一路超，一路走在最前边。经上虞、余姚、慈溪（道路两边全是花园洋房式的乡镇企业），四个小时以后到达宁波汽车北站。又坐了出租汽车，十块钱坐到云海宾馆。

洗过澡，志仁来。他们正在餐厅吃饭，尚未终席，于是吃了三小碗雪菜肉丝面。

四月十九日（三）

早六点钟，一行五人（金峰公司派了小贾作陪，房地产部经理，小王师傅开车），往普陀山。

先开车到鸭蛋山渡口。在渡口的餐馆一人吃了一碗青菜肉丝面。然后连车带人四十分钟一齐渡到定海。再开车到沈家门，存了车。渡海到对岸，就是普陀山了。

下榻息来小庄（三百元，三星级）。

安顿下来之后，五人同往普济寺。寺前有几株老干粗茁的古樟。进门但见香烟缭绕。正殿大圆通殿形制高大，似与灵隐同等规格。香案、烛台、从梁枋上吊下来的长明灯都格外大，不过主像毗卢观音和两厢的三十二化身像都已是近年重塑。

从寺里出来，小任不想走了，小王也要回去睡觉。

于是与志仁、小贾同行。走过海印池、多宝塔，就看见沙滩和海了。海水仍是浑黄的。百步沙与千步沙之间是一片礁石，石上建了一座观日阁。上观日阁要三块钱门票，下千步沙又是三块钱"门"票。沙很细，但很硬，海水黄得发红，推到尽头是一线淡淡的蓝，便是海天的分际了。

从千步沙上到法雨寺。法雨寺是与前寺普济寺并称的后寺，建筑规模大致相同。唯有不同者，是圆通殿的藻井四周垂下八根短柱，每根短柱上盘着金龙，围住藻井正中的一个。寺依山势，叠叠高上，极有气势。

由寺后上山，是长长的一溜石级（一千零八十八级）。经侯继高题的海天佛国石，至佛顶山慧济寺。山顶不见寺，却是沿一条绿树拥着黄墙的夹道曲曲弯弯走进，再下几级台阶，才是寺院。山尖上一院房屋，是驻军。所谓天灯，是洋灰铸起的一个小方座。走一走这山顶，也要"门"票两块。

看了风景，原路返回。又经杨枝庵、大悲庵。

杨枝庵里有一石刻观音像，据称是阎立本绘，明万历年间据拓片重刻。观音细目含媚，一手托碗，一手点水。遍身挂了璎珞，衣带飘拂。

再往大乘庵。大乘庵里一尊卧佛，身上盖着双喜字的红绸被。

上面又是一个千佛堂。贴墙放满了玻璃柜，一个格子一个格子的小佛像。不过原来的千佛，"文革"中已毁，现在补塑的只有五百多。

正殿里排了和尚做法事。法器叮当，法音嘹亮。一群群的香客挤来挤去插烛烧香，逢场作戏一般。和尚的脑瓜顶上长了有半寸多长的头发，念经也是一副起哄的神态。

想去参观文物馆，但五点钟赶到那儿，已经闭馆了。

普济寺是普陀山的中心区。横街上全是饭馆，门口盆里养着各种海鲜：龙虾、贝、蟹、鱼，还有许多叫不上名字的东西。店小二一个个排在门前拉客，引得酷爱海鲜的志仁迈不动步。停车场旁边的一条巷子也是排满了饭馆。

尽头一个高门楼，上刻着"百子堂"三个字。里边是个大院子，住满了人家。大概以前是供奉送子观音的庙宇吧。

晚餐在横街一家小馆的楼上。龙虾、螃蟹、石斑鱼、虾爬子、黄鱼雪菜汤等，海鲜点了七百八十元。我只吃了炒年糕和宁波汤圆。

一顿饭吃了三个小时，出来，天已黑透。

海印池周围灯火一片，看天上只有稀稀疏疏的几粒星星。走了一圈，才发现斜挂在普济寺对面的一片天幕，明明暗暗的，星星都缀满了。低处的，竟是帷幕的银缀脚，要不是有树托住，叮叮当当的，就拖在地上了。息来小庄后院的水池边打着灯，把池子边上的一棵树照得绿幽幽的。

四月廿日（四）

凌晨四点钟起来——做了一夜日出的梦，梦见到了海边，看到的只是一线幽幽绿光，就像是池边树的颜色——觉得已经晚了。

急急和志仁跑出门，天还黑着。赶到观日阁，一个人也没有。只听见海涛拍击礁石，远远的天边，隐隐地泛出一痕青紫。等了好一会儿，人渐渐多起来。于是走到观日阁下边的礁石上，远看天边由青紫变成青白，又成浅紫，又幻作轻红，又渐渐淡下去，直疑心要云遮日了。

正失望间，听见阁上一片欢呼声。有半分钟吧，才看到一线黑边冒出来（五点二十分），一点一点，越冒越多，由黑变红，天际都快染成红色了。刚刚显形的太阳，边儿却不是圆的，而像一个凸轮，一会儿工夫凸轮就倒过来了。此时的太阳，似乎才刚出浴，身上粘着的水珠正往下落，极像一个橘红色的蛋黄，倏然就跃出了海面，发出耀眼的光线。太阳马上变得不可逼视了。整个过程大约三分钟吧。

走过多少山和海，一次次看日出，可没有一次能够如愿，这一次，总算是看到了。

回到小庄。七点钟，五个人一起到白华楼吃早茶。厅堂布置得挺雅洁，四壁上挂了字画，几案做了些假古董。

饭罢，小任仍取静。四人往停车场，坐车往梵音洞（六公里路要价三十多块）。

洞在普陀山的东北角，称作青鼓垒的地方。洞的两侧是峭壁，海浪涌进来，遇阻退出去，一进一退激起砰訇巨响。洞腰处夹峙一座佛阁，传说从阁窗向洞口凝视良久可见观音幻形。果然就有几个老太太和半老太太合了掌，向洞口念念有词，等待奇迹。

五十块钱乘车回到小庄，拿了行李包一路走到码头，然后租车到磐陀石。上了车往回开，才知道磐陀石就在息来小庄背面的山上。一路过观音洞、二龟听法石、磐陀石、梅福庵、心字石。小贾像打冲锋一样，狂奔在前面。山间游人如蚁如蝗，一队队，一片片，实在也容不得游，便算是把风景扫荡过了。最后乘车到紫竹林，不再去观音院、潮音洞。

回到码头，十一点半。乘了快艇（每人十一块），八分钟就到了沈家门。取了存在那儿的桑塔纳，开到定海，过渡。

向宁波的路上，经过阿育王寺，进去匆匆转一圈。小贾已是极不耐烦，忙着用手机一个接一个联系业务了。在钟楼花三块钱可以敲三下钟，志仁、小任、小贾都去敲了，回音嗡嗡的。母乳泉果然水色呈奶白色，不少人围着往泉壁探出的一个龙口里投硬币。西院竹园后边的樟林极有味。

回到金峰公司，船票拿到，是四等舱。给陆灏打了电话，于是告诉我们，可找"望新号"客运主任汪忠良，又提供厨师林宗虎、会计孙耀成的名字备用。上船先找了汪，果然换到了两个二等舱，把小任改成三等舱。二等舱两个人，上下铺，有个洗脸池，一几一凳。临下船，把金峰送的两盒龙井送给了汪。

四月廿一日（五）

四点多钟就起来了。小任一会儿也过到这边儿来聊天，说起昨天他所选择的"静"，却也有收获。在海印池的御碑亭里，看到贴在壁间的十三张纸（应有十四张，但最后一张不知是刮跑了还是撕掉了），是一位年轻人的自述。说他在普陀寺待了三年，对这一处佛教圣地已经彻底失望。他说这里已经完全商业化，佛家也毫无悲天悯人之心，所以要到别的地方去成佛了。并发愿将来要造起一座沈家门至普陀山的大桥，重塑观音三十二法相，毛泽东的形象是其中之一。

轮船六点钟靠岸。展览公司的张小梅来接。坐了一辆奥迪车直奔扬子饭店。虽然预订了房间，但要九点钟才能住进去。

于是决定先用这辆车跑一趟苏州。司机姓王，曾经被车撞过，所以开起车来谨慎得过分，车速最高不到五十公里，只跟在货车后边慢慢行。行至昆山又下起雨来。一百二十公里的路，跑了三个多小时。

将进苏州，在一个路口处的小馆一人吃了一碗大排面（五块钱）。王不识路，在火车站买了地图。然后开到北寺塔，我下了车，自往丝绸博物馆。

在杭州丝绸博物馆时，听几人说起苏州的最大。实地一看，竟还是杭州大。

就展品来说也是如此。二者的共同之处是明代实物奇缺，几乎就是忽略过去。但在这里的一大收获，是在织造坊看到了缂丝、云锦、漳绒的实际操作。

漳绒雕花工序：先在织物表面描上图案，然后按图案轮廓进行刻花，最后抽出钢丝，形成由绒圈与丝毛相间构成的花纹。

又见到石元宝磨绸的实物。砑光整理，俗称石元宝磨绸：砑光工艺起源于汉代以前，为适用于丝、麻、棉物的传统之整理方法。操作时，织物卷于木轴，以底石为承，上压重达千斤的踹石，双足反复踹摩，使织物柔软、平挺，光泽悦目。某些织物能达到机器熨烫所不能及的效果。

从博物馆出来，雨已经住了。过北寺塔，向拙政园方向走。经狮子林，打问戏曲博物馆，说还远得很。怕来不及，便回头到忠王府。看了苏州历史展览，极简单，实物也少得可怜。忠王府倒还保存得很完整。在门口坐了一辆三轮车，穿临顿路，过观前街、干将路，经沧浪亭、碑刻博物馆，由人民路至人民桥，在丽金大酒店找到志仁。席尚未散，吃了一大碗汤圆、小半盘血糯羹。

两点钟出发，五点四十分才回到上海。志仁等被请去吃晚饭。便辞了席，先到扬子饭店登记住下。八点多钟，陆灏来，一起往老半斋吃点心，九点半回来。

四月廿二日（六）

七点钟，与志仁、小任同往沈大成早餐，地点是小任选择的，只为了怀旧。但到了一看，早是里外装饰一新，屋里的墙面，也还这里那里地贴了一块一块的镜子。价格却还便宜，虾仁两面黄，挺大的一盘，结结实实半盘子虾仁，才六块五，虾仁面六块。

饭后小任回扬子去等田小姐，我陪志仁往外滩。途经老凤祥银楼，一片吹打声，乐队穿了红衣服，挂着金绶带，正在举行开业仪式（首饰节？）。

志仁其实对外滩并无兴趣，站了一站，就转身回来了。

给小航买了凤梨酥（二十四元一盒）和海苔肉松（四十四元一听）。

十一点钟陆灏来接，同往老半斋。施康强满头大汗坐在那里，——他好像总是这样。

施康强说：能够把没有什么事写出事来的，就是文人。

菜有酱方、炒苋菜、火腿冬瓜汤、蟹黄包、萝卜丝饼、糖爆虾、肴肉等，费二百余元（陆灏做东）。

接近尾声时，查志华赶来，送了"路菜"，——一盆洗得干干净净的草莓，一盒肴肉，一盒萝卜丝饼，还有她的"无华小文"。

一点半散席，陆灏送到扬子饭店，与志仁见了。然后在门口乘上出租车。高架路上还好，一下来，就开始堵车，马路上几乎不见隙地，满眼是汽车，一个巨型的、轰鸣着的停车场。

一个半小时开到机场，飞机晚点一个多小时。起飞已经将近六点，七点半抵京，到家八点多钟。

四月廿三日（日）

读书一日。

四月廿四日（一）

大风一日。

与吴、郝在情报所的社科书市卖书一日，购得《明代陶瓷大全》、《中国古船》。

在编辑部看到刚刚问世的"脂麻"。

四月廿五日（二）

往编辑部，处理二校样（宝宝一直休假）。

读《丝绸艺术史》。

大风一日。

四月廿六日（三）

看望谷林先生。

与手术前相比，似无大变，精神依然，只是更显清癯，不幸之万幸是癌细胞没转移，便不必再做化疗，可以少受罪了。说起此番南行种种，先生说，他学生时代和几个同学去过普陀山，就住在僧寮里，留下的最深的印象就是静，寺里头还养着鹤。

先生说，五十年代初刚一到北京，就觉得北京真是好，有两件事特别令人感动，一是在王府井大街上看见一位年轻人向一位老太太单腿跪地请安；一是在东华门一位老太太跌倒了，两边店铺的人同时跑出来将她扶起，那时候在上海是看不到这种情景的。

说起先生的字迹小，便提起在上海时邓云乡先生的分析，——道是记洋账写洋码子的过。先生说，多半还是因为穷，小时候常常是在父亲的香烟盒子背面写字的，所以从小养成敬惜字纸的习惯。

临别，以一枚"相见恨晚"闲章持赠，先生说，这个章不大用得着了，近年只有在送给你的书上才偶然用一下。

往编辑部。

吴向中来。

与吴、郝一起看望宝宝。

四月廿七日（四）

将杭州之行的日记整理出一则，打印出来一看，不成个样子，真气死了！也就再没情绪做下去。

四月廿八日（五）

往故宫，找朱传荣取《清代后妃首饰》。传达室的一位白脸男子凶得没有道理，要不民谚说白脸是奸臣，这家伙一旦掌了大权，不定要坏成什么样。

往编辑部。

午间与吴、郝往孔雀园请李庆西、黄育海、尚刚吃饭，费四百余元。

饭后往宾华喝咖啡，然后回编辑部。

与尚刚谈起古代丝绸，谈起古代丝绸及服饰方面的著述，尚刚说，几乎无一可读，□□的，臭！□□□、□□□，不忍卒读；□□，有时极好，有时极糟。沈从文，"沈从文，我佩服他，可是他，毕竟是搞文学的"。话虽然客气，但微言大义也全在这客气里边了。

记得王世襄先生也说过，沈著不少硬伤，不过专业研究者出于对沈先生的尊敬，似乎始终保持沉默，非专业者则并无耐心与兴趣研读，只是因为对沈的特殊遭遇深感不平，而以此书为题发些议论。

服饰研究的确难做，舆服志中的文字往往很难与实物印证，绘画、雕塑及各种工艺品上的人物服饰，与实际情况也都多少有距离，或增饰，或减省。艺术与生活，从来不能等同。真正可信的，只有实物。且不说与漫长的历史相比，实物不过是粟米之微，即以出土文物来论，也很难一一与文字对号。其实，如果不是专业研究者，大概能引起人对服饰发生强烈兴趣的，首先是文字。读《红楼梦》中对宝玉、凤姐的一番形容，似乎依凭这文字，闭了眼也能约略想象风神，及至在电影、电视剧中依样妆扮出来，却觉大失所望。《金瓶梅》大概也在筹拍了吧，如果把虚虚实实的文字一一变成实打实的道具，想必服饰由文字而生出的魅力也要损失好多。

对服饰的研究和兴趣，大概可以分为两途：一是历史的、科学的、专业的、技术的；一是文学的、艺术的、想象的、浪漫的。

改琦、刘旦宅，画的都是神，而不是形，服饰大抵是被忽略的。其实《红楼梦》中的文字本也无法深究，似明似清，非明非清，服饰描写，多半是为铺展情节、创造气氛的，好像温飞卿的词。

比如潘金莲为西门庆上寿的物事:一双挑线密约深盟随君膝下、香草边栏松竹梅花岁寒三友酱色缎子护膝,一条纱绿潞绸,永祥云嵌八宝,水光绢里儿、紫线带儿,里面装着排草梅桂花兜肚,一根并头莲瓣簪儿。

潘金莲和李瓶儿让陈经济给采买汗巾子的一套话,如果被演员像背台词一样说出来,也就一点儿味都没有了。

京剧服装多从明代服饰中来,梅兰芳创造了"古装",实际上是从古时各个朝代最适于舞蹈的服装中撷取一鳞一爪:汉代的长袖,魏晋的袿衣、垂髾,唐代的长裙、披帛。

四月廿九日(六)

志仁开了车,一起去看望外婆。然后去大哥的新居,很是气派。

读《清代后妃首饰》。

四月卅日(日)

与志仁、三哥、三嫂、小徐,并孝仁父女同往八大处、法海寺。

到达八大处才七点半钟,游人还很少。于是先往几乎不见游人的"八处",即证果寺。寺前贴着山根有个小小的方池,池里一侧一个石雕的龙头,龙口里一滴一滴淌着水。水很清,把池底的、水面的垃圾,都映得清清楚楚。原来这叫作青龙潭,上面镌着"阿耨达流"四个字(梵文音译,意为被认为能觉知佛教的一切真理)。

高高的台阶托起山门,门闭着,从台阶一侧的小门穿进去。有个古柏遮荫的小院,据称曾为袁氏别墅,袁克定曾在此会朋党密筹袁世凯称帝事。

过小院,又是一个青石屏门,两边刻着"曲径通幽处,禅房花木深"。进门，缘小路行，经凉亭，便是从山顶探身而出的巨石秘魔岩，虽曰天成，但却像经了人工的斧凿。岩下有洞，曰真武洞。

站在这里，可以尽览对山的风景，嶙峋山石，苍苍绿树，八大处除此之外的七大处，远观比近玩更好。

下山，再上山，渐行游人渐多，至"四处"大悲寺，已经满山喧闹了。大悲寺门外一棵古楸树，门里，两边是黄皮刚竹。大雄宝殿前边两株古银杏，都是雄性。

大雄宝殿里，两边的十八罗汉据说出自元代雕塑师刘元。

"五处"，龙泉庵，石栏杆围起一个方池，里边的水不似青龙潭之清，又新雕了一个童子骑蟾蜍的石刻，俗不可耐。庵里供着龙王，还有陪侍的雷公、电母，都是新近补上的。

下来，往"二处"，大约有一二百人，正排了队，绕塔缓行，嘴里不停地唱着南无阿弥陀佛歌。还有十几个人穿着袈裟，留着长发，男女都有，也在队伍里。

出门回到停车场，坐等三哥三嫂一个半小时。十一点钟，往法海寺。

法海寺的主要建筑，只剩了大雄宝殿，大雄宝殿里，只剩了壁画，有这壁画，也就够了！

帝释梵天图三十六位人物中，帝王像四位，后妃像五位，贵妇人像一，侍女像一，部分反映了明代服饰的特征，但实际上更多的还是遵循着传统神仙画的程式，大概从《洛神赋图》开始吧。云肩、衣袖裁出的圭角、披帛、腰采，衣服的图案倒的确是明代的：菩提树天的真红大袖衣，上绘金凤穿花图案。帝释天真红大袖衣，牡丹、金凤、流云。月天宫黄大袖衣，五彩团凤图案。帝释天身边，托着牡丹花盆的侍女,头上戴的冠子和唐寅笔下的《蜀宫妓图》极相似。

从绘画来考证当日的服饰,可以信赖到什么程度?似乎仍是以既定的程式为基本构图,在细部处理上,加进一点儿时代的特征。

归来已近两点。

阅三校样。

五月一日(一)

葛剑雄在《江陵焚书一千四百四十周年祭》中说道:"所谓'字如其人',实际上大多是对既成事实的承认,我看是靠不住的。董其昌是个劣绅,谁能从他写的字里看出来?汪精卫当汉奸后写的字,究竟与早年革命时写的字有什么两样?但对书法家的评价就不能只用书法的标准,还要包括他的为人和作用。"

书法大约是一种很纯粹的艺术创作活动,和诗的创作、音乐的创作一样,也可以说三分天才,七分努力。但如果没有三分,便把这七分加到十分,恐怕也还是只能停留在写字匠一级。这天才,或者也可以说是灵气,是人的本性中的东西,是人的自然的一面,正是这一点,才决定了他在艺术活动中的选择,即对书法风格的选择,如此形成的"字"的品格,才是"字如其人"的字。至于"劣绅"、"汉奸"之类,却是人的社会的一面——其实严格说来,是非"劣绅"、非"汉奸"者为他定的性——与"字如其人"的"人",是没有多大关系的。"字如其人"的本来意义,应该是前者。一个人的字,可以表现出他天性中的气质,却表现不出他在时代中的社会性,所以,对书法家的评价就只须用书法的标准。如果他同时又是政治家,那么他在书艺以外的社会活动,其实是用不着书法评论者再多说话。

五月二日（二）

往编辑部，做发稿准备。

吴向中来，编"品书录"稿，并做版式。

过灯市口书店，购得《定陵》。

五月三日（三）

往编辑部，做发稿准备。

将吴画的"品书录"版式重新做一遍。

陆灏来，同行有食客（唐振常）、茶客（施康强），陆自称"混客"。

午间与陆、沈、吴、赵（一凡）、唐（振常）在美尼姆斯吃饭。请了陈原。他力辞明天的午宴，口口声声说要"封闭"了，并说生命将结束在今年年底。陈先生以《中国民居》一册持赠。

饭后再往编辑部。俞晓群率领辽教社四条汉子来，谈第二辑和吕集的合同。

读《中日乡土玩具》（田原画）。

五月四日（四）

路过民族宫时，看到有一个丝绸展览的广告，赶去一看，原来是苏州金装集团的丝绸服装售卖，大失所望。

在三味书屋转一圈，几无可取，仅购得八八年出版的一册《丽江民居建筑》。

午间在民族饭店富城海鲜吃饭，辽教做东，包了西湖厅、洞庭厅，设两桌，俞、沈、吴、陆、萧乾、刘杲、许力以同席，我则与郑、郝、李春林、梁刚健，并王越男等一席。

菜以海鲜为主：有一味做成球状的带子，是用洋芋泥裹了带子为芯，然后炸，绵软清鲜，很好吃。一大盘龙虾沙拉，服务员称，是由厨师长亲自动手，精心调制。龙虾是熟的，和各种水果一起加了沙拉油调拌，旁边码着红红的龙虾壳子，这一盘大约要两斤半龙虾。

未终席而去。

过商务门市部，购得《喀提斯阴谋·朱古达战争》。

往编辑部。

三点钟陆、沈等归来，与陆灏同去拜望谷林先生。

给王世襄先生送去《脂麻通鉴》，看到袁伯母为王先生做的剪纸树，概括了王先生所玩种种，颇具巧思。

晚饭后郑丫头又打来电话，邀往凯莱一叙，陆灏请喝咖啡。三人坐定，郑又打电话叫来老沈，聊到九点钟，先辞。

五月五日（五）

坐了志仁的车往铁道部。

午间志仁做东，在孔雀苑请郑逸文、陆灏。志仁先在美术馆看了米罗大展（二营陪着），一头看，一头大声发表议论："这是神经病画了给白痴看的！"令展厅里披了齐肩长发的画家们侧目，二营直个劲儿说："小声点！"

菜有罗汉肚、油鸡枞、炸金环（把生洋葱弄成环状裹了面包渣炸）、香芳草烤鱼、过桥米线、菠萝饭、竹筒烧云腿等，费二百余元。

饭后往编辑部。

两点半钟按照约定往梵澄先生处，但三点钟陆灏才到。先生拿出一个万寿无疆的杯子为我沏茶，然后说：清朝荷兰进贡，有一件又高大又精巧的玩意儿，自然是钟了，到点，就有四个小人抬出万寿无疆四个字。和珅看了，连说不行，理由是，西洋的东西那么精巧，中国人修不了，万一哪个零件坏了，抬出万寿无，疆字出不来，可怎么得了！于是就给退回去了。

到谢兴尧先生家取回书稿，然后同陆一起访董乐山先生，送上"书趣文丛"一套。

继返徐府。先生请饭，在团结湖公园附近的京港餐厅，号称川鲁粤风味，又有涮羊肉、窝头、芸豆卷、豌豆黄，几乎无所不包。点了海参锅巴、辣子鸡丁、糖醋排骨、烧蹄筋、砂锅豆腐。席间先生一再对陆灏说：应该到国外去留学！陆说对美国没兴趣，倒是英国还有吸引力。"那么就到伦敦！一定去！这是此趟你到北京我的唯一劝告！"说着，一扬手，把酒杯都碰翻了。

刘文典，自号二云居士（云烟、云腿）。在哪里看到冯友兰的一副对子，说："写得好！不是读了一担书如何写得出来！"云南的土司聘他做教席，一应例有之聘礼外，还要有云土。土司说，有个内家侄儿跟着一起旁听行不行啊？刘连说：不行不行！授《庄子》。后土司对人说："我原以为刘先生和旁人一样也是有眼睛有鼻子的一个人，却是不然！"

"初回国的时候，贺麟对我说：多参加会，在会上多发言，然后写入党申请书，一切解决了。""结果呢？""结果我就是按照我的方式生活，挺好。"

"我问起冯至、贺麟'文化大革命'时的经历，都不说。我说：你们去干校，呼吸呼吸新鲜空气，锻炼一下筋骨，没有什么特别的苦呀。直到最近看了巫宁坤写的《一滴泪》，才明白一点儿那时候的情景。"

饭后将先生送回家,小坐之后,辞出。

五月六日(六)

读尚刚的《唐代的工艺美术》(中央工艺美术学院史论系八八级在职博士生毕业论文;导师,王家树)。

午间往随园赴宴,施康强做东,所请有罗新璋、陆灏,费二百六十余元。

晚间与志仁同往辟才胡同的忆苦思甜大杂院。院子里坐了两个盲人,一拉手风琴,一拉胡琴,演奏的都是当年的革命歌曲。老沈包了一间"雅座",请《远见》杂志的萧、温二女士。

六点钟,都到了,只差一个陆灏。等了半个小时,总算赶来。

"雅座"是半间屋子半间炕,屋子里放了半扇磨,一个冷灶。墙上挂了辫蒜和老玉米,炕桌、炕柜,柜上一个矿石收音机。

冷盘有腌杨树叶、苦苦菜、猪爪、炒肉拉皮,热菜有粉条炖肉、炒麻豆腐、炒雪里蕻、粉条冬瓜丸子汤,费三百三十余元,但包间的最低消费是四百八十元,只好再凑上一箱饮料。

饭后与志仁先归,沈、陆、萧、温往民族宫喝咖啡。

五月七日(日)

"堪隐斋"稿尚有几个问题无法定,于是携稿再往谢先生处,大致解决。

先生说:"我和周作人来往很多,鲁迅则关系甚疏,他逝世后,没去参加追悼会,送一副挽联而已。""一奶同胞的两兄弟,为什么脾气秉性相差那么远?""周作人在北大待得久了,文人气很重。鲁迅和许广平一结婚,北大就做不下去了,不得不跑来跑去,绍兴师爷气始终去不掉。他写文章骂人，倒也不是特别和谁过不去，不过是写文章要找个题目。"

五月八日（一）

往琉璃厂，购得《文物丛谈》（孙机、杨泓）、《西夏纪》、《西夏文物》、《三国会要》、《库伦辽代壁画墓》、《剑阁觉苑寺明代佛传壁画》、《全国出土文物珍品选》。

午后往编辑部，分寄"书趣"样书。

陆灏来，同往陈乐民先生处。陈先生刚刚出院，目前血色素仍只有4.3，脸色蜡黄，但精神不错。小坐，辞出。

看望范老板，郑丫头已先在那里。老板仍拄了一支拐，但只是起保护作用。精神好，情绪更好，喝了茶，即往对面的华储烤鸭店，四菜一汤：京酱肉丝、清炒虾仁、鸭三样、凉拌金针菇、榨菜肉丝汤。原说定老板请客的，但陆灏悄悄把账结了。

读《石雅·宝石说》。

五月九日（二）

十天前给萝蕤师写了一封信，约定今日午间为她做生日。及至到了赵府，见满满一屋子人，才知道这封信没收到，只好改作晚间。

再赶到美尼姆斯，等陆灏到了，应变措施是，仍在这里午餐，把陆建德请来。二陆是初见，谈得很投机，两点多方各自别去。

五点钟到肯德基买了四份炸鸡（九十余元），再往赵府。一会儿，陆、郑捧了一束鲜花来了。先吃生日蛋糕，再吃炸鸡。七点半辞去。

萝蕤师说，最近刚到银行取了一笔五万元、定期三年的整款利息，结果得两万七千元，真是意外。"我的钱多得不知道怎么花啊，卖房子卖了七十万块，每个月工资还有一千多，《草叶集》翻译了十二年，稿费千字十二块，寄了我一万五，取的时候，我就直接寄了一万块给我的堂妹，因她在德清老家要翻修房子。"现在还有四十八件明式家具，可以卖一百万美金（王世襄先生的卖了□□万美金）。"陈梦家藏过八件明代的刺绣，四件是春耕，四件是秋收，抄家抄走了，后来也没退还。"不知道是不是顾绣？

往天伦王朝。陆、郑先约了毕冰宾和李辉夫妇，一起坐了一小时，提前告退。

早听说应红是美女，一见之下，果然漂亮，侧面看，轮廓尤其好。

五月十日（三）

往编辑部。

搬运"书趣"，分寄样书。

午间与沈、吴往食德，约了唐先生和陆灏共进午餐。久不来此，饭菜、服务，皆全面滑坡，无一可取。

饭后往宾华喝咖啡。

继往编辑部，讨论脉望工作室的下一步计划。

给谷林先生送去二十本样书。

处理"堪隐斋"稿。

五月十一日（四）

将稿送往谢先生处（志仁开车）。

往编辑部。

午后和陆灏一起拜望负翁，再往邮电医院看望吴方。

吴方比先又消瘦了好多，他说经历了几番大折腾之后，我觉着什么是幸福？不难受就是最大的幸福。

五月十二日（五）

一日雨。

往编辑部。

午间在孔乙己宴唐振常先生、丁聪夫妇、冯亦代先生、吴祖光父女、邵燕祥、陆灏、郑丫头，包了沈园雅座。饭菜并无特别可以称道之处，要价千元，据说还是打了九折。有绍兴糟鸡、炸响铃（即炸腐竹）、虾球（几粒虾仁为核，外面一层层裹了鸡蛋）、鳝丝、南乳排骨、红烧鲫鱼、芝麻鱼条、炒腊肉，一盘严格按照人数来的醉蟹。

饭罢往编辑部，将"书趣文丛"打包寄作者。陆灏一起帮着，乱了好一会儿。有陆在场，总是热闹的，也是愉快的（彼今晚去京）。

尧公差人将稿送来，又重新整理一过。

五月十三日（六）

往任乾星先生处，借得九一至九三年的《文物》，翻阅一日。

五月十四日（日）

与志仁、小航往德胜门，同燕京夫妇、孝仁祖孙并小会会齐，往蟒山。

蟒山在十三陵水库的一侧，原来就是中直机关当年种树的地方。大概后来归了林场，为了"创收"吧，林场在这里弄起一个所谓蟒山森林公园。每人门票十块，不过造起一个喷水池，又塑了一个石头的弥勒佛和十二生肖石，既无人文，也谈不上什么风景。不多一会儿，登山的人群就潮水似的涌上来，走了几步，愈觉无趣，便鼓动下撤，在水库边逗留片时，即往德陵。

经五孔桥，过石碑，有一群外国人设了桌椅野餐。

宝城后边的宝顶，又是一群外国人席地而坐，吃喝笑闹。

不断有人在宝顶的裂缝处上上下下。

吃了方便面、面包之后，又转了一会儿，便打道回府，到家一点半钟。

清理出当日在民研会时保存下来的一些美术资料，居然还有那期间看展览时留下的参观券和说明书。

五月十五日（一）

和吴彬、鄂力一起包租了一辆小面包，往金克木、陈平原、杨宪益、舒芜、吴祖强、陈原处送"书趣"样书。从金先生处出来，车开时，无意间一回头儿，正看见湖边坐了一位身穿的卡制服的老者，旁边是一只毛色与他头发一样白的狮子猫，他手抚猫头，端坐向湖，周围一个人没有，一片宁静。吴彬轻呼一声："季羡林！"

归来近一点。会了老沈，往宾华午餐。

饭后已是两点多，往琉璃厂为陆灏买书，过沙滩文物出版社门市部，购得《旧京文物略》、《翡翠史话》、《珍珠史话》、《昭陵唐人服饰》、《太原崇善寺文物图录》、《北庭高昌回鹘佛寺遗址》。

读《翡翠史话》。

五月十六日（二）

坐了志仁的车到永外，找唐思东开证明补办身分证。

往社科院访叶秀山（取稿）。与张慎识，约稿。

哲学所资料室处理书刊，选了几本《西域研究》。

午后往编辑部。

读《珍珠史话》。

五月十七日（三）

坐了志仁的车到永外，开会。听新旧首脑各自讲些言不由衷的话，忍了半个小时，退出。

访谷林先生，取了《书边杂写》十九册，代为分寄友人。先生以纪德的《田园交响曲》、《浪子回家集》、《窄门》三册持赠。

午间在孔乙己宴葛剑雄，又请了负翁、庞朴、王蒙、陈玲、雷颐。葛、王、雷皆健谈，嗓门儿又大，热闹得不得了，负翁几无一言。

饭后陪葛往人民日报社访尧公，葛正在给谭其骧先生写传记。

尧公谈了不少与谭其骧先生交往的旧事。他说，我们那时候白天是不读书的，半天睡觉，半天逛书店。挟了一包袱书，就往茶馆或小饭馆聊天吃饭，欣赏买来的书。晚上有时候还去开明戏院看戏，到了十点多钟，才看书、写文章呢。五十年代还常常这样。只是到了反右，几个要好的朋友才不来往，而且互相约定，外调的人问到时，就说谁也不认识谁，比如他和郑天挺就是这样。说起谭太太（李永藩），他说，漂亮呀，就是一辈子爱钱，太爱钱了。她父亲是律师，她是靠了伯父的（伯父曾做过一任财政总长）。谭往广州的时候，曾将太太托给他照顾，葛接了一句说："可是你没照顾好啊，她不是和姚好了吗？"这段事尧公并不知道。又说"文革"时每月只有五十块钱生活费，就写信给谭说太苦了，谭寄了二十块钱来，说这是他的私房。

坐聊一个多小时，辞出，与葛在十条地铁站分手。

五月十八日（四）

到建国门派出所补办身分证。

将《中日乡土玩具》的评介文字草成。

五月十九日（五）

往编辑部，将谷林先生交下的十九本书一一付邮。

读《文物》（九二年）。

五月廿日（六）、廿一日（日）

家居读书二日（《文物》、《玉台新咏》、《元诗纪事》、《拾遗记》）。

五月廿二日（一）

往编辑部，处理《偷闲要紧》初校样。

先后吴、沈从齐福乐处来，邀往友谊商店吃意大利冰激凌。一个漏斗形的高脚大玻璃杯，最下一层是一勺水果罐头，然后是炸土豆片，然后是两个冰激凌球（要了榛子的和核桃的），最后盖上一层鲜奶油，三人费八十余元。

往任乾星先生处取得八六至八九年的《文物》（各年有缺）。

收到陈四益赠《东京梦华录》、《西湖游览志余》，陆灏赠《好色一代男》、《顾随：诗文丛论》。

五月廿三日（二）

将"胡塞尔……"一书送哲学所张慎，约她写书评。

午间与沈、俞约定在凯旋门餐厅晤。等了半个小时不见人，正要回返，俞晓群来了，随后沈也到，俞、沈之间总算有了一次比较知心的谈话。

两点钟散席，归家不久，陆建德来，送来英文本的《普鲁塔克名人传》，坐聊近三小时。

五月廿四日（三）

往编辑部，处理稿件。

吴向中来。

读《长物志》、《吴德铎科技史论文集》、《袁翰青化学史论文集》。

五月廿五日（四）

大风一日。

读《中国陶瓷》。

午后往编辑部。吴向中来。

往任先生处，取得七十年代的《文物》（各年所缺甚多）。

五月廿六日（五）

往中华书局，从刘石处取得《清波杂志校注》、《王安石年谱三种》。

往编辑部，处理初校样。解决《中楼集》校样铅笔问题。

读《文物》。

五月廿七日（六）

早六点出发，到西单商场门口接了小会夫妇，然后到燕京家门口会合，往妙峰山。

七点半到达妙峰山脚下，把车存在四十七中，开始上山。

此地景物颇觉熟悉，当年在史家营的会青涧，由坟上沿一条山溪向上走，走好久好久，好像快到斋堂了，那里的山水树木，就和这里一样。那时候是去扛窑柱，去的时候很轻松，回来肩上扛了木头，二十里路，人都快累软了。老钟说，那时候抗日的人都是走这条路去投奔平西游击队。

妙峰山娘娘庙，曾经是香火极盛之处，这就是一条进香的道，只是被日本鬼子毁庙之后，才没有人走了。路两边长满了荆梢子，那一股清凉味，也是二十多年前闻惯的。核桃树、杏树、山榆树，真是太熟悉了。花花草草也似曾相识,隐约记起那时识得的一些中草药:桔梗、防风、柴胡,却有点不敢认了。

行八里,至金山庵,据云是正德年间太监谷大用所建,为进香第一歇。当年庵前搭了舍粥的棚子,舍粥舍水。庵前一泉,名金山泉,水从泉眼汩汩流出,流到山下的金峰矿泉水厂,就直接装瓶了。庵下面一片开阔的平台,下瞰,是北安河、温泉村一带的水田、房舍;右望,是两松倚石,装了框子,就是一幅松石图。

一路上只遇到三两拨游客,庆幸玫瑰谷还没有被"开发",不过就这样一点点的人,已经在开始破坏自然景观了,金山泉里洗瓜果,在平台上丢垃圾。

金山庵做过登山队的大本营,如今挂了北京大学生物实习站的牌子,里边养了狗,狂吠不止。院里两株古银杏,粗的一棵,大概两人合抱不过来。

再上山,只见路两旁的树丛、灌木,开满了白色的花。一种是五片单瓣,一种是一簇簇的伞状花序,还有一种极似丁香。有一处山洼洼,却真的是遍生丁香,漫了一片坡,蓄满了香气。

十一点钟爬到山顶,下面,就是一片平缓的谷地,坡坡坎坎,种满了玫瑰,便是人们所称的玫瑰谷。但今年天旱,玫瑰打了骨朵,却还没有开花。谷地的深处,是一片浓翠的松林。对面妙峰山上一带红房子,是娘娘庙。沿着已经干涸的溪路向前走,就是有百多户人家的妙洼村。据老钟说,早先路边溪水很旺,叠成一汪一汪的泉流到村里,后来溪水干了,村里人吃水就只能靠打井。

先在开阔地的一株古树下歇了一歇。又穿进玫瑰地,在树叶撑起一大片荫凉的大石头下小坐,便开始回返。和老钟走一条小路进了白杨林，便没有路了，在厚厚的落叶和布满酸枣棵子的山坡上穿来穿去，才回到了大路上。在树林里，不断听到李雄用树叶子吹出的鸟哨，粗拙的，是"公"声，细润的，是"母"声，山里竟有好几种鸟和他应答。

下山的路上头疼起来，且愈演愈剧，好不容易坚持到家，吃下去痛片，倒头便睡。

后来志仁也和爬过了五指山一样发了一夜烧。

五月廿八日（日）

痛睡一夜，醒来头疼已愈。

读《清波杂志校注》，校注者倒真是费了很大心力。

傍晚志仁开车，一家人往小会家晚饭。饭菜摆了满满一桌子：藕炖排骨、油焖大虾、炒土豆泥、肉丁炒豌豆、肉丁炒洋白菜、西红柿炒鸡蛋、凉拌黄瓜。可惜小航晕车，一口也吃不得。

看了老钟拍摄的风景照片，多是北京，在寻常中拍出不寻常。

归来在友谊商店门前的必胜客为小航买了一份快餐，又买了四个冰激凌球。

五月廿九日（一）

往编辑部。

给谷林先生送去样书十六本。先生以一册题了字的《书边杂写》持赠。

做《文物》各期细目索引。

五月卅日（二）

夜来得一梦，梦见正式化了妆登台演一整出京剧，但事先也没背台词，也没对戏，上台只说了一句"参见"，下边就全忘了词。

家居读书一日（做索引，读陆灏寄来的《汉唐陶瓷大全》、《玉器大全》）。

五月卅一日（三）

往编辑部。

从谷林先生取得要寄送的书，又送去一套名人伴侣丛书。

接到舒芜先生的电话，说刚刚读过第五期《读书》上"开心果"一篇，写得真好，可与张爱玲的《更衣记》比美。闻言大出意外，当然也高兴得不得了，这篇文章几乎没有一个人说好，已经丧气了好久。

六月一日（四）

半日雨，半日阴。

杨成凯来，送来"新世纪辞典系列"计划。

午后访梵澄先生，送去托冯统一代购的烟丝（二百九十五元一盒）。先生说："我没有请你买烟丝呀。"当时还是照收了。待清账之后，才打开靠窗的柜子，拿出一个花纸包，"看看这是什么？"里边是一个花纸匣，纸匣里边是好几盒烟丝！又拿出一个六角形的纸筒，打开来，又是塑料袋封着的烟丝！一盒可以抽三个月，这里大约有七八盒的量，至少可以抽两年了。

说起季羡林发在第五期上的信，他说，以季的身分，何苦要作这一番说话？这是很失身分的事，看了这篇东西，我对他的敬意全没有了。桌上有一本《边缘人语》，下署"晚董乐山敬赠"，先生说："为什么题一个晚字：从年辈、从学问，都不该这么论。"

给董乐山送去英文本的《普鲁塔克名人传》。说起金性尧，他说原是很熟识的，他的父亲和金的父亲同是做颜料生意的，金家在上海盖起了好几幢房子，董读书的时候，就住其中的一幢。又说，金虽然是这样一个家庭，可他从小就爱读书。

六月二日（五）

往编辑部，做发稿准备。

吴向中来，编"品书录"栏。

午间薛正强来，代他向王世襄先生求字，并约了王先生夫妇往金福缘，正逢停电，于是改往孔乙己，老沈又约了孟湄夫妇。

席间说起王先生的烹调手艺，又称王师母有口福，师母说了句："我都吃了一辈子了！"然后点着嘴唇旁边的一粒痣说："小时候我奶奶就说这颗痣长得好，有口福。"

饭后又和吴一起回到编辑部，把版式做好，然后到家里，将《明代皇帝大传》交吴。

六月三日（六）

做《文物》索引。

晚间往金福缘，老沈为吴忠超约请了王蒙、叶秀山、余华。蜜汁火方、拔丝金腿、鱼丸汤，算是这里的特色菜。有一款宋嫂鱼羹，王蒙说像打卤面的卤。

今日报载（记者梁若冰）：中国著名的电影艺术家、杰出的女导演张暖忻在刚刚完成了新片《南中国，一九九四》的后期制作后，于一九九五年五月二十八日在京病逝，年仅五十四岁。

一九八〇年，张暖忻自编自导的处女作《沙鸥》问世，并获文化部优秀影片奖和金鸡奖导演特别奖。之后的《青春祭》，无论作为她个人还是整个新时期的代表性影片，都有里程碑式的意义。这两部影片和早些时候她与别人合著的《论电影语言的现代化》的论文，使她成为新时期探索电影的倡导者和实践者。之后她又执导了

《北京,你早》、《云南故事》,这些影片获得国内外的赞誉,曾荣获金鸡奖最佳故事片奖、最佳导演奖,文化部优秀影片奖及国际上各种电影节奖。

与沈、董、吴、倪、朱伟联名送了一副挽联(只书了"青春祭"几个字)。三日的追悼会,未往。会后,沈等约了陈原先生去吃饭。陶渊明《拟挽歌辞》"亲戚或余悲,他人亦已歌",可谓洞察物理人情。

八点散席,老沈又提议约叶往华侨饭店喝咖啡,坐了近一个小时。

六月四日(日)

一日做索引,间读"二刻"。

六月五日(一)

往编辑部,发稿。

阅《伸脚录》校样。

六月六日(二)

往编辑部。

往文物门市部,购得《玉器史话》、《法门寺地宫珍宝》、《汉唐与边疆考古研究》。继往中华访卢仁龙,以《文化古城旧事》、《风俗通疏证》持赠。

做索引。

六月七日(三)

同志仁一起往工商银行取稿费。

往编辑部。

收到吴兴文寄来的《宋元陶瓷大全》。

午间梅墨生送稿来，谈他与名人的交往，与气功师的交往，在佛学、气功、艺术诸方面都有点功夫的，但世俗之念未断，或者说，仍深。

请他看相。先从眼睛说起。眼窝深，男相，属太阳、少阳。性格热情奔放。眉毛散，且眉低压眼，事业一面，要差了。鼻相好，正直，善良，无害人之心。颐、颏相好，一辈子无大富大贵，但平平稳稳，吃穿不愁，可享平民之福。二十五岁到四十岁，无大造就。一生不以名望显，学问上也没有大成就。得贵于声（金声）。四十五岁到六十岁，应该是一段辉煌的岁月。五十到五十五岁身体会不好，但过去就好了。性格有两重性的一面，可以从一个极端到另一个极端（比如从极静到极动）。脸色苍白，牙不白，主肾虚。

傍晚和志仁一起到出版署门口把郭蓓接到家来，原约好请她吃晚饭，但苦等小航，从四点钟聊到七点钟。七点十五分，总算回来了。

同往仿膳，志仁点了满满一桌的菜，剩回一半（费二百九十八元）。饭后郭蓓别去。

六月八日（四）

往社科院。将《艺风老人日记》（一部十册，缺一，旧年在海王村购得）持赠杨成凯。在语言所资料室抄录《古本戏曲丛刊》第四集脉望馆古今杂剧中的穿关部分。

读《元曲选外编》。

六月九日（五）

往编辑部。

午间往孔乙己，沈、董、吴、何素楠、刘禾、李陀、李公明已先在那里。

饭后回到编辑部。

李公明请客，往必胜客吃冰激凌（与吴、沈同往）。

五点钟各自散去。

六月十日（六）

早五点钟与志仁到西单接了老钟，同往东陵。

过蓟县县城，才知道从县城往东陵的一段正在修路，无法通行，于是绕行，从黄崖关一带的长城外面兜过去。

黄崖关意想不到地美丽。路不宽，但车很少，一面是翠滴滴的山脉，一面是绿间黄的谷地。山不高，却峭，后面衬着重重叠叠苍蓝的远峰，前面摇漾着蒙了晨曦的绿莹莹的光亮。山脊上蜿蜒着新近修复的长城。一片干涸的砾石滩上，横着一道长堤。走近，才看见中间一个被山洪决开的口子。口子上下，汪着浓绿浓绿的两潭水。靠近公路的河床上已经长成一长溜杨树林，河对面一线的山上，修着一座一座的烽火台。

从黄崖关往下营、马伸桥，再往石门，然后到了马兰峪。

先至清东陵。买了全线参观的通票（每人三十二元）。一位穿了杏黄衫子的老板娘追着赶着要做义务导游，原来导游免费午饭不免费，目的全在后一项。

西侧配殿和隆恩门外神厨库有地宫出土遗物展览，精品早失，遗下的这一点点，多已破碎不堪，倒还有一粒小小的猫儿眼。

东侧配殿，门里边拉了一道帐幔，两个女子坐在帐外售票（一块钱一张），问里边展出的是什么，不告诉。

看过地面建筑之后，进地宫另外还要买票（二十元），于是志仁提议去找文管处的小冯。开车到了二郎庙，说还在街里边，商量一下，决定作罢。二郎庙初建于明，但如今全部是新做，从建筑到雕塑，都恶俗不堪。

往景陵的双妃陵，在石桥前边的小树林里午餐。面包、香肠，草草食罢。

双妃陵静得出奇，除一个守门的小姑娘之外，再没一个游人，隆恩殿已倾圮，空余陛阶上的一块丹凤朝阳石。

再往景陵，碑亭已经坍塌，双碑碎了满文的一座，另一座上面也布满了裂纹，孤危耸峙在乱石堆中，据说是一九五二年雷击所致。景陵碑亭和神路之间被一条公路断开，神路至陵寝，却是抛出一个柔和的曲线，据说当年是沿着一条小河修建的，随水就弯，但如今已经没有了这条河。五对石像生依次站在弯道上，一边的杨树林，是新栽。

隆恩门大门紧闭，一大群燕子在门前飞起飞落，低回不去。

再往孝陵，也是属于不开放的陵，没有游人。走进去，隆恩殿、陵寝门、二柱门、石五供、月台、礓磜、方城、明楼、月牙城、宝城、宝顶，几乎完全同于明陵，不过明陵方城礓磜是修在两边，清陵修在正中。隆恩殿里，是顺治命多尔衮挂帅出征的场面。

裕陵游人就多了。地宫也是要另外售票的，没看。隆恩殿里摆列历代帝王帝后像（玻璃画）。东西配殿是把那本《清代宫廷生活》的画册撕了布置成展览。

定陵门前有人养了两头没有角的梅花鹿，游人与它合影一回收费两块。此外裕陵、定陵都有出租清代帝王帝后服照相的，买卖颇不寂寞。隆恩殿里的暖阁外面弄了几座塑像，是祭祀的情景。

一九九五年　359

最后经孝陵神路往宫墙外的庄妃陵，即昭西陵。

坏了大清国的慈禧，其陵修复一新；成就了大清国的庄妃，陵却残破不堪，整个建筑只剩了方城上的一座明楼。守陵人说，这都是周围老百姓给拆的。隆恩殿塌了，阶下生满了酸枣棵子。前面的碑亭也毁了，剩下一座残缺不全的碑。守陵人说："你看，那像不像是一个女人手里抱了一个孩子？"果然像。老钟说，那孩子就是大清国。

归途走平谷、顺义，经金海湖，眼见又是一片湖光山色，但只可远观，不可近玩，各种俗滥的所谓现代化设施把好山水都给糟蹋了。

把老钟送回家，并在那儿吃了晚饭。到家已将近八点钟。

六月十一日（日）

和志仁一起，开车到许敏明家，取了沈昌人体科技，然后回家。

骑车往小经厂，会了郑丫头，同往赵大夫处。

归途过考古所门市部，购得《江陵雨花台楚墓》、《中国陶瓷图案集》、《古代人物图像资料》、《画像砖石刻墓志研究》。

从王先生家取了写给崔老板的字。

阅三校样。

六月十二日（一）

往编辑部，忙乱一上午。

读说部。

六月十三日（二）

读书一日。

金成基打电话来，问起工资情况，答曰七百多，他大为吃惊，说:"到我这里来吧,至少可以给你开一千多。"

老沈打电话说,他有一个方案,即向署里提出,现在的主编不变,另外提两位副主编,便是现在的两个骨干编辑,然后他退下来做编辑,问意见如何?答曰:听吴彬的吧。

六月十四日(三)

上午仍居家读书。

午后往编辑部。会同吴彬、赵大壮、顾孟潮、王明贤、赖德霖、王春光往友好宾馆。再会了那里的蓝克利、顾良、陈光庭、李孝聪、韦遽宇及来此参加会的几个法国人,同往郭沫若故居。

这个院子最早是恭王府的马房,后为乐家私宅,再后为日本领事馆,后郭氏移居,住了十五年。

门票两块,几乎没有参观者。进门左手一侧有个高脚石花缸,里面植了浮萍,基座上雕了六个童子,做奋力托举状。花缸上雕着如意云,一面又是几个飘髯的仙人托了太极八卦图。甬道的一边是两个纵列的大土包,像坟冢一样,上面栽了连翘、珍珠梅、榆叶梅,另一边是银杏。垂花门前两口钟,铸造于明,传于清,进门一个院子,正房门前一边一株西府海棠。前廊与后院复道相通,绕过去就是书房、卧室、客厅及于立群的写作间。从居室布置来看,实见不出主人的修养与造诣。

再往菜市口的湖广会馆。正在进行修建,准备复原后作为戏曲博物馆。如今的主体建筑是戏楼,周围枋板上彩绘的博古,只有一块是原件。此前这里是纸板厂,这一块枋板原件上面贴了毛的像,竟因此保留下来,余则不存。

纸板厂之外,便是民居,早失原貌,几乎是重新组建,设计者王世仁。

继往大沙土园胡同的安徽会馆。先已成椿树整流器厂的仓库，幸而是仓库，而破坏不大，成为住宅的部分已面目全非，只有这戏楼还大致旧貌。

继往大红门的浙江村。同行的王春光是温州人，曾在这里搞过调查，住了一年半。这地方大概近二十年没有来过，一点儿也认不出旧模样，只觉得脏、乱、差远过于昔。

在方庄转了一圈，即往日坛公园的羲和雅园，法国参赞宴请与会者。饭后，参赞、老沈，及一位法国学者各讲了一些场面上的话，就散了。

六月十五日（四）

给谷林先生送去第六期《读书》，先生以蒋廷黻的《中国近代史》一册持赠，开本很小巧，是海南版人人袖珍文库中的一种。

往语言所借书（《阅世编》、《碎金》），又抄录"穿关"，一上午。

往编辑部，处理《学海岸边》初校。

抄录《碎金》。

六月十六日（五）

抄录《阅世编》：王积薪（村姑围棋）、史王生（"乌老"）、吕元膺（围棋易子）。

读说部。

六月十七日（六）

录说部中涉服饰者。

晚间与沈、吴在仿膳与王越男、王之江会。

一日风儿细细，雨儿微筛，后园草长，弱竹鲜润。贴着墙根一树红花，艳艳的开了有十来天，苦不知名，雨后但见落红万点，洒在树下草尖，又铺了园径的半环。此前三日，便是酿雨天气，竟得如此清腴。

六月十八日（日）

原约定侵晨往七王坟、西山农场，但醒来闻窗外雨声不止，遂不果行。

仍读说部：《搜神后记》、《明皇杂录》、《西溪丛语》。

午后与志仁往庞各庄买瓜，归途取邮票。

六月十九日（一）

往编辑部。

沈建中来，欲拍摄一部当代学术老人摄影集，为他联系了徐梵澄、周一良两位先生。梵澄先生说："见面可以，但我不想做当代学术老人。"

收到钟叔河寄赠的《蛮性的遗留》、《君王论》、《日本论》（戴季陶）、《唐宋词百家全集》（之五）。

读《搜神记》。

六月廿日（二）

读书一日：《搜神记》、《酉阳杂俎》、《绿窗新话》、《殷芸小说》。

六月廿一日（三）

给谷林先生送去周劭、钟叔河的信。

往编辑部。

读《冥报记·广异记》。

六月廿二日（四）

往编辑部，报王勉、杨静远书稿选题。

访任乾星先生，以《故宫博物院历代艺术馆陈列图目》一册相赠。

读《敦煌歌辞总编》。

处理《逝水集》校样。

六月廿三日（五）

将校样送交郝德华。

过华夏考古门市部，购得《西汉南越王墓》。

往故宫参观朱翼庵捐赠碑帖精品展。

做《文物》索引。

六月廿四日（六）

往赵大夫家，过中华、商务，购得《乐章集校注》、《罗马十二皇帝传》。

读《春秋左传诂》。

六月廿五日（日）

读书一日。

晚间外婆来，送来馄饨、冰激凌。

六月廿六日（一）

往编辑部。

收到程兆奇寄下的《江户美术》。

吴向中来，又一起回到家中，以《中国文化新论》一部相赠。

晚间王宇夫妇请饭，在必胜客，名义是庆贺小航中考结束，五人费八百零九元，贵得吓人，这顿饭实在是不该吃的。

六月廿七日（二）

与志仁一起送小航到小营的部队医院，已办好住院手续，但发现手术的成功率甚可怀疑，而且卧床时间远远超过六到八周，于是决定不做。

处理《偷闲要紧》校样。

六月廿八日（三）

往永外参加党员会。新党委书记发表就职演说，然后一起打扫楼下过道的卫生，清理垃圾。

做《文物》索引。

六月廿九日（四）

往编辑部。

从杨成凯处假得《夷坚志》。

张雪、赵亚平、于琦来，与沈、吴一起请她们到金福缘午餐，沈并邀了孟湄。张雪此次是带了五个月的盈盈归国一见亲眷的。盈盈挂在她的脖子上，很神气、很满足的样子。

晚间朱传荣过访，说起故宫的许多事情，挺好玩的。

六月卅日（五）

家居读书（《夷坚志》）。

七月一日（六）

晨起即雨，近午方止。

读书一日。

七月二日（日）

读书一日（《后汉书》）。

七月三日（一）

　　往编辑部，发稿，忙大半日。

　　处理"堪隐斋"初校样。

七月四日（二）

　　往编辑部。

　　将《书边杂写》样书送往谷林先生处。

　　读《春秋左传诂》、《后汉书》。

七月五日（三）

　　往编辑部。

　　中午接了小航往美尼姆斯，与沈、吴、贾共进午餐。

　　阅《读书》三校样。

七月六日（四）

　　将校样送往编辑部。

　　处理《伸脚录》二校。

　　下午再往编辑部。与吴彬、孔令琴会，同往邮电医院看望吴方。已经瘦得不成样子了，他说：治疗就是受折磨，不过家里人愿意他活着，他就为了他们坚持着，明知是没有什么办法了，一边说，一边掉下眼泪。说不出一句安慰的话，只是忍不住地陪掉泪。

　　俞晓群、谭坚、王之江来，晚间在王府饭店德国餐厅设宴，未往。

　　读《幽明录》。

七月七日（五）

　　和志仁一起到陶然宾馆取回俞晓群带来的《文物》，这是在沈阳的一家旧书店买到的。原主叫赵红山，几乎每一本杂志上都写了名字，从一九五三年至一九九一年，中间有缺，六二年缺了整一年，每册一律五元。

往拉美所，从九点到四点，整整开了一天极没意思的会。与会者：沈、吴、贾、李陀、刘康、韦遨宇、张承志、孟悦、陈燕谷、曹卫东、刘绪源、刘承军、张小强、塞亚夫妇（墨西哥学者）。

七月八日（六）

读书一日（《世说新语》、《语林》）。

七月九日（日）

午间与志仁、小航一起去看望外婆，然后到中国职工之家吃自助餐（每人标准四十五元），外婆吃得很高兴。

读《三国志》。

收到金性尧先生寄赠的《明诗三百首》。

七月十日（一）

午间在美尼姆斯宴请刘绪源、葛剑雄。约定十一点半钟，但老沈十二点多才到，人尚未落座，就声言马上要赴另一个约，说了几句话就走了。

饭后往王校对处取《学海岸边》校样。

坐了志仁的车，送校样到陈先生处。

读《说郛》。

七月十一日（二）

家居读书一日。

七月十二日（三）

取回《学海岸边》校样。

往编辑部。

送《堪隐斋随笔》至谢先生处，假得《三冈识略》。

先生走入外间，不知从哪里摸出一个釉下红彩的小壶，指着上面"天定吉祥"四字，说这是下定之物，出道光年间，他只是用它来浇花，壶身一圈渍得黑腻腻的。

归来即头痛不止，折腾至晚。

老沈往沈阳，参加爱书人俱乐部成立典礼。"书趣文丛"第一辑签名本拍卖，以六百元被人买去。

七月十三日（四）

读书一日（《辍耕录》、《湘山野录》）。

七月十四日（五）

一日雨。

读书一日（《老学庵笔记》、《四朝闻见记》）。

七月十五日（六）

将整理好的《文物》杂志送往任先生处，并商定了处理办法。先生以《蔡文姬》、《中国当代已故著名书画家作品选集》两册持赠，前者一九五九年版，有明人《胡笳十八拍图》附后。

收到邓云乡先生赐《文化古城旧事》。

读《邵氏闻见录》。

七月十六日（日）

与志仁一起往海淀图书城，极少可取者。购得《博物志》、《镜花缘》、《中国古代人物服式与画法》。意外的收获是发现一册一九七五年版《新疆出土文物》，价四十五元，亟购下。

读《后山谈丛》。

七月十七日（一）

往编辑部，处理初校样。

访谷林先生，先生说："好久没来了，真想你呀。"借得《北洋军阀史话》后三册及《万历野获编》。

读《独醒杂志》、《萍洲可谈》。

七月十八日（二）

雨下了大半日。

居家读书（《后山谈丛》、《靖康稗史》）。

七月十九日（三）

往编辑部。

杨成凯来，送来语言辞典系列计划，并《隋唐嘉话》、《挥麈录》。

七月廿日（四）

往琉璃厂，购得《中国丝绸纹样史》、《影青瓷说》、《敦煌图案》、《吉祥图案》、《琉璃厂杂记》、《遵生八笺》、《古清凉传》、《江南土布史》。

午后居家读书。

七月廿一日（五）

往编辑部。

读《中国丝绸纹样史》。

七月廿二日（六）

早六点出发，与志仁、小航往怀柔红螺寺。

七点半到达，是第一拨游客。门票十五元。

进门，沿着竹林中的路向前走。竹林尽头，是红螺池。里边是现代人塑的一对天女像，不免使古老的传说也一起变得俗滥了。水很浅，上面浮着几朵开得正好的白莲。池边，一溜高高的台阶通向山门。

虽然寺的历史挺古老（始建于东晋永和四年），但现存的建筑及寺庙里的塑像却都像是近人的重造，天王殿、大雄宝殿、三圣殿，粉饰一新。大雄宝殿前是左右并立雌雄两株的古银杏，又有活了二百六十年的一丛牡丹，后面是紫藤寄松，——粗拙的藤条和松树的枝干盘缠在一起，撑起一个遮天蔽日的大凉棚。有个怀柔历史文物展，另收两块钱门票，两间小小的展室，一偏独辟一室，放了际醒祖师的三颗舍利子。展览多是图片，实物几无一精品。

寺后有路可上山，有新盖的亭子和正在建造中的牌坊。天色半阴半晴，上到山顶，只看到眼前的绿衬着远处苍苍的白，濛濛的，洇着水气，浅紫色的荆梢子花开在脚下，酸枣棵子里，青绿的酸枣子有蚕豆么大了。山下有出租彩轿的，在山上只听见一阵接一阵单调又重复的唢呐声，没有人上山。

午间归来。

做《文物》索引。

七月廿三日（日）

读朱新予《中国丝绸史》。

阖家往仿膳午饭，五人费一百四十二元。

受三嫂怂恿，一起到花市金伦大厦买了两条削价的鱼鳞百褶裙。

七月廿四日（一）

往纺织出版社寻觅《中国丝绸史》专论册，被告知刚刚发稿，明年方能见书。

往谢先生处取校样。

先生找出了六十年前的《大公报》艺术周刊,其中有许地山谈近三百年妇女服饰的连载文章。又看了堪隐斋所藏乾隆年竹臂搁及两枚绿头签,其一是"□品顶戴度支侍郎如铨"。先生平常用的砚,是一方有朱彝尊款的端砚。先生说,很想看一看脂砚斋的脂砚,所谓脂砚,乃名妓薛素素的画眉砚,原藏张伯驹斋中,以后大概归了恭王府。又说他曾经收过一方柳如是的画眉砚,当年是装在一个小锦匣里(锦是康熙年代的),但已经破了,先生买下后,找工匠精心配制了一个木盒,然后把锦揭下一片,贴在上边儿。

冯统一说,六三年办曹雪芹纪念展,张伯驹将脂砚送展,展览结束后,却被告知此砚丢失。张本来对明清之物看得平常,也就算了。

往编辑部。

七月廿五日(二)

雨连绵大半日。

志仁开车送小航、小凯到北戴河。

午后往蓝英年家取稿。

读《说郛》(第六册)。

七月廿六日(三)

往编辑部。

归途访王世襄先生,借得《中国古代漆器》及《中国美术全集》漆器卷两种。

在王师母的桌上,看见她的一个写生册子,每一页都是花卉速写,画的都是眼前花事:风中、雨后,初开、衰败。有的下边还有一两行记叙情景的文字,真有意思。

志仁从北戴河一路磕磕碰碰，狼狈而归。

七月廿七日（四）

往琉璃厂，欲寻漆器卷，各肆皆有，且均为一九八九年第一版，但一律在原价"190元"上贴了新标签，或"250元"，或"280元"。

访任乾星先生。

读《中国古代服饰大观》。

第一〇五页："总的来说，要使鬓发薄而不散，松而不乱，都必须掺以胶质，时间一长，妇女的头发就会被凝结，为了使凝结的头发在梳洗时很快解开，古人还发明了一种'发腒'，元陶宗仪《南村辍耕录》记'妇人头发有时为膏泽所粘，必沐乃解者，谓之腒'，可见在很早以前，我国妇女就已经使用'洗发膏'之类的梳妆品了。"

所引陶宗仪的话，已经说得很明白，而原书下边还有一句："按《考工记·弓人》注云：'腒，亦粘也，音职。'则发腒，正当用此字。"更可见"发腒"全不是"'洗发膏'之类的梳妆品"，而是粘在头发上的发腻。宋周密《齐东野语》卷十云，九宫山道姬王妙坚，一日游西湖，在西陵桥茶肆小憩，"适其邻有陈生"云云（页二〇一）。王道姑用来解发腒的秘方，实在令人怀疑，也没有勇气亲验其效，但这个故事至少把发腒是什么，讲得清清楚楚了。

第九十四页："元明时期妇女戴假髻的现象也很普遍，时称'鬏髻'……这种假髻不分贵贱，都可以戴用。"

鬏髻不是假髻，而是当日女子戴的罩髻冠，上海古籍版《金瓶梅辞典》"鬏髻"条有很详尽的解释。西周生《醒世姻缘传》第五十四回，道"童奶奶戴着金线七梁鬏髻"，第七十三回说程大姐

"戴了一项指顶大珠穿的鬏髻，横关了两枝金玉古折大簪"，鬏髻作为罩髻冠，也描写得很形象了。鬏髻的使用，也有身分、礼数的规定，如《警世通言·计押番金鳗产祸》：恭人见官人在外边儿纳了妾，由不得大怒，立时喝道："与我除了那贱人冠子，脱了身上衣裳，换几件粗布衣裳着了。解开脚，蓬松了头，罚去厨下打水烧火做饭！"竟与《金瓶梅》中的春梅同一口吻。此冠子与彼鬏髻，怕也是同一物罢。

志仁飞往美国（与刘小会同行）。

七月廿八日（五）

往编辑部。

午间在大学生餐厅为何素楠饯行。她在北大进修了十个月，后天就要回去了，同座有马树夫妇、郝、沈、吴。

收到郑州寄来的《耳谈类增》。

七月廿九日（六）

半阴半雨，傍晚却又雷电交加，热闹了好一阵。

任先生平价购得漆器卷，取回。

读《渑水燕谈录》、《宾退录》。

七月卅日（日）

清早起来，把屋子收拾得干干净净，一个人，倒也清静自在。

读尚秉和《历代社会风俗事物考》。

七月卅一日（一）

将两本漆器送还王先生，伯母以《故宫文物月刊》两册相借，因为其中有文谈到服饰。

往宾华。编辑部组织新老留学生一起座谈。只和张慎、陈中梅聊了聊。

结束后，往编辑部。谈瀛洲带来陆灏为志仁代购的《抗战史图册》。

阅三校样。

八月一日（二）

往编辑部。

将《故宫文物月刊》送还王师母，一起聊了好一会儿。无意中看到她的一份著述目录，才知道她其实做了很多有分量的研究工作，如发表在一九六三年第二期《文物》上的《关于鸟鼓复原图的设想》，后来几次被出土文物证明是正确的。问起什么时候学的画画儿，她说先是十二岁的时候奶奶送她到一个速写训练学校（无量大人胡同附近）学了两个月的炭笔素描，后来又是奶奶请了一位老师教画山水画，老师的水平也不怎么样，所以都是临摹古人的作品，再以后，生了三年肺病，在病床上学会了剪纸。

往美尼姆斯赴郑丫头之约，从十一点半直聊到两点半。她说她刚刚完成了小说的处女作，寄往《收获》，已告知被接受了。听她讲述了大概情节，但引不起兴趣，想必是要依凭文字的力量才能动人吧。

归家，将《"洗头膏"及其他》草就。

八月二日（三）

一日雨。

往编辑部。

午后往凯莱。与倪、沈、吴，喝咖啡，吃冰激凌，看倪乐从上海带来的庄朴一家的照片。庄朴婚后已举一女，起名庄悦，以"悦"谐"乐"音也。

八月三日（四）

往编辑部，发稿。

孙机先生过编辑部，以《文物丛谈》一册持赠，未曾接谈，便匆匆辞去。

读《淮南子》、《礼记·月令》。

八月四日（五）

访梵澄先生（送去休谟的《人性论》）。

说起找"工友"的种种麻烦，我说："干脆找个老伴吧，最省事了。"先生一边笑，一边说："呸呸呸。""那么以后您不能自理了怎么办呢？""那就住到医院去。"

将辞之时，说了一句："还要到编辑部。"先生说："坐下，坐下，且不忙'到部视事'。"又说这"视"和"观"不同，视乃就职治事。王安石为某人作墓志铭，书"公不甚读书"；旁一人曰："这样写不合适吧？他可是状元呀。"于是王大笔一挥，改作"不甚视书"，一切就都解决了。

往编辑部。

午后陆建德送稿来，坐聊一小时。

读《礼记》、《通雅》。

八月五日（六）

读《尔雅》、王观国《学林》。

又将孙著《文物丛谈·清白各异樽》仔细读一回。

八月六日（日）

一日时雨时晴。

读《周礼正义》。

八月七日（一）

往编辑部。

在东单医药卫生书店购得《本草纲目》。

读孙著《中国古舆服论丛》。

八月八日（二）

今日立秋，却未有一点点凉爽，反闷热甚于前日。

往编辑部。山东电视台来采访。

小航、小凯傍晚自北戴河归来。

读《历代诗话续编》。

八月九日（三）

往城建部，参加顾孟潮、布正伟组织的建筑文化沙龙，讨论建筑文化与史官文化。顾提出的史官文化是一个很模糊的概念，与大家在这个话题下讨论的问题根本是两回事，不过对当前建筑界种种情况的看法倒是很可以深入研究。

收到孙机先生长长的六页复信，对问题作了很详细的解答，并以《文物天地》一册持赠。

八月十日（四）

于晓丹过访。先有一纸便笺，说："我很想有机会和你坐下聊聊，你有时间吗？"

原来是陷入极大的矛盾与苦闷中……

读《考工记》。

八月十一日（五）

往编辑部，与二吴一起商量双周讲座、读书沙龙各项具体事宜。

午后往天伦王朝与俞晓群及二王会。吕霞、陈原、于安民、沈、吴，一起讨论吕叔湘基金会事。

陈原先生以《不是回忆录的回忆录》一册持赠。

吕、陈先告退，余者往香格里拉饭店，吃意式风味的晚餐（费二千五百七十五元），实无一可取。要了一份火腿蘑菇奶油面（八十元），不过是一盘浇了奶油火腿的大面疙瘩，除了咸与腻之外，没别的感觉，一份意式奶酪蛋糕（三十八元），也平平。最后是西西里冰激凌，褐色的巧克力与血红的草莓酱平铺在盘子上，然后一牙挤了白奶油的黄冰激凌，色彩艳冶，甜得腻人。俞晓群却是食欲大开，酒、肉不拒。

八月十二日（六）

十点钟在长富宫大厅与沈、俞、二王会齐，往吕先生家。先生方自香山疗养归来，沈说："看起来精神很好。"先生应声而答："强打精神。"又讲起全集的进行情况，先生很平静地慢声而道："小题大做。"然后向沈问起《读书》的销路，沈答：将近九万。先生作吃惊状。但没过三分钟，便再次问起，沈又同样认真地回答一遍。说了几句闲话之后，第三次问起：《读书》销路怎么样啊？

俞送上一根吉林老山参（据说是长了五十年的），先生收下后说："我从不吃这些高级补品，一天三顿饭，足够了。"

出门，各自散去。

午后俞打电话来，聊了一个多小时。当晚回沈阳。

读《刘禹锡集》。

八月十三日（日）

午间往金福缘，老沈请陈昕、褚钰泉等上海来人吃饭。

读孙著《汉代物质文化资料图说》。

八月十四日（一）

细雨一日。

读《刘禹锡集》。

午后吴向中来。

八月十五日（二）

往编辑部。

读《周书》。

八月十六日（三）

往编辑部。

吴向中、雷颐、朱伟来，正一起聊着，吴彬接到冯统一的电话，说吴方投缳。于是几个人赶到他的家里，吴方斜躺在里间的双人床上，急救中心正在为他做人工呼吸，——其时已经停止呼吸好久了。

冯说，此前半个小时接到吴方的一个电话，声音极为平静，说自己那本书的书名就叫"斜阳系缆"。文字不能再仔细看一遍了，请代他审一审稿吧。

里外间的隔断墙上，有一个方形的洞口，绳子就从洞口穿出来，一头拴在外间书柜的腿上，一头打了结。本来说好今天入院治疗的，吴方让越宁先去办手续，越宁归来，就看见凳子翻倒在地上。

从我们到了吴方家里，就开始下雨，越宁哭得紧，雨就下得紧，一阵一阵。

十八岁的吴克捷还冷静，越宁坐在沙发上不停地边哭，边诉，边呼喊。努力了一个小时不见效，急救人员撤下器械。越宁不干，好说歹说劝住了。于是商量后事，通知公安局，通知语言学院、艺术研究院。

然后，依次的，一批一批都来了，却觉得时间过得特别慢，闷得让人透不过气。帮助越宁为吴方穿衣服，把他的左手套到袖子里，看他的神色，真是安详而宁静。吴方其实是由此得到大解脱了。

两点半钟，把吴方送上车，拉往隆福医院。

八月十七日（四）

访谢兴尧先生，到谢宅已是九点多钟，但先生听到叩门声才刚刚起床。

进门就开始聊。先拿出一本册子来，封皮上是一幅麟趾呈祥图，红纸已经褪色了。打开来，一本都是红纸，颜色还鲜明，上下金边双栏，中间墨书"蠡斯衍庆"。然后是奁目：首饰、四季衣服（衣、裙、袄、小衣）、床帐、扇、镜套。接着的一页，墨书"余庆裕后"，便是装目：镜、盆、烛、罐、碗、盘。先生说，陪嫁有如此排场的，至少也得是个小王爷（首饰中有金、玉扁方，可知是满人）。接着拿出来的，是一大一小两件铜带钩，一个小小的牙梳，一个铜指套，一枚骨簪，一枚玉簪，玉簪被先生用来调印泥，给挑断了，只剩了半截。先生说，你都拿去吧，我留着也没用了。

讲起"文革"时的经历，说曾和郭小川一起在王府井扫大街。又说起和陈寅恪、叶恭绰都有交往（是陈的学生），与叶常常在琉璃厂地摊上相遇。

十点半钟辞出。

午间与小航一起，到仿膳为小凯设宴饯行。

收到孙机先生来书，即作回书。

八月十八日（五）

往编辑部。

老沈提出的读书沙龙第一次活动，讨论的题目是：现代性危机：各种可能的解。参加者：汪丁丁、陈嘉映、李陀、雷颐、刘苏里、甘琦、徐友渔、刘军宁、王焱、何怀宏、于安民、吴向中。对讨论的问题，不感兴趣，但作为一个观察者，看大家如何阐述自己的观点，以了解每个人的思维方式、表达方式及在争论中的姿态，倒是挺有意思的。

午间在食堂安排了饭菜，未与共饭，归家。

志仁晚间归来，好兴奋了一阵。

八月十九日（六）

收到孙机先生来书，开篇即云："上次您对《清白各异樽》提出的意见很有分量，比如拳击，这一拳是打在鼻子上了，因而当时有点发憷，未能反应过来。现在想了一想，稍有头绪，谨叙述如下……"下面，以近四页的篇幅把我先前的质疑驳倒了，而这正是我一直期望着的。

访谷林先生。说起孙机，原来他们是熟悉的，当年先生在文物部，与孙的考古部办公室联通。但两位都不是健谈之人，虽天天见面，却共话不多，而先生对孙的学问与识见很是钦服。孙曾被错划成右派，七十年代末才从北大调到历博，结婚大约也在那时候，当日忙着置办家具，孙解嘲似的说："本来是该为我的孩子准备这一套的。"孙为学、为人皆不苟且，当年在学习会上就总是很有锋芒地发表不同意见。他的说话，也和他的作文、做人一样，简洁、明快。先生说，他的文章没有什么辞藻，也无枝枝蔓蔓的废话，但读起来绝不枯燥。这和我的感觉完全一样。

收到吴兴文寄来的《故宫文物月刊》。

八月廿日（日）

过中华门市，购得《中国的神话传说与古小说》。

午后两点半钟在八宝山举行吴方的遗体告别仪式。接到通知后，踌躇再三，决心还是不去，很怕在这种仪式上破坏对吴方的追念。

读《中国古舆服论丛》。

八月廿一日（一）

往编辑部。

举办第二次读书沙龙。参加者：崔之元、张宽、雷颐、查建英、戴锦华、苏国勋、李陀、黄平。

仍读《论丛》。

《唐代妇女的服装与化妆》谈到翠眉与晕眉，谓南北朝时确有将眉毛染成翠色的化妆法，唐前期亦盛行，不免有些怀疑。问题在于古诗文中青、绿、翠等字的用法。孙文先举了《楚辞·大招》中的"粉白黛黑施芳泽"，据以认为彼时黑色描眉，但《楚辞·大招》在"粉白黛黑，施芳泽只"下面，更有一句"青色直眉，美目媔只"，若据字面意思直解，岂不前后错乱？古诗文中常有青丝、绿云、翠鬟，都是形容黑油油的头发，这里，便全没有绿的意思。翠好像颜色的成分更少些，而多鲜明、鲜亮的含义。《老学庵笔记》：东坡牡丹诗云："一朵妖红翠欲流。"初不晓"翠欲流"为何语，及游成都，过木行街，有大署市肆曰"郭家鲜翠红紫铺"。问士人，乃知蜀话解翠犹言鲜明也。东坡盖用乡语云（页一〇二）。又似乎不仅流行于蜀，且不止用在宋代。《醒世恒言·钱秀才错占凤凰俦》"唤家童取出一皮箱衣服,都是绫罗绸绢时新花样的翠颜色"(页八十),也还在这一含义上使用"翠"字。大约最初以"翠"状眉,只是形容它有光泽,即俗语黑亮黑亮的,一如"翠鬟"的用法,后来便成了固定搭配,并不是即目之实景。果然认它为真的话,孙文下面说到"及至晚唐,翠眉已经绝迹",可小晏词中明明就有"晚来翠眉宫样,巧把远山学"(《六幺令·绿阴春尽》),元人乔吉有"合欢髻子楚云松,斗巧眉儿翠黛浓"(《水仙子·赠姑苏朱阿娇会玉真李氏楼》)。至于"一旦新妆抛旧样,六宫争画黑烟眉",说的应该是画眉由黛改墨的变化吧?

八月廿二日(二)

往中华书局访刘石,取得《往五天竺国传笺释》、《西域行程记》、《敬斋古今黈》、《河南志》、《蕉轩随录·续录》、《观世音应验记》。

读《论丛·中国古代的革带》。

八月廿三日(三)

往编辑部。

与沈、吴讨论《读书》进人事。

午间在美尼姆斯宴请许纪霖(沈、贾、吴、郑逸文),费四百余元。

八月廿四日(四)

往社科院,在门口与陆建德会,取得书稿目录。

午后两点钟,在编辑部举办本月第三次读书沙龙,参加者:杨永生、陈志华、王小东、邢同和、布正伟、王明贤、马国馨、赖德霖。议题是:建筑师的主体性:从一座或几座建筑谈起。老沈开场白之后即离去(往民族饭店会什么人),晚餐将结束时方归来。

讨论很热烈，也很有内容。在食堂晚餐。

八月廿五日（五）

往编辑部。

收到孙机先生来书及所赠《考古》、《文物天地》、《收藏家》各一册。

八月廿六日（六）

五点钟出发，与志仁、老钟往清西陵。

走错了路，往保定方向行驶了三十多里，到达西陵，已近九点。

先至昌陵大红门、石牌坊、碑亭、华表、神道，再至慕陵。门票五元，停车费八元。

所有陵墓的石桥下，马槽沟里都有一弯清水，水上多浮着白莲。泰陵水最大，所以设了游船，唯独慕陵桥下干得不见水迹，据说只有下雨时才有水，雨止，水也就没了，于是附会作龙吸水：楠木殿天花板上的龙，把地下水吸干了。想来是因为原东陵地宫进水，后移往西陵，故格外精心，特别选择了一个绝少进水可能的所在。

游人很少，陵区颇清静，慕陵更是一个人也没有。慕陵是以最奢侈方式，做成一个最俭朴的形式：三座本色金丝楠木殿看去的确很素雅。由此想起一个相关的当代故事……

由慕陵往紫荆关，一路翠色迎人，山青青，水莹莹，虽然阴着天，山和水也依然绿得鲜亮。

紫荆关下的十八盘古道，早被一条柏油路取代，关城只剩下了一个门垛子，建在拒马河边。山上有几段残破的城墙，山拥水绕中，颇有苍茫之伟丽。河水不旺，在石滩上散漫着，一座钢筋水泥的新桥横跨在上边，仍题作紫荆关大桥。

在河滩上午餐：面包、肠、西红柿。

饭后往泰陵，未入隆恩殿，至崇陵，亦未入。

三点半回返。走了高碑店市，四处修路，像进了用一道道烟障布置起来的迷宫。如此市政建设，看了真让人伤心。

六点十分到达西单，小会已等在必胜客饼屋。四个人要了两张比萨饼（每份四十九元），又沙拉、冰激凌（费二百零五元）。

八月廿七日（日）

读书一日：《七修类稿》、《渑水燕谈录》。

收到孙机先生来书。

阅《逝水集》校样。

八月廿八日（一）

往编辑部。

杨竹剑先生在给吴彬的信中写道："扬之水"君，大可不必反串"衰派老生"也，就其腹笥、文采而言，应是雍容华贵、蕴藉风流，"正宗青衣"底子，而"坐宫"、"醉酒"、"别姬"、"散花"者，即"开心果女郎"之"刀马旦"，亦并未尽其才情也。

与沈、吴同往梅地亚宾馆访王元化。午间赶回朝内，在食堂共饭。

读《中国古青铜器选》。

八月廿九日（二）

九点钟，在东华门与尚刚、吴彬、大小二冯会，由刘璐带领，游养心殿、储秀宫、坤宁宫、珍宝馆、乾隆花园、戏曲博物馆、撷芳殿。

养心殿迎门是一幅潘祖荫手书中堂，门两侧一边一个花几，几上一对径尺以上的碧玉盘。西边两架多宝格子，上边各种小摆件，有一两件白玉和黄玉，远远地匆匆过眼，连造型也不及细辨。尽头炕间，一面壁上是王懿荣的手书。东头炕间，床围子中间挂了一溜荷包、香囊。

门首一道帷幕，高高卷着，说是多少年也没有动过。

储秀宫西边一间的落地罩上布满各式兰草，想必都是名家手笔。炕间一张螺钿镶嵌翘头案，下有康熙己酉年款。明间一件炉瓶盒三事，很是细巧。红地描金的方盒，上面是香炉，香炉旁边一个小小的箸瓶，里边插着拨火和箸，盒上描着一对蟠螭纹，中间是一束缠枝莲，下边两个横抽屉，一侧还有两个小抽屉，应该是放香料的。

坤宁宫东间壁上一巨幅立轴，人物像是宋代衣冠，看场景，或是《送子天王图》。一溜坐炕中间，竖了一根短柱，大家都不知道是做什么用的。眼下柱子的斜钩上挂了一把腰刀，据说也是多年如此了。或曰当挂六宫锁钥，但装钥匙的袋子现正挂在两面窗子中间。

明间，还放着宰牲的案子，一角是灶间，里边两口大锅。

撷芳殿是道光皇帝出生的地方，现为陈列部办公室，刘璐占了角落里的一间。院子里种着枣树、核桃树。"潜邸"前边的两株枣树，每根枝条都是弯弯曲曲的，枣实是葫芦形。后院还有个四角井亭，原来是水井，现在成了下水道。

十一点半钟与刘璐别，各自归家。

收到陆灏寄来的《建炎以来朝野杂记》、《谥法考》、《元海运志》、《急就篇》、《汉旧仪》。

午后一阵冰雹，天黑云暗，凉风四起。过后，又是云开日出，像一切都没发生过。

八月卅日（三）

　　往编辑部。

　　接到遇安先生电话，约定九月四日在服饰展门前见面。

　　读《论丛》（进贤冠、幞头）。

　　对进贤冠由汉至明的沿革和演变，叙述得十分清楚，有文字、有图像，而且二者合情合理碰合在一个点上。关于幞头的成因，大约是发前人所未发，而逻辑严密，图例有据，一条发生、发展的线索勾画得非常清晰。

八月卅一日（四）

　　往编辑部。

　　杨成凯送来书目。

　　读《中国古代服饰大观》、《中国古代人物服式与画法》。关于幞头与冠的演述，简直就是一笔乱账。后者初版于一九八七年，至九四年，已经是第四次印刷了。

九月一日（五）

　　一日雨。

　　往编辑部，做发稿准备。

　　孟晖来，聊近两个小时。午间在食堂共饭。

　　下午北京电视台来采访。

九月二日（六）

　　阅三校样。

　　过考古所门市部，购得《北周文物精华》。

九月三日（日）

　　与老沈同往编辑部，发稿，查对校样原稿。

读《论丛》。

九月四日（一）

按照约定，九点半钟到历博西门，等候遇安先生。原是要参观历代妇女服饰展的，但今日闭馆，好像周围还戒严，大概因为世妇会开幕吧。

遇安先生今年六十六岁，父亲是搞古典经济学的，大哥孙次周从事史学研究，当年也在《古史辨》上发文章。先生解放前夕投身革命，后读华北军大，但学开坦克车的时候，被震得晕头转向，受不了，就转到地方。在总工会工作了一段，因在故宫前面的朝房上班，时沈从文先生的办公地点也在那儿，便认识了，一直往来。一九五五年考入北大历史系。

展览看不成，随先生到历博院内，在树下的一个长椅上坐着聊天。先生以《图说》、《论丛》精装两册持赠。聊了一个小时，发现身边尽是各种小动物，腿上咬了好几个包，于是收拾书本，转移到历博门前的台阶上。十一点半钟，先生提出去吃饭，遂往前门快餐厅，吃汉堡包。饭罢仍步行到博物馆门口，已是一点钟。

万万没想到，先生提出愿意和我合作做一点儿事，即举日人涩泽敬夫《日本庶民生活绘引》一书为例，觉得可以参照他的方式，也来做这样的研究。以他精读过的一册《东京梦华录校注》相假，并示以他撰写的《金明池上的龙舟与水戏》，说这是将文献资料与实物、图像相结合的一个例。做起来的确要花工夫，但还不是十分难，认为我完全有能力来做。

此番会面，收获极大，许多从文字上读不明白的问题，经先生一讲，一下子明白了。其学养与见识，真让人佩服。

九月五日（二）

先往铁道部，再往编辑部。

午饭后，访谷林先生，因想调往历博，请先生介绍一下情况。先生以为一定去不得，说那里没有一点儿学术气氛，除了一位孙机，再无可谈之人，也没有人在认真搞研究。

九月六日（三）

一日雨。

过录《东京梦华录校注》。

读孙著，并与先生一席谈之后，痛感"四十九年非"，以往所作文字，多是覆瓿之作，大概四十一岁之际，应该有个转折，与遇安先生结识，或者是这一转折的契机。只是前面的日子无论如何也是不多了，更生时光促迫之感。

九月七日（四）

与志仁同往绒线胡同书店，大约有三年没有来了，格局无大变，品种大有增加，但可读之书太少了。挑挑拣拣，勉强购得两册：《六朝事迹编类》、《金瓶梅隐语揭秘》。

往历博参观历代妇女服饰展。以图片为主，实物极少，且多复制品，只有清代的几件衣服、佩件。

九月八日（五）

连日阴霾不开，秋雨绵绵，颇有江南况味。

往编辑部。

过录《东京梦华录校注》。

九月九日（六）　　八月半

在中华门市部购得《玉篇原本残卷》、《碑铭所见前秦至隋

初的关中部族》。在考古所门市购得《中国古都研究》（第四辑）、
《菱花照影》。

过录《东京梦华录校注》。

终于有了阳光灿烂。傍晚与志仁一起去给外婆送月饼，正见长
安街尽头，西山一带晚霞烂烂。晚间起风，吹开云雾，捧出一饼白灿
灿的大月亮。

九月十日（日）

晨起，一到卫生间，蓦地看到窗外一个大月亮。

与志仁一起往万寿寺参观"北京文物精品展·祝贺北京建城
3040年"。

青铜器、金银器、漆器、珐琅、织绣、瓷器、玉器，颇有一些精
品。几件织绣：黄地绣五彩云龙纹上衣（明，馆藏），直领，领、袖
上毛；纳纱绣百子图门帘，红地（清，馆藏）；黄缎绣十二章纹龙袍
（清，馆藏）。还有一件也是馆藏，明缂丝仕女纹织成衣料，极为
精致：一个占了大半身的如意纹框子，以两条直领为界，一边悬了一
挂宝幢，宝幢下边缀了葫芦，葫芦下边又是个小挂件。宝幢的两头，
用如意挑出穗子，缀了古钱、葫芦、盘肠。宝幢两边，玉立着捧物仕
女，挽着高髻，红上衣，绿裙子，上白下粉的帔帛，或擎如意，或举
着古钱（衣实未全展开，大约有一半图案看不着）。画框外边，是四
季花卉、八祥八宝，还有点点山石错落。全部花样子都是在金线地
子上缂丝而成。

一对金凤簪（明），簪针上旋出如意云头，上边立了一只飞凤。
一对镶珠宝金指甲套是清代的，金丝掐成球路纹的地子，上边用
米珠缉成纷披的花瓣，小小的红宝石、绿宝石缀作花心，点翠的花

叶子。

风朗气清,庭院幽静,参观的人很少,若不是志仁一再催归,正可盘桓半日。

过录《东京梦华录校注》,录毕。

九月十一日(一)

早晨志仁得知张爱玲病逝的消息,说她孤零零死在寓所,发现的时候,已经停止呼吸好几天了。终年七十五岁。

访谷林先生,先生再次力劝勿往历博。

往编辑部。

午间往金福缘,郑至慧做东相请:沈、吴、查建英。蜜汁火方、鱼米羹、宋嫂鱼羹、咸鱼蒸肉饼、雪菜青豆、东坡肉。东坡肉是切作一小方,煨在小小的白瓷罐里,很入味。

饭后往编辑部。王越男、王之江来。郑在勇来。王、郑签订了协议。与二王合议吕集、文丛二辑、俱乐部藏书票诸事。

九月十二日(二)

读书一日(读孙著)。

九月十三日(三)

九点半到历博门口,在遇安先生带领下参观中国历代妇女服饰展,边看边讲,用了两个小时。所讲的,多在服饰之外,却是我以前一点儿也不知道的。

然后往翠花胡同的一家小餐馆午饭,又是先生做东。干煸里脊块、干炸里脊排、荷兰豆、酸辣汤(费五十七元)。我说无论如何也该我"还席",先生道:"我三十岁的时候,你五岁,如果那时候我们一请一还的话,倒还有意思,这会儿就不用争了。"

先生说，历博的确不是做学问的地方，倒是历史所可以考虑，但需要写出一本专著来，你可以选一个题目。

我怎么选得出？

先生认为一个现成的题目就是"绘引"。对此我也极有兴趣，只是先生说一两年就可以完成，我以为是绝对不可能的。"我那部两唐书舆服志校稿只用了一年的时间。"但我怎么可以相比！不管这些吧，慢慢努力去做，能够真正做好，此生也就无憾了。

"为什么要从北大调到历博？"

"现在的北大当然好了，我在北大的时候，眼看着一个一个熟悉的人在历次政治运动中的各种表演，实在太难受了。某某某，'文革'的时候，他最先冲上去动手打人，打杨人楩，这是我亲眼看见的。""调历博，事先讲好到这里来没有任务，可以自由安排自己的研究，来了以后，也的确是这样。"

"搞物质文化史并非素志，我想写的，是一部具有立体感的历史，决不仅仅局限于宫廷政治，而是反映出社会的全貌。我佩服兰克的治史方法，搞汉代物质文化资料图说，实际上是为写汉代史做准备的，可是以前那样的情况，没法搞真正的历史研究，现在，人又老了，精力也不够了。"

九月十四日（四）

直到今天，才在报纸上看到了有关张爱玲逝世的报道。

读《剑南诗稿》。

午间在仿膳与老沈共饭。

九月十五日（五）

晨起，天还黑着，只听见窗外秋虫叫成一片。志仁问："它们为什么这么叫?"我说是冷,他道:"不是,是因为它们快要死了。"果然,高亢激切中有一种惨凄。

往琉璃厂书市,购得万有文库数种,并《玉海》,敦煌壁画五代、宋之部。

午后往编辑部。龚建星来。

接到遇安先生来书,谈了一个合作著书的初步设想,很让人振奋。

九月十六日(六)

晨起五点钟与志仁同往香山碧云寺。

《周叔迦佛学论著集》页七一二:寺创建于元至顺中(一三三〇至一三三二年)耶律阿利吉,原名碧云庵。明正德中御马监太监于经将庵扩建为寺,并在寺后营建生圹。嘉靖初于下狱死,家产抄没,寺圹未用。天启三年魏忠贤又在此建生圹。崇祯元年魏诛,寺圹仍不用。乾隆十三年就其墓圹改建成金刚宝座塔。

大殿和塔,都在维修。

寺门开着,却清清静静的,没有人售票。一路走进去,山门、天王殿、鱼池石桥,一座月台上边是单檐庑殿顶的"能仁寂照"殿。然后是中山堂、石牌坊、金刚宝座塔,一层一层高上去。庭院里奇松、秀竹、古银杏,一群花尾巴的大喜鹊在树尖上飞起落下,塔顶上铺了一层莹白的太阳光,可蓝天上还泥着半个淡白的月亮。

水泉院里的一溜房子,大概住了人,不过也还是静悄悄的。花池子里养着玉簪,只是花事已过,剩了一大片油油的翠叶子,无端想起一句"翠色和烟老"。其实天地间清清亮亮的,但一片透明中秋日的凄清是分明感觉到了。

在中华门市部购得《南海寄归内法传校注》、《孙毓棠学术论文集》。

回到家，才七点半钟。

读《孙毓棠学术论文集》。

九月十七日（日）

读书一日（读《图说》及相关者）。

九月十八日（一）

往编辑部。

给谷林先生送去稿费和书。先生正坐在外间屋子的旧沙发上剥毛豆，原来伯母新近检查出了心脏病。

说起和遇安先生的合作计划，先生觉得非常好。

我说，我觉得好像刚刚学会走路，却要和一位长跑健将去参加锦标赛了。先生说，他比你跑得快，你可以比他跳得高呀！

读《文物》（五十年代）。

和三嫂交换劳务：她为志仁缝裤子，我为她打印材料。

九月十九日（二）

读书一日（陶瓷类）。

接遇安先生来书，指出了"脂麻"的几点失误，其中一个问题，就详详细细写了几页纸。

九月廿日（三）

往编辑部，处理初校样。

读茶论、瓷论。

九月廿一日（四）

往编辑部。赵清源来取走《金庸全集》。

听老沈说起试金石：一块黑石头，很贵，据说价等黄金。试金的时候，用金子在上面划一道，然后再用有刻度的金牌（金牌约摸有两根火柴棍那么长，三根火柴棍那么宽，上边打了孔，按刻度顺序穿作一串，大概有三十来根，拿在手里，像一大串钥匙），也同样在上面划一道，对比二者色泽，便可确定含金量。若怀疑羼铜或羼银，就用具有腐蚀作用的化学药水（硝酸？）撒在划痕上。如果划痕消失了，就说明有假。那么掺了多少假呢？还可以再用烟灰缸里的烟灰撒在上面，看冒出的一股细烟是何等样的颜色，便可确定掺了百分之多少的杂质。试金石用久了，可用王水洗去划痕。首饰店还有一种制造"紫金"的办法，即用萘和上其他什么原料，然后把金子放在里面煎，煎过之后，金子就呈现出一种紫色的光泽，可以讨得顾客的赏爱了。

收到遇安先生来书，说新著实在想不出好的名字，最后起了一个"文物与古代生活"，因为"许多文物本是古人精致一点的日常品"，于是从这句话中得到启发，提议就叫作"寻常的精致"，原拟，作为副题。

午间杨成凯过访，遂以巴尔扎克数种持赠。

傍晚往琉璃厂，购得李辉柄《宋代官窑瓷器》。然后应林凯之约，往和平门烤鸭店，赴上海教育出版社之宴。在座有聂北茵、李辉、李乔、解玺璋、李春林、梁刚建等，共两桌。

九月廿二日（五）

凌晨四点钟就起来了，——连日来总是三四点钟即醒，但仍勉强躺到五点钟，今天实在有些躺不下去，便起来读《宋代官窑瓷器》。作者的行文极为啰嗦，一段材料，不断地重复引用，几点结论,像是费了半生精力才得出来的。

往文化宫书市卖书,从早八点半到下午五点多,心里不断叫苦,又累又烦。

到几个书摊转了一转,可取者不多,购得傅乐淑《元宫词百章笺注》、傅振伦《景德镇陶录详注》,又《湖蚕述注释》、《江南丝绸史研究》、《中国美术全集》墓室壁画卷。

九月廿三日(六)

廿一日下午爸爸来,匆匆一面,说了不到十句话,即为三嫂解决疑问,然后赴为爷爷举办的寿宴,便分手了。昨晚打电话,欲今天上午去话别,但他说不必了,也就作罢(晚即归闽)。

读杨宽《中国古代都城制度史研究》。

昨夜风雨大作,雷声滚滚。晨起雨止,风却越刮越大。

九月廿四日(日)

读杨著、《清明上河图》、禹玉《清明上河图画的是哪座桥》(《艺术丛录》第四编)。

接遇安先生来书,说他同意许政扬先生的意见。检出许著一看,原来与禹玉文一模一样,方知禹玉便是许政扬。

后遇安先生在电话中告知:"文革"时红卫兵把许先生做的数以万计的卡片(有一卡车),全部烧掉,当晚许先生就跳了海河!据周汝昌序,许享年只有四十一岁(九月廿八日补记)。

九月廿五日(一)

往负翁处,取带给王先生的书和稿费。负翁以《张中行选集》一册持赠,书是用报纸包起来的,上写着:交莲船如是,并说:"以后你就刻这么一个章吧!""要您刻一个送我才是!"先生立刻从柜子里拿出一个小布包来，里边是新近托人买来的巴林石，取出一个圆的，说："这个怎么样？"点点头，就算定了。

将书和稿费送至王先生处。

往编辑部。

午间遇安先生送来《考古》（五五年至五七年）三册，并约共进午餐，遂往肯德基。面交了一封信，已贴好邮票，没来得及寄，先见面了。又以《五兵佩》文及图假阅，然后示以淄博古车博物馆的牛车复原图，一套七八张，从草图到结构图，看起来挺复杂的。"特别费工夫吧？"先生屈了指头说："三天。"对古车制度之熟，是不待言了。

说到王师母，先生想起她的一件轶事："她是大家闺秀，不会做饭，在干校的时候，派在厨房，为照顾她，就让她剥葱。剥了一上午，然后去找指导员汇报，说：葱都剥完了，里边什么也没有。"

代拟的"寻常的精致"，先生首肯了，交稿时间定在年底之前。"图说"，当在明年动手。"最后我得写一本书，一部立体的史书，这是我一生的愿望。""通史还是断代史？""就写汉武帝，书名叫'汉武帝和他的半个世纪'。"

饭后各自别去。

往编辑部。沈、吴、贾去吃大排面。

读《考古》，做索引。

九月廿六日（二）

往编辑部，处理《堪隐斋随笔》二校样。

往书目文献出版社为遇安先生购书，但门上了锁（门口写明"营业时间8—17"）。找到食堂，也不见人，倒是一片秋景，至为可人。蓝天，白云，清清丽丽中，近有雪松，远有白塔，未加髹饰的大殿，别有浑朴壮伟之气象。

骑车出来，过北海，桥下两边清波晃漾，不见一人一船，风搅得一汪一汪的倒影，琐琐细细的，变成一片亮点子。

往雪苑，为老沈过生日，酒焖肉、锅塌豆腐、腌笃鲜（费一百六十四元）。

读梁注《营造法式》。

九月廿七日（三）

往编辑部。

访谷林先生。说起和孙先生的交往，先生说："我所看到的孙机，是不去迎合人的，很有主见。"

回到编辑部。吴向中来。

读《梁思成文集》。

九月廿八日（四）

往书目文献出版社，购得《论古代中国》、《元宫词百章笺注》（为孙先生购）。

八点五十分至神武门，与吴彬、冯统一、尚刚会，还有一位德国老太太，在刘璐带领下，入春华门，参观乾隆佛堂。

殿名雨花阁，明三暗四，二层到三层之间，挑出个平座，于乾隆十五年在明代旧基上改建，由章嘉三世设计。现在里面的格局与器物布置仍是当年旧样，虽处处积尘，却是连积尘也有历史的。

一层，三座佛坛前边摆着供案，供果据说也是当年旧物。案前有珐琅如意树一对，木珊瑚一排，树上挂着五彩哈达。左手一座铜佛像，是一个极为漂亮的菩萨，细腰丰乳，弯眉秀目，秀挺的鼻子，翘着嘴角，婉，而且媚。佛坛是紫檀木的罩子，木料用了九万斤。殿堂里没有照明设备，看不清佛坛里边的布置。

四层，为藏传佛教的修行四部：释部、行部、瑜伽部、无极部，雨花阁据此而布置。

一重檐铺着上了紫釉的琉璃瓦，最下一重，是黄琉璃。攒尖顶上装着三米高的鎏金塔，四脊盘龙，无斗拱，仿藏式建筑。檐枋间贴着方木彩漆组成的一个一个小菱形块儿，檐下挂着一溜儿小木铃。佛坛是紫檀木雕花嵌玻璃的罩子，上覆木瓦顶，铜瓦当，下设须弥座，三座水平的一排，形制相同。阁前檐柱有莲瓣覆盆式柱础。

楼梯每一级都很高，上边积满灰尘，一层一层盘旋而上，最高一层便是故宫西部的最高点，可以俯瞰一派金碧辉煌。雨花阁后面，贴着红墙的一座梵宗楼，年久失修，已经破败得像要塌了。里边供奉的一座佛像，姿态像是自在观音，眉眼间却藏着威严。庭院里竖着两根梵杆，过去宫里跳巴扎，就是在这儿。以雨花阁为主的西边这一带，是当年宫内的礼佛之所，宗教建筑集中于此。

又到图书馆、艺术廊转了一圈。十一点半钟出宫。

往端门历博考古部，送去书目文献版的两本书。

接到遇安先生来书，关于清明上河图画的是哪座桥，他同意许政扬的说法，检出《许政扬文存》一看，原来就是禹玉的那一篇，来书并云："许先生在南开工作，曾和他有一面之缘，通过信。这是一位以毕生精力研究小说话本，并以身相殉的学者。"初不解"殉"之所谓，后接电话，方知蹈海一节，再读周序，眼泪都要流出来了。忆及"文革"初起，外婆见其来势，便有预感，回道："如果我喜欢的东西都没有了，活着还有什么意思？不如去死。"她所喜欢的，其实很简单,不过京剧、公园、闲适的生活,然而,却不能得。"盖天之于宴闲,每自吝惜,宜甚于声名爵位",此李文叔为赵韩王园之废而叹也。

九月廿九日（五）

往书目文献出版社,购得《民间秘语行话》。

往编辑部。

读《图说》。第一八〇页:"在画像砖、石上还能看到不少阙,有的在单层的阙上树立桓表,其形像见于沂南画像石。"手中没有《沂南古画像石墓发掘报告》一书,不知此阙周围环境是怎样的,但颇疑此乃邮亭。

又,第一六四页:"当时尚未形成凹曲形的'反宇'式屋面。"但班固《西都赋》"上反宇以盖载";张衡《西京赋》"反宇业业",则谓无实物可征是也,文字记载似不可不顾。

又:"到了汉代,我国古代屋顶的几种基本形式如悬山、庑殿、歇山、攒尖等均已出现。"这里所举庑殿、歇山、悬山,都是清代叫法。庑殿,时当称四阿或四注,《周礼·考工记》已有"堂崇三尺,四阿重屋",郑注:"四阿若今四注屋也。"

《梁思成文集·中国建筑史》,页三十八:"中国屋顶式样有四阿（清或称庑殿）、九脊（清称歇山）、不厦两头（清称悬山）、硬山、攒尖五种,汉代五种均已备矣。"

九月卅日（六）

阅三校样。

读《敦煌建筑研究》。

十月一日（日）

阖家去看望外婆。午间请外婆到飞霞饭店开设的北京烤鸭店吃饭，算是为她做八十大寿。红烧牛尾、腰果虾仁、炒鳜鱼丁、玉米羹，并烤鸭一只（费一百八十元）。

继访李雄，看他用电脑作画，极精彩。

仍读《图说》。

十月二日（一）

早五点半钟，与志仁一起，到西单接了老钟，然后往金陵。

出门时，天还黑着，风呜呜的，才一上路，雨又下起来。到了京石高速，雨住了，西边天上一层一层的云，深深浅浅，占满了整个儿视线。

过周口店，经车厂，至猫耳山下。

弃车步行，一条宽宽的马车路，插向一片群山合抱的谷地。贴着山根的一片开阔地，远远望去，影影绰绰辨得出是一个用黄土垒起来的半圆形的高台，如今上边种满了庄稼。老玉米黄了，向日葵弯了，白薯秧子倒还绿得一片一片。没有路，或沿地边，或穿田埂，乱走到一个桃园。地堰上搭着个小小的窝棚，窝棚里铺着的条石是汉白玉的，外面散乱着的，也是汉白玉的断石。墙根有两块碎不成形的黄琉璃瓦，地边有个直径尺五的石柱础，这便是当地人所说的"皇陵"了。据说破四旧时拆了一回，学大寨时又拆了一回，现在又准备重建。三个殿的地基都刨了出来，暂时还埋上，等日后动手，连同猫耳山的十字寺，整个儿辟作一个旅游区。

站在断碑乱石间的皇陵遗址，觉得风格外大，远处的风，听起来更像山间的瀑布，周围再没有一个人。

方一走出陵区，天就忽地一下放晴了，猫耳朵上涂了一片光亮，天也成了蓝汪汪的。条状的云，很快打了卷，白花花的，旋了半个天。

继往佗里的万佛堂。找了半天，原来被围在一个矿区里。

万佛堂全称大历遗迹万佛龙泉宝殿，据说始建于唐玄宗时，元大德年间重建，清顺治重修。歇山顶，无梁，砖石结构。殿里四壁嵌满唐代石雕，可惜门锁着。幸好里边还亮了灯，从门缝里看见石刻的雕像，大概是个法会图，各路菩萨腾云踏海而来。连成片的菩萨中间，雕出了云朵和水波。对面壁上应该还有供养人和伎乐，却是无法看到了。

万佛堂下是孔水洞，据说乘小舟逆水而上，可见一隋代石洞。

万佛堂上下各有一石塔，下是龄公和尚的舍利塔，时代约在金元之际。平面八角，塔身七层，基座上承一朵大仰莲。塔上无刹，想必后毁。上塔据云建于辽代，平面八角，十三层，塔基须弥座上做出壶门，上面雕了伎乐，各角是托塔力士。伎乐多损，但从残毁了的轮廓上仍能认出姿态。塔基上用双杪斗拱挑出平坐，上有拱券门、直棂窗，窗、门之间，贴塑着石雕像，亦多损毁。

收到王翼奇寄赠的《武林坊巷志》一、二卷。赖王君之力，八卷本终于配齐。

接金性尧先生赠"历代服饰"一厚册。

老沈送来第十二期稿。

十月三日（二）

将老沈没有做完的工作，继续做完。

读《中国建筑类型及结构》。

十月四日（三）

往编辑部，发稿，处理三校样。

读《水经注》。

十月五日（四）

与志仁一起往铁道部，然后去看望外婆。

十点钟，胡仲直打电话来，说在北京站口的自行车铺，于是把他接到家中。一别二十九年，彼此都历尽沧桑，虽然依稀可见童年轮廓，但若走在大街上，必是不敢相认的。

在仿膳共进午餐，胡执意做东，也就随他去了。聊到两点多钟，然后把他送至地铁站口，别去。

接到遇安先生来书，谓以《中国文物精华大辞典》一部（四册）持赠，已办理了邮购手续。

十月六日（五）

读《中国建筑类型及结构》。

往永外参加党员会，听录音（关于陈希同的处理）。

继往编辑部，处理《音尘集》校样。

十月七日（六）

读《华夏意匠》。

在《文物》一九五四年第八期上看到"山东沂南汉画像石墓"，其中即有《图说》所据原图，所谓单层的阙上树立桓表，此"阙"，自当为亭传。

此外，《图说》第一八〇页："至于二出阙，最耐人寻味的一例亦见于沂南画像石，它比较矮，和一座庙宇的大门组合在一起。"被称作"庙宇"的二层建筑，似乎也是亭传，《汉书·匈奴传》："时雁门尉史行徼，见寇，保此亭，单于得，欲刺之。尉史知汉谋，乃下，具告单于。"师古注："尉史在亭楼上，虏欲以矛戟刺之，惧，乃自下以谋告。"（第三七六五页）可知亭传有楼，而这一对"二出阙"的位置，似乎也很特别，与通常的阙之所在，大不相同。

十月八日（日）

奉到遇安先生来书，只谈了一个"反宇"的问题，其中说道："但优美的凹曲形不是一下子就形成的，它初出现时应为僵硬的折曲形，只有梁架发展得完善了，才能出现那种漂亮的曲线。"说"反宇"之成因，似乎不够完全，李允鉌认为，因为屋顶的铺设是用竹笆置在木楞和木椽上，然后在竹笆上抹泥、铺瓦，所以必要考虑竹笆在受力之后所产生的情况。如果竹笆产生局部变形的话，在直线式的斜屋面上就会出现凹凸不平的现象。反过来，在曲线的屋面中，竹笆所组成的面就会十分平顺，而且抹泥后所形成的是一个"壳体"，在刚度上自然好得多，曲线的屋面和构造的材料之间显然不会毫无关系。在设计上当会有意识地使形式和材料的性能密切配合（页二二三）。——屋宇曲面之形成，应该是综合了两方面的原因吧？

与志仁同往建筑书店，购得《刘敦桢文集》（三）、（四），《中国古代建筑》、《建筑历史研究》。

午后往凯莱大酒店。原约定一点半钟与朱书、许敏明、胡仲直会，但朱、胡二位两点一刻方至。在二楼咖啡厅吃冰激凌，争执半日，仍由胡做东。朱、许太没有幽默感，聊起来，总觉得气氛太严肃。四点钟提前离去，与志仁一起把外婆送上火车（往南京）。

归来看见一枚黄月亮，又圆又大，贴在天上，原来已是闰八月的十四夜了。

十月九日（一）

往编辑部，宝宝未到，代为处理校样。

收到王之江寄来的两部书稿的合同，将《寻常的精致》一式两份送往端门考古部。

午后访梵澄先生，送去熊十力的《体用论》。他说病了半个月，大约是因为在团结湖散步时在石凳上落座，受了凉，归来即闹肚子，今天才算一切恢复正常。

谈诗，谈诗人，有一组以"春江花月夜"为题的诗，杨度之兄（《草堂之灵》的作者）所作，其中一联极妙，——隔水隔花非隔夜，分身分影不分光。先生说："现在可还有人能做出这样的诗么？"谓当代诗至柳亚子、郭沫若止，自郐以下，不成诗也。

说《脂麻通鉴》。——"我一篇一篇从头到尾看了，以文章论，可以当得一个'清'字，不过，若以'沉雄'论，就大不足了。""可以照这样子接着做下去，可论的，还多得很啊。"

说起前不久沪上那位沈姓摄影师来访，后曾投书一封，抬头云"徐公梵澄先生"，"古今可有这样的称谓？此君可以去给人写墓碑"。

继往兆龙饭店对面的阿罗哈，为《读书》二百期宴请一批老作者：丁聪夫妇、冯亦代夫妇、龚育之、孙长江、陈乐民、许觉民、陈四益、董、沈、吴。三个肥牛火锅为主菜，不过一碟牛肉、一碟羊肉、一碟鱼丸；白菜、豆腐各一碟，开价一千八百元，只吃了一份沙拉，两小块面包。餐后的一杯蓝山咖啡，清淡如水，名义是餐厅敬送。

左傍黄宗英，右傍董秀玉，听黄聊西藏，听董谈选题。董说将来的几年，将有一大批高、精、尖的艺术类图书问世，其中一本是明清版画中的社会生活，是买通了北图善本室，从那里面精选出来的。但是文字是由□□来做，心想真是白糟蹋了好东西。

十月十日（二）

读书一日（建筑类）。

收到金先生寄赠的张爱玲译注《海上花》。

和志仁一起到北影资料馆看影片《摇啊摇，摇到外婆桥》，张艺谋导演，巩俐主演。从剧情到演技，皆无可取。

十月十一日（三）

往编辑部。

午后与志仁往清华大学，访陈志华老师。借得营造学社所编《建筑设计参考图集》。继往北京出版社访杨璐，伊以《朝市丛载》、《话梦集》、《燕市积弊》、《国朝宫史续编》持赠。

十月十二日（四）

往社科院访叶秀山先生，取得《愉快的思》稿，并签了合同。

读梁著《清式营造则例》。

十月十三日（五）

天阴得瀜着水，却又挤不出雨来，晚间才淅淅沥沥下了一会儿。

往编辑部，帮助老沈捆书。

午间遇安先生如约来到门口，然后一起往宾华午餐。

交付了《寻常的精致》书稿合同，并作者简历一份。兹录遇安先生简历：一九二九年生（九月廿八日），山东青岛人。一九四九年参加中国人民解放军。一九六〇年毕业于北京大学历史系。现任中国历史博物馆研究馆员，国家文物鉴定委员会委员，中国考古学会理事，获国务院颁发的政府特殊津贴证书。著有《中国历史博物馆》（合著，一九八四年）……

读《关于中国早期高层佛塔造型的渊源问题》，很是钦服。孙先生所达到的水平，让人觉得不可及。他其实何尝需要什么"合作者"呢，竟连助手也不必。邀我合作，大约完完全全是为了"提携后进"吧。

十月十四日（六）

早八点钟出发，往怀柔港澳培训中心，志仁开车，拉了三哥三嫂，大哥带了宁宁和小宝。

十点钟到达，住下，午饭后，与志仁一起往幽谷神潭。

都说是借了世妇会的光，怀柔的建设，一下子提前了三年。路宽，而且平，四行垂柳，两列中分，两行沿边。风吹过，抛起来的弧线都是齐刷刷的。深秋的绿，还带着春天的新鲜。

周回一弯起伏的山，"鬼面青"的玉颜色，一排一排，贴在天边，在时隐时现的阳光下，虚虚实实的。眼皮底下是一片刚刚描画出来、墨色未干的新城。新城之外，还留了大片大片的空白。从地平线起，空白的地方，铺满了云，一卷一卷，一层一层，半边深青，半边苍蓝。

由怀柔县城向幽谷神潭，一路，是令人奇怪的静，绝少人行，绝少车行，连骑车的人，竟也难得一见。山近了，景色立刻一变。峻嶒的峭石，勾出山的轮廓；红红黄黄的草木，堆叠出山的色彩。变幻的曲线，变幻的颜色，恰是搭配得好，朴朴素素的，就铺出一片华丽了。

沿着两山夹峙的一条深涧向上走，一道山溪在中间流。山越高，水越大，到了一壁五丈高的山崖面前，水跌落成一束飞瀑，在山崖下边的地坪上汪了一个潭。水于是又静了，从地坪上悄没声地漫下去，还是那条不急不缓流在山间的溪。

一段陡峭的石阶，被称作"天梯"。其实不高，也不险，不过上到上面，倒真的别有一种天外景色。命名为"幽谷神潭"的水，就卧在一面斜切在山凹凹的石壁上。水不旺，方圆不过八十平方，清清明明的，看不出倒有六米深。盘陀峭壁上嵌了这样的一汪水，总是很奇了。

水之源，还在更深的山里。过铁索桥，沿着平滑的斜面爬上去，看见水从山石切成的一道深涧里贴着山根流下来。再往上，便是一块一块的巨石悬悬地搭成水道，没有登攀的路了。

总觉得没有路的地方，景色更好。现在可以看见山外的山，铁线勾出的轮廓，铁灰中又点了星星的金红，星星的苍黄。不是立体的，倒是扁平的，——平平涂在布了云的天景上。就在路的尽头有个角度可以观赏，攀石拽树翻上去，进了一步，反觉结构上有了败笔，索性还是退下来。

四点半钟回到驻地。晚餐设在赵各庄，是个乡政府办的餐厅，号称"粗粮细做"，类似京城里的"忆苦思甜大杂院"，据说中央常来人到这儿吃饭。垂花门做了大门，迎面就是九开间的正房，两厢是七开间，房前有廊，廊顶是彩画平棋，花楣子下边又做了花牙子。一席共三十一道菜、饭。生花生米、炒杏仁、黄瓜蘸酱、灌肠、炖吊子、手扒羊肉、家乡肉条、积菜炖豆腐、白菜粉条、萝卜羊肉、砂锅鸡翅、三鲜豆腐、烤羊腿、摊米黄、炉打滚、两面焦、素馅饺子、元宵、老玉米、烤白薯、莜面饺子、莜面撮窝子、京东肉饼、榆皮饸饹、野芹菜团子、绿豆粥。

回到驻地，头疼不止，早早入睡。

十月十五日（日）

志仁随着去雁栖湖坐游艇。留在房间，读书半日（《建筑设计参考图集》）。外边阳光灿烂，屋子里阴冷非常。

午饭后回返，三点钟到家。

十月十六日（一）

往编辑部。

接到遇安先生送来的四册《考古》。

读《周祖谟语言文史论集》。

晚间往儿童剧场看《阳光灿烂的日子》。

十月十七日（二）

读书一日（陆宗达《说文解字概论》）。

往清华访陈老师，送还《建筑设计参考图集》。

傍晚从老沈处取归遇安先生交付的一个"什锦匣"。

十月十八日（三）

往考古部送书。

往编辑部。

与老沈一起，同俞晓群、二王，往吕先生家送合同书。

十月十九日（四）

读书一日（《考古》）。

午间往骑河楼与胡仲直一会，一起走到东华门小学，小学早已没有，旧貌更无存。

十月廿日（五）

往编辑部。

午间遇安先生约会，仍在肯德基午餐，聊了两个小时。说起在北大上学时的两位老师，一是教国际关系史的王铁崖先生，讲课极生动，讲西班牙、讲法国、讲德国，历历如数家珍，就像在那生活过多少年一样。最妙的是，声调的抑扬顿挫，竟如交响乐，及至下课前的几分钟，便如乐曲最后的几小节合奏，高潮之后是终止，然后下课铃就响了，没有一次不是这样。后来熟了，问及铁崖先生讲话的奥秘，答曰：第一当然是要滚瓜烂熟，再有就是写完一份大字讲义，再有一块大怀表，讲义上标好了讲到哪里是多少分钟，溜一眼，心里就有数了。还有一位是周一良，他发给学生的讲义，是纵的；讲课，是横的。

往琉璃厂，购得《敦煌文献语言辞典》、《汉语成语考释词典》、《辽西史纲》。

继往王世襄先生家借《营造学社汇刊》。

十月廿一日（六）、廿二日（日）

读《考古》（一九六〇年）。

《考古》上面的书评，多半是对书提出尖锐的意见，除一些涉及政治观点之外，几乎都是学术上的，很有分量，署名"作铭"的，编者按也写得很"专业"。

十月廿三日（一）

大风一日。

往编辑部。接到范老板的一个便笺，才知道谷林先生吐血住院了，打电话问老倪，再问劳伯母，知道住在通县的结核病院，已脱离危险，是肺病复发，目前正在进行各项检查。

读《沂南古画像石墓发掘报告》。

十月廿四日（二）

在华夏考古门市部购得《沂南古画像石墓发掘报告》、《冯汉骥考古学论文集》。

读《中国营造学社汇刊》第三卷，摹《梓人遗制》图。

午后陆建德送稿来。

晚间与沈、吴在富商酒吧（原先的梅园）宴请朱学勤（自助餐，标准每人三十八元）。

十月廿五日（三）

往编辑部。

接到性尧先生所惠书款三百元，退不合情，受不合义，遂放入致谷林先生的书信里。

收到辛丰年先生寄赠的《请赴音乐的盛宴》。

收到陆灏代寄的《须兰小说选》。

手抄《梓人遗制》。

十月廿六日（四）

读书一日（《文物》，《论丛》车制部分）。

往王先生家换借《营造学社汇刊》。

十月廿七日（五）

往编辑部。

午间遇安先生约会，仍在肯德基午餐，聊到两点钟。讲《同源字典》的用法，又说起夏鼐、李学勤、裘锡圭、俞伟超、苏秉琦、宿白。

读《须兰小说选》。陆灏说《宋朝故事》最好，却不以为然，应推《红檀板》为最，虽处处可见张爱玲的影子，但也仅仅是影子而已。铺排故事，编织细节，锤铸语言的功夫，令人佩服而惊讶。志仁说，她的写法很怪。不过看得出内心很有激情，骨子里是浪漫的。

很有些男欢女爱的缠绵，却偏偏借了荒远的外壳、冷冷的笔调写出来。问他：配不配□□？曰：□□无福消受，□缺乏细腻，领会不了她内心的东西。

十月廿八日（六）

遇安师周五将《考古》三册送至朝内，今由老沈带到。

读《文物》。

午后往商务礼堂，《读书》举办第二次双周讲座，由李慎之讲"天理人心"，来者踊跃。

十月廿九日（日）

读《考古》（六二至六三年），做图录。

十月卅日（一）

往编辑部，发稿，忙到一点钟。

继续做《考古》图录。

十月卅一日（二）

从星期天起，大风三日，令气温骤降十度。

做《考古》图录。

十一月一日（三）

访任乾星先生，以《长沙马王堆一号墓发掘报告》出让（出口本，价三百五十元）。

访叶秀山先生，送去第一辑"书趣文丛"。

先生谈起考古所的人，原来多是认得的，在北大念书时，曾在一起玩。说起李学勤，才知道他的一番学历：初，考入清华大学哲学系，院系调整后并入北大，后因家庭生活困难，辍学，入考古所学徒，得夏鼐先生亲炙，一手带起来。再后来，调到历史所，做侯外庐先生的助手。"他的经济情况，好像从来就不是很好，他的爱人一直不工作。""为什么不工作呢？""伺候他呗！"徐苹芳，夫人是徐世昌的外孙女吧，"文革"时家中被掘地三尺。他是侯仁之的学生，做学问非常刻苦，把地图挂了一墙，整天看着，琢磨。七六年地震，还曾请教他，哪块地方容易发生坍塌，——他对北京的地下水文，也熟极了。

往编辑部。吴向中来。

程亚林从非洲（索马里？）归来，过北京，回武汉。在彼执教四年，昨天一下飞机，正好大风降温，他说："终于尝到冷的滋味了！"

读李学勤的《东周与秦代文明》。这本书很有特点，几乎是无一句无来处，可以说是对考古发现与研究资料一个总结性的综述，但有一个例外，即铜镜篇谈到规矩纹，说："有学者从思想史考虑，主张有关古代的宇宙观，并同汉代的式盘有一定联系。"显然的，此指遇安先生的《托克托日晷》一文，却奇怪地不注明出处，令人纳闷。

遇安师做学问也很有特点，似乎是孤军奋战，自成一家，在诸多集体项目中，皆不列名。这原因，大约有二：一是认识问题的角度往往与众不同，因不大与人共话；二是个性极强，不愿磨去棱角，奉圣人"吾从众"之哲学。

十一月二日（四）

读书一日（做《考古》图录）。

十一月三日（五）

往编辑部。

午间与遇安先生共进午餐（在东四一家新开的美式比萨饼

店）。

往西单测绘仪器商店买绘图用具。

十一月四日（六）

摹《营造学社汇刊·山西大同古建筑调查报告》中的建筑图。

十一月五日（日）

仍摹线图，并摘抄报告。

将《汇刊》第四卷送往王先生处，换得第五卷。

为性尧先生、遇安先生作书（录《诗品·劲健》）。

阅三校样。

十一月六日（一）

往编辑部。

李公明来。

与李同往社科院，访叶秀山先生。

往社科门市部，购得《敦煌石窟鉴赏丛书》、《唐代的外来文明》、《两汉魏晋南北朝与西域关系史》）。

两日转暖，午后又起五六级大风。

作书（郝德华、薛胜吉）。

十一月七日（二）

一日大风。

读《营造法式》（梁注本）。

午间遇安师约定往肯德基，借到一年的《考古》。席间很郑重地提出，要我为《寻常的精致》作序，又约定以后每周一午间见面，交换《考古》。问起易水先生做"博导"的事，他说，他带的是一位"票友"式的英国学生。又说，现在我也在带学生呢。问是谁，答曰："扬之水。"总算是认我作弟子了。

十一月八日（三）

叶秀山先生送稿来，坐聊一个多小时。

往编辑部。

在华夏考古门市部购得《中国古建筑木作营造技术》。到东单邮局订阅《考古》、《考古与文物》、《华夏考古》。

收到黄春寄赠的《农业考古图录》，俞晓群寄赠的《走出疑古时代》、《数学历史典故》。

午后郑丫头来，坐聊两个小时。

读《考古》。

十一月九日（四）

和志仁一起往万寿寺，从孟晖处取归《中国古舆服论丛》，寄辛丰年先生。

收到程千帆先生寄赠的《沈祖棻诗词集》。

读《考古》。

读《沈祖棻诗词集》。涉江词诚可谓词人之词，意象的组织，意境的铺排，无一不"词"，言情、忆旧、怀友，自不必说，即讽咏时事，亦纯是词的作法，无一点儿"叫嚣"之气，虽须毛奋张，亦出之以婉丽敦厚，绝不出"倚声"家法，更不作近代语。置之于宋词、清词，无愧色也。

十一月十日（五）

访梵澄先生（送去"写卷小楷"两支、兴隆咖啡一包）。先生说，《脂麻通鉴》大可作续篇，如项羽鸿门宴因何不斩刘邦，项羽为什么火烧咸阳，霍光废昌邑王，皆可大做文章。

往编辑部。

谷林先生昨天出院，前往看望。听先生念"病榻经"，世风日下，医疗质量之差，真让人不敢生病。

十一月十一日（六）

读《考古》。

午后两点钟，往商务礼堂，《读书》第三期双周讲座，李学勤主讲，题目是"最新考古发现与中国文明"。材料都是大路货，但被贯通起来，提纲挈领地一讲，就觉得明白多了。不过犹嫌浅了些，若着重讲一讲最新出土的简帛文字对中国学术史产生了哪些具有震动性的影响，当更精彩。报告结束后，有听众就此提问，李含糊过去，说，壁中书，竹书纪年，从发现到现在，还没有完全弄清，如今这样一大批材料，如何就能研究出眉目来？

十一月十二日（日）

读《中国灯具简史》。不足十万言，却纵贯古今，可谓简而又简。考古重大发现，如长信宫灯之类，自然是放进去了，文字材料，似多从孙先生的几篇文章中来。不过糟糕的是，这本灯具简史中的非灯，太多了（插座、熨人、香炉，都放了进去）。

十一月十三日（一）

往编辑部。

与遇安师在肯德基共进午餐。还上六四至六五年《考古》。四点钟在朝内门口约见，取回六六年、七二至七四年《考古》。讲灯、三彩、窑氛。

持与《唐代长安宫廷史话》一册。封底一张彩照印得很漂亮，说明写道："大明宫三清殿出土鎏金龙纹环首器。"师曰："作者在长安搞了近四十年的发掘,可连刀环都不认得。这本书是个好题材,可惜没写好。"

十一月十四日(二)

代师往王府井、华龙街取汇款,归途在工具书书店购得《中国大百科全书》中国历史卷(缩印本)。

晚间从任先生家取回《新中国考古发现和研究》。

卢仁龙过访,取走《中国古代书画图录》三、四、五、七、八册。

读《考古》。

十一月十五日(三)

给谷林先生送去《沈祖棻诗词集》。

往编辑部。

读《考古》。

十一月十六日(四)

与陆建德在社科院门前会,送还稿件。

到春明为梵澄先生购咖啡。

将《图说》说"灯"一节又读一回,仍有不少疑问。

十一月十七日(五)

访梵澄先生,送去代购的咖啡。

途经朝阳路中国书店,浏览一过,大有获。购得《中国大百科全书》文物·博物馆卷、《海内外唐代金银器萃编》、《中国陶瓷》、《诗经草木汇考》、《龟兹石窟研究》、《秦汉官吏法研究》、《文史》第三十六辑和第三十七辑。

十一月十八日(六)

将文物卷大略翻阅一过,很不能让人满意。文物的彩版只有十六面，却有三个错误：双兽纹金牌饰图版印倒，四周绳纹也被切掉近半；标明宽城鹿纹三足银盘的，实为摩羯团花六曲三足盘（见韩伟编著《海内外唐代金银器萃编》页八十八）；说明作隋李静墓出土玻璃圆盒的一件，却是个瓶。条目的设置，也多觉欠周。中国古代生活用品类，没有中国古代灯具、中国古代镜子。前者该是最基本的生活用品，后者则是最有"中国特色"的。可见这样的集体项目很难做得好，个人能力之强，只能体现在条目的策划和设置上，如果在这个问题上不能有决定权，而体现于具体条目的撰写，便难免成为"不协和音"。"中国古代带具"条，即似"因人设事"。

"中国古代首饰"条，未提及宋代女子的发冠和明代女子的髻髻，清代满族女子梳两把头所特有的扁方，也当加以介绍。这其实都是作者非常熟悉的。是受字数的限制吗？可"中国古代雕塑"条，用了六页还多的篇幅呢。

文物的内容如此丰富，实在不必和博物馆卷合编一册，大约就因为如此，许多应该介绍的文物，才不得不割爱了。

图版说明，或注出土地点，或否；或注藏处，或否，体例不一，有失严谨。

十一月十九日（日）

读《考古》。

辑录有关灯的材料。

十一月廿日（一）

往编辑部，处理初校样。

午间在肯德基与师约见，交还六六至七四年《考古》。讲豆腐之讹、熏炉、中柱盘、单子植物、双子植物。

四点钟，取得七五至七八年《考古》。

十一月廿一日（二）

在社科院门前与黄梅、陆建德约见，取得稿件。

读《唐李寿石椁线刻〈侍女图〉、〈乐舞图〉散记》。

引史浩《鄮峰真隐漫录》、郑麟趾《高丽史·乐志》对"竹竿子"的描述，以证侍女图之"竹竿子"，虽不为无据，却稍觉危险。史，南宋人；郑，明人，遥遥地隔了朝代与年代，这其间的绍接与传承，或当有所交代，而向著引史浩文，正是为了说明"宋代柘枝舞之大概"，当未便遽引以为唐舞乐之证。王克芬《中国舞蹈发展史》页一八五："斯坦因·二四四〇号写卷背面所书类似神剧，装扮不同人物的朗诵词。其中有'队杖白说'，类似宋代'竹竿子'念'致语'，说明节目内容，并赞颂如仙女般美丽的舞人'青一队，黄一队，态踏'。"此似与"侍女图"中"竹竿子"的身分更相近。

关于龟兹舍利盒乐舞图，霍旭初原文云："归纳起来，苏幕遮有下列几个特点：一是舞蹈者头戴各式面具；二是乐舞的气氛威武雄壮，'腾逐喧噪'；三是舞蹈包含泼水或套勾行人的部分，这幅乐舞图具有苏幕遮的前两个特点，因此可以认为是苏幕遮的一部分。"实际上，第三个特点最重要，故霍文曰"一部分"，这样便严谨一些，是不可省略的。

又，文章引杨荫浏《中国古代音乐史稿》说，过去，研究者对燕乐这个名称的理解曾"存在着极大歧异"，而"燕乐即燕飨时用的音乐，殆无可置疑"。燕飨时所用的音乐称作燕乐，那是《周礼》里边就有了，但通常说到隋唐燕乐，应指的是庙堂雅乐之外，合中国俗乐与胡乐的所有歌舞乐，说"这时只有雅、俗、胡三种音乐"，不如说，只有雅乐和燕乐，俗乐与胡乐原是包括在燕乐之中的。

坐部伎是演奏技巧很高、规模较小的室内乐队，立部伎是声势壮大的室外乐队，但似乎都是宫廷即皇家所专有。而王府，即便有几部女乐（或曰相当规模的歌舞乐队），也是不用坐、立部伎的名称吧？

十一月廿二日（三）

往编辑部。

访梵澄先生（送去钱君匋编《李叔同》）。

先生手里举了一封信，说，还没来得及写完呢。信上抄了一首诗：

《书项王庙壁》：三章既沛秦川雨，入关又纵阿房炬。汉王真龙项王虎，玉玦三提王不语。鼎上杯羹弃翁姥，项王真龙汉王鼠。垓下美人泣楚歌，定陶美人泣楚舞。真龙亦鼠虎亦鼠。（王象春，字季木，济南新城人，万历庚戌进士。）

过朝阳路中国书店。

十一月廿三日（四）

八点钟到朝内，与老沈一起坐车往机场。九点四十五分的飞机，十点半才起飞。

到达郑州，有薛正强来接。在飞机上就开始头疼，吃了去痛片，也不大见效。郑州的气温，甚至低于北京。一天的干风，金水大道一街黄叶。越秀门口却是摆了数十盆秋菊，素雅的颜色，鲜鲜艳艳铺排出一片烂漫。

午饭后，三点钟开始吴迎钢琴独奏音乐会。坐在离钢琴不足三米的地方，看得见演奏者每一根手指头的动作，连踏板的吱吱声都十分清楚。也许太近了，所以止不住与演奏者"同呼吸"，替他紧张，音符从琴上涌出来，飘在空间，就总怕它落到地上，握紧的拳头都攥出汗来了。

在书店转了一圈，未见有中意之书，倒是在一部《中国科学技术史典籍汇编》中，发现了梵澄先生提到的刘基的《多能鄙事》，抄录了其中的几则。

晚饭，实在打不起精神，坚持到终席，先回来睡了。躺在床上，读了几页《红楼梦》。

十一月廿四日（五）

在楼下餐厅吃了早饭，八点钟出发往开封。高速公路，一个小时就到了。

先往龙亭，刚刚办过一个颇具规模的菊展，弄了些八戒闹菊之类的造型，俗不可耐，早没有"一从陶令评章后，千古高风说到今"的菊风菊韵了。

龙亭也早是旧迹，连清代的原貌也不存。去年某日，亭子突然坍塌，据说还从里面跑出来两条蛇。重新修复，未免粗制滥造。绕亭的两湖水，杨湖、潘湖，水倒是很旺，不过金明池早没有了，蔡河、汴河也因污染太剧不得已填掉（据师言，开封早失北宋旧貌，——宋代开封城已在今日开封的三米以下。黄河多次决口，蔡河、汴河也屡经改道）。在御街旧址修起一条宋都御街，号称仿宋建筑，其实都是清代做法。《清明上河图》中的城门也修起来了，据说还要重建虹桥。

继往大相国寺，仍处在繁华街市，但早不是《东京梦华录》中的样子了。一座琉璃门尚别致，大概也是清代所建。

再往禹王台。古吹台上建有师旷祠、三贤祠、禹王殿。殿旁一边一个小跨院，两边栽着竹子，森森细细的。三开间的建筑里空空荡荡，白闲着两个庭院。整个儿园子里也没有游人，真是难得的清静所在。

最后去繁塔，是在烟厂宿舍的一隅。塔身上一砖一佛，但完整的已经不多。塔心中空，可以盘旋而上。黑洞洞的，摸上去，原来里面的一层，也是一砖一佛，同样破坏得厉害。

回到郑州，近一点，午饭。

下午三点半，由吴祖强讲"室内乐的艺术魅力"。

饭前由薛正强带领，往他新开业的百货大楼四楼的三联书店参观，购得张广达《西域史地丛稿初编》、《诗品集注》。

晚饭一直吃到九点钟，总算咬着牙陪到底。晚间几位又去喝咖啡，吃蛋糕，再提不起精神，谢绝了。

十一月廿五日（六）

早饭后，往机场。八点二十分准时起飞，十点半回到家。

读《考古》。

十一月廿六日（日）

读《华夏之美》并几本陶瓷类书。

十一月廿七日（一）

往编辑部。

午前遇安师打电话来约见，仍往肯德基。以《华学》创刊号持赠。问起曾昭燏，原来是曾国藩的侄孙女，"文革"时跳了龙华塔。

饭后往中华、商务门市部，继往琉璃厂。在门市部购得《西域南海史地考证译丛》、《古代高昌王国物质文明史》、《乡园忆旧录》、《密县打虎亭汉墓》、《文史》第八辑。

十一月廿八日（二）

一夜不得安睡，晨起浑身骨节酸疼，一量体温，三十八度。

黄梅送书稿来。

因为一个星期前就约好的，所以中午还是强挣着往肯德基与遇安师、易水先生见面，谈书稿事。据师介绍，易水是铁岭杨氏之后，其祖在《清史稿》上有传。

归来即躺倒了，腰酸疼得不得安宁。倒是晚间小航回来，问寒问暖，侍奉汤水，极为周到，一面还说："这回你该觉得儿子不如闺女好了吧？"意在犹惭不能尽心，忙道："还是儿子好。"

十一月廿九日（三）

晨起退烧，但仍双腿发软，打不起精神。

老马来，送来"书趣文丛"第三辑序言。

午后沈、吴来，原约定午间宴请葛剑雄、陈四益，因病未往，由二位代表了，饭后特送来萝卜丝饼一盒。

读遇安师所假《考古》（七九至八一年）。

十一月卅日（四）

家长回来，病也好了，志仁说："是我把你惯坏啦。"

往王先生家取稿。在先生家看到一部将在美国出版的书稿，介绍美国一家博物馆收藏的百件明式家具，颇具匠心的是，每件家具，皆附一图，多选自明清版画，所取之画面，正有与此件家具相合者，据云曾为此四处搜罗，大费心力。

临别，先生以卜萝卜、生麦种持赠，并教以制盆景法。

继往编辑部。

为杨成凯代致聘书。

十二月一日（五）

　　往编辑部，做发稿准备。

　　读《译余偶拾》。

十二月二日（六）

　　读《考古》，整理资料。

　　午后孟晖来，坐聊近两小时，以新出之《中原女子服饰》相赠。

　　收到何兆武先生寄赠的《欧洲与中国》。

十二月三日（日）

　　阅三校样。

　　读《考古》。

十二月四日（一）

　　往编辑部，发稿。

　　午间与师会，往翠花胡同的悦仙午餐。取得八二至八五年《考古》，又《中国圣火》手稿。

　　师之处女作发表在五十年代初的《文艺报》（一九五二年第一号〔总五十四号〕），是对刘雪苇谈鲁迅《野草》一文的不同意见（《对雪苇"〈野草〉的'题辞'"的意见》）。当时曾有志写一"鲁迅传"的电影剧本，故搜集了不少材料。以后觉得文学太空疏，继而考了北大历史系，从此就和文学告别了。

十二月五日（二）

　　读书一日。

　　《中国圣火》读后令人振奋，久已熄灭的光焰终于又被发现了。

十二月六日（三）

　　往铁道部。

往琉璃厂，购得《碎金》、《文物考古工作十年》、《四川彭山汉代崖墓》、《广西贵县罗泊湾汉墓》、《营造法式大木作研究》（陈明达）。

继往编辑部。

午间与师会，在肯德基午餐。谈《译余偶拾》、《中原女子服饰》。请教熏炉及燃香史。

收到《中国文物精华大辞典》青铜器卷、陶瓷卷，印装甚精美，但仍属图录之类，远不能以辞典称，定名不准确，至有谬之甚者，说明也只是对器物的描绘，不反映研究成果。

十二月七日（四）

家居读书一日。

将师手校本《图说》过录一回。

读《考古》。

十二月八日（五）

往编辑部。

志仁卧病一日。

陆灏与俞晓群至自沪。

午间与老沈在金福缘宴请陆灏。

晚间在长富宫对面的一家餐厅（"世界之窗"？）与俞晓群一行会（沈、吴、陆、郑、俞、王越男、柳青松）。以志仁卧病为由提前退席。

十二月九日（六）

想对《中国灯具简史》作一番评论，但写来写去不满意。

午后到商务参加双周讲座，在门口遇陆灏，遂一同拜访谷林先生。先生看起来已经大好，这一次在通县的"小病大养"，似乎是因祸得福了。以《寒玉堂诗集》一册持赠。

继访梵澄先生。

十二月十日（日）

与志仁一起去看望范老板，陆灏已先在那里。老板那一跤落下残疾，走路一拐一拐的，但精神却格外健旺。去年春节曾经做了一副对子：无忧无虑睡懒觉，有吃有喝享老福；横批是：不想火化。后来黄苗子来，说：大过节的，别提什么火化，改成"赖在人间"吧。

十二月十一日（一）

上午家居读书，构思《寻常的精致》之跋语。

午间与师会，换得八四至八五年的《考古》。问灯，问香炉。取得部分书稿。

十二月十二日（二）

在东四花店买了两头水仙，送往谷林先生家中，权作"寿礼"。

往编辑部。

将跋语草成。

十二月十三日（三）

入冬以来第一场雪。

读书一日（做《考古》索引）。

黄昏时分，在西总布口上与师约见，交还书稿，并送上跋语。

历博考古部将由端门迁入馆内。

十二月十四日（四）

《读书》明年订数逾十万。

午前飘了一阵雪，然后就放晴了。

读书一日（《考古》）。

十二月十五日（五）

往隆福寺中国书店，购得《宋盐管窥》、《东南文化》第三辑。

往编辑部。

师曰吾土熏香之习起源甚早，缘于蔬食以辛味为主，不免由人体中散发出许多异味。或不尽然，至少不全如此。大约祭祀之际，爇香以通神，更原始一些，诗、礼之所谓"萧"，罗愿《尔雅翼》释曰："今人所谓荻萧者是也。或曰，牛尾蒿，似白蒿，白叶，茎粗，科生，多者数十，可作烛，有香气，故祭祀以脂爇之为香。"如此，则这"萧烛"，便是用芦荻染上动物油脂，缠束成"炷"，祭祀时爇而生香，以求神灵下降。但这"香烛"，是手执呢，还是放在容器里边？

十二月十六日（六）、十七日（日）

做《考古》索引。

从老沈处取得《明式家具研究》。

十二月十八日（一）

往编辑部，处理校样。

往富商酒吧（为《读书》二百期举办的服务日）。

十点钟开始。午餐结束后，宾客开始分批离席。两点钟回到编辑部，毕冰宾指挥拍电视。

在考古书店看到师屡次提到的那本《郭良蕙看文物》，站着翻看了几则。原是根据当今拍卖市场的情况，从收藏家的角度，来赏鉴文物。文字不俗，基本常识也是有的，并且，也谈历史，也谈艺术，好在语言俏丽而不俗滥，失则在浅。一看简历，才知道她早是著名小说家，所谓"郭良蕙看文物"，其实是有句潜台词的，即小说家郭良蕙看文物,若不是有这样的定语,怕要见笑于方家吧。

四点半钟与师在西总布口会,送上一册《寒玉堂诗集》,为陆灏求得一册《图说》。问起那篇跋,曰:这不是跋,是论战,横扫千军式,某某看了,也得吓得掉了裤子。"做学问的,大别之,有三种,一种是像某某那样的正常人,四平八稳的,不作惊人之说,少有发明。像我这样的,是疯子,语不惊人死不休。你也沾点儿边,差不多是这类型的。再有就是平庸之辈,不必说了。"

十二月十九日(二)

读《中国古兵器论丛》。

十二月廿日(三)

往编辑部。

午在肯德基与师会,以八四至八五年《考古》,易得八六至八七年《考古》。稿子仍未交齐(缺《中国宝座》、《豆腐问题》)。

问青铜器铸造、缴射(绕线棒)、唾盂、宋瓷(宋瓷非"瓷",却成为瓷中精品)。

以沈从文先生的《关于飞天》手迹持赠。

十二月廿一日(四)

往编辑部,处理初校样,忙至过午。

将跋重新改写一回,刚刚印出一份,打印机就又坏了(乱出鬼画符)。

十二月廿二日(五)

做《考古》索引。

十二月廿三日(六)

仍做索引。

十二月廿四日（日）

老沈打电话来，说退已成定局，吴已内定为副主编。

读《顾随：诗文丛论》。

往任先生家，取回《西藏唐卡》、《清明上河图》分月挂历。

十二月廿五日（一）

往编辑部。

午间与师会，在富商酒吧进餐。以《郭良蕙看文物》一册持赠。由朱传荣说到朱家溍，又说朱夫人气度极高雅，虽不施铅华，但自有一种华贵雍容。前年故去，朱大恸。

为我设计了一个题目，即批评《辞源》插图中的错误。

十二月廿六日（二）

将《辞源》中的插图一一摘出来。一小部分，能够确定是错误的，但多半感觉似是而非，不能作出肯定的判断。

午间在肯德基与师会，将所录交上，师曰："如果你接受了这个题目，那么我就得认真对待，不过有个前提：我只是做幕后的工作，写出来，'版权'完完全全是属于你的。"这当然不行，但此刻也不必去争了。以英文版《佛兰德斯艺术史》相奉，这是六年前献血后，用营养费所购。

原来孙次周仍健在，——一直在川大任教，但已经不能写东西了。"在顾颉刚纪念文集上写了一篇战国青铜器，观点已经非常陈旧。"

十二月廿七日（三）

早七点，与老沈同往机场，志仁开车相送。

八点五十分起飞，十点二十五分抵沪。在机场正好与俞晓群一行（王之江、周北鹤）相遇，一起乘出租车到新亚大酒店。一会儿陆灏也到了，在酒店餐厅共进午餐。

饭后往二楼咖啡厅，谈《万象》的操作计划，拟定名誉主编和顾问，及"新万有文库"的学术策划。

五点钟往金沙江路，访姨婆婆。三十三年没有见面，她说她还清楚记得，六二年到北京，外婆带着我到车站去接她，我戴了一顶紫色灯芯绒的小风帽，好玩极了。现在自然一点儿也找不到当年的影子。而她今年大病一场（肺心病），人也完全脱形，不复旧时貌。

原来她对妈妈有刻骨铭心之怨恨，整个谈话不离此题，但断断续续也了解到一点儿家里的情况：金永炎（晓峰）是日本士官生（士官学校八期？），曾在保定军校做教员，李宗仁、白崇禧都是他教过的学生。后来做了湖南、湖北两省督军，在武汉娶了赵晚华，赵跟着他宦海天涯，从两湖到北京，人人都知道她是金太太，老家的大夫人倒没有人知晓了。大夫人后来闻知消息，从老家赶到北京大闹，但也没有办法。金晓峰武昌起义时和黎元洪一起在一夜之间发迹，可惜短寿，死的时候，姨婆只有四五岁（姨婆生于一九一九年，据此推算，他大概生在一八七六年前后）。这以后，家中妻妾倒和好了。大夫人生了十二个孩子，活下来八个，晚华无出，夫人看着她可怜，就把七哥过继给她了，还举行了挺隆重的过继仪式，当日并指着姨婆说："这一个小女孩，也过继给你吧。"但夫人死后，大嫂子非常厉害，把晚华赶出了家门，又因为姨婆过继的事，只是口头上说过的，所以再不认账，把她们兄妹几个一起带到日本，直到大哥在帝大读完书（我的外公即大哥在帝大时的同学）。

晚华离开金家后，就跑到武汉投奔董必武，参加革命了。后来到了重庆，在北碚的旋宫饭店做"于老板"，实际上这是党的地下联络站。重庆谈判时她是代表团工作组成员,驻红岩村。解放前夕病故,后事是熊子明料理的,——董必武曾写信把这些情况告诉姨婆,"这信也都在我的档案里"。

八点半钟告辞。

十二月廿八日(四)

八点钟一行出门,坐出租车至复兴中路,在花店买了一束鲜花(一百五十元)。走了差不多一条长街,才找到一个吃早餐的地方。一人一碗大馄饨,再加上几个甜咸元宵。

十点半钟走到柯灵先生家,陆灏已在那里。先生虽大病一场,出院未久,但看起来还健爽,对《万象》复刊的事很有热情,当场应允担任顾问。

十一点钟辞出,在附近的一家感恩院餐厅落座。一会儿陈子善也到了,带来两本《万象》的合订本,大家传看,议论一番。

餐厅老板据说是个基督徒,开这家餐厅,吸引了不少牧师。有一款特色菜:腐乳烧藕,陈子善点的,果然好,微有一点儿酒糟的后香。还有一款很别致,像北京的艾窝窝,但里边的馅是冰激凌。

饭后与老沈同往陆灏家。陆以一套日文版《上海博物馆》持赠(精装五册)。新"家"比过去稍微大了一点儿,但冷得要命,坐不久就冷得发抖。一会儿金性尧先生来了,以《清代家具》一册持赠,坐聊到四点半钟。老沈先去了人民社,然后在附近一家咖啡厅坐候,一起坐了一会儿,金先生告辞,送过几条马路,乃别去。

从咖啡厅出来,与沈、陆一起步行至襄阳美食娱乐城(这里原来是一个文艺会堂,近年拆掉重建)。张志国、林丽娟做东,同请了汪耀华和伊人。

一顿饭从六点钟吃到九点半钟。好不容易盼到散席，又横生枝节，到神户咖啡娱乐厅喝咖啡。回到寓所，已近十一点钟。

十二月廿九日（五）

早八点一行人往和平饭店吃早餐：火腿煎蛋、鲜奶蛋糕，一杯柠檬红茶。饭后各自别去，——俞等往浦东，沈往《周报》。

十点钟到陕西南路与陆灏会，同访黄裳先生。先生好像永远是坐在窗下书桌前的藤椅上，面对着摊开来的一本书。今天怀里特别抱了一个暖水袋，身上披了一层薄薄的太阳光。

坐聊半小时，辞出。回到新亚，与俞、沈会，同往德兴馆。虾子大乌参、红烧鲴鱼、乳腐肉、油爆虾，都是这里的特色菜。席间讨论了"书趣丛刊"，决定改称"脉望"，不定期出版。

饭后即往机场，三点四十五分起飞。五点半钟抵京，一小时后到家。

飞机上忽然想到，何不索性称作脉望工作坊？和沈一商量，亦觉甚好。

十二月卅日（六）

午间在肯德基与师会，一看楼上楼下座无虚席，遂转移比萨饼屋。

将《寻常的精致》定稿交付与我，又以《中国西域民族服饰研究》一册持赠，称"新年礼物"。

前番所录《辞源》之图，师已作批注，今交付，并拟定题目为"评新版《辞源》插图"。

十二月卅一日（日）

将有误之插图一一分类。

一九九六年

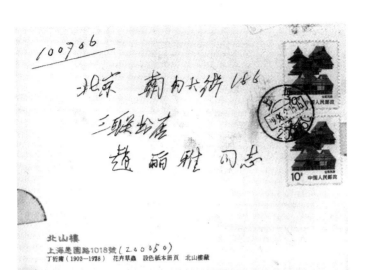

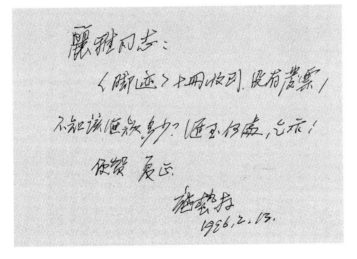

图三十二　贺年片中提到的《脚迹》，便是《沙上的脚迹》，为"书趣文丛"第一辑中的一种。

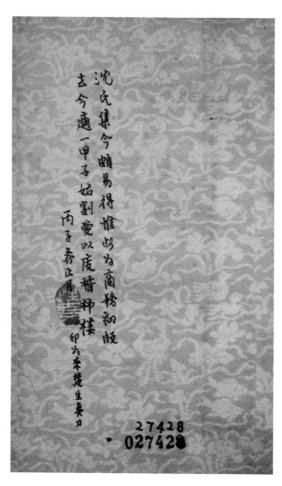

图三十三　星屋老人题赠沈从文《湘行散记》

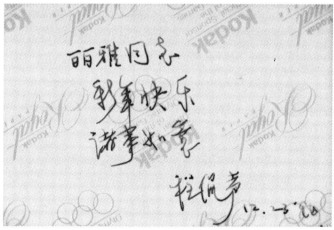

图三十四　鹤西先生题赠照片

图三十五 贺年片

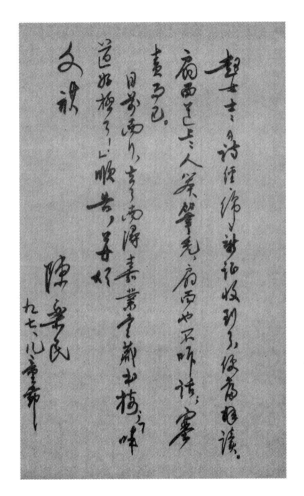

图三十六　离开《读书》之后，同《读书》作者的往来一
下子少了很多，然而几位蔼然长者对我始终倾注关心之情，比
如陈乐民先生。

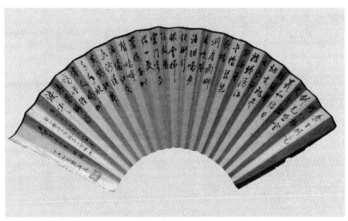

图三十七 陈乐民先生所赠扇面

图三十八 一九九六年以后，仍参与了不少《读书》编辑部与辽宁教育出版社的合作，比如张光直文集的出版。此为一九九七年秋接谈文集出版事宜的一次会面。

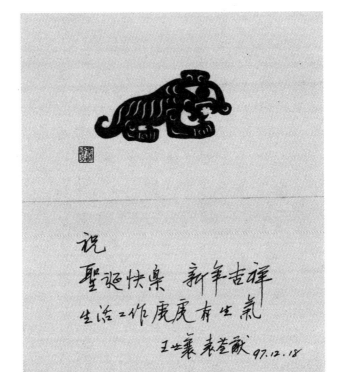

图三十九　贺年片

图四十　贺年片

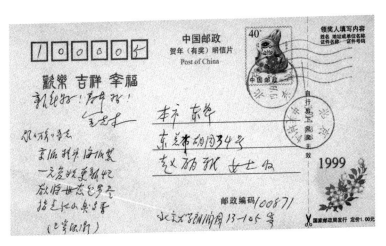

图四十一　这是我收到金先生所寄的最后一枚贺年片

一九九六年

一月一日（一）

今年接到的第一个电话，是老沈的，说接到唐思东的电话通知：出版署已有文，决定老沈退休。

去年的最后一个电话，也是老沈打来的，说已向李学勤言调动事，嘱我尽快寄去简历。早晨草就一页，寄出。

午后吴彬打电话来，约往凯莱，与老沈会。聚谈之际，吴表示，若没有一个像样的主编，她决不接受副主编之命。

师所定"评新版《辞源》插图"一题，尚须查阅许多资料。东翻西找，颇有无从下手之感。近年考古发现固然多多，哪些可以成为定论，从而取代旧说？

一月二日（二）

大风。

居家读书一日。

将文章的引言部分草就。

一月三日（三）

　　往编辑部，处理《斜晖脉脉水悠悠》校样。张红来，将《寻常的精致》手稿交付，委托设计版式。

　　午间师约见，仍在肯德基。面交一信，曰昨天写好，未及寄出。开首即称"永晖兄"。此乃从"丽雅先生"、"水先生"、"之水同志"发展而来。师曰："我不能做'刎颈交'，刎几回就完了，就算是一个没有利己之心的老朋友吧。"

　　以《辞源》中的诸多问题求教。

一月四日（四）

　　整理材料，将乐器、货币部分大致理出眉目。

　　午后与师在西总布口会，师交下去年四、六两期《考古》（杨泓代谋）。

　　在人美门市购得《中国古代绘画图录》（宋辽金元部分）、《中国漆艺美术史》。

一月五日（五）

　　往编辑部。

　　午后赵一凡送稿来。

　　仍整理资料。

一月六日（六）

　　苦干一日，大致整理出五十余条。

一月七日（日）

　　仍继续，得六十条，誊抄一过。

一月八日（一）

　　往编辑部。

午间与师会。于"辞源"之写作，面授机宜，所获颇丰。示以十年前访欧洲与日本的照片。又以《三礼图》及青铜器、兵器图录等数种相假。

一月九日（二）

写作一日，草成五千余字。

午后杨成凯过访，对已成之篇提了些意见，假去《缘督庐日记》。

一月十日（三）

上午继续写作。

午后与沈、吴往芳城园看房子。然后走访陈玲。陈与李方的斯特朗公司是个"夫妻店"，但经营得已经很有效益了。坐聊了一个多小时，全部听陈自吹，倒也坦率大方。

一月十一日（四）

如约往故宫，与孟晖一行会，参观"明清妇女绘画展览"。先别去，往陶瓷馆。有一件越窑鸟式杯（五代），形制与故宫藏曲柄鸟式爵相同。又往历代艺术馆。展品竟已七零八落，大概要改弦更张了。

文已草成大半。原与师约今日午后见面的，但接到电话，云患感冒，很厉害，未出门。

晚间与老沈、郝杰同会二王，在赵家楼中直机关招待所共进晚餐。房子的事，大致确定下来。

一月十二日（五）

在考古书店为陆灏复印《正仓院考古记》，购得《中国古代瓷器鉴赏辞典》、《燕史纪事编年会按》。

往编辑部。见到王之江所赠一册《中国历代织染绣图录》。

结算"书趣文丛"第三辑稿费。

一月十三日（六）

将文章大致草成。

一月十四日（日）

阅三校样。

读《偷闲要紧》。一本挺有意思的书。难得把平常的道理讲得有趣，把平实的白话说得熨帖。志趣、素养密密实实做底子，然后疏疏淡淡勾出几笔远山、近水、花鸟、草虫。

与志仁同访遇安师。原来柳芳南里四楼就是光大公司的紧隔壁。三室一间，收拾得窗明几净，一尘不染，见出主人在生活上也是一丝不苟的。

坐聊半小时。取得所缺图版数十幅。送上文章草稿。

一月十五日（一）

往编辑部，拼对《寻常的精致》图稿。

午后接师电话，约三点四十分在历博见。

两点半钟，先往商务门市部，为师购得《西域南海史地考证译丛》第二卷。

继往中华。正翻书间，忽有人把书包往书架上重重一放，抬头看，正是遇安师，也太凑巧了。以《译丛》持赠，师则报以吴荣曾的《先秦两汉史研究》。

遂一同归家，为评《辞源》一文指授作法。

讲起吴荣曾，道他五十年代发表第一篇文章（关于古钱币的），拿到稿费后就直奔书店，结果这一笔稿费就换回整整一平板车的书。

一月十六日（二）

往考古书店，购得《第二次考古学会论文集》。其实只为了其中一篇谈镈于的文章（原价三块八，现提价为二十六元）。

往编辑部。董秀玉带汪晖来上任。老沈讲了主编四要素。汪一副胸有成竹之态。

将稿再作修改。

一月十七日（三）

画图，很不成功。

午间师打电话约见，仍是老地方。携来有关镈于的材料，又手书一件，将玉瓒和罍讲得十分明白。

一月十八日（四）

给刘石送去初稿。

在文物门市部购得《青果集》、《中国古代交通图典》。

修改文稿、画图。

俞晓群从深圳打电话来，向他提起《中国圣火》书稿事，他说可先寄去目录和介绍，当考虑。即寄出（目录、简历，并附一信）。

一月十九日（五）

在文物门市部购得《曾侯乙墓》。

往人教社访负翁，取得负翁所赠印章一枚（刻"莲船如是"）。

访谷林先生，送去"书趣文丛"第二辑若干种。

仍修改文稿，将"玉瓒"条改写。

一月廿日（六）

读《考古》。

傍晚与老沈同往北大勺园访钱伯城先生。在勺园餐厅共饭。

一月廿一日（日）

将文章再作增补（穰、案），自以为有点儿样子了。

访傅杰（赵家楼饭店）。取得《中国青铜器》，傅并以《学术集林》二、三、四卷持赠。

一月廿二日（一）

往编辑部。

午间与师会。前番所呈草稿，已经仔细批改，字斟句酌，蝇头小字，占满空白。又呈草图十幅，以为只有两幅可用。其余携去，将代为补绘。

又出一题，曰"诗经名物考"或"楚辞名物考"，说："不管哪一个，一年半也可以做出来了，我还是做你的后盾。"

说起沈从文的"点犀盉"，曰："那是沈先生最好的一篇文章。曾经和气象学的一位朋友看晚霞，他说最美的晚霞要有三重云：高云、中云、低云。然后还要有阳光照射的一个特殊角度，以及水气等等。沈先生的这篇文章就有这样的效果，并且在每一个层次都能翻出新意。你将来就应该写出这样的文章。"

参照师的批改，将文章再董理一回。

胡仲直打电话来，聊一个半小时。

晚间老钟来访。志仁适往怀柔开会，陪坐一小时。

一月廿三日（二）

读《考古》。

午后访梵澄先生（送去《中国音韵学》、《诗品集注》）。他正在那里发愁，说工友二十五号就要回家过节，找不到人做饭了，已经备下许多面条。

又说起《脂麻通鉴》可以继续写，由许多前人不及的细微处可作文章。如鸿门宴项羽何以不杀刘邦？原是不曾把刘邦放在眼里，根本的目的是要借刘邦之手杀曹无伤。又，黄石老人为什么与张良一约再约？不了解国民党统治下盯梢的险恶，就不能解当日的秦网如织。约在凌晨，是因为天尚未明，自然安全。约在五天以后，则因事过三天，不起波澜，大抵已是安全。五天，便更保险了。

携归一册室利阿罗频多的《瑜伽基础》，拟放入《新万有文库》。

一月廿四日（三）

读《考古》。

午间与师会。交还前番所借之《冬宫所藏斯基泰金银器》。因是朝鲜文，看不懂，只觉得图版精美。因为我细细道来，从彼得大帝的爱好艺术谈起，一直说到南越三墓中一只鼓泡纹的银盒子。南越王赵佗大约活了一百一十岁。他的儿子却多病，所以用中、西两种办法求长生。墓室中发现一只承露盘，然后就是这个银盒子。盒子里还存着药，只是已经炭化了，无法化验。盒子的制作方法，——捶镤出来的鼓泡文饰，是西亚波斯帝国时期金银器的做法，银盒很可能是海外舶来品。

确定先作"诗经名物考"。

一月廿五日（四）

将定稿交付刘石。

通读《诗经》，分类摘抄"名物"。

志仁从怀柔归来。

一月廿六日（五）

往编辑部，忙乱一上午。

午间在华侨大厦中厅与李桂保会，取得陆灏捎来的两册《贩书经眼录》。

摘抄名物。

一月廿七日（六）

读《考古》。

访王世襄先生。得知先生昨天突然左眼失明，到医院挂了急诊，诊断为血管硬化，堵塞而致。治疗之后已复明四周，中心尚有翳，但可疗治。

一月廿八日（日）

将摘抄做完，以舆马、甲兵、仪仗、服饰为多。

将《西周青铜器铭文分代史征》（唐兰）、《西周金文官制研究》（张亚初、刘雨）、《诗经新证》（于省吾）等大致翻阅一过，可利用者似不少。总起来看，宏观研究（证史、证事）较多，微观研究（证一器一物）较少。唐著以金文说史，于著依金文诂诗，刘则据以论制。若考名物，须更多利用出土实物。前时以辽宋金元图释为目的，所览多留意于此，对先秦的材料几乎是一翻而过，现在一下子上溯至周，心里又没底儿了。但此事还要做得地道才好，要认真下点儿功夫。

一月廿九日（一）

往编辑部。

发三部书稿：《往事与近事》、《随无涯之旅》、《麻雀喞啾》。

午间与师会。交下"诗经名物"的草目，又讲了大致的构想，即以此为题，结合考古发现谈《诗经》时代的物质生活。

谈话时，头顶上方一块天花板啪地掉下来，可可地砸在桌子边上，差不到半尺就砸到脑袋上。师曰：已有过几次这样的经历。最悬的一次是在华北军大，睡梦中，交换岗哨的同学步枪走了火，差几厘米就从太阳穴中穿过，居然没有被惊醒。

商定《中国圣火》的交稿日期为四月二十日。书稿承俞晓群帮忙，全部接受下来了。已请张红作封面与版式的设计，彼欣然应允。

一月卅日（二）

读《商周史稿》、《李平心史论集》、《西周史》。

一月卅一日（三）

往编辑部，发稿。这是老沈在任发的最后一期稿。

早晨起来即觉全身骨节酸疼，午间更甚。师打电话来约见。先往肯德基，见已满座，遂往翠花胡同的悦仙。一份米粉肉，一份辣子鸡丁，一份砂锅豆腐。幸好还有食欲，强撑着把饭吃完。师的意思，"诗经名物"要快做，正好是一项空白，亟须填补。

以"舆服论丛"稿本见示。后附引见书五百九十种，除一部分外文书外，多半曾经寓目，却只是草草翻过而已，几乎不曾留下印象，更谈不到利用了。

归来即躺倒了。

二月一日（四）

往社科院访杨成凯，从语言所资料室借得几本笺释《诗经》的书。

午间杨成凯送来校点《诗经》的材料。

下午又发烧。

二月二日（五）

感冒加重，未往编辑部。

支撑着抄校了几叶《诗经》。

二月三日（六）

很正规地闹起感冒，全部程序一项不少。好在烧总算退了，仍可爬起来抄《诗》。

晚间俞晓群在香格里拉请李学勤喝咖啡（老沈与林载爵后亦同往）。

二月四日（日）

感冒进入尾声。

抄《诗》一日。

午后外婆来看望。

二月五日（一）

往编辑部。

午间与师会，借以《考古》（九二、九三）、《商周考古》、马瑞辰《毛诗传笺通释》并一九九四年为临淄古车博物馆所作的总体设计。师曰：做某件事，如果有两种方法，一省便，二繁难，我必取其繁难之途。

归来将设计图通读一遍，如坐游古车博物馆。

二月六日（二）

往琉璃厂。

午后往编辑部。汪晖来，坐聊一小时。先辞去，往社科院。由杨成凯约与董乃斌见，谈一小时。

往任先生家。任以《内蒙古出土文物选》一册持赠。

二月七日（三）

读《诗》、抄《诗》，写简历，写选题计划。

午前师匆匆过访，以两篇书评相示。一刊在《唐研究》，一刊在《古籍整理简报》，都是评《中国古舆服论丛》的。读后以为皆未搔在痒处。前者属泛泛介绍，不必论，后者稍涉具体，但也不过是胪陈一二而已。作者似乎对古舆服制度本身缺少深入、透彻的了解，便很难给所评之书定位。首先应当说明这一领域研究的基本情况，此前有哪些著作问世，解决了什么问题。至此著出，又打开了怎样的局面，书中所及，哪些是承继，哪些是创见（先说舆，再说服，舆：古车制之廓清，系驾方式之总结；服：进贤冠，武弁大冠，幞头，深衣，等等，凡发前人未发之覆者，皆须一一指出，夹叙夹议，融己见于评述之中）。书证丰富，非其独得之长，要在有去粗取精、去伪存真的深厚功夫。结末，若循旧套，必要指出不足，则何妨略述目前这一研究领域中存在的几个疑难，以作讨论。

史家的洞见，考据家的谨严，文物学家对古器物的谙熟，特出同类著作之表，难得又不仅在于这几方面都有结实的功底，而在于有贯通之妙，因此能够胜义迭见而绝不妄发一言。

二月八日（四）

读《毛诗传笺通释》、《商周考古》。

午间接师电话，云已在北图办好借书证，并告以详细办法。

遂往永外开介绍信。

二月九日（五）

晨起与志仁同往北图。外文借书证当场办讫。中文，则须下周领取。

往编辑部。董、汪参加，讨论今后的分工问题。

抄《诗》。

二月十日（六）

收到金先生寄赠的谭延闿手校《湘绮楼唐七言诗选》两册。

访王先生。听师母讲铙、甬钟、镈、钲。王先生在医院打点滴时，闭目驰思，成述怀若干句，尚未完篇，仅以所成念给我听。长篇五古，述半生经历。

二月十一日（日）

抄《诗》。

读《毛诗传笺通释》，大受启发。

二月十二日（一）

午前在宾华与师会，师以一手抄小本持赠。里边是"与文物工作有关的数字资料"，是积年用心搜集的各种数据，今用细笔工楷一条一条抄撮下来。

继往美尼姆斯。董秀玉在这里把汪晖介绍给《读书》的老作者：劳祖德、倪子明、陈原、李慎之、冯亦代、王蒙、丁聪夫妇。

归途在崇文门路口被警察拦住，说是闯红灯，罚在路口执小旗维持秩序半小时。

仍读《毛诗传笺通释》。

二月十三日（二）

往编辑部。

在人民门市部购得《长水集续编》，科学门市部购得《殷墟的发现与研究》、《江陵九店东周墓》。

读《长水集续编》。果然如师所言，学识广博精深而语出平淡，左右逢源，游刃有余。半日加一晚，捧读不忍去手。

二月十四日（三）

读两唐书舆服志手稿。发现近年的主要认识与观点，早在那时，——三十多年前，就奠定了基础。以后所作，大抵都是在这一基础上的继续发挥。

将"书趣文丛"第二辑送范老板。

二月十五日（四）

读《孙毓棠学术论文集》。

午后往历史博物馆参观通史展览。这是一年以来的第三次，对很多展品可以看出一点儿"门道"了。

玉瓒一件，说明为"铜勺"。记里鼓车的复原是错的，古车复原不准确。秦始皇陵车、马、俑，皆为缺项。

在任先生处取得《南宋卤簿玉辂图轴》、《辽宁博物馆藏画选》。

二月十六日（五）

与师同往北图，在几个阅览室浏览一回，一一介绍看书、借书的方法，并且从书架上抽出书来讲解。

借得《香料博物事典》、《日本常民生活绘引》。

午间在读者餐厅吃快餐盒饭。

归来已是五点多。

处理《书与回忆》校样。

二月十七日（六）

把张红约到编辑部处理《寻常的精致》校样。先以为翻一遍就可以了，因将师约来。谁知工厂完全未按版式排，一直忙到晚上七点多钟才重新排完。

阅三校样。

二月十八日（日）　乙亥除夕

读书一日（蒋伯潜《十三经概论》、《图说》、《论丛》、古车博物馆设计图）。

《诗》里边，车、马的形象，特别鲜明。有声、有色、有形。由远及近，由动而静。有王者之车，有卿士之车，有兵车、田车、役车。大到出征、田猎、迎亲、归宁的场面，小到车马器的一个一个零部件。由实用的需要而发展起来的加工方法，正好与装饰工艺合而为一。车，成为王者卿士的身分，邦国氏族的威仪。

二月十九日（一）　丙子正月初一

读书一日（《毛诗传笺通释》、《周礼·巾车》、《考工记》）。

二月廿日（二）

读书一日（《西周册命制度研究》、《西周青铜器铭文分代史征》、《文物》）。

二月廿一日（三）

仍读陈、唐二著。

看望外婆，听她讲起身世。祖父做过南汇县令，后升府台。父亲在江西做盐务局局长，那时候在南京有一套花园洋房。父亲头一天过世，外婆第二天出生。"我幼小失父，中年丧夫，晚年无子。一辈子行善，只修了一个长寿。"

午饭后归来。

二月廿二日（四）

读《周礼·巾车》、《考工记》（轮人·舆人·辀人）。

午间师来取校样。

二月廿三日（五）

读《周礼》，将与车马有关者钩稽、条理，抄撮为类目。

似乎稍稍有了一点儿底，但提笔写作，还很困难。究竟如何下手？拟前为说，后为考。正文写得轻松，考证全部入注。但要做到举重若轻，自己先要有一个全面、深入的了解。

二月廿四日（六）

仍读《周礼》。

以《韩奕》为例，写车制。《小戎》、《采薇》，写兵车。《駉》，写马。《駟臻》，写田猎。《大东》，写大车、小车，牛车、马车之别，并役车亦可牵及言之。《渐车帷裳》，写女子之车。详细的考证，放在单篇。一组几篇之后，作一综述，缕陈西周车马制度，兼及制作工艺。舆、服两组文章之后，附论西周舆服制度对后世的影响。

在考古书店购得《琉璃河西周燕国墓地》。

二月廿六日（一）

夜间起风，一日不止。

往编辑部送校样。给谷林先生送去三联版《外国漫画集》一套。

午间与师会，以《先秦铭铜三百器》、《先秦铭铜述要》稿本相假。

二月廿七日（二）

　　往编辑部，独自一人忙半日版式。

　　午间师约见。肯德基人满为患，遂往对面的东北风味饺子馆。

　　以《秦陵二号铜车马》相假，又逐句讲解《小戎》。

　　草"小戎"篇，得两千字。

二月廿八日（三）

　　一日草成五千字。

二月廿九日（四）

　　早七点半，师送校样来。见下排牙齿失一，云昨日被邻舍晾衣绳挂住，跌跤而致。校样问题不少，尚须大费心思。将"小戎"未竟稿交付。

　　往编辑部，发稿，仍是一人忙。

　　陈四益送稿来。

　　准备"小戎"后两章的材料。

三月一日（五）

　　往编辑部，补发陈四益稿。

　　访梵澄先生。先生将所阅评《辞源》稿交付，其后附了两叶意见，颇多勉励之辞。临行以新版《五十奥义书》持赠。

　　午后老钟来。

三月二日（六）

　　读《文物》，汇录有关材料。

　　午后往王先生家，为先生抄诗，——病目时，在医院打点滴，合眼冥想，成一百八十韵，概述生平。诗正可与师母所作剪纸大树图相配。

三月三日（日）

将"小戎"后半部草成。

三月四日（一）

读《韩诗外传》、《考古》（一九九四年）。

三月五日（二）

往铁道部。

往编辑部。

午后往音乐厅，约定在门口和老沈、刘苏里等会面。等半小时不见人来，遂返。

接文学所电话，云调动事所里院里均已同意，可以和单位申请了。

晚间与汪、吴、董通电话，亦无异词。

三月六日（三）

与师同往北大。九点半出发，十一点到。先在门前的一家餐馆吃饭（梅菜扣肉、肉丝炒蒜苗、冬瓜鱼丸汤），然后参观赛克勒博物馆，听师择要作详解。参观的人，一个也没有，所以馆里暖气也不开，一会儿就冻得止不住打哆嗦。后边部分，就看得比较匆忙了。

继往北大出版社门市部。

两点半钟访宿白先生，向他讲了欲作"诗经名物新证"的计划。他认为这个题目难了点儿，要把基础打得宽泛一些，金文、训诂都要学。文献与实物的熟悉，更不在话下。因此，至少五年之内，不要动笔。并问："有这样的耐心吗？"

继往考古系找赵超洪，取得《全宋诗》一至二十五册。师坚持要以此为赠，并一直送到家中，——到家已是六点半钟了。

晚间给董秀玉打电话，对调动事又改口了，说，放是没有问题的，但一定要继续工作半年，然后才可以办手续。并且说这是俞、周的意见。

三月七日 (四)

一日大风。

清早分别给俞、周打了电话。俞说可先打个请调报告，然后让汪、吴签署意见。

和志仁一起往吴彬家，在报告上签了"不反对"。

午前在文学所会汪晖，也签了同样的意见。

晚间又和志仁一起访董秀玉，送上报告，并恳切为辞。

三月八日 (五)

清早打电话给俞，彼曰：只要董没有意见，他只是照章办事。

到中华书局刘石处取得校样。

往编辑部。张红送来《中国圣火》封面设计草图。

将"小戎"打印成篇。

晚间打电话问董，云已同意调动，但仍坚持要工作半年的要求。

三月九日 (六)

与志仁同往军事博物馆，参观中国古代战争馆。

午后看望外婆。

读《周礼·大司马》。

访谷林先生，告以调动事。先生起先一直是不同意的，但这次只好说，已经这样了，你可得"从一而终"啊。

三月十日（日）

反复考虑师所作"诗经名物新证"拟目，觉得可作一些调整。

首先，把目标定得低一点儿，并且避开对自己来说过分陌生、做起来过分困难的问题，但也不能完全不谈，而是放在其他题目之中，作为附笔。全书基本不作考据、不作发明，只是充分利用前人的研究成果，择其合于物理、于义可安者为解，尽量多征引出土文物。书证则先以"大路货"为基础，全书大体完篇后，再参酌少见之书，以为订补。书后作一名物索引，可将各种资料详细开列。

三月十一日（一）

清理《文物》中的有关材料。

午间与师会，往王府井的麦当劳。以《侯马铸铜遗址》、《春秋时期的步兵》（蓝永蔚）、《中国青铜器时代》（郭宝钧）及冶铸史之属共八册相假。

黄昏时分访谷林先生。先生对"小戎"篇提出中肯的意见，并在稿上作了细致的批改。

读《春秋时期的步兵》，很有收获。

三月十二日（二）

与吴、董同车往北大。汪晖召集北大的"老"作者开座谈会（在"红豆山馆"）。王守常不知从什么地方弄来钱，买下这所小院，重新装修一回，成为哲学系的思想文化研究所。

在风入松书店购得《逸周书汇校集释》、《西周甲骨探论》、《唐五代书仪研究》。

午饭后同车归来。

往社科院。董乃斌介绍到人事处，领得简历一份，并要求到同仁化验肝功。

三月十三日（三）

往中华，访刘石（送去校样，并以《石涛画集》等持赠）。

往编辑部取图版，不见。

九点半与师会，同往北图。借得日人编《诗经研究文献目录》。

午间在动物园左近的麦当劳共饭。签好《中国圣火》的合同。

归途再往编辑部取图版，仍不见。晚间方得知，被老沈装起来了。

读《春秋时期的步兵》。据说此著出版后不久即降价销售，并且始终未在学术界引起任何反响，实在是很不公平的。

三月十四日（四）

往同仁医院化验肝功（社科院要求健康证明）。

往编辑部，取回图、字。

午后将师请来。贴图，忙了两个小时。

三月十五日（五）

往编辑部。

读《文物》。

前日曾向师提问钩膺、当卢、节约、铜泡。师曰铜泡、节约当日统称作"铡"。我说铡见于《诗·卢令令》，是狗饰。师曰未尝不可饰马。

但《说文》释铡为铜环，郭宝钧《山彪镇与琉璃阁》亦名出土之铜环为铡，则节约、铜泡仍无着落。总觉得"镂"、"钩膺"，即指此类。膺本有"当"义，后世改称"当卢"不为无据。

三月十六日（六）

往中华门市部，购得《礼记集释》。考古书店购得《宝鸡弜国墓地》、《楚系青铜器研究》。

夜来微雨，晨起只余一片温润。午后却又起风。

三月十七日（日）

将"小戎"篇改完。

志仁归自海南。

三月十八日（一）

起手写"车攻"篇，搁管之际，又觉问题多多。

午间与师会，为我假得《毛诗车乘考》等篇。馆里原不许借出，勉力通融，允明日交还。

此篇将《诗》中的车各个分类，做的是第一步的工作，即仍是从文献到文献，未援实证。

三月十九日（二）

往编辑部。

师送来参考资料若干（《铜干首考》、《先秦旗帜考》、《石鼓文研究》等）。

晚间往雪苑。俞晓群做东，老沈代邀，与"书趣"及"新万有文库"有关者二十余人一聚。

三月廿日（三）

董理"旗帜"，半日未竟。

陆灏至自沪，午间与俞晓群在太平桥大街的韶山居会。

陆携来《一切经音义》、《中国古代军戎服饰》、《逸周书汇注集校》。后两种拟持以赠师。

从同仁取得体检结果。

三月廿一日（四）

往编辑部，处理初校样。

午间与二陆在美尼姆斯会。

四点钟，在家中与师会。然后一起往天伦王朝，与陆灏会。聊到六点钟，师先辞去。

与陆灏往中华门市部旁边的一家餐厅晚饭。

三月廿二日（五）

细雨半日。

午间与沈、陆、陈子善、二吴、郝，在仿膳会，商讨脉望工作坊的一应事务。

陆灏来家中小坐。

三月廿三日（六）

夜来落雪，晨起但见一片莹白。疏疏落落飘洒近午，则又云开日出了。

草成"车攻"前半。

午后与陆、沈在富商酒吧喝咖啡，商定《万象》创刊一事。

三月廿四日（日）

草成"车攻"后半。

三月廿五日（一）

往历博，与师会，同往板井农科院培训中心。山东台二十三集电视连续剧《孙子》请师审核剧本，今乃就剧本中的问题座谈。滔滔不绝讲了三个小时，把听众都给讲愣了，一个个佩服得五体投地。

午间在餐厅共饭。

饭后归来，师以登录有重锤的一部图册相假，又示以《中国史研究》第一期中的《诗经与渔猎文化》。

修改"车攻"篇。

三月廿六日（二）

往琉璃厂，购得《商周古文字读本》、《西周史论文集》、《秦始皇陵兵马俑坑一号坑发掘报告》、《宝鸡强国墓地》（平价）。

继往编辑部。张红送来《中国圣火》正文版式。

午后再往编辑部，做发稿准备。继与沈、陆、二吴共商《万象》。

三月廿七日（三）

往中华访卢仁龙，假得《文史》若干册。遇赵超。

在考古书店以《宝鸡强国墓地》（高价自此购者）易得《包山楚墓》。扉页有湖北考古所赠章，这里却高出原标价一倍以售。

依陆灏之约，往访梵澄先生。途经路口的中国书店，——翻修毕，方开业，九折售书，得《燕文化研究论文集》、《国风集说》等。

陆灏已先到。往北里对面烤鸭店午餐，仍是梵澄先生做东。饭毕，先生说："怎么好像什么也没吃呀？"其实饭菜挺丰盛的：京酱肉丝、宫保鸡丁、糖醋里脊、铁板烧鱿鱼、白菜豆腐汤。

晚间往大雅宝空军招待所访葛剑雄。以《长水集》及《泱泱中华》、《滔滔黄河》持赠。

三月廿八日（四）

往社科院，在门口与杨成凯会。

午间与陆灏、陈子善同访负翁。翁以近著《月旦集》一册持赠。

负翁做东，在景山东街老帝坊午饭。请了社里的两位王姓女子作陪，同为座上客者，尚有叶稚珊夫妇。饭馆原是张毕来旧居，近年其子将之辟为餐饮之所。

讲起老伴近年患老年性脑萎缩，前几日落雪，清晨老伴推窗一看，说："这天儿晴得多好哇！"却也有趣。

饭后在五四书店转了一圈。再访舒芜先生，聊一个多小时。

三月廿九日（五）

往编辑部，发稿。

晚间在仿膳宴请陈四益、董乐山、李文俊、葛剑雄、施康强、陈子善。主人一方为吴向中、沈、陆、吴，讨论《万象》创刊事宜。从五点钟直聊到九点，散后几位又去喝咖啡，未往。

三月卅日（六）

大风一日。

和志仁、小茹一起去给奶奶扫墓。

校点《诗经》。

晚间薛正强代崔老板邀约共饭，坚辞。

三月卅一日（日）

一日校《诗》。

晚间全家宴请陆灏，在凯莱咖啡厅吃自助餐。

四月一日（一）

早九点往国际饭店，将陆、陈送上民航班车。

午间与师会，仍往麦当劳。师交下批改后的作业本，并另外写了意见，以《中国军事百科全书》古代兵器分册持赠。

傍晚往和平饭店，与沈、王之江、吴兴文会。吴带来最新的两册《故宫文物月刊》。

四月二日（二）

将校点《诗经》事做完，松一口气。

往编辑部。青岛薛胜吉过访。

午间与沈、吴向中在南小街一家小餐馆共饭，为吴打气、出主意。

饭后与王之江会，讨论《万象》创刊事宜。

接李陀电话，云"小戎"篇刘梦溪拟刊入《中国文化》，嘱补图。

四月三日（三）

备图。

吴向中过访，抄录"联络图"。留饭。

午后师高轩过。以"小戎"修改稿呈阅。看得出，最近两次见面，情绪都不大好。问起来，果然，公私皆有不悦意者。

四月四日（四）

杨成凯过访，将《诗经》交付。

读柳诒徵《中国文化史》、钱穆《中国文化史概要》。

午后访梵澄先生，取回"小戎"。

过中国书店，购得《全汉赋》、《唐代财政史稿》、《于豪亮学术文存》。

四月五日（五）

往编辑部，贴图（《寻常的精致》），忙至过午。

往中华，从刘石处取得《金文编》。

过畅安先生宅，给师母送去赵忠祥的回忆录。师母正在为王先生抄诗。

四月六日（六）

着手"韩奕"。遇到的问题比前两篇更多，一句"其追其貊"，便费了一日功夫。

四月七日（日）

为"韩城"句苦一日。

访谷林先生，送去《石语》一册，约定《万象》稿。

自夏晓虹处取得李家浩文（《国学研究》第二卷）复印件并《学人》。

晚间与志仁往天宁寺毛家菜赴宴。台湾何志韶做东，客有老沈夫妇、王蒙夫妇，并吴兴文。

阅三校样。

四月八日（一）

往编辑部。

午间与师会，往肯德基。交下"小戎"稿，提出几处很关键的修改意见，并说起我的下一部书稿的题目，即"中国历代题画诗研究"。

四月九日（二）

读《长水集》。

午后将"小戎"稿并图送往刘梦溪家中。

四月十日（三）

整理"韩奕"资料。

四月十一日（四）

往编辑部，取得补制的部分图版，然后往西总布与师会，同往北图。到了还书之时，才发现三本缺其二，——忘在家中了。只好返回去取。途经解放军出版社门市部,购得《中国古代兵器图集》(又为陆灏购一册)。

四点钟再至北图。还书,借书,归家已过六点。

四月十二日(五)

往编辑部。

仍准备"韩奕"。

四月十三日(六)

夜来微雨。

读书,准备资料。

四月十四日(日)

动手写"韩奕"。极苦、极不顺畅。文思滞涩,文字表达太困难了。

四月十五日(一)

往社科院,先找郭一涛,然后同往院人事处,取得商调函。

午后往永外办调离手续,取得档案。

将档案送到院、所。

黄昏微雨。

「不三不四」的
《读书》

《读书》已经创刊十五年了。它以渗透的方式，影响着一批固定的和不固定的读者。

十五年的时间，它差不多已经有了第二代读者和第二代作者。生造一个与轰动效应相对应的词，可以说，《读书》所产生的，是渗透效应。

十五年的时间，可以构成一段历史了，——这十五年的时间，又是中国社会一个急剧变革的时期。《读书》处在变化中，却不完全为这种大变化所左右，而保存了一个相对稳定的小气候，这也是人们回过头来看它的历史时，感到惊异的。

《读书》编辑部很长时间以来，对外是关着门的，——只以刊物面向外部的世界。近一二年来，好像稍稍开了一点儿缝，于是有了一些关于内幕的报道见诸报章。于是人们知道了它的内部组成：一个主编是男的，三个编辑是女的。

一个主编是男的，天经地义；三个编辑是女的，就令人大为惊奇。一时间，令誉腾起：三女将、女豪杰、女强人、巾帼英雄……其实，三个人果然如此风姿的话，《读书》会成什么样子，该是个疑问。大概正因为三位普普通通的女性，一没有男人治国平天下的事业心，二没有男人显身扬名的功名心，并且，没有扛起女权主义的大旗，一位男性主编才能够从从容容坐镇指挥，——这应该是极简单的道理。

这样的组成，并不是有意的淘汰与选择，毋宁说是天缘凑泊。缘分，也许比任何一种刻意的选择，都更具合理性。

四个人，一半没受过系统的、正规的高等教育，一半根本就是勉勉强强的中学毕业。说起来大家都挺伤心，但却因此而少了点束缚，多了点跑野马的不羁之气；又因此而逐渐形成一种独特的思维方式，也算是不幸之幸。

说独特，实在也并非什么独特，不过是在长期以来大一统的、程式化的、排他性的思维方式之外，保持了一种独立思考的精神。既不为前者所限，又不与它对立；既非媚俗阿世，又不是剑拔弩张，只是"温柔敦厚"地坚持着独立思考的权利。这就是《读书》的立足点。严格说来，它不是反叛，不是革命，而是以思维方式的变革，在意识形态领域里进行渗透式的"和平演变"。自然，这是一个极小的范围，——只限于它的作者和读者。

有人称《读书》是知识界的一面旗帜，不唯过誉，且比喻不当。如果它是旗帜，在几回风、几回浪中，早该被拔掉了；如果它是旗帜，在百万大军中，早该被更鲜明、更激进的旗帜超越了。它从来不是猎猎迎风的旗帜，而是地表深处的潜流：不张扬，唯渗透。这是它的坚忍，也是它的狡狯，更是生存竞争中锻炼出来的品格。

由此而形成的语言风格也是独特的：不是美文，不是社论文体；不是矫揉造作妆点出来的华丽，不是盛气凌人的教训口吻。是打破老八股、新八股，即程式化的语言，而体现出来的纷纭的个性风格。这风格不是《读书》的，而是作者的。自由运思、各具面貌的个性风格聚在一起，才是《读书》的风格。

它似乎不太有学术气质。借用《读书》中一篇文章的题目，可以说它提供了"思维的乐趣"；或者说，是思维的别一途径，是观察世相、评说世相的别一角度。《读书》人常说的"思想操练"、"语言操练"，也可看作这同一意思的不同表达。

对编辑部诸同仁来说，编《读书》，不是糊口的职业，而是一份爱好，一份生命的寄托。编辑的"存在"，与《读书》的"存在"，几乎融为一体——他们从《读书》的"存在"中，发现了自身"存在"的意义。所以，编辑部的管理方式是无序的，非程式化的。绝少召开正襟危坐的工作会议，绝少正儿八经地分析、讨论国内外形势。除了受生产周期的制约之外，几乎再没有什么严格的规章制度。它的运转，靠的是配合默契，——不仅编辑部同仁之间，而且，《读书》与它的作者、它的读者，也常常有一种意想不到的、可遇而不可求的默契。《读书》虽关注社会，却并不具备特别的敏感，它的敏感，仅仅是对读书人敏感点的敏感，而这，也全靠的是默契。

今年第一期中的"编辑室日志"中，有一段夫子自道："说三道四"，"不三不四"，编辑之道，在于此乎？

以"编辑室日志"的一贯诚实而言，这一次，它也应该是诚实的。

营造文化阁楼——再说「不三不四」的《读书》

刚刚看到最新的一期《读书》（一九九四年第十一期），题为《文化阁楼》的"编辑室日志"，对文化空间的解读，颇觉精彩。它说：从这样一种特别的机智中，忽而想到了编辑部成员的籍贯。不知该称作凑巧还是该称作缘分，这几个人，正好是一个南北集合体——主编祖籍宁波，成长在上海，成就在北京。三位编辑，两位是江南血统、北京长大的南人。如果说南方滋养机敏和聪明，北方造就胆略和气度的话，《读书》就是二者恰到好处的融合。京派或曰学院派的沉稳与厚实，海派的灵秀与敏锐，互为渗透，相得益彰，形成了《读书》特色。

《读书》很早就把自己定位于文化边际——用目前的最新说法，就是"文化阁楼"——从此便稳稳地保持身分，绝少再作争取更大荣誉的努力，至少是不作"牺牲"式的努力。并非不问政治，但政治进入《读书》的时候，已被纳入了文化讨论的范畴。也并非没有激情，但激情出现在《读书》的时候，已经是冷静思考之后的沉淀。与政治的若即若离，或曰"淡定地面对主义"，使它虽处漩涡中心，却能不失去身分，不偏离位置，稳妥、扎实地做它所愿意做的事情。

它所愿意做的事情，不大，也不算太小。可以说，是以海派的灵秀与敏锐，去不断发现新的思考点，并很快找到恰切的表达方式；又以京派的沉稳与厚实，使思考不致流于肤浅与空泛。它决不"领导新潮流"，但在它所营造的文化阁楼里，总是空气新鲜，虽然恒常有一种古典式的庄重。

并且，它处在"官"的包围之中，却绝无官方色彩。与城市的喧嚣和繁华保持着距离，又时常投入一份关注。作者中的两大骨干力量，一为北京，一为上海。在京的"海派"和在沪的"京派"，在这一间"文化阁楼"里，似乎最是如鱼得水。

大概也就因此罢，《读书》有了一种特别的宽容，——对它的作者，不以学术派别和成见来范围：既然是思想操练、语言操练，何妨都来做一做？又因此，它虽然从不有意地惊世骇俗，却常常意外地惊世骇俗。（第八期出版，有先睹为快者，对英伦文事专栏中的《蓝色电影诗人》已不胜惊讶了！）

《读书》的风格，极大程度体现了主编风格。主编先生常说的一句话是"以谈恋爱的方式谈工作"。可以把它解释为以充满感情色彩的语言，代替枯燥僵化的公文语言；以带有人情味的交流方式，代替刻板的上下级关系。这样一种领导作风，这样一种作风所造就的小环境、小气候，于《读书》风格与气质的形成，当然大有关系。不过这种方式是不能推广的，——它只适用于这样一个天然凑泊的小群体。

主编先生患有严重的白内障，可奇怪的是，凡是他想看见的，所见绝对比明眼人只多不少。凡他所不欲见，即近在眼前，也一如"盲点"。一位朋友说："《读书》的主编，智可及，愚不可及。"如果不是深解他的为人，说不出这样的见道之言。自然疾病并不是一份恩赐的智慧，不过是"斯人而有斯疾"，又是一份天然凑泊。

某日，大家在一起说张爱玲。主编先生一旁从容言道："其实，最可欣赏的，是张爱玲的姑姑。"仿佛不经意道出了《读书》的编辑主张。

的确，《读书》不是思想家、学问家的天下，也不是才子、才女的天下。凡进入这间阁楼谈天说地的思想家、学问家，才子、才女，都做的是"姑姑语录"式的发言。他们在这里不是表明身分，而是表现智慧。《读书》之"不三不四"，这是关键之一。

以《读书》之微末，在都市中简直算不得风景。不过整个的都市风景中如果没有它，就满满腾腾没有了一点儿空白，所以它是space，——是挤满了字的书中不能缺少的间隔，是喧阗的"有"中不能没有的淡然的"无"。

后

记

一

九六年四月调往社科院后，虽然仍在《读书》继续工作至当年十月，并且还参加了不少《读书》组织的活动，但主要精力已经投入《诗经名物新证》的写作，就心态论，我的《读书》时代已经结束于到新单位报到的那一天了。

附录旧文两则，作于一九九四年，似乎都未曾正式发表。其一，即本年二月十八日所记"利用电脑，伪造了一篇读者来信，寄老沈"。其二，便是九月廿五日所记"草就《营造文化阁楼》"。不过这一篇究竟因何而作，已是记不得。只缘内容关乎《读书》与我们、我们与《读书》，收入此编，也还算得切题。

二

吴彬说，日记以尽量保留原始状态为好，尤其是原本一天不少的情况，因此第三册于日期一项就再没有删除。唯一九九四年十月六日至十二日与一九九五年三月廿日至廿五日往上海组稿，原系另外记在活页纸上（外出的日记多是如此），却是找不见了。今由老友陆灏从他的日记中摘录相关内容，因将之补录如下：

一九九四年十月六日（四）

上午去唐振常先生家。赵丽雅早上抵沪，直接去唐宅。中午唐先生在川妹子豆花庄请我们两个吃饭。饭后赵随我到报社，下午四点（陈）子善来，三人同去拜访施蛰存先生。在富春阁吃小笼包，晚上与赵同去看望黄裳先生。

赵带来负翁送我的两本新书《负暄三话》和《谈文论语集》。

十月七日（五）

晚十点半去十六铺码头，接赵丽雅与辛丰年先生，把他们送到文艺出版社招待所住下。

十月八日（六）

午饭后去文艺招待所，沈双从长沙来，也住那里。与辛、赵、沈同去图书进出口公司，买了几盒磁带。在外吃了晚饭，三人随我回家喝咖啡聊天。

十月九日（日）

下午去金性尧家。晚上"海上三老"（王勉、金性尧、周劭）在梅龙镇宴请赵丽雅，辛丰年、沈双和我作陪。

饭后同去金宅聊天至九点，送赵等回招待所。

十月十日（一）

在襄阳路的乔家栅请赵丽雅、沈双吃饭，饭后再会同严先生去拜访方平先生，聊一小时。

十月十二日（三）

与辛丰年、赵丽雅同吃早点，与辛话别，他上午就回南通了。

晚上与赵、沈在富春阁吃蟹粉小笼，饭后同去拜访冯亦代先生，坐一小时。再去文艺招待所聊天。

一九九五年三月廿日（一）

中午赵到上海，在文汇报小餐厅吃饭。住文汇报招待所。

三月廿一日（二）

中午我做东，在老半斋请黄裳、唐振常和赵吃饭。饭后与赵逛南京东路新华书店。

三月廿二日（三）

老沈上午抵沪。中午在城隍庙绿波廊共饭，有王勉、金性尧、周劭、邓云乡、唐振常、陈子善、老沈、赵、何素楠和他先生、王之江。

三月廿三日（四）

中午陪赵去上海译文出版社，与陶雪华谈"书趣"封面、版式设计。随后去时代广场，与老沈、须兰吃饭。

下午在时代广场与上海出版界的朋友见面，有李伟国、徐小蛮、王国伟、陈达凯、杨晓敏等。

晚上与赵、沈、须兰在锦沧文华大酒店喝咖啡，聊天。

三月廿四日（五）

中午上海译文出版社的叶麟鎏（鹿金）、杨心慈和王有布请沈、赵在红房子吃饭，我作陪。

下午与沈、赵在长乐路的老树咖啡馆喝咖啡，聊半天。

三月廿五日（六）

赵与沈坐十点四十分的飞机回北京，到旅馆与之话别。

丙戌四月下浣

〔补记〕

　　顷阅本书"人名索引"校样，发现关于叶老师的纪事，——未满十二岁时经历的噩梦，先已出现在第一册（一九八八年八月十四日），而重现于第三册，即六年后（一九九四年一月廿二日）的追忆，与前竟是不同的。只能说，时间靠前的记忆应该是更可靠一点儿罢。

　　　　　　　　　　　　　　　　　　　　壬辰小暑

人名索引

（一般不收古代人名和外国人名）

A

阿楠　见何素楠

艾定增　一/80

艾晓明　一/316

安波舜　二/87

安超（凌德安）　三/94

安娜　一/21

鄂力　二/382　三/348

B

巴金　一/57, 204

八指头陀　一/165

白崇禧　三/429

白大夫　一/40, 51　二/182

白峰　二/311

白化文　三/155

白玛塔青　二/328

包天笑　二/154

包遵信　二/351

宝宝　见贾宝兰

鲍庆祥　三/133

毕冰宾　一/391　二/104, 198　三

/346, 426

毕尔刚　一/213

毕小元　一/326, 330, 352, 353

毕倚虹　二/157

卞昭慈　一/98

薄小波　二/280

布正伟　三/376, 382

C

蔡明康　一/219, 220, 223

蔡蓉　三/245-247, 249, 268, 269

蔡翔　二/228

蔡元培　一/93, 94　三/181, 324

蔡照波　三/26

蔡志忠　一/311, 368　二/28

曹安和　三/104

曹国瑞　一/125

曹洁　二/181, 220, 227

曹其敏　三/223, 290

曹社长　三/306, 311

曹树基　二/251

曹溯芳（溯芳）　一/249, 251, 256,

255，276，285，373　三/302，
308，336

李群庆（群庆）　三/53，90，111

李人凡　二/357　三/129

李润明　一/425，426

李慎之　二/107，140，193，307，371
三/274，411，456

李师傅　二/22，145，281　三/41，
253

李士非　一/230

李田桑（田桑）　二/215，216　三
/302，308-310

李陀　一/25，29，141，161　三
/158，181，184，200，223，261，
357，367，380，381，469

李维昆　二/69

李维永　一/99

李伟国　二/80，169，228，249　三
/481

李文　一/458　二/185

李文俊　一/123，170，191，210，
244，272，295，296，358，450，
461　二/64，148，183，238，293
三/37，191，468

李小兵　一/360

李小坤（小坤）　一/91　二/22，
62，82，115，117，122，146，178，
200，214，223，231，254　三/28，
37，174

李晓晶　二/87，180，345

李孝聪　三/361

李新英　二/118，279

李雄　三/39，43-45，174，291，
298，299，353，400

李雄飞　一/279

李学勤　三/410-412，415，445，454

李炎　三/193

李伊白　二/107，221，229，278，
279，284，290，336　三/274

李以健　一/265

李银河　二/288

李英　一/321，335　三/171，172

李永平　三/242，318

李玉山　二/193

李允铢　三/403

李泽厚　三/217，296

李宗仁　三/429

厉以宁　二/150

栗宪庭　一/452，466　三/184

练灵　一/212

梁刚健　三/341

梁启超（梁任公）　一/138，145，
174　二/156

梁实秋　一/191，232，277

梁漱溟　一/138　二/369，382，383
三/29

梁思成　三/318，320，321，397，399

梁小民　三/219

梁一三　一/131　二/285

梁治平　一/23，64，93，132，246，

牟小东　二/70，73，117

穆旦　三/160，249

N

南帆　二/240

南星（杜南星）　一/144，146，162，
166，167，170，171，206，207，451
二/40　三/4

倪诚恩　一/24，30，41

倪和文　一/308

倪华强　二/250，370

倪乐　一/18，19，21-23，31，32，42，
46，51，52，54，55，123，241，311，
331-333，351，353，362，382，400，
402，408-410，412，474　二/22，
59，62，64，82，93，95，96，101，
102，106，107，139，178，200，
209，220，252　三/37，123，374

倪乐雄　二/167，225，251

倪蕊琴　一/127

倪天煦　一/243

倪为国　二/169

倪羊扣　二/163

倪子明　二/150，204，232　三/456

聂北茵　三/394

聂昌慧　二/368

宁成春　一/141，325　二/119，
240，284

宁宁　三/406

农文清　二/357，359，360

O

区锇　一/230，232，274

欧阳竟无　一/143，190

P

潘凯雄　一/134

潘勤　二/363，364，357

潘振平　二/68　三/22-24，26，295

庞景仁　一/146

庞朴　三/349

彭放　一/327

彭富春　一/204

皮锡瑞　二/149

朴康平　一/32，45，64，102，166，
169，223，241，253　二/86，219

平路　二/170，171，231，250

溥心畬　三/179

Q

齐福乐　三/50，250，274，275，350

齐如山　一/391　三/186

琦君　三/91，110

启功　一/143，145，366，444　二
/10，27，70，71，150

钱伯城　一/368，369，383，398，
399，436，445　二/32，134，194，
225，371，378，379，385　三
/179，210，449

钱春绮（钱先生[1]）　一/8，18，36，
37，95，126，192，236　二/97

王得后　二/106，229，240，243，278，371　三/22

王德胜　一/270

王德友　三/250

王法　三/60，61

王福康　二/100，106

王干　二/239

王国维　一/147，155　二/99

王国伟　三/481

王海浩　二/336

王红　一/45

王化中　二/143

王璜生　三/26

王家新　三/215，216

王礼锡　二/348

王蒙　一/93，369，407，450　二/91，107，137，150，161，204，245，382　三/19，123，182，296，349，355，456，470

王勉　二/164，173，220，225，227，249　三/364，480，481

王妙根　一/426，427，433

王明贤　一/355　二/184，198　三/184，361，382

王宁　一/42，44，55

王乾坤　二/92

王瑞香　二/356

王润生　一/64，131，132

王若水　二/204

王绍培　三/156，165

王世全　三/281

王世仁　一/55　三/362

王世襄（畅安、王先生[1]）　一/66，68，75，106，197，336，343，368，374，393，413，442　二/104，105，119，121，122，178，183，189，204，205，207，247，262，297，351　三/13，44，86，88，94-96，98，101-103，105，108，109，112，113，120，124，155，162，188，222，229，241，244，249，271，337，342，346，355，360，371，373，395，396，409，410，413，422，452，456，460，469

王士跃　一/112，115，116

王守常　二/142　三/463

王树人　三/289

王泗原（王先生[2]）　一/343，455，473　二/16，68，128，239，254，282，347，348

王铁崖（铁崖）　三/409

王维克　一/202

王炜　一/59，318　二/179，374

王西彦　二/226

王先谦　二/149

王湘绮（王闿运）　一/152，153，458　二/144，149，157，241

王小东　三/382

王晓明　二/174，225　三/190

王孝仁（孝仁）　三/275，298，318，

（李世文　制）